PD와 청소반장

PD와 청소반장

발행일	2018년 11월 30일		
지은이	이 명 기		
펴낸이	손 형 국		
펴낸곳	(주)북랩		
편집인	선일영	편집	오경진, 권혁신, 최승헌, 최예은, 김경무
디자인	이현수, 김민하, 한수희, 김윤주, 허지혜	제작	박기성, 황동현, 구성우, 정성배
마케팅	김회란, 박진관		
출판등록	2004. 12. 1(제2012-000051호)		
주소	서울시 금천구 가산디지털 1로 168, 우림라이온스밸리 B동 B113, 114호		
홈페이지	www.book.co.kr		
전화번호	(02)2026-5777	팩스	(02)2026-5747

ISBN 979-11-6299-431-3 03810 (종이책) 979-11-6299-432-0 05810 (전자책)

이 도서의 국립중앙도서관 출판예정도서목록(CIP)은 서지정보유통지원시스템 홈페이지(http://seoji.nl.go.kr)와 국가자료공동목록시스템(http://www.nl.go.kr/kolisnet)에서 이용하실 수 있습니다.
(CIP제어번호: CIP2018038092)

PD에서 청소원으로
신분이 바뀌면서
깨달음을 얻은
한 중년 남자 이야기

이명기 지음

직업에 귀천이 없다지만 잘 나가던 방송사 PD를 그만두고
청소원이 된다는 것은 인생관을 바꿀 만한 사건이 아닐 수 없다.

화려한 과거와 결별하고 청소를 천직으로 받아들인
한 남자의 특별한 인생 수업!

북랩 book Lab

'삶의 연결고리-아장스망-'

하루 동안의 가열찬 육체노동을 마치고 집에 돌아와 개운하게 샤워하고, 내의도 새것으로 갈아입고 나서 이번에는 고상한 정신노동을 하기 위해 PC 앞에 앉아 있다. 낮에는 선량하고 도덕적이며 모든 사람들의 존경을 받는 전형적인 영국신사 지킬 박사로, 밤에는 약물에 취해 잔혹한 살인마 하이드로 변신하는 『보물섬』의 작가 로버트 루이스 스티븐슨이 쓴 『지킬 박사와 하이드 씨』처럼 블루칼라적인 삶에서 화이트칼라적인 삶으로 변신하는 순간이다. 이런 변신을 시도하는 중에 문득 지난 1970년대와 80년대에 『지리산』, 『관부연락선』, 『산하』 등 호방한 필체로 선 굵은 남성적 소설을 주로 발표한 작가 이병주가 생전에 남긴 '인생삼학人生三學'이란 말이 떠오른다. 이병주의 말에 따르면, 우리네 인생에는 세 가지 배움을 통해 알게 되는 세 가지 지식이 있다고 한다. 첫 번째는 태어나자마자 본능적으로 알게 되는 '생이지지生而知之'요, 두 번째는 학교에서 스승에게 배워서 알게 되는 '학이지지學而知之'요, 세 번째는 고난에 찬 인생살이에서 배우게 되는 '곤이지지困而知之' 등 이 세 가지 배움이 그것이다. 첫 번째, '생이지지'는 갓난아기가 배고프면 울어서 어머니로 하여금 자신에게 젖을 물리게 하는 것처럼 어머니의 뱃속에서부터 체득한 선천적 지식이다. 두 번째, '학이지지'는 굳이 설명할 필요가 없고, 내가 새삼 '인생삼학'을 거론한 이유는 세 번째인 '곤이지지'를 통감하는 삶을 살고 있는 현재의 상황 때문이다. 동서고금을 막론하고 남자라면 입신양명, 즉 출세해서 유명해지고, 부귀영화를 누리기 위해 전력질주하는 삶을 살기 마련이다. 그러나 이 세상이라는 것이 본인의 패기와 의지로 전력질주를 한다 해서 입신양명과 부귀영화가 거저 얻어지는 그런 만만한 세상이 아니다. 악전고투의 연속이 요지경 같은 이놈의 세상사다. 그래서 진즉에 인생의 반환점을 돌고 이제 종착점으로 숨 가쁘게 향하고 있는 나 같은 세대들에게는 이 '인생삼학' 중에 세 번째인 '곤이지지'가 가장 실감나는 배움일 것이다. 그 이유는 각자에게 주어진 인생을 살면서 뜻하지 않게 시련과 곤경에 처하고 난 후에야 비로소 세상살이의 오묘한 이치를 배우기 때문이다. 탐욕, 교만, 허영, 착각, 나태, 만용 등 자신의 결점을 뒤늦게 발견하는 것은 물론이고, 냉정한 이해관계, 부박한 인심, 표리부동한 인간군상 등 예상치 못한 곤경에 처하고 나서 배우게 되는 인생교훈이 바로 이 '곤이지지'의 본모습이다.

그래서 이 '곤이지지'는 수업료가 가장 비싼 배움이다. 나 역시 인생 한 갑자를 넘기자마자 이 '곤이지지'를 실감하게 되는 경우에 봉착하게 된다. 여유로운 노후생활을 위해 강남구 역삼동에서 5년간 운영했던 요식업에서 쓴맛을 보았기 때문이다. 그래서 2014년 3월부터 전혀 생각하지도 않았던 청소원으로 탈바꿈해 생활전선에 뛰어든 것이다.

사실, 내가 방송사 PD로 있을 때에는 청소노동자라는 존재는 '전혀 보이지 않는 투명한 존재'였었다. 그들은 나와는 전혀 다른 별개의 세상에 사는 외계인 같은 존재로 여겨졌었다. 그런데 기구하게도 60 평생에 단 한 번도 생각해 보지 않았던 이 청소 일을 시작한 지가 벌써 5년째다. 이 바닥 군번으로 치면 중고참인 셈이다. 비록 이 사회의 제일 밑바닥 직업인 청소 일을 하고 있지만 금과옥조 격으로 지키는 나만의 두 가지 신념이 있다. 하나는 이 세상을 나의 주관대로 해석하는 나라는 한 인간의 '주체성', 그리고 또 하나는 '자유로운 영혼'이다. '나'라는 주체와 '자유로운 영혼'을 확장하고, 표현하기 위해 이렇게 글을 쓰고 있는지도 모른다. 그래서 내 자신의 '자유로운 영혼'을 표현하는 하나의 사례로 나의 일상을 소개한다.

현재 나는 지난 3월 12일부터 아파트 단지를 순회하면서 물청소를 하고 있다. 청소업체들은 대부분이 6, 70대인 남녀 청소원들을 아파트 관리사무소에 공급하면서 1년에 한 번씩 물청소를 해주기로 계약한다. 이 물청소라는 것은 아파트 꼭대기 층부터 지하 주차장 층까지 계단과 엘리베이터 앞 공용공간을 기계로 갈고 물을 뿌려가면서 청소를 하는 작업이다. 나는 이 작업에서 기계를 다루는 기사다. 즉 전문가, 보다 멋스럽게 표현하자면, 스페셜리스트다. 마루 광택기라 불리는 이 기계는 바닥의 때나 오물을 제거하는 연마기인데, 이 연마기를 능수능란하게 다루기 위해서는 상당한 실전과정을 거쳐야만 된다. 그리고 반작용의 법칙, 관성의 법칙, 가속도의 법칙 등 물리학에 상당한 조예가 있어야 된다. 현재 내가 사용하고 있는 연마기는 2마력짜리 16인치 기계인데, 무게가 약 40킬로그램 나가는 중장비다. 작업은 오전 9시부터 시작해 12시까지 오전 작업, 오후 1시부터 3시까지 오후 작업으로 진행되는데, 이건 매뉴얼이고 실제로는 오전 작업은 11시경에, 그리고 오후 작업은 2시나 2시 30분경에 끝난다. 그다음은 곧바로 현장퇴근이다. 근무는 월부터 금까지 주 5일이며 국경일 같은 빨간 날은 휴무다. 하루 일당은 식대포함 9만 5천 원이며, 월수입은 대략 20일 기준 190만 원선이다. 일한 만큼 버는 일용노동자다.

근무 패턴은 3월 12일부터 4일간은 용인시 처인구 백현마을 엘지 아파트 단지, 그 후 6일간은 강북구 길음 뉴타운 동부 센트리빌 단지, 다음 7일간은 안양시 만안구 석수동 한라비발디 단지, 이어서 5일간은 용인시 수지구 풍덕천동 삼성래미안 단지, 그리고 현재는 지난주 월요일부터 시작해, 모레, 금요일까지 10일 동안 강북구 삼양동 소재 북한산 에스케이 단지에서 일하고 있다.

이렇게 서울과 수도권을 누비고 다니면서 아파트 물청소를 하는 것이 나의 일과다. 장화와 고무장갑, 면장갑이 필수 작업 도구다. 그래서 이 3종 세트를 배낭에 메고 지하철과 버스를 이용하여 아파트 단지를 순회하며 이 일을 하고 있다. 하루의 작업은 보통 이런 식으로 진행된다. 맨 꼭대기 층에서부터 작업이 시작되는데, 먼저 아주머니1이 바닥의 때를 벗겨내는 박리제를 희석한 물을 바가지로 뿌리면, 내가 '돌돌이'라 불리는 연마기로 간다. 내가 갈고 나서 아래층으로 내려가면, 나의 부사수가 소화전에 연결된 고압 호스로 물을 분사하여 바닥의 잔해를 씻어낸다. 그러면 아주머니2, 3이 밀대로 그 물을 아래층으로 밀어낸다. 그다음 아주머니 4, 5가 마포걸레로 바닥의 물기를 제거하면서 마무리를 한다. 하루 작업량은 보통 15층 3개 라인 정도다. 층수로는 45개 층이다. 그런데 뜻하지 않게 작업량이 대폭 늘어난 경우가 있다. 어제와 오늘이 이런 경우였다.

우리 청소원들은 이틀 동안 매일 25층 3개 라인, 층수로는 75개 층에 지하 3층까지 78개 층을 해치웠다. 이런 날은 9시부터 시작해 관리사무소가 제공한 김밥 1줄과 아주머니들이 준비한 컵라면으로 간단하게 점심을 해결하고 서둘러 작업에 들어가도 겨우 오후 3시에 작업을 마칠까 말까 하는 불운한 날이었다. 내가 이 일을 시작한 이래 최강의 노동 강도를 실감한 날들이었다. 어제는 일을 마치고 퇴근하는데, 다리와 허리가 하도 뻐근해, 아파트 단지 내 쉼터에서 담배 한 대 피우면서 한 20여 분가량 쉬었다 퇴근했었다. 이렇게 쉬다 보면, 내 가슴에는 만감이 교차하곤 한다. "어쩌다 내가 이런 청소노동에 종사하게 된 건가?" 같은 감회 말이다. 다행히 내일은 18층 3개 라인, 모레는 2개 라인이다. 이 정도 작업량이 정상이다.

이렇게 아파트단지를 순회하면서 생면부지의 여성 청소원들과 짧게는 3일, 길게는 10일 동안 함께 일한다는 것이 오늘의 주제인 '아장스망'이다. '배치', '배열'을 뜻하는 영어 어렌지먼트arrangement에 해당되는 프랑스어 '아장스망agencement'은 나이나 성별 등 차이 나는 본성들을 가로질러, 그것들 사이에 연결이나 관계를 구성하는 '다중체multibody'를 의미하는 철학용어다. 다시 말하면 '연접連接'이라는 개념을 갖는 형이상학적인 용어란 뜻이다.

이런 '연접'의 측면에서 개별적인 사물들의 관계를 철학적으로 분석한 인물이 바로 프랑스의 구조주의 철학자 질 들뢰즈(1925-1995)이며, 그가 주장한 이론이 '아장스망agencement'이다. 예를 들면, 인간-등자-말의 관계를 보자. 기수들의 양발을 말의 옆구리에 고정시켜주는 등자가 발명됨으로써, 새로운 군대인 기병이 탄생하게 되었고, 이에 따라 인간과 말은 등자를 매개로 해서 새로운 관계에 접어든 것처럼, 사물은 어떻게 '배치'되는가에 따라 그 성격이 결정된다는 것이 '아장스망' 이론이다.

따라서 개별적 존재였던 나와 아파트 청소원 아주머니들을 연결하는 것은 '아파트 물청소'라는 하나의 매개체다. 그래서 '나-아파트 물청소-청소원 아주머니들'이라는 연결고리가 바로 들뢰즈가 주장하는 하나의 '아장스망'이다. 그럼, 이런 '아장스망'을 통해 나와 그녀들 사이에 형성되는 것은 무엇인가? 그것은 '삶의 의미'라 생각한다. 나와 그녀들이 공유하는 인생사 희노애락은 물론, 나로 하여금 뒤늦게 '곤이지지'란 '인생철학'을 실감케 하는 그런 '삶의 의미' 말이다. 그래서 나는 30여 년간에 걸친 방송사 PD와 영상제작업체 대표를 마감하고, 나이 60에 청소업계에 뛰어든 이후부터 내 나름대로의 '삶의 의미'를 갖기 위해 청소 일을 계속하면서 글쓰기 작업에 전념했다. 내 자신의 영혼을 정화시키기 위해, 그리고 이미 박탈당한 여유로운 중산층의 삶과 사회적 지위에 대한 결핍감을 해소하기 위해 그야말로 미친 듯이 글을 써왔다. 이렇게 쓴 250여

편의 글 중, 58편을 골라 한 권의 책으로 엮은 것이 『PD와 청소반장』이란 이 책이다. 따라서 이 책에 등장하는 글들은 "세상 사람들은 자신이 보고자 하는 세상을 보기를 원한다. 그리고 자신이 본 세상이 이 세상의 전부인 것처럼 생각한다."라고 말한 어느 철학자의 말처럼 물질적, 정신적으로 풍요로웠던 지난 시절에는 눈여겨보질 않고, 또한 보고 싶지 않았던 세상을 이제 그 세상을 볼 수밖에 없는 한 청소원으로 변신한 내가 내 나름대로의 시각으로 이 세상을 분석하고, 해석한 글들이다. 이제 잠자리에 들 시간이다. 내일도 '곤이지지'를 또 한 차례 실감하기 위해서는 늦어도 아침 6시 30분 전에는 일어나야 되니까 말이다.

-2018. 4. 25-

추천사 1

여기, 방송 PD로 퇴직한 후, 청소원으로 인생2막을 보람차게 보내는 인물이 있다. 또한 그는 고단한 육체노동에 종사하면서 엄청난 독서량으로 자신만의 문필을 일구어낸 사람이다. 그는 바로 나의 고교 후배이자, MBC PD 후배이면서, 이 책 『PD와 청소반장』의 저자인 이명기다.

그가 생계를 유지하기 위해 육체노동을 선택했다는 사실을 들은 지는 여러 해 된다. 언필칭 '노동의 신성함'을 알고자 하는 고상한 목적이 아니라, '먹고 살기 위한 생존'을 위한 선택이었다는 사실이 안타까웠지만, 심야에 지하철역에서 스크린도어 설치를 하는 막노동에 종사한다는 소식을 접했을 때는 매우 충격적이었다.

간간이 퇴직 동료들 모임이 있을 때마다 이 후배의 변신은 늘 화제의 대상이었다. 그러나 선천적으로 좋은 입담을 지니고 태어난 이 후배는 자신이 막노동이나 청소일을 하면서 직접 체험한 여러 가지 인생사 애환을 유머 있게 포장하여 들려주는 재주가 있어 듣는 이로 하여금 박장대소하게 하는 낙천적인 성격의 소유자이기도 하다.

지금까지 간헐적으로 접한 후배의 신상정보는 첫째, 방송사 퇴직 후 자신이 본령이라 할 방송계에서 프로그램을 제작, 납품하는 프로덕션을 설립해 수년간 고군분투했으나 결국 손을 털어야 했다는 것, 둘째, 프로덕션을 운영하면서 식구들과 함께 캐나다에 이민 가서 고생 끝에 돌아왔다는 것, 셋째, 생활력이 강한 부인이 강남에서 식당업을 다년간 했으나 뜻을 이루지 못해 금전적 손해가 컸다는 것, 넷째, 부인이 식당업을 운영하는 동안 일자리 방송이라는 케이블 TV에서도 상당 기간 근무했지만, 경영 부실과 임금 체납에 희망을 잃고 스스로 사표를 던지고 나왔다는 것 등등이다. 그런데 그때가 아마 2016년이었을 것이다. 이 후배가 자신이 현재 고등학교 동기생들 카페에 글을 연재 중인데, 나더러 한번 읽어 봐달라며 상당한 분량의 복사본을 건네준 적이 있었다.

사실, 그동안 이 친구가 살아온 행보가 좀 좌충우돌 격이라 할까, 이리저리 덤벙대는 인상이라 할까, 신중하고 무게 있는 행보가 덜한 느낌이랄까, 하여튼 이 후배에 대한 그런 부정적인 선입감이 있어서 그런지 별 기대하지도 않고 글을 읽는 순간, 이건 고담준론 수준의 글발이어서, 정말 이 후배가 쓴 글이 맞나 의심할 정도로 깜짝 놀란 적이 있었다. 깊이 있는 사색과 철학, 인문학과 자연과학의 경계를 넘나드는 지식과 상식, 그리고 탁월한 식견이 깔린 후배의 글에 내심 경탄을 금할 수가 없었다. 그래서 나는 그에게 이런 글들을 모아서 책으로 내도 좋겠다고 권유했던 기억이 새삼 떠오른다.

보통 우리 같은 정년 퇴직자들이 갖기 마련인 안정적인 노후생활을 뒤로하고, 이 사회의 제일 하위직업인 청소업에 종사하면서, 청소노동자들의 애환을 줄거리로 삼아 우리 사회의 격동적이고 첨예한 이슈를 분석하고, 이에 관련된 정치, 역사, 문화 등 동서고금, 장르 불문의 지식을 동원해 자기만의 생각과 목소리를 모아 『PD와 청소반장』이란 제목의 이 책을 낸다 하니 이 어찌 경사가 아니겠는가 말이다.

고등학교 선배로서, PD 선배로서, 아니 인생 선배로서 나인들 눈 있는 사람들에게 어찌 일독을 권하지 않을 수 있으랴!

-전 MBC 제작본부장
전 충주MBC 사장
현 MBC사우회장 이연헌

이 대목을 읽다 혼자서 빵 터졌다. "유목민 특유의 자유로운 영혼을 지닌 나는 영화 《포스트 맨은 벨을 두 번 누른다》의 남자 주인공 잭 니콜슨 못지않은 남성적 박력과 야성을 물씬 풍기면서, 다가구 주택 순회 청소를 할 때에는 현관의 벨을 반드시 두 번 누른다."

퇴직자들이 왕왕 겪는 실패 케이스가 된 처지에도 불구하고 전혀 주눅 들지 않고 당당하고 유쾌하다. 과연 이명기 선배다.

퇴직 후 영상 전문 제작사를 운영하기도 했는데 아내가 오픈한 식당을 도와주다 결국 일이 잘못돼 집까지 날아갔다는 소문을 들은 적이 있었다. 그런데 얼마 전 뜬금없이 전화가 걸려왔다.

"어이 송상, 나야, 나, 이명기."

"아이구, 선배님, 어인 일로 전화를 다 하시고."

"광주로 갔다는 말 들었네. 내가 거기서 고등학교를 다녔잖은가? 늦었지만 축하하네."

"아, 예. 그러시군요. 감사합니다."

"그런데 전화한 건 다른 게 아니고 …(중략)… 내가 청소 일을 하며 틈틈이 쓴 글을 모아 책을 한 권 내게 됐네. 그래서 추천사 하나 써달라고."

"예? 청소 일을 하신다고요?"

"그렇다니까. 내가 누군가? '바람의 파이터' 아닌가?

예능PD를 거쳐 교양PD가 된 이명기 선배하고는 교양제작국에서 같이 일했다. 광주 출신인 선배의 억양과 어조는 전라도 사투리에 서울 말씨가 융합되어 독특했다. 오죽했으면 코미디언 최병서가 방송에서 써먹었을 정도로 코믹하면서도 정감 있는 어투였다. 아는 것 많고, 말솜씨가 좋은 이 선배는 별것 아닌 것도 재미있게 말하는 재주가 있었다. 대학 시절 캠퍼스에서 이명기를 찾으려면 잔디밭에 사람들이 동그랗게 둘러앉아 깔깔거리는 곳으로 가면 된다는 전설 같은 얘기를 들은 적이 있다. 사실 여부는 모르지만 선배의 유쾌한 입담이 오래된 것이라는 사실은 틀림이 없을 것이다.

그 지식과 입담이 『PD와 청소반장』이란 이 책으로 변신해 세상에 나왔다.

오랜 세월 MBC PD로 살았고 퇴직 후, 일이 잘못됐다고는 해도 무슨 청소업체 사장도 아니고 평범한 청소원으로 일한다는 게 쉬운 일은 아니다. 하지만 본인의 말처럼 이명기가 누군가? 원래부터 몸이든 머리든, 뭐든지 써서 남한테 피해 안 주고 제 힘으로 먹고 사는 것만큼 숭고한 것은 없다는 지론의 소유자였고 퇴직 후 그 신념을 몸소 실천하고 있는 말 그대로 '바람의 파이터' 아닌가 말이다. 나로서는 감히 흉내 낼 수 없는 훌륭한 선배다. 낮에는 이리 뛰고 저리 뛰면서 종일 육체노동을 하고, 집에 돌아와서는 컴퓨터 앞에 앉아 자판을 두드리는 선배의 모습은 상상하기만 해도 숭고하다.

이 책은 자칭 '바람의 파이터' 이명기가 이 사회의 밑바닥에서 경험한 적나라한 우리 사회의 현실과 선배 나름의 인생관, 직업관을 집적한 것이다. 맨 앞에 인용한 구절 말고도 이 책에는 나를 빵 터지게 만든 대목들이 많다. 이 책을 읽으면서 나는 미소 짓고 큰 소리로 웃고 생각하고 감상에 젖었다.

그러면서 생각했다. 과연 내가 이 선배의 처지에 놓인다면 선배처럼 당당할 수 있을까? 유쾌하고 아는 것 많고 주위 사람들을 흥겹게 만드는 재주에 더해 때론 감상적인 분위기에 빠지곤 하는 전직 PD, 현직 청소반장 이명기. 그가 쓴 재미있으면서 우리 주위를 다시 돌아보게 하는 이 책과 더불어 세상 돌아가는 형편과 인생의 의미를 더듬어 본다면 여러분들 삶의 소중한 경험이 될 것이다.

특히 제2의 인생길에서 좌절하거나 고군분투하고 있는 분이라면 이만큼 용기와 희망을 주는 책을 달리 찾기 어려울 것이다.

-광주 MBC 사장 송일준-

contents

'희喜', "아따, 반장님 부자 되겠소!"

'노怒', "반장님, 일로 좀 와 보시요!"

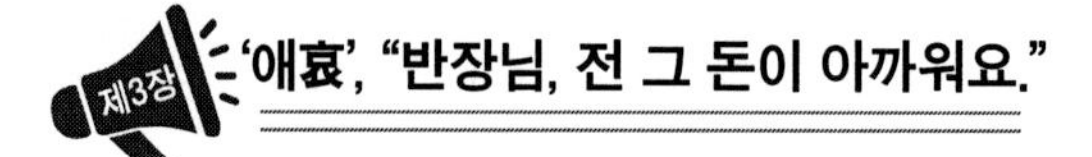

'애哀', "반장님, 전 그 돈이 아까워요."

'낙樂'-1 "반장님, 광고 나온 거 맞소?"

'낙樂'-2 "반장님, 똑똑해요."

똑 소리 나는 반장님의 인문학 썰전 "오늘날의 세계는 누가 만들었나?"

제1장

'희喜', "아따, 반장님 부자 되겄소!"

아따, 반장님, 부자 되겠소!

또 한 차례 이직을 감행했다. 2014년 3월 중순에 청소업계에 뛰어든 이래 통산 10번째의 이직이다. 2017년 2월 현재까지 3년 여의 기간 동안에 9군데의 직장에서 근무했으니, 한 곳에서 평균 4개월 정도 근무한 셈이다. 업무용 빌딩, 쇼핑몰, 호텔, 주상복합건물, 면세점, 아파트, 병원 등등 참 많이도 돌아다녔다. 그러다 보니 퇴직금은 딱 한 번 받아보았다. 내가 처음 청소원 생활을 시작한 성남시 판교 테크노벨리에 있는 다음카카오 본사에서 야간 청소원으로 1년 근무하고 나서 받은 퇴직금이 유일한 퇴직금이었다.

그런데 작년 7월 중순부터 금년 1월 말까지 합정역 인근 오피스 빌딩의 청소감독, 정식명칭으로는 미화감독을 마감하고 새로 옮긴 10번째 직장은 강남구 역삼동 우성아파트 사거리에 있는 대형 맥주홀이다. 요식업종에 근무하기는 처음인데, 이직을 결행한 배경에는 특이한 사연이 있다. 뭔가 하면, 유일한 남자이자 청소감독이었던 나와 4명의 여성 청소원이 함께 일하면서 발생하기 마련인 원색적인 긴장 관계와 갈등 구도이다. 이 긴장과 갈등은 유일한 남자인 나의 관심을 끌기 위해 4명의 여인들이 벌이는 암투에 그 원인이 있었다. 그래서 내가 마치 막장 드라마의 단골소재인 치정극의 주인공이 된 느낌이 들어 사표를 내던지고 이직한 것이다.

그런데 '반장'이라는 타이틀을 달고 2월 4일에 첫 출근한 이곳 맥주홀의 근무 편성은 오전 10시부터 저녁 7시까지인 주간조, 그리고 오후 5시부터 다음날 새벽 2시까지인 야간조 등 2개 조로 구성되어 있는데, 청소원은 나를 포함해 총 3명이며, 나머지는 전 직장처럼 50대 후반부터 60대 초반인 여성들이다. 그래서 이 3명의 남녀가 돌아가면서 주야간 근무를 하게 되는데, 나 같은 경우는 한 달 평균 주간 근무 8일, 야간근무 14일이다. 그리고 업종 특성상 토, 일요일은 물론이고, 소위 '빨간 날', 즉 국경일에도 근무를 해야 하는 조건이기 때문에 월급을 좀 더 많이 주는 편이다. 물론 주5일 근무인 관계로, 주말 하루와 평일 하루는 휴무고 월차 하루 휴무 등으로 한 달 평균 9일가량은 쉰다.

'거위'를 뜻하는 '구스'란 브랜드로, 매장에서 직접 생산하는 이른바 '하우스맥주'를 판매하는 이 맥주홀은 외관 전체가 강화유리로 되어있는 1, 2층 구조인데, 평일이나 주말을 막론하고 우리 청소원들이 제일 신경을 써야 하는 업무는 화장실 관리다. 이곳에는 1, 2층에 모두 4개의 화장실이 있는데, 2개는 남성용, 나머지는 여성용이다. 그것도 고객들이 쇄도하는 밤 8시부터 10시까지, 2시간 동안에는 상당히 신경 써서 관리를 해야 하는데, 제일 곤혹스럽지만, 중요한 것이 화장지 교체다. 손 씻는 세면대에 있는 페이퍼 타월이야 바닥이 나면, 잠깐 양해를 구하고 뒤늦게 보충하면 되지만, 남녀 화장실 안에 있는 두루마리 화장지는 소진되기 전에 바로바로 교체를 해주어야만 한다. 여러분들도 한 번 생각해 보라. 화장실에 들어가서 볼일 보고 나오는데, 제기랄 화장지가 없을 때 겪게 되는 참담하고 황당한 심정 말이다.

그런데 문제는 이곳의 페이퍼 타월 통이나 두루마리 화장지 박스는 열쇠로 열고 잠그는 구조로 되어 있다는 점이다.

요즘 세상에 누가 화장실 휴지를 훔쳐 간다고 이렇게 시건장치를 해 놓았는지 이해할 수 없는데, 합리성을 강조하는 미국계 회사 특유의 사고방식인 것 같다. 그런데 여기 청소원들 중에 김현숙이라는 여성이 있는데, 문제는 이 김현숙 씨가 열쇠로 박스를 열어 페이퍼 타월을 보충하거나 혹은 두루마리 화장지를 새것으로 교체하고 다시 잠가야 하는 작업에 영 신통치가 못하다는 사실이다. 나 같은 경우는 이 모든 과정을 1분 이내에 전광석화처럼 끝내는데, 이 김 여사는 끙끙거리면서 보통 3, 4분씩 걸린다는 점이다. 이건 참으로 심각한 문제라 아니 할 수 없는 일이다.

결국 며칠 전에 일이 터지고 말았다. 이곳 맥주홀은 평일에는 오전 10시부터 오후 7시까지 오전반 1명, 오후 5시부터 다음날 새벽 2시까지는 오후반 1명이 근무하지만, 금, 토 주말에는 1명은 오후 11시까지, 나머지 1명은 평일처럼 다음날 새벽 2시까지 근무를 하는데, 보통 남자인 내가 새벽 2시까지 근무를 한다. 그 이유는 매장에서 나온 맥주병과 플라스틱 컵 등 온갖 쓰레기를 수거해 밖에 내다 놔야 하기 때문이다. 그래서 저녁 피크타임대인 오후 6시부터 11시까지는 2명이 합동근무를 한다. 시간은 대략 밤 9시 30분경, 그렇지 않아도 맥주를 마셔 방광이 팽팽해진 여자 손님들이 줄지어 화장실로 몰려드는데, 불안, 초조, 당혹감 등으로 식은땀을 흘리면서 이미 소진된 두루말이 화장지 박스를 여느라고 진땀을

빼던 우리의 김 여사가 마침내 "오메, 죽겄는거~. 반장님. 얼릉, 일로 와 보시오." 하며 나에게 긴급지원을 요청하는 것이었다. 때마침, 막 남자 화장실을 청소하고 나오던 나는 그녀의 애타는 절규를 듣자마자, 침착한 태도로 노크를 두어 번 하고는 점잖은 목소리로 "화장실 점검입니다."라는 안내 멘트를 하고 들어가 보니, 가관도 이런 가관이 없었다. 아랫배를 움켜쥐고 발을 동동 구르는 숙녀들을 뒤로하고, 연신 비지땀을 흘리면서 화장지 박스를 여느라 용을 쓰는 그녀의 눈물겨운 모습이 한눈에 들어왔다.

그 순간 정의의 백기사로 등장한 내가 "김 여사, 그 열쇠, 이리 좀 주시요. 이거 하나 못 열고 말이여." 하고 핀잔을 주는 것과 동시에 바람처럼 화장지 통을 열어 순식간에 화장지를 교체하고 번개같이 다시 잠그는 것으로 한밤의 소동은 막을 내리게 된다. 이런 일이 한 두어 차례 반복하고 난 이후부터 이 김 여사가 오후 6시만 되면, 3분의 1쯤 화장지가 남아있어도 무조건 새것으로 교체하는 것이었다. 어떤 것은 절반이나 남아있어도 무조건 교체하고 보는 식이었다. 그리고 여기에서 '여사'란 명칭은 청소업계에서 여성 청소원을 지칭하는 보통명사로 사용하는 명칭이다.

그래서 며칠 전, 이런 모습을 본 내가 "아니? 김 여사, 거, 화장지 좀 아껴 쓰시요. 아직도 많이 남아 있는데, 그렇게 무조건 새 것으로 바꾸면 쓰겄소? 안 그라요?"라고 하자, 그녀가 퉁명스러운 말투로 "아니? 반장님은 그날 내가 그렇게 고생한 모습을 보고도 그런 말을 다 하요? 내가 이놈의 화장지 바꿀 때만 되면 그냥 노이로제에 걸려서 그라요."라고 받아치는 것이었다.

그래서 내가 "그래도 그렇지. 우리 물건이 아니라고 그렇게 헤프게 쓰면 되겠소. 그거 아직 절반이나 남았구먼. 새것으로 바꾸지 말고 그대로 나 두시요. 그란해도 소장도 화장지 아껴 쓰라고 하더만." 이라고 말을 하자마자 그녀가 또박또박한 어조로 나에게 따질 듯이 묻는 것이었다. "그럼, 반장님은 집에서도 마누라가 화장지를 갈 때마다 이렇게 잔소리 하요?" 그 순간 감정이 상한 나 역시 옹골지게 쏘아붙였다. "난 집에서도 하이타이 아끼느라고 빤쓰도 일주일씩 입고 다니요." 이 멘트가 결정적인 화근이었다. 순간적으로 발딱 일어선 그녀가 표범처럼 날카로운 안광을 뿜어대면서 앙칼진 목소리로 "아따! 반장님, 부~자 되겠소!"라고 쏘아붙이면서 화장실 문을 '꽝' 하니 닫고 나가버리는 게 아닌가? "이런, 젠장. 저놈의 성질머리하고는…."

-2017. 2. 25-

영자와 카르멘

"다음은 인천의 성냥공장 아가씨!, 박력 넘치게! 하나! 둘! 셋! 넷!" "이~인천의 성냥공장, 성냥공장 아가씨, 하~루에도 한 갑 두 갑 일 년에 삼백 갑, 치마 밑에 감추어서 정문을 나설 때, 치마 밑에 불이 붙어 XX털이 다 탔네! 다 탔네! 이~인천의 성냥공장 아가씨는 XXX! XXX!" 지난 196,70년대에 신성한 국방의 의무를 이행하기 위해 군대에 갔다 온 대한민국 남자들이 이 '인천의 성냥공장 아가씨'를 모른다면 그는 병역기피자거나, 간첩이거나, 아니면 민방위 출신, 이 셋 중 하나일 것이다. 나 역시 이 노래를 참 많이도 불렀었다. 1974년 8월, 3학년 1학기를 마치고, 해병대에 자원입대하여 지금은 경남 창원시 진해구가 된 진해시 경화동에 있는 해군신병훈련소에서 8주간 신병교육을 받으면서 이 '인천의 성냥공장 아가씨'를 과장하면 거의 입에 달고 산 적이 있었다. "서쪽 하늘 십자성은 별들의 꽃이려니, 우리는 꽃피었다. 국군 중의 꽃이로다."로 시작되는 '해병대가'나 "충무공 높은 뜻을 이어 받들어."로 시작되는 '해군가', "동이 트는 새벽녘에 고향을 본 후"로 시작되는 '진군가'든가, 그밖에 '진짜 사나이' 같은 군가를 부를 때보다, 유독 이 '인천의 성냥공장 아가씨'를 부를 때면 남자들만이 갖는 야수적 공격본능과 '마초macho적 우월감', 좀 더 유식하게 표현하면, 가학성 성욕을 일컫는 '새디즘sadism적 쾌감'을 맛보곤 했었다. 그래서 그런가, 제식훈련이나 유격훈련 같은 엘리트 대한민국 국군이 되기 위한 기초훈련을 받을 때보다는 주로 밥 먹으러 식당에 간다든지, 아니면 훈련소 밖에서 10킬로 완전무장 구보를 할 때, 정식군가도 아닌 이 '인천의 성냥공장 아가씨'를 목이 터져라 부르면서 나의 몸에 내재된 '근원적 성욕'인 '리비도libido'를 마음껏 발산했던 그 시절이 생각난다. 하룻밤에도 끈적끈적하고 질펀한 '사랑의 전투'를 서너 차례 치러도 끄떡없는 활화산 같은 20대 초반에 금욕적인 병영생활을 강요당했던 이 땅의 수많은 젊은이들에게 이 '인천의 성냥공장 아가씨'는 그들의 유일무이하고 공개적인 '성욕분출용 해방가'였다.

그런데 노골적으로 여성의 성적 수치심을 유발하고 또한 "잘 나가다 삼천포로 빠진다."는 말처럼 인천이라는 한 지역사회에 모멸감을 주는 이 노래가 지금도 군대사회에서 애창되고 있는지 의문이 든다. 아마도 자취를 감추었을 것이다. 성희롱이나 성차별이 시대적 화두로 대두되고 있는 요즘에 이런 노래를 공개적으로 불렀다가는 당사자는 물론이고 지휘관도 수난을 당하게 될 것이다. 신병훈련소에서 여군 부사관이나 장교들이 지나가는데, 바로 그 뒤에서 훈련병들이 의기도 양양하게 이 노래를 불렀다가는 아마도 현장 지휘관이나 훈련소장이 즉각 옷 벗을 상황이 발생하게 되지 않겠는가 말이다. 자, 그럼 '인천의 성냥공장 아가씨'에 얽힌 추억담을 뒤로하고 이제 시공간을 뛰어넘어 '인문학'이란 '노'를 사용해 미지의 세계로 지적 유람을 떠나보도록 하자.

분단문학의 최고봉 『태백산맥』의 작가이자 '문학적 지사志士'란 소리를 듣는 조정래의 대하소설 『아리랑』의 첫 부분에 소개되었던 바와 같이, 조선이 서양의 양대 무기인 제국주의와 자본주의 세계로 편입될 때인 1880년대 개화기 무렵에 조선 민중들이 경탄했던 개화문물이 두 개 있었다. 석유램프와 성냥이었다. 그 당시 조선인들은 비가 오나 바람이 불어도 꺼지지 않은 석유램프의 효용성에 경탄을 금치 못했었고, 다른 하나는 바로 성냥이었다. 부싯돌을 켜서 인화지나 인화초에 불을 붙여 사용했던 기존의 번잡한 방법에서, 성냥 한 개비를 성냥 곽에 대고 한 번 죽 그으면 불이 붙는 것이 그야말로 신기하고 놀라운 요물이었다. 그 바람에 조선에 담배 수요가 폭발적으로 증가하게 된다. 왜냐하면 성냥 한 통만 있으면 어떤 악천후에도 불구하고 언제 어디서나 흡연의 즐거움을 누릴 수 있었기 때문이었다. 따라서 병과 병따개, 치약과 칫솔처럼 절대적으로 서로를 필요로 하는 상호보완적 존재가 바로 성냥과 담배라 할 수 있다. 요즘이야 1회용 라이터가 대세지만, 1970년대까지만 해도 서민층 애연가들의 필수품은 단연 성냥이었다. 그중에서도 부산에 있는 UN군 참전비가 그려진 논산의 UN성냥과 날개 달린 사자가 그려진 비사표 성냥 등이 기억난다.

바로 이 대목에서 '조용한 아침의 나라 한국'에 '성냥공장 아가씨 영자'가 있다면, 지구 반대편 '태양과 정열의 나라 스페인'에는 '담배공장 아가씨'가 숙명적으로 등장하게 된다. 그녀의 이름은 카르멘. 영자의 홈그라운드가 인천이라면, 카르멘의 그것은 스페인 남서부 안달루시아 도의 도청 소재지인 세비야다. 그래서 우리는 성냥을 대표하는 '인천의 영자'와 담배를 대표하는 '세비야의 카르멘', 이 두 20대 여인의 만남을 통해서 '인문학적 지식'과 '상상력'이 만나면 얼마나 흥미로운 콘텐츠가 탄생하는지 가늠해 볼 수 있다.

먼저, 우리의 영자 씨가 지난 1950년대부터 90년대까지 근 반세기 동안 군대를 다녀온 한국 젊은이들의 박탈당한 성욕을 위로한 수동적이고 헌신적인 동양적 이미지가 강한 여인이었다면, 카르멘은 정열적이고 자유분방한 성격을 지닌 서구적 이미지가 강한 여인이었다는 점이 특징인데, 이 카르멘이라는 담배공장 아가씨는 프랑스 음악가 조르주 비제(1838-1875)가 1873년, 그가 죽기 2년 전에 완성한 전4막 오페라 『카르멘Carmen』을 통해 창조해 낸 캐릭터다. 비제가 그 당시 세비야에 있는 왕립 담배공장에서 일하는 야생마 같은 집시 처녀 카르멘을 주인공으로 하여 완성한 이 오페라는 현재 전 세계적으로 톱5에 드는 인기를 누리고 있는 유명한 작품이다.

비제의 이 오페라에는 제1막의 서곡인 '투우사의 행진곡'을 비롯하여 '하바네라', '꽃노래', '집시의 노래' 등 유명한 기악곡과 아리아, 합창곡들이 등장하는데, 이 중 카르멘이 근위대 장교 호세를 유혹하기 위해 관능적인 몸짓으로 담배공장 여공들과 함께 부르는 '하바네라', 일명 '사랑은 자유로운 새'라는 곡은 후일 유럽의 청춘남녀들이 서로 사랑을 주고받을 때 부르는 곡으로 애창되기도 한다. 한 남자를 유혹하여 사귄 지 두 달만 지나면 싫증을 느껴 차버리고 새로운 남자를 사귀는 도발적이고, 정열적이고, 자유분방한 집시 처녀인 카르멘과 근위대 장교 돈 호세, 그리고 인기투우사 에스카미요. 이 세 명의 청춘 남녀들이 펼치는 애증의 삼각관계가 이 오페라의 줄거리인데, 전통적 사회제도와 규율, 그리고 편견과 차별에도 아랑곳하지 않고 자신의 가치관대로 살며, 사랑하는 '불꽃같은 여인' 카르멘의 이미지는 지금도 영화나 뮤지컬을 통해 그 '자유로운 영혼'이 꾸준하게 재현되고 있다.

그런데 우리는 여기에서 다음과 같은 의문점을 지울 수가 없다. 왜, 성냥공장과 담배공장의 대명사로 인천과 세비야가 지목되었는가 하는 의문이다. 왜 성냥 하면 인천, 담배 하면 세비야인가? 그 이유는 무엇인가? 바로 이 부분이 이 글의 키포인트다. 그래서 이 부분을 이해하기 하기 위해서는 인문지리학에 관한 지식이 요구된다. 먼저, 인천과 세비야의 지리적 특성이다. 여러분들도 잘 알다시피, 인천은 일본의 수도 도쿄의 관문인 요코하마처럼 서울의 관문 역할을 하는 도시이다. 우리나라 충청도 넓이만큼 광활한 간토평야 한복판에 자리 잡고 있는 도쿄는 스미다 강을 통해 요코하마 항과 연결되는 것처럼, 인천도 바로 위의 강화를 거쳐 한강을 통해 서울과 연결되는 수도의 관문 기능을 하는 도시다. 즉 인천이나 요코하마가 외래의 문물이 제일 먼저 상륙하는 지리적 특성을 보유하고 있다는 사실이다.

한국의 대표적인 차이나타운이 인천에 있듯이, 일본 제일의 차이나타운 역시 요코하마에 있다는 점이 이런 사실을 잘 입증하고 있다. 따라서 역사적으로 볼 때, 일본이 의도적으로 행한 '함포외교'로 조선은 1876년, 일본과 강화도수호조약이라는 불평등 조약을 체결하여 그간의 쇄국을 폐기하고 문호를 개방하게 된다. 이 수호조약의 결과, 이미 일본에 전해진 서양의 상품들이 조선의 시장에

다수 등장하게 되는데, 이런 상품의 최초 상륙지가 바로 그 당시 제물포였던 인천이었다.

그런데 서양의 여러 개화 상품 중에 조선 민중의 각광을 한몸에 받은 것이 앞에서 언급한 성냥이었는데, 이런 조선 민중들의 소비 심리를 파악한 일본인 사업가가 인천시 금곡동에 국내 최초의 성냥공장을 지어 성냥을 대량으로 생산하기 시작한다. 자료에 의하면, 1950년대 말까지만 해도 남한의 성냥 생산량의 약 40%가 인천에서 생산되었다고 하니, 인천은 한국 성냥산업의 효시이자 메카였던 곳이었다. 그래서 인천에 거주하는 노동여성 대부분이 이 성냥공장에서 일하게 되어 '인천의 성냥공장 아가씨'란 노래가 탄생하지 않았을까 하는 생각이 든다. 아무런 이유도 없이 이 땅에 사는 피 끓는 젊은이들이 분출하는 성적 욕구의 대상이 되어버린 죄 없는 영자씨도 가족의 생계를 위해 이 인천의 성냥공장에서 일했을 것이다.

그리고 빼어난 미모와 고혹적인 몸매, 신비스러운 분위기로 한 남성을 유혹한 후 그를 파멸의 구렁텅이로 빠뜨리는 악녀, 즉 팜파탈적 이미지가 강한 카르멘이 세비야의 담배공장에서 여공으로 일한 것 역시, 우리의 영자와 비슷한 역사적 맥락을 지니고 있다. 스페인 남서부 안달루시아 지방은 원래 약 2,500여 년 전부터 현재의 알파벳을 발명한 해상민족 페니키아인들이 지중해 무역의 중심지로 활동한 지역이었다. 그런데 7세기경에 북아프리카 이슬람교도들이 유럽과 아프리카 대륙 사이에 있는 폭 10km의 지브롤터 해협을 건너와 스페인을 13세기까지 무려 600년간 지배한다. 1492년에 스페인 전역에서 이슬람 세력을 축출하고 기독교왕국을 세우기 위한 국토회복운동, 즉 레콩키스타reconquista를 성공리에 완수한 스페인 여왕 이사벨라의 후원으로 인도로 가는 항로를 발견하기 위해 대서양으로 떠난 이탈리아 제노바 출신 탐험가 크리스토퍼 콜럼버스가 출발한 곳이 바로 이 세비야에서 남쪽으로 과달키비르란 이름의 강과 연결된 카디스란 조그만 항구도시다. 그해 10월, 인도 대신 서인도제도에 도착한 콜럼버스 덕택에 아메리카 신대륙의 토종식물인 담배가 유럽에 소개된다. 담배는 먼저 유럽의 귀족계급 등 상류층의 인기 있는 기호품으로 각광을 받기 시작하면서, 점차 서민층의 사랑을 받는다. 이런 희소식을 스페인 왕국이 팔짱끼고 가만히 보고만 있겠는가? 그들은 대서양 무역의 중심지인 세비야에 대규모 왕립담배공장을 건설하여 담배생산에 돌입하게 된다. 1900년대 초반에 인천에서는 성냥공장이 대호황을 맞듯, 지구 반대편 세비야에서는 1680년에 건설된 담배공장이 유럽의 담배시장을 독점하게 된다. 이 왕립담배공장은 오늘날 세계 각국에서 온 관광객들이 즐겨 찾는 세비야의 대표적인 관광명소이기도 하다.

지난 2000년 초반에 팔자에도 없는 캐나다 이민생활을 하던 중 쿠바로 가족여행을 다녀온 적이 있었다. 그때 같이 여행 간 한 캐나다 교민에게 들은 얘기인데, 세계 최고의 명성을 자랑하는 쿠바산 시가ciga, 영화에서 험상궂은 마피아 보스들이나 탐욕스러운 사업가, 공명심에 사로잡힌 장군, 혹은 음흉한 정치 브로커들이 즐겨 피우는 시가가 인기 높은 것은 쿠바만의 특별한 비법 덕이라는 말을 들은 적이 있었다. 쿠바에서는 이 시가를 제조할 때 10대 후반이나 20대 초반의 젊은 여성들이 기다란 연초를 자신들의 허벅지 안쪽의 '은밀한 부위' 바로 그 근처 부분에 비벼서 만들기 때문에 그 맛이 일품이라고 하는데, 하여튼 다수의 여공들이 담배공장에서 일하는 것은 분명한 사실이다. 그래서 비제가 『카르멘』을 작곡할 때 이 세비야의 담배공장이 유럽에서는 최대 규모였다. 그리고 이 담배공장에서 '정열과 자유의 화신, 카르멘'이 탄생한다. '성냥공장 아가씨, 영자'가 인천에서 탄생한 것처럼 말이다.

-2017. 12. 3-

남북통일의 비결, '파레토의 법칙'

오늘날 정치, 경제, 사회, 문화 등 거시적 분야와 마케팅, 홍보, 조직관리 등 미시적 분야에서 발생하는 모든 현상을 일반인들이 납득할 만한 논리로 해석해 주는 하나의 분석틀이 있다. 바로 '20대 80의 법칙', 혹은 '80대 20의 법칙'이라고 하는 이른바 '파레토의 법칙Pareto's law'이다. 이탈리아의 경제사회학자인 빌프레도 파레토(1848-1923)가 20세기 초반에 이탈리아의 경제상황을 분석하여 발표한 논문에서 주장한 법칙인데, 이탈리아 전체 부의 80%는 상위 20%가 창출한다는 점에 주목한 그는 모든 사회집단이나 조직은 "원인의 20%가 결과의 80%를 만든다."라고 주장한다. 다시 말하면 "어떤 성과의 80%는 상위 20%의 행위의 결과이며 하위 80%는 나머지 20%의 성과에 의한 것이다."라는 '2080 법칙'이 바로 이 파레토의 법칙이다. 이 파레토의 법칙은 오늘날 정치, 경제, 사회적 현상, 특히 마케팅과 홍보 분야, 심지어는 동식물의 행태까지 분석하는 유효한 룰로 사용되고 있는데, 예를 들면 다음과 같은 사례들이다.

"백화점 매출의 80%는 20%의 VIP고객으로부터 나온다. 올림픽에서 상위 20개국이 전체 메달의 80%를 차지한다. 삼성전자 연간 매출의 80%는 전체 제품 중 20%의 제품으로부터 나온다. 모든 범죄의 80%는 20%의 범죄자가 일으킨다. 핸드폰 주소록에 저장되어 있는 지인 중 20%의 지인과 한 통화가 전체 통화의 80%를 차지한다. 직원 20%가 병가의 80%를 차지한다. 즐겨 입는 옷의 80%는 옷장에 걸린 옷의 20%에 지나지 않는다." 등등 무수한 사례가 많은데, 요즘 심심찮게 등장하는 '선택과 집중'이라는 대기업의 캐치프레이즈 역시 이 파레토의 법칙을 인용한 것이다. 물론 상위 20%의 부가 전체 부의 80%를 차지한다는 소득 불균형이론을 설명할 때도 자주 인용되는 이 파레토의 법칙은 후일 생물학자들이 동식물의 행태를 분석하는 이론으로 사용하기도 한다. 예를 들면 "완두콩의 생산량 80%는 20%의 줄기에서 생산되며, 개미와 꿀벌의 20%만이 먹이의 80%를 공급하고 나머지 80%는 20%에 해당되는 허드렛일을 하거나 빈둥빈둥 놀며 지낸다."는 주장이다.

그럼, 이 파레토의 법칙이 우리 7,500만 한민족의 염원인 통일과 어떤 관련이 있는지에 대해 얘기해 보자. 여러분들도 잘 알다시피, 2000년 6월 15일, 평양에서 당시 김대중 대통령과 김정일 국방위원장이 역사적인 남북정상회담을 갖고 이른바 '6.15남북공동선언문'을 발표하였다. 남과 북이 평화적으로 공존하는 가운데, 남측이 주장하는 1민족 2국가 2체제와 북이 주장하는 1민족 1국가 2체제와의 상이점을 서로 인정하고, 이 문제점을 해결하기 위한 남북 정례회담을 갖기로 합의하여 통일로 가는 디딤돌을 놓는 데 성공하였다.

이후 이 남북공동선언문 정신은 2003년에 들어선 노무현정부의 대북정책으로 계승되어, 2007년 10월 4일 평양에서 당시 노무현

대통령과 김정일 국방위원장이 2차 남북정상회담을 갖고 남북관계 발전과 평화번영을 위한 선언, 이른바 '10.4 공동성명'을 발표했다. 남북화해라는 시대적 요청에 발맞추어, 이산가족 상봉과 인도적인 대북 식량과 의료지원을 비롯하여 금강산 관광과 개성공단 가동 등 대북투자와 기타 문화예술, 스포츠, 학술교류와 함께 관련 인사들의 방북이 빈번하게 이루어지면서 60년 한반도 분단 역사상 가장 실질적인 남북화해무드가 조성되었다.

그럼 이 대목에서 우리는 '20%의 원인이 80%의 결과'를 초래한다는 파레토의 법칙을 상기해 보자. 2000년대 초반 북한 인구는 대략 2,400만 내외, 남한은 약 4,800만 정도였다. 그래서 북한 인구 2,400만의 20%인 480만이 북한체제를 지탱하는 체제옹위세력이라 할 수 있는데, 3인 가족 기준으로 하면 약 160만의 성인남녀가 북한의 테크노크라트, 즉 구소련의 특권계층인 노멘클라투르처럼 북한의 3대 권력기관인 노동당, 인민군, 그리고 행정부에 해당되는 정무원에서 실질적인 권력을 행사하는 핵심계층이라 할 수 있다. 이 160만이 북한인구 80%에 해당되는 약 2,000만 북한주민의 삶의 환경을 결정짓는 정책을 입안하고, 시행하고, 감독하는 파워엘리트그룹이다.

그렇다면 북한의 핵심계층을 구분하는 기준은 무엇인가? 사유재산을 부정하는 사회주의 국가의 특성을 고려하여 남한의 20%에 해당하는 파워엘리트 그룹을 한번 보도록 하자. 이 부분은 순전히 나의 개인적인 판단으로 설정한 기준인데, 이는 각 금융기관에서 부여한 개인 신용도를 참고한 자료다. 먼저, 입법부, 행정부, 사법부와 독립기관인 감사원과 헌법재판소, 국정원 등 중앙기관과 지방자치단체의 4급 서기관 이상 공무원과 이에 준하는 각급 학교장, 교육장, 세무서장, 경찰서장 등 관공서의 장과 총경급 이상 경찰, 중령이상 국군 장교, 부장급 이상 국영기업체 간부와 언론사 간부, 지점장급 이상 각 금융기관 간부, 부교수급 이상 대학교수, 상무이사급 이상 사기업체 간부, 의사, 변호사, 회계사, 세무사, 약사, 변리사 등 월수입 천만 원 이상인 전문직 종사자 등등인데, 이 기준을 북한에 적용하면 대략 북한의 기득권 계층이 160만에 달하지 않을까 여겨진다.

그런데 동서고금을 막론하고 자신이 보유하고 있는 권력이나 특혜를 자발적으로 내려놓는 통치자나 기득권자는 결코 없다는 사실이다. 북한의 160만 체제옹위세력도 마찬가지다. 이들 역시 남한주도로 통일이 되어 남한식 자유민주주의와 자본주의 시장경제체제가 들어선다 해도 현재 자신이 누리고 있는 기득권에 침해가 없다면 이들은 오히려 남한체제의 옹위세력으로 돌변할 수 있는 관료적 속성을 지니고 있다는 사실이다. 흔히들 "2, 30대는 뜨거운 가슴으로 살고, 40대 이상은 차가운 머리로 산다."라는 말이 있다. 이 말은 젊은 세대들은 자신이 이상으로 여기는 신념을 위해 현실을 포기할 수 있지만, 장, 노년 세대들은 공허한 이상 대신 현실적인 삶에 더욱 가치를 둔다는 뜻이다. 즉 명분보다 실리를 택하기 마련이란 의미다. 왜냐하면 이들 장, 노년층 북한 기득권자들은 "가난이 앞문으로 들어오면, 행복은 뒷문으로 나가게 된다."라는 어느 60대 여성 청소노동자의 증언을 실감하는 현실감각의 소유자들이기 때문이다.

그래서 2000년, 역사적인 6. 15 남북정상회담 이후 수년간 지속된 남북교류를 통해 남한은 의도적으로 이들 160만 북한 파워엘리트 계층에게 통일이 되어 북한에 남한식 정치, 경제체제가 들어서더라도 당신들이 현재 누리고 있는 기득권은 그대로 유지될 거라는 시그널을 계속 보내면서, 이들을 자연스럽게 북한의 체제이탈세력으로 만들어 북한체제를 붕괴시키는 전략을 취할 수 있는 절호의 기회가 바로 남북교류의 현장이었다.

여러분들도 주지하다시피, 1989년 11월 베를린 장벽이 왜 무너졌는가? 그것은 해외여행을 갈 만한 동독의 기득권층 20%가 인접국 헝가리와 오스트리아를 경유하여 서독으로 집단 망명하는 바람에 한반도의 판문점과 함께 동서냉전의 상징이었던 베를린 장벽이 그렇게 순식간에, 허망하게 무너진 것 아닌가 말이다. 결국 사회주의 동독의 기득권층 20%의 반란이 통일 독일의 주춧돌이 된 셈이다. 그런데 멍청한 이명박, 박근혜정권이 이런 기막힌 기회를 제 발로 걷어차버린 것이다. 참으로 아까운 찬스였는데 말이다.

먼저 이명박 정부는 2008년 7월 11일 오전 5시경 금강산에서 발생한 박왕자 피격사건을 빌미로 금강산관광을 전면중단하고, 이어 2013년에 들어선 박근혜 정부는 북한의 4차 핵실험을 빌미로 2016년 2월 10일 오후 5시에 홍영표 통일부장관이 발표한 긴급성명을 통해 개성공단 전면폐쇄를 전격적으로 발표하여 남북은 급속하게 강경대치 국면으로 들어가면서 한반도에는 일촉즉발의 전운이 감돌게 된다.

이로써 김대중, 노무현 진보정권이 심혈을 기울여 구축한 한반도 평화를 위한 '햇볕정책'은 역사의 유물로 폐기 처분되는 불운을 겪게 되는데, 개인적으로 내가 제일 애석하게 여기는 부분은 이 분별력 없는 보수정권이 자신들의 소아병적인 단견에 사로잡혀 이 기막힌 '20대 80의 법칙'이라는 파레토의 법칙을 제대로 한번 써먹어 보지 못했다는 사실이다. 만약 조금이라도 이, 박 보수정권이 선견지명이 있어서 남북교류를 더욱 확대해 기술적으로, 그리고 세련되게 이 파레토의 법칙을 구사하여 북한의 160만 체제옹위세력을 체제이반세력으로 만들었더라면 7,500만 한민족의 염원인 통일이 지금 시점에서는 어느 정도 구체화되지 않았을까 하는 다소 엉뚱하지만, 가슴 설레는 생각을 해본다.

-2017. 10. 19-

최병서와 나

60대 이상의 할리우드 키드들은 빡빡머리 영화배우 율 브리너가 주연한 《왕과 나The King and I》라는 영화를 기억하고 있을 것이다. 1956년에 흥행에 성공한 브로드웨이의 동명 뮤지컬을 스크린으로 옮긴 이 영화는 현재의 태국인 샴 왕국의 실존 국왕이었던 라마 4세와 한 영국인 미망인 사이에 발생한 로맨스를 그린 이국적인 로맨틱 코미디물이다. 그런데 이 《왕과 나》는 전 세계적으로 흥행에 성공한 화제작이었으나, 태국에서는 상연금지란 블랙리스트에 오른 영화이기도 한데. 그 이유는 태국인들의 절대적인 존경심을 받고 있는 왕실을 모독한 불경죄 때문이라 한다.

이런 《왕과 나》처럼 나 역시 성대모사의 달인이자 인간복사기로 불리는 최병서와는 특별한 인연이 있다. 최병서 덕분에 PD인 내가 난생 처음으로 TV에 출연한 경험이 있기 때문이다. 벌써 30여 년이 지난 그 시절을 겨우겨우 회고하면, 대충 이런 사연이다. 1982년인가 1983년경에 난 지금은 예능국이란 하나의 국으로 승격된 TV제작국 제작2부에서 《쇼2000》이란 MBC 간판 쇼 프로그램의 조연출을 맡고 있었다. 그러던 어느 날 《영11》이란 청소년대상 쇼 프로그램을 연출하고 있던 3년 차 선배로부터 《영11》 출연요청이 왔다. 그래서 무슨 영문인지도 모른 내가 왜 내가 선배님 프로그램에 출연해야 하냐고 이유를 묻자, 그 선배가 하여튼 출연해서 작가가 써준 멘트 하나만 하고 가라는 것이었다. 그래서 지엄한 선배의 부탁을 거절할 수도 없고, 특히 나만 보면 "너는 테레비 회사에 들어갔다더니만 맨 날 봐도 테레비에 나오지 않더라."라는 말을 자주 하셨던 시골 할머니의 소원도 들어줄 겸해서 《영11》에 딱 30초간 출연했었는데, 그때 내가 무슨 말을 했었는지는 도통 기억이 나질 않는다. 그런데 며칠 후 사연을 알고 보니, 당시 공개방송이었던 《쇼2000》 생방송 현장에서 방청객 정리를 하던 나를 보고 한 방청객이 "저 사람은 최병서하고 목소리가 똑같네."라고 말하는 걸 듣고, 곧장 최병서에게 달려가 확인한 결과, 사실은 자기가 《영11》인가 아니면 개그프로인 《청춘만세》에서 내 목소리를 흉내 내어 방송한 적이 있다고 이실직고하는 것이었다. 그래서 이런 비하인드 스토리를 접한 그 선배가 자신의 프로그램에서 나와 최병서를 출연시켜 누구의 목소리가 진짜 오리지널인가를 확인하는 코너를 구성해 날 출연시켰다는 코미디 같은 그 시절 얘기다. 이와 함께 최병서 그 친구하고 여의도 MBC 부근 당구장에서 당구깨나 치고 지냈던 추억도 떠오른다.

그런데 글머리에 언급한 스킨헤드족 율 브린너는 우리의 현대사와도 밀접한 관련이 있는 흥미로운 인물이다. 광산기사 출신인 율 브린너의 조부 유리 이바노비치 브린너는 인생역전을 위해, 1890년대에 일부 완공된 시베리아 횡단열차를 이용해, 당시 러시아의 수도인 상트페테르부르크를 떠나 동쪽으로 만 킬로미터 떨어진 연해주 블라디보스톡으로 이주하여 함경도에서 광산개발사업을 하던 중 그곳의 풍부한 목재에 주목한다.

1895년 10월, 경복궁에서 조선 주재 일본 공사 미우라 고로의 지휘 아래 일단의 일본인 자객들에게 명성왕후 민 씨가 잔혹하게 살해당한 을미사변이 발생한다. 이에 신변에 위협을 느끼고 있던 고종이 1897년 2월, 은밀하게 정동 러시아 영사관으로 피신한다. 역사는 이를 '아관파천'이라 부른다. 당시 조선에서는 러시아를 '아라사俄羅斯'로 불렀기 때문이다. 이때부터 친러파가 득세하면서 덩달아 율 브린너의 조부 유리 이바노비치 브린너도 한반도 북부와 울릉도의 산림 벌채권을 독점해 상당한 돈을 벌게 된다. 이런 조부 덕분에 1920년 블라디보스톡에서 태어난 율 브린너는 만주 하얼빈에서 청소년기를 보내고 조부와는 반대로 서쪽으로 만 킬로미터 떨어진 파리로 이주하여 잠시 서커스 단원생활을 한 후, 스타의 꿈을 안고 21살 때 미국으로 건너간다. 그 후 그는 《대장 부리바》, 《십계》, 《카라마조프가의 형제들》 같은 흥행작에 연이어 출연해 돈과 세계적인 명성을 얻었으나, 하루 담배 5갑을 피우는 흡연으로 인한 폐암으로 1985년 65세에 사망한다. 유라시아 대륙과 아메리카 대륙을 전전하면서 생을 마친 그의 삶은 전형적인 코스모폴리탄적인 삶이라 할 수 있을 것이다.

-2015.10.25.-

포스트 맨은 벨을 두 번 누른다

1982년에 개봉된 《포스트 맨은 벨을 두 번 누른다》라는 미국 영화가 있다. 1930년대를 휩쓴 대공황시대, 시카고 부근에 있는 한 중소도시를 배경으로, 남녀 주연배우였던 떠돌이 인생 잭 니콜슨의 거칠고 야성적인 연기와 주유소 사장 부인 제시카 랭이 보여주는 도발적이고 관능적인 자태가 돋보이는 이 영화는 1982년 국내 흥행 랭킹 1위를 기록한 영화이기도 했다. 욕망과 탐욕이 지배하는 미국사회의 어두운 단면을 하드보일드 스타일로 묘사한 제임스 케인의 원작소설을 영화화한 이 영화가 국내에 개봉될 때 처음 타이틀은 《우편배달부는 벨을 두 번 누른다》였는데, 집배원과는 아무런 관련이 없는 영화임에도 불구하고, 집배원들의 대대적인 항의로 인해 《포스트 맨은 벨을 두 번 누른다》란 원어 제목을 그대로 사용했다는 에피소드를 가진 영화이기도 하다. 그런데 도대체 이 영화가 나의 생업인 청소 일과 무슨 관련이 있기에 이렇게 장황하게 설명하는지 의아해 하는 독자들이 있을 것이다. 그것은 바로 나의 일과 관련된 그럴듯한 한 편의 스토리텔링을 만들기 위해서다.

현재 나는 투잡을 뛰고 있다. 2년 전인 2014년 3월 중순에 청소업계에 뛰어든 이래 2년여 만에 처음으로 투잡을 뛰고 있다. 보다 정확하게 말하면 임금 생활자로서 두 개의 직장에서 일하고 있다는 뜻이다. 매주 월요일부터 금요일까지 주 5일간, 첫 번째 잡은 오전 10시부터 오후 3시까지, 그리고 두 번째 잡은 오후 4시부터 밤 10시까지로, 하루 근로시간이 11시간에 달하는 노동 천국에서 살고 있다. 첫 번째 직장의 월급은 130만 원, 그리고 두 번째 직장은 150만 원, 도합 280만 원이다. 적지 않은 수입이다. 오전 10시부터 오후 3시까지의 첫 번째 일은 강동구 관내에 있는 약 10군데의 다가구 주택을 순회하면서 청소하는 일이다.

구체적으로 얘기하면, LH공사, 즉 토지주택공사가 서민 주거안정화 대책의 일환으로 서울 시내의 노후한 다가구 주택을 사들여 보수공사를 마친 후, 기초생활수급권자나 독거노인, 심신장애자, 조손가정 등 경제적, 사회적 약자들에게 저렴한 가격으로 장기 임대해 주는 집합건물을 청소하는 일이다. 월요일은 암사동, 화요일은 길동, 수요일은 명일동 등 이런 순서다. 청소라고 해봤자, 약 6가구 내지 10가구가 거주하는 4, 5층 건물의 계단과 복도를 빗자루로 쓸고, 물 적신 마포걸레로 닦고, 주차장과 건물 주위를 청소하는 일이다. 소요시간은 약 20여 분 내외. 그리고 다음 주택으로 이동, 이런 식이다. 좋은 점은 사무실에 나갈 필요 없이 곧장 현장으로 출근하여 나 혼자 자유롭게 일하고, 끝나면 사무실로 '강동구 작업완료'라는 문자만 보내면 된다.

보통 오후 2시에서 3시 사이에 일이 끝나면 곧바로 나의 메인 잡이자 두 번째 잡의 현장으로 향한다. 그런데 다행히도 이 두 번째 직장도 강동구 상일동이다. 어딘가 하면, 삼성엔지니어링 본사가 강동 첨단지구에 있는 한 오피스 빌딩이다. 이곳에 오후 3시40분까지 출근하여 4시부터 6시 30분까지 2시간 30분 동안 청소일의 하이테크이자, 최고의 고난도 기술인 대리석 연마 및 광택 매직 쇼 제1부를 펼친 후 회사 구내식당에서 제공하는 고단백 영양식을 섭취하고 약 30분간의 휴식을 취한다. 휴식이라 해보았자, 회사 뒤편 고덕천 고수부지에서 담배 한 대 피우는 정도다.

이어 7시 30분부터 밤 10시까지 역시 현란한 매직 쇼 제2부를 마친 후 퇴근이다. 2부 역시 나 혼자만의 단독공연이다. 그리고 집에 들어오면 밤 11시경. 아침 8시쯤 나가서 이때 들어오니 무려 15시간을 밖에서 지내고 돌아온 셈이다. 그리고 물에 푹 적신 솜처럼 무거운 몸을 이부자리에 눕히자마자 '죽음보다 깊은 잠'에 빠진다. 이상이 지금까지 2주 동안 지속된 나의 투잡 인생 보고서다.

그럼, 이 대목에서 "뭐야, 이 친구, 처음에는 《포스트 맨은 벨을 두 번 누른다》라는 영화 얘기로 관심을 끌더니, 계속 자신의 투잡 얘기만 하고 있잖아!."하며 짜증을 낼 일부 독자들도 있을 것이다. 그러나 이 순간, 여러분이 짜증 낼 바로 이 순간에 내가 여러분들을 장대한 인류 문명사의 현장으로 초대한다.

지금으로부터 약 15만 년 전, 동아프리카에서 진화의 혁명을 마친 현생인류 호모사피엔스가 유라시아 대륙과 아프리카 대륙을 잇는 시나이 반도나 혹은 그 당시 빙하기의 영향으로 육지였던 현재의 홍해를 건너 전 세계로 퍼져 나간다. 씨족 중심의 모계사회였던 우리의 조상들은 수렵, 채취 생활로 연명하던 중 기원전 9천 년경. 즉 11,000년 전에 마지막 빙하기가 물러나면서 온난한 기후가 계속되는 간빙기가 도래하자, 역사학자들이 '1차 혁명'이라 부르는 농업혁명을 이룸으로써 현재의 세계를 만드는 데 성공한다.

그리고 2차 혁명은 18세기 중반, 화석연료인 석탄을 에너지원으로 하는 증기기관의 발명으로 상징되는 제조업 중심의 산업혁명, 그리고 1980년대에 불어 닥친 3차 혁명인 정보통신혁명을 거치면서 우리 인류는 진보의 행진을 계속해 오고 있다. 그런데, 약 11,000년 전부터 우리의 조상들이 쌀, 밀, 보리, 귀리, 콩 등 농작물 재배를 시작하면서 야생 소나 말, 양, 염소, 개, 돼지, 닭 등을 가축화하는 데 성공한다. 농업에 의한 잉여생산물을 활용한 결과다.

그 후 약 5천여 년 전, 북위 25도와 35도 사이에 있는 나일 강 유역의 이집트, 오늘날의 이라크 지역인 티그리스 강과 유프라테스 강 사이의 메소포타미아 지방, 그리고 인도의 인더스 강 유역, 중국의 황하 유역 등 4개 지역에서 인류 최초의 고대문명이 탄생한다. 이들 문명은 농업을 기반으로 하는 정주생활이란 점이 특징이다. 21세기 오늘날까지 지속되고 있는 인류의 보편적인 삶의 양식이다.

그러나 이런 농경인 정주사회만 있는 것이 아니다. 북위 35도와 55도에 걸쳐 서쪽으로는 헝가리 평원에서 동쪽으로는 만주 지역까지 펼쳐진 광활한 유라시아 대륙의 대초원 지역과 북위 55도 이북의 시베리아 지방, 그리고 역시 북위 25도 이남인 사하라 사막 지역에 사는 사람들은 가축화에 성공한 소나 말, 양, 염소, 낙타, 순록 등을 사육하면서 목초지를 찾아 이동하는 유목생활을 영위한다. 우리는 그들을 '유목민Nomad'라 부른다. 또한 사하라 사막 이남 중부 아프리카의 열대우림지역에 사는 피그미족이나 칼라하리

사막의 부시 맨, 파푸아 뉴기니 등 태평양 제도, 그리고 오스트레일리아 대륙의 일부 원주민들은 만 년 전, 그들의 조상처럼 지금까지 수렵, 채취 생활을 계속해오고 있다.

이들 3개의 문명권 중에 농업을 기반으로 하는 정주민 문명권과 일정한 주거지가 없이 계속 이동하며 생활하는 유목민 문명권 간의 대립이 15세기까지 세계사의 중심이었다. 역사상 최초의 제국이었던 페르시아제국, 그리스 로마 문명의 주역이었던 인도 게르만어족, 1453년, 동로마제국 혹은 비잔틴제국을 멸망시켜 서양의 중세 1,000년을 끝장낸 오스만 터키, 그리고 인류역사상 최대의 영토를 정복한 팍스 몽골리아Pax Mongolia의 주인공, 칭기즈칸의 몽골제국, 그리고 거란족의 요遼, 여진족의 금金과 청淸제국, '타지마할'이라는 유명한 건축물을 건설한 인도의 무굴제국 등이 역사에 기록된 대표적인 유목민 집단들이었다. 참고로 '무굴'이라는 말은 인도어로 '몽골'을 의미한다.

그러나 15세기경 중앙아시아에서 제2의 몽골제국을 꿈꾼 티무르 제국을 끝으로 유목 문명은 세계사에서 사라진다. 주된 이유는 도시 정착민들이 발명한 총과 대포의 위력 때문이었다. 그리고 세계는 18세기 중반에 영국에서 일어난 산업혁명을 거치면서 대도시의 발전으로 유목민 문명은 지난날의 신화나 전설이 되어 버렸다.

그러나 20세기 후반부에 이 유목민들이 세계적인 화두로 떠오른다. 바로 정보통신혁명과 포스트모더니즘이라는 새로운 문화사조의 영향 때문이다. 개인들이 간편하게 지니고 다니는 디지털 기기로 시공간의 제약 없이 자유롭게 인터넷에 접속하여, 필요한 지식과 정보를 얻고, 또한 쌍방향으로 소통하는 생활형태가 '21세기판 유목민'이라는 것이다. 그리고 집단 대신 개체, 통합 대신 해체, 논리보다는 본능적 욕구를 강조하는 포스트모더니즘의 영향으로 제한된 가치와 삶의 방식에 매달리지 않고 끊임없이 자신을 바꾸어 가는 현대인들의 모습이 바로 "끊임없이 이동하는 자만이 살아남는다."라는 유목민의 전통과 비슷하기 때문이다. 그래서 수년 전부터 일기 시작한 전세 품귀 현상도 정착민의 상징인 집을 소유하는 것보다 일시적인 주거장소로만 생각하는 젊은 세대들의 '노마디즘 Normadism, 유목주의遊牧主義'에 의한 결과라 여겨진다. 그들은 집보다 유목민의 현대판 낙타와 말인 자동차와 최신형 디지털기기를 더 소중한 가치로 생각하기 때문이다.

자, 그럼 이 대목에서 여러분들에게 질문 하나를 던질까 한다. "이렇게 구구절절 정주민 문명과 유목민 문명을 설명하는 이유는 무엇일까요?" 힌트는 나의 투잡 인생과 관련된 질문이다. "뭐냐고요? 잘 모르겠다고요? 그래요? 그럼, 저기 저분 한번 말씀해보세요?" "네, 고정된 장소가 아니고 계속 이동하면서 일을 하는 첫 번째 잡은 유목민, 즉 노마드적 작업 환경이고, 두 번째 잡은 항상 고정된 장소와 시간에 노동을 하기 때문에 정주민적 작업 환경이라 말할 수 있다고요? 그래서 필자는 자신의 투잡 생활을 통해 7,000년 인류역사의 두 기둥이었던 정주민 문명과 유목민 문명을 주 5일간 직접 체험하면서 살고 있다고요? 네, 아주 정확한 분석입니다. 여러분, 저분에게 큰 박수, 부탁드립니다."

그렇다. 매일 10군데의 다가구 주택을 이동하면서 청소를 해야 하는 첫 번째 일은 목초지를 찾아 계속 이동해야만 되는 유목민의 전통을, 그리고 대리석 연마 및 광택 쇼를 선보이는 두 번째 일은 이동이 전혀 없는 고정된 장소에서, 고정된 시간에 일하기 때문에 정착민의 전통을 따를 수밖에 없다. 결국, 나는 인류역사의 두 주인공이었던 유목민 문명 세계와 정착민 문명 세계를 매일 반복하며 살고 있는 셈이다. 이런 의미로 볼 때 나는 '걸어 다니는 세계사' 그 자체이다. 그리고 '우연과 필연'이라는 철학적 사유로 이 정주민 문명과 유목민 문명을 고찰해 볼 필요가 있다. 우선, 광활한 사막을 이동해야만 생존이 가능한 유목민들에게는 예상치 못한 위험 즉 폭우나 폭설, 강풍 등 기상이변이나 적대적인 타 부족이나 도적, 혹은 부랑자들과의 '우발적인 마주침'인 우연과 직면할 기회가 많은 데 반해, 우리의 전통적인 농촌 공동체처럼 수십 세대에 걸쳐 한 지역에서만 정착하여 사는 정주민들에게는 예상 밖의 위험이 발생하는 우연의 사유체계보다 전통과 혈연에 의한 숙명적인 삶이 강조되는 필연적인 사유체계가 지배적인 위치를 차지한다. 다시 말하면 땅에 뿌리내리고 토박이로 살며 정체성과 배타성을 지닌 공동체를 이루기보다는 정해진 규율이나 법칙에 구애받지 않고 바람처럼, 구름처럼 이동하면서 평생을 살아가는 유목민의 사유체계에는 미지의 세계에 대한 모험과 개척의지가 살아있는 '가능성의 세계'가 존재한다는 것이다.

그래서 이런 유목민 특유의 '자유로운 영혼'을 지닌 나는 영화 《포스트 맨은 벨을 두 번 누른다》의 남자 주인공 잭 니콜슨 못지않은 남성적 박력과 야성을 물씬 풍기면서, 매일 오전 10시부터 시작되는 다가구 주택 순회 청소를 할 때에는 현관의 벨을 반드시 두 번 누른다. 언젠가는 제시카 랭 같은 성적 일탈을 꿈꾸는 매혹적이고 도발적인 여인과의 '우발적인 마주침'이 있을 거란 발칙한 망상을 품고 말이다.

-2016. 5. 10-

강남 좌파 조국

지난달 5월 10일, 대한민국 제19대 대통령에 취임한 문재인은 조국 서울대학교 법학전문대학원 교수를 청와대 민정수석으로 임명했다. 지난 이명박, 박근혜 보수정권에서는 검찰출신 인사들만이 독점해온 민정수석 자리에 서울대 교수라는 타이틀과 함께 훤칠한 키에 수려한 용모를 자랑하는 '엄마 친구의 아들', 이른바 '엄친아' 스타일에 딱 들어맞는 조건을 갖춘 그를 임명하자, 언론은 '신선한 충격', '파격적 인사'라는 수사와 함께 대체로 호의적인 반응을 보였다. 게다가 일부 언론은 같은 날에 청와대 비서실장으로 임명된 임종석 역시 조국 못지않은 신체조건과 외모를 갖추고 있기 때문인지는 몰라도, 새로 출범한 문재인 정부에 '외모패권주의 정부'라는 애칭을 붙여주기도 했다. 중국 당나라 조정에서 관리를 선발할 때 사용한 신언서판身言書判, 즉 용모, 언변, 문필, 판단력으로 볼 때, 우선 이 두 사람은 '신'만큼은 안정적인 합격선에 들 만한 인물임은 분명한 사실이다. 물론 그 뒤의 '언서판'도 군계일학이겠지만 말이다. 그런데 조국 하면 떠오르는 이미지가 하나 있다. 바로 '강남 좌파'라는 이미지다.

지난 대통령선거전에서 보수우파를 대표하는 자유한국당의 홍준표 후보가 연일 입에 거품을 물어가면서 좌파 척결을 주장했는데, 그럼 조국도 그런 척결대상인가? 아마 홍준표가 주장하는 좌파는 지난 2014년 12월에 해산된 통합진보당, 약칭 통진당의 이정희와 이석기로 대표되는 정치세력일 것이다. 그럼 같은 좌파인 조국과 이정희 중에 왜, 조국만을 '강남 좌파'라 부르는가에 대한 의문이 이 글의 주제다. 강남 좌파, 도대체 그들은 누구인가?

1927년, 일단의 좌파 정치학자, 사회학자, 철학자, 정신분석학자들이 그들의 신념인 마르크스주의, 즉 공산주의를 비판적 시각으로 재해석하면서 자본주의의 폐해와 모순을 극복하기 위한 대안을 모색하기 위해 독일 프랑크푸르트 소재 암마인 대학에 사회문제연구소를 개설한다. 그들이 바로 현대 정치사상과 사회학 분야에서 커다란 영향력을 끼친 막스 호르크하이머와 허버트 마르쿠제(사회학), 테오도어 아도르노(철학), 에리히 프롬(정신분석학), 등인데 서구 지식인 사회에서는 이들을 통칭, 프랑크푸르트학파라 부른다. 그런데 모두가 비판적 마르크스주의자들인 이들은 1951년에 『프랑크푸르트 선언』을 통해 "현재 스탈린이 통치하고 있는 소련과 폴란드, 체코슬로바키아 등 동구권 사회주의 국가들은 공산주의가 사회주의를 계승하고 있다고 주장하는데, 이는 완벽한 거짓이다. 진보적인 부르주아 계급이 보수적인 반동체제에 저항하여 수립한 자본주의 사회, 이어 역사의 필연적 결과로 등장하게 되는 무산자 프롤레타리아 독재에 의한 사회주의 사회, 그리고 모든 혁명의 최종목표인 계급 없는 사회, 즉 공산주의 사회로 발전하게 된다는 마르크스의 역사발전론은 스탈린주의에 의해 프랑켄슈타인 같은 괴물로 변해 버렸다. 현재의 공산주의는 프로이센 같은 군국주의적 관료주의와 나치독일의 비밀경찰제도에 의존하고 있는 독재국가의 한 이데올로기에 불과하다. 스탈린주의는 히틀러의 나치즘과 같은 변형된 전체주의, 파시즘일 뿐이다."라고 주장하면서, 동구권 사회주의와 결별을 선언한다. 그리고 이들은 지식인들과 학생들의 현실참여를 강조하는 '신좌파New Left'운동을 전개한다. 기존의 혁명주도세력이었던 노동자, 빈농, 도시빈민 대신에 중산층 이상의 경제력을 갖춘 지식인들이 주도하는 이 신좌파운동은 1968년5월, 프랑스 파리에서 발생한 이른바, '68혁명'에서 혁명 주도세력인 대학생들과 노동자들의 구심점 역할을 하게 되는데, 1981년부터 1995년까지 14년간 집권에 성공한 프랑스의 프랑수아 미테랑 사회당 정권이 이들 '신좌파'들의 대표적인 정치세력이다.

그런데 '강남 좌파'의 대표로 불리는 조국을 포함하여 이들 '신좌파'의 특징은 무엇인가? 이에 대해 자신을 실천적 좌파로 부르는 프랑스의 실존주의 철학자 장 폴 사르트르는 "18세기 중반 영국에서 탄생한 산업혁명의 결과, 이윤추구가 제1의 목표인 자본가 부르주아 계급이 기존의 특권계급인 귀족계급 대신에 정치. 경제, 사회 등 모든 분야에서 파워엘리트로 부상한다. 이들 부르주아들은 자신들의 이익을 실현하기 위해 대규모의 노동자를 고용하면서, 이들을 관리하고 통제하기 위한 수단으로 법률가, 공학자, 회계사, 교육전문가 등 지식인들을 중간 관리층으로 고용한다. 그런데 이들 지식인들은 노동자들의 열악한 삶을 목격하고, 그들의 주장에 동조하게 되면서, 그들의 '도구적 이성'이 점차 '비판적 이성'으로 변질된다. 이러한 변신을 통해 기존 사회체제에 저항하는 지식인들이 출현하게 되면서 노동운동이 활발하게 전개되는데, 그 이유는 이들 지식인들이 노동자들에게 투쟁논리를 제공하고 노동조합 조직에 참여했기 때문이다."라고 주장한다. 이런 성향의 지식인들이 오늘날의 '신좌파' 원조들이다.

다시 말하면, '도구적 이성'보다 '비판적 이성'을 더 우위에 두는 일단의 현실참여적인 지식인을 '신좌파'라 부른다. 따라서 자신들의 생존권을 위해 공권력과 맞서 싸우고 있는 쌍용차 해고 노동자나, 노점상, 철거민 같은 도시 빈민, 그리고 농어민 등 경제적, 사회적 약자에 비해 이 '신좌파'는 '지식인'이라 불릴 정도로 높은 수준의 지식과 중산층 정도의 경제력을 갖추고 있다는 점이 특징이다.

그런데 문제는 이들 '신좌파'들이 입으로만 시대정신이니, 사회정의니, 민중의 삶이니 같은 수사만 남발하면서 자신들이 그렇게 공격해대는 기득권 계층 못지않은 윤택한 생활을 하고 있다는 점이다. 소위 '입 따로, 행동 따로'인 셈이다. 예를 들면, 평소에는 주한미군 철수를 주장하면서, 남북한 자주통일을 주장하는 재야인사가 용산 미8군 장교식당에서 캘리포니아 나파벨리산 레드와인을 음미하면서 텍사스산 스테이크를 우아하게 즐기고 있는 모습이나, 소비자운동에 열성적인 진보적인 여류 저명인사가 최고급 호텔 커피숍에서 대기업 홍보담당자와 한가롭게 환담을 나누는 행태가 전형적인 '입 따로, 행동 따로'인 사례다.

그래서 이들에 대한 사람들의 시선은 곱지 않다. 입으로는 민중의 고통에 대해 얘기하고, 사회의 특권계급을 비판하지만, 이들 자신이 대단한 자산가로서, 특권적인 삶을 누리면서, 자신의 2세들에게는 최고의 엘리트 교육을 시키고 있다. 자신들의 풍요로운 삶이 민중의 현실적인 삶과 괴리되어 '입만 열면 좌파'라는 말이 나오지 않을 수 없다. 이런 신좌파 지식인들에 대해 프랑스에서는 고가의 귀족식품인 철갑상어의 알인 캐비어를 즐기면서 민중들의 이익을 옹호한다 해서 '캐비어 좌파'란 말이 있고, 독일에서는 이탈리아 토스카나 지방에서 휴가를 보낸다는 뜻으로 '토스카나 좌파'란 말이, 영국에서는 최고급 샴페인을 즐긴다는 의미에서 '샴페인 좌파'가, 그리고 미국에서는 최고급 승용차인 리무진을 애용한다고 해서 '리무진 좌파'라는 말이 있다. 그리고 한국에는 고가의 강남 아파트에 산다고 해서 '강남 좌파'란 말이 있다. 그런데 이런 좌파 지식인들은 기업에서도 증오의 대상이다. 이들은 기업으로부터 강연이나 연구용역으로 적지 않은 돈을 받으면서, 주기적으로 기업의 불공정 사례나 이기주의에 대해서는 비난을 퍼붓곤 한다. 그래도 기업으로서는 이들의 사회적 영향력이 너무 크고, 특히 여론을 좌우하는 입장에 있기 때문에, 뒤에서는 온갖 욕을 하더라도 면전에서는 웃으며 모실 수밖에 없는 형편이다.

정치인들 역시, 이들 좌파 지식인들을 꼭 반기지는 않는다. 이들은 자신의 손에 스스로 물을 묻혀가며 행동하지 않는 대신에 언제나 그럴듯한 훈계만 늘어놓기 때문이다. 험한 현실 정치의 현장에서 산전수전 다 겪으며 힘겹게 정치생명을 이어가고 있는 정치인들로서는 높고 우아한 자리에서 명철한 논리와 해박한 지식을 동원하여 도도하게 훈계와 비판을 늘어놓는 좌파 지식인들은 미움의 대상이다.

그렇지만 프랑스의 저널리스트 로랑 조프랭이 2012년에 쓴 『캐비어 좌파의 역사』란 책에 따르면, 이들 좌파 지식인들이 '역사의 진보'란 면에서 지극히 중요한 역할을 해왔다는 사실에 주목해야 된다. 영국의 샴페인 좌파는 비인간적으로 착취당하는 노동계급의 복지를 개선하기 위해 노력하는 영국 노동당의 든든한 협력자이자 조언자였으며, 미국의 리무진 좌파 역시, 루스벨트, 케네디, 존슨, 클린턴 등 민주당 정부의 개혁 청사진을 수립하고, 실행하는 데 중요한 사상적 틀을 제공했다는 사실이다.

우리나라도 마찬가지다. 명석한 논리와 근거를 통해, 환경, 의료, 복지, 교통 등 공익에 관한 현안이나 노동자, 도시 빈민, 외국인 근로자 등 경제적 약자의 인권문제. 혹은 여성이나 어린이 등 사회적 약자의 삶의 질을 개선하는 문제에 대해 꾸준하게 문제제기를 하고, 공론화하여, 대안을 모색한 사실은 이들 강남 좌파들의 공적임을 인정해야 한다. 오히려 이들이 캐비어나 샴페인을 즐기기만 하는 부르주아로 굳어진다면, 그야말로 우리 사회의 손실이 될 것이다. 진영논리에 갇혀 이념과잉의 상태로 아무런 전망도 내놓지 못하고, 체제부정과 대립 일변도로 가는 극좌파가 좌파를 대표한다는 것은 우리 사회의 비극이 될 공산이 크기 때문이다.

그러니 '입 따로, 행동 따로'도 좋으니, 조국 같은 강남 좌파 지식인들은 우향우하는 대신, 지금처럼 사회의 특권 계급에 대해서는 입바른 얘기를 계속하는 것이 우리 사회의 건전성을 위해서도 좋은 일이 될 것이다. 다시 말하면 자신들의 생업을 위해서는 '도구적 이성'을 활용하고, 바람직한 세상을 위해서는 '비판적 이성'을 잃지 말자는 얘기다.

-2017. 6. 7-

중고 운동화와 '엔트로피 법칙'

현재 '브레인brain' 대신 '머슬muscle', 즉 청소노동자로서 '머리' 보다 '근육'을 주로 사용하는 나에게는 구두보다 운동화가 필수품이다. 그래서 난 지하철 1, 6호선 환승역인 동묘 풍물시장에서 중고 운동화를 정기적으로 구입한다. 그 이유는 나이키니 아디다스니 하는 유명 브랜드의 운동화는 중저가 신사화보다 더 비싸서 새것을 사서 신기에는 부담스럽고, 그렇다고 시장바닥에서 1, 2만 원 하는 조잡한 운동화는 금방 찢어져서 가격 대비 효용성, 요즘 유행어로 '가성비'가 빈약하기 때문이다. 그래서 신고 있는 운동화가 고물이 되면 난 이곳 풍물시장에서 중고 운동화를 즐겨 사는데, 지난주 토요일 18일에도 5천 원에 중고 아디다스 운동화 한 켤레를 샀다.

5천 원 주고 운동화 한 켤레를 사 신고 3, 4개월 후에 그 신발을 신고 풍물시장에 가서 5천 원 주고 다른 신발을 사 신고, 신고 간 신발은 그 자리에서 버리고, 다시 3, 4개월 후에 그곳에 가서 다른 운동화를 사 신고, 신고 간 운동화는 버리고, 이런 식이다.

그런데 내가 일부러 발품을 팔아가면서 이런 중고 운동화를 사 신는 이유는 주머니 사정이 좋지 않은 탓도 있지만, 무엇보다도 우리의 후대들이 윤택한 삶을 누릴 수 있는 '대의'를 실천하기 위해서다. 난데 없이 무슨 거창한 '대의'란 말인가?

요즘 서구의 경제학자들과 언론은 '순환경제'라는 용어를 자주 사용하고 있다. 그들의 주장에 따르면, 지난 1700년대 중반 영국에서 탄생한 산업혁명 이후부터 20세기까지의 경제 시스템은 '자원채취-제조-사용-폐기' 순으로 이어진 '선형경제linear economy' 시스템이었으나, 이 시스템은 자원 고갈과 함께 생태계 파괴, 공해 유발 등으로 인해 오늘날 한계상황에 직면하고 있다고 한다. 그래서 21세기에는 '자원채취-제조-사용-폐기-회수-재생-재활용'으로 이어지는 '순환경제circulation economy' 시스템으로 전환을 서두를 때라는 것이다. 이 '순환경제'야말로 전 지구적 차원에서 지속적인 경제성장을 담보해 줄 수 있는 유일한 경제 시스템이라고 강조한다.

요즘 시중에서 화제가 되고 있는 『순환경제 시대가 온다』라는 신간에서 공동저자인 미국의 경제학자 피터 레이시와 제이콥 뤼비스트는 "캐내고, 만들고, 쓰고, 버리고, 캐내고, 만들고, 쓰고, 버리고…. 지금까지 인류가 물건을 생산하고 소비해온 방식이다. 그 결과는 어떠한가? 천연자원은 바닥나고, 쓰레기는 폭증하고, 생태계는 파괴되었다. 국제유가는 2000년에서 2014년 사이에만 50% 상승했다. 구리, 코발트, 은, 납, 주석 등 지하자원은 향후 50년에서 100년 사이에 동나고, 경제협력개발기구OECD 국가들은 매년 46억 톤씩, 아시아 국가들은 22억 톤씩 쓰레기를 배출해 '쓰레기 대란'을 유발하고 있다."라고 말하면서 "1970년에서 2014년까지 지구의 생물 종 다양성은 전체적으로 10% 이상 감소했으며, 부족한 자원은 때때로 전쟁과 내란을 일으켰다. 과거 20년간 다이아몬드,

코코아 등 천연자원을 두고 18차례의 내전이 일어났다. 또한 희토류 생산을 세계적으로 장악한 중국이 한때 전자제품 제조에 광범위하게 쓰이는 네오디뮴의 수출을 제한하자 시장에서 kg당 50달러에서 500달러로 치솟은 적이 있었다. 따라서 지난 250년간 지탱해온 선형 성장 모델은 '미래로부터의 차입 성장'을 바탕으로 하고 있어, 언젠가는 한계에 다다를 수밖에 없는 시한부 모델이다.

이에 비해 순환경제는 지구와 미래 세대를 생각하는 '착한 모델'이기도 하지만, 훨씬 더 '저비용 고효율적인 모델'이기도 하다. 예를 들어, 자동차 엔진의 무게는 500kg이다. 이를 강철로 재활용한다면 그 가치는 160달러에 불과하지만, 엔진으로 다시 만들면 그 가치는 4,900달러에 이른다."라고 주장하면서 순환경제시스템을 적극 옹호하고 있다.

한마디로 말하면 소비자와 기업이 제품과 자원을 "아껴 쓰고, 나눠 쓰고, 바꿔 쓰고, 다시 쓰는 아나바다" 마인드를 가져야 된다는 말이다. 기꺼이 중고 운동화를 구입해 신는 나처럼 말이다. 그렇다면 이런 순환경제를 강조하는 경제학자들의 논리를 뒷받침하고 있는 이론은 무엇인가? 바로 물리학에서 말하는 '엔트로피 법칙'이다. 그럼, '엔트로피'란 무엇인가? 독일어Entropie가 원어인 '엔트로피'란 열역학적 계의 유용하지 않은 에너지의 흐름을 설명할 때 사용하는 상태 함수를 일컫는 전문용어인데, 보통 '불가역不可易적 에너지'로 번역되는 말이다.

예를 들면, 휘발유를 자동차에 주입하면 자동차가 움직이게 되는데, 이는 휘발유란 화학합성물이 운동에너지로 변하기 때문이다. 또한 등유를 난로에 부으면 열에너지로 변하게 되어 난방을 할 수가 있다. 이처럼 석유는 우리가 언제나 다른 에너지로 바꾸어 쓸 수 있는 '가역可易적 에너지'다. 하지만 이 석유가 운동에너지나 열에너지로 변하면 우리는 이러한 에너지들을 다시 바꾸어 쓸 수 없게 된다. 이때 이런 운동에너지나 열에너지를 '불가역적 에너지'라 부르는데, 이게 바로 '엔트로피'다. 그러므로 에너지 측면에서 보면, 모든 경제활동은 이런 '가역적 에너지'를 끊임없이 '불가역적 에너지'로 바꾸어 사용하는 행위이다.

그런데 문제는 이거다. 중학교 과학교과서에 '에너지 보존의 법칙'이란 말이 등장하는데, 이 법칙은 "에너지는 열, 전기, 자기, 빛, 역학적 에너지 등 서로 형태만 바뀔 뿐 총량은 일정하다."라는 법칙이다. 다시 말하면 지구상에 있는 에너지의 총량은 한정되어 있다는 뜻이다. 그러므로 지금처럼 경제규모가 커지고, 경제 활동이 활발해질수록 가역적 에너지는 줄어들고 불가역적 에너지만 늘어나게 되어, 결국 세상의 모든 에너지는 엔트로피, 즉 불가역적 에너지로 가득 차게 된다는 결론이다.

이런 엔트로피 문제 해결에 대해 체계적으로 자신의 이론을 전개한 인물이 있다. 인문학과 사회과학 그리고 자연과학을 넘나들면서 해박한 지식과 이론을 쏟아내고 있는 미국인 경제학자 겸 문명비평가 제레미 리프킨이다. 그는 2010년에 출간한 자신의 저서 『엔트로피』에서 자신만의 '엔트로피 법칙'을 설명한다. 그의 주장에 따르면, 자연현상에는 일정한 방향성이 있기 때문에 우주는 스스로의 질서를 창조하기 위해 우주의 엔트로피를 증가시킨다고 한다. 즉 '유용한 에너지'가 감소하고 '사용 불가능한 에너지'가 증가한다는 의미다. 그래서 우리가 변화, 즉 진보를 위해서 에너지와 물질을 계속 사용하게 되면, 궁극적으로는 에너지를 더 이상 사용할 수 없게 되는 '열 종말'과 사용할 물질이 더 이상 존재하지 않게 되는 '물질의 혼돈'에 이르게 될 것이란 우울한 전망을 내놓고 있다. 결론적으로 말하면, 현재의 인류는 지난 250여 년간 전 지구적인 산업화를 추구하면서 고에너지 사회를 지속해 온 결과, 석탄과 석유 같은 화석연료의 고갈, 환경오염, 그리고 생태계 파괴로 특징되는 고엔트로피의 거대한 분수령에 도달했다는 사실이다.

이런 리프킨의 지적과 우려에 대한 해답으로 등장한 것이 앞에서 말한 '순환경제' 모델이다. 이런 의미에서 나는 우리 후손들의 풍요로운 삶을 위해 '순환경제'를 직접 온몸으로 실천함과 동시에 이 지구상에 엔트로피 증가를 조금이라도 감소시키기 위해 내년 춘 3월 봄에도 동묘 앞 풍물시장에 가서 5천 원짜리 중고 운동화를 또 한 켤레 살 계획이다.

-2015. 12. 10-

자판기와 스타벅스

지난주 목요일에 아들놈하고 모처럼 점심을 같이했다. 지난 6월에 규모는 작지만, 꽤 건실한 케이블 방송사에 취직한 아들 녀석 회사도 한 번 볼 겸해서 부자간의 점심회동이 이루어진 것이다. 아들놈 회사는 금천구 가산 디지털단지에 있는데, 가보니 아들놈 회사가 돈은 좀 있는 것 같았다. 자기들 사옥으로 쓰는 6층짜리 빌딩 외에 그 옆의 15층짜리 업무용 빌딩도 그 회사 소유라고 하니 꽤 알짜배기 회사란 느낌을 받았다. 12시 정각에 빌딩 로비에서 만난 부자는 지하 식당가에서 점심을 마치고 나서 커피 한 잔 마시기 전에 다음과 같은 대화를 나누게 된다.

아버지: 야! 승진아, 어디 가서 커피나 한잔하자.

아들: 그래. 그럼 여기 1층에 있는 스타벅스로 가자. 거기가 시원하고 조용해.

아버지: 야, 근데 거기는 커피 값이 얼마냐?

아들: 한 3,500원 정도 해. 아이스커피는 조금 더 비싸고.

아버지: 그래? (은근하고 조용한 목소리로) 근데 이 건물에는 자판기가 없냐?

아들: 자판기? 무슨 자판기? 자판기 커피 뽑으려고? 아이, 참. 촌스럽게시리.

아버지: 응, 삼사백 원이면 되잖아? 근데 뭐 하러 그렇게 비싼 커피를 마시냐? 안 그래?

아들: (약간 짜증 난 목소리로) 아빠는 쪽팔리게 시리. 이 건물엔 자판기가 없어. 글고 어디 가서 마시려고 그래? 그냥 스타벅스로 가!

아버지: 어서 마시긴? 아까 보니까 밖에 벤치도 있던데. 근데 자판기가 없으니 별수 없지. 뭐.

이런 가벼운 실랑이를 벌린 후 1층 스타벅스로 향하는데, 때마침 나의 구세주가 등장한다.

아버지: 야! 야! 저기 세븐일레븐이 있다. 거기 가서 아이스커피나 한잔하자.

그리곤 아들 녀석 반응도 아랑곳하지 않고 편의점으로 발걸음을 돌리자 마지못해 아들 녀석도 따라와 이날은 1,500원짜리 편의점 아이스커피로 낙착을 보았다.

사실, 난 아주 특별한 경우가 아니고는 삼, 사천 원짜리 커피를 마시지 않는다. 기껏 최고가가 천 원 내지 천오백 원짜리 편의점 커피다. 나의 인식에는 커피 한 잔을 마시는 데 삼, 사천 원을 쓴다는 게 도저히 이해가 되질 않는다. 그건 그렇고 이 대목에서 20세기의 가장 유명한 철학이론 2개가 등장한다. 이른바 '자판기 커피로 본 20세기의 철학사조'다. 하여튼 이 두 개 이론은 20세기 현대 자본주의 사회의 속성을 극명하게 보여주는 유명한 이론들이다.

첫 번째는 프랑스의 철학자 피에르 부르디외(1930~2002)의 '아비투스,Habitus' 이론이다. 간략하게 설명하면, 현대 프랑스어로 '관습. 습관'을 뜻하는 '아비투스'란 하나의 사회집단이 그들이 속한 시대와 계급에 의해 형성된 고유한 의식과 가치체계를 말한다. 국민소득 300달러 내외였던 1960년대 농촌공동체에서 소년기를 보내고 국민소득 2,000달러 내외였던 1970년대 도시의 중, 하류층에서 청년기를 보내면서 형성된 나의 '아비투스'는 나의 재산과 관계없이 300원짜리 자판기 커피를 찾게 되고, 국민소득 15,000달러 내지 20,000달러 내외였던 2,000년대 대도시의 중, 상류층 생활에서 형성된 아들놈의 '아비투스'는 그의 월수입과 상관없이 스타벅스 커피를 찾게 된다는 이론이다.

두 번째 역시 프랑스의 철학자 장 보드리야르(1929~2007)의 '사용가치와 기호가치'에 관한 이론이다. 스타벅스 커피나 자판기 커피 모두 유쾌한 대화를 지속시키기 위한 음료로서 양자의 '사용가치'는 동일하다. 그러나 10배의 가격 차이가 나는 것은 양자 사이에서 발생하는 '기호가치'에 의한 것이다. 이 시대에 스타벅스가 상징하는 신분과 계급의 기호, 즉 대도시의 패션과 라이프스타일을 주도하는 중, 상류층의 자신감과 과시욕, 의사, 변호사, 회계사 등 전문직 화이트칼라들의 자기표현 도구로서의 효용성, 그리고 이런 중, 상류계층으로의 신분상승을 꿈꾸는 하류층 청춘남녀들의 욕망의 표현도구 등 이런 무형의 '기호가치'를 획득하기 위해 소비자들은 자판기 커피보다 무려 10배나 비싼 가격임에도 불구하고 기꺼이 스타벅스 커피를 구매한다라는 이론이다. 이상 자판기 커피로 본 20세기 철학 사조를 마친다.

-2015. 8. 26-

자전거와 자본주의

지금 이 시간, 초봄을 맞아 활짝 핀 개나리와 벚꽃이 만개한 여의도 윤중로를 따라 길게 나 있는 한강 고수부지를 시원하게 달리고 있는 한 대의 자전거가 있다. 이 모습을 보고 독자 여러분들은 무엇이 연상되는가? 대부분의 사람들은 먼저 약동하는 새봄의 정취와 함께 새하얀 벚꽃이 선사하는 봄의 정경을 연상할 것이고, 어떤 사람들은 질주하는 자전거가 주는 속도감과 이를 즐기는 젊음을, 그리고 또 어떤 사람들은 따사로운 햇볕을 받아가면서 여유롭게 사이클링을 즐기는 한 쌍의 연인이나 부부의 모습을 보면서 평온한 세상을 연상할 것이다. 이렇게 사람에 따라 달리는 자전거를 인식하는 태도가 제각기 다를 것이다.

그런데 나에게는 오늘날 우리의 삶의 양식과 내용을 규정하고, 강제하고 있는 자본주의 경제시스템이 떠오른다. 그 이유는 간단하다. 먼저, 자전거의 앞바퀴는 생산을, 뒷바퀴는 소비를, 그리고 자전거를 탄 사람은 노동자이면서 동시에 소비자인 우리 자신을 상징한다고 생각하기 때문이다. 자본주의의 제1장 1조는 '수요와 공급에 의한 시장의 형성과 모든 경제행위는 이 시장에 의존하는 시장 제일주의 경제 시스템이 바로 자본주의'라는 개념에 기초하고 있다.

여기에서 '수요'는 '소비'를, '공급'은 '생산'을 의미한다. 그것도 '대량생산'과 '대량소비'다. 이 대량생산과 대량소비가 톱니바퀴 물리듯 원활하게 작동될 때에만 자본주의 경제 시스템은 제대로 작동된다. 만약 자전거의 두 바퀴 중 한 바퀴, 그것이 앞바퀴인 대량생산이든, 뒷바퀴인 대량소비이든 간에, 한 바퀴에 이상이 생겨 자전거가 빨라지거나 느려지면 자전거를 탄 사람, 즉 노동자이면서 소비자인 우리는 그대로 길바닥에 넘어진다. 즉 자본주의 경제 시스템이 붕괴된다는 얘기다. 1929년 10월 24일, 미국의 뉴욕 증권시장에서 발생한 이른바 '검은 목요일'이라는 증시 대폭락 사태가 대표적인 사례다. 생산은 과잉인데, 소비가 위축되어 발생한 경제공황이었다. 이 증시대폭락은 곧바로 유럽과 일본 등 전 세계로 파급되어 전 지구적 규모의 대공황을 초래하였으며, 이 후폭풍은 1939년 9월에 발발한 제2차 세계대전의 도화선이 된다. 그래서 자전거를 타고 있는 우리가 길바닥에 넘어지는 상황, 즉 자본주의의 붕괴를 방지하기 위해, 우리는 자전거의 앞바퀴와 뒷바퀴가 동일한 속도를 유지하도록 두 발을 부지런히 움직여 줘야 한다. 노동자로서는 생산을, 소비자로서는 소비를 부지런하게 해주어야만, 이 자전거라는 자본주의 경제 시스템은 제대로 굴러간다. 그 결과 현대 자본주의 사회의 특징인 '피곤사회'가 나타난다.

따라서 난 이 자전거라는 효율적인 교통수단을 볼 때마다 대량생산과 대량소비를 특징으로 하는 자본주의 경제시스템이 생각남과 동시에 현대인들을 가혹하리만치 극한의 환경으로 몰아넣는 자본주의의 비정함도 함께 생각난다.

자본주의는 토지가 모든 재화를 창출하는 토지자본주의부터 출발했다. 약 9천 년 전 내지 만 천 년 전에 발생한 농업혁명시대 때부터 1492년 9월, 크리스토퍼 콜럼버스란 한 이탈리아인 모험가가 아메리카 대륙에 도착할 때까지 토지는 제일의 생산주체였다. 그러나 토지자본주의는 곧바로 상품자본주의로 전환된다. 그 이유는 화폐가 농작물보다 더 많은 부가가치를 창출하기 때문이다. 이와 함께 '근대'가 탄생한다.

예를 들어, 여기에 이재에 밝은 한 상인이 있다고 하자. 그는 해마다 봄이 되면 1,000원의 자본으로 영광 법성포로 가서, 굴비 한 두루미를 산 후, 해산물이 비싼 지리산 남원 뱀사골로 간다. 거기에서 그는 3,000원에 이 굴비를 판 후, 다시 그 돈으로 산삼을 몽땅 사서 이번엔 광주로 간다. 그리곤 광주 양동시장에서 이 산삼을 5,000원에 판다. 그는 법성포, 뱀사골, 광주라는 '공간적' 특성을 활용해, 초기자본 1,000원을 5,000원으로 늘리는 놀라운 수완을 발휘한다. 이렇게 상품의 공간이동을 통해 부가 창출되는 상품자본주의를 '공간적 자본주의'라 부른다.

이에 반해 현대 자본주의인 산업자본주의는 '시간적 자본주의'다. 여러분들도 잘 알다시피, 1769년 영국인 제임스 와트가 증기기관을 발명함으로써 대량생산을 가능케 한 '공장'이란 생산전문시스템이 등장한다. 그래서 이런 시대적 추세를 간파한 이 상인은 이번

엔 광주에 방직공장을 하나 짓는다. 이때부터 그는 상인에서 부르주아(자본가)로 변신한다. 그는 먼저 물류비를 감안해, 화순과 담양 등 광주 인근 지역에서 목화를 다량으로 구입한 후 공장에 설치한 방직기를 이용해 대량으로 무명천을 만들어 시장에 내다 파는데 목화시세가 쌀 때 원료를 구입하여 제품을 만든 후, 공장의 창고에 그대로 쌓아 둔다. 그러다가 시중에서 무명천이 바닥날 때 내다 팔아 막대한 이윤을 얻게 된다.

이 자본가는 성수기, 비수기라는 '시간적' 특성을 활용해 자본가 계급에서 승승장구하게 된다. 그 이유는 그에겐 24시간 내내 상품을 생산해 낼 수 있는 공장을 소유하고 있기 때문이다. 그러나 그가 하나 놓친 게 있다. 자신의 공장에서 일하는 노동자는 공장 문을 나서는 순간, 소비자로 변신한다는 사실이다. 노동자이면서 동시에 소비자이기도 한 현대 자본주의 사회의 탄생이다.

이때 칼 마르크스(1818~1883)란 독일인 사상가가 등장하여, 노동자이면서 소비자라는 대중의 두 가지 속성 중, 노동자 측 속성에 주목하여 노동과 생산양식의 관계에 대해 유물론적 변증법을 활용하여 과학적 사회주의, 즉 공산주의란 중독성이 매우 강한 사상을 완성한다. 그러나 당시만 해도 '생산이 미덕'인 시대였다. 하지만 곧바로 '소비가 미덕'인 20세기가 도래한다. 19세기 말부터 20세기 초반까지 석유와 전기와 같이 저렴하고 효율적인 에너지가 등장해 기존의 석탄을 제치고 대량생산을 주도한다.

그리고 이에 따른 생산 공정의 효율화에 힘입어 생산량이 비약적으로 증가하면서, 대량공급시대가 도래한다. 그래서 자본가는 별의별 방법을 다 동원해 소비자의 지갑을 노리게 된다. 이런 자본가의 다양한 수법과 음모를 철학적 논리로 파헤친 이론 중의 하나가 바로 이 앞의 「자판기와 스타벅스」편에서 소개한 프랑스의 포스트모더니즘 철학자 장 보드리야르의 '사용가치와 기호가치' 이론이다.

-2015. 8. 27-

대화가 필요해

일상에서 '대화의 부재'는 참으로 심각한 문제이다. 대화부재현상은 곧바로 '인간성의 실종', '신뢰의 실종'으로 이어지기 때문이다. 이에 대해 미국의 사회학자 데이비드 리스먼(1909-2002)은 1950년에 쓴 『고독한 군중The Lonely Crowd』이란 자신의 명저에서 "복잡다단한 현대 산업사회에서 현대인들은 내면적인 고립감에 번민하는 사회적 성격을 가지고 있다."라고 말하면서, "그래서 이런 현대인들은 전통사회의 유산인 가정보다는 직장동료나 친구들의 의식이나 가치 혹은 광고의 이미지를 지향하는 외부지향형 특징을 보여주는데, 이는 현대를 '자기상실의 시대'로 특징지어 주면서 현대인 모두 '군중 속의 고독'을 실감하게 된다."라고 주장한다.

그래서 그런가, 요즘 카톡이 5천만 국민의 '대화의 장'이 된 것도 이런 '고독한 군중'들이 그들의 고민거리인 '대화의 부재'를 극복하기 위해 거국적으로, 그리고 열성적으로 카톡을 애용한 결과라 생각한다. 이런 의미에서 나 역시 현대인의 특징인 대화의 부재를 극복하기 위해 나름대로의 해결책을 마련했다. 택시기사들과 대화를 갖는 방안이다. 난 한 달에 평균 20여 차례 택시를 이용한다. 현재 내가 일하고 있는 맥주홀의 영업시간이 매일 오후 4시부터 다음날 새벽 2시인 관계로 퇴근 시간이면 시내버스나 지하철 같은 대중교통이 끊겨 택시를 이용할 수밖에 없기 때문이다. 그래서 사용자 측에서 만5천 원 한도 내로 택시비를 지급한다. 월급이 190만 원인 청소반장 주제에 팔자에도 없는 택시 이용객이 되어 한 달 택시비로 대략 23만 원 정도 쓰는 늘어진 한량 신세가 된 것이다. 그런데 새벽 2시 전후해서 개인택시를 타든지, 회사택시를 타든지, 택시기사는 딱 두 종류의 사람들이다.

대화를 좋아하는 사람과 그렇지 않은 사람이다. 대화를 좋아하는 기사는 내가 먼저 몇 마디 말을 건네면 흔쾌하게 말문을 여는 사람들이다. 그런데 대화를 좋아하지 않는 기사는 내가 말을 걸어도 묵묵부답이다. 당신과 말하기 싫다는 반응이다. 그래서 굳이 나하고 말을 섞기 싫다는 사람과 대화를 나눌 필요가 없기 때문에 고요한 침묵 속에 택시는 한적한 서울의 밤거리를 질주한다.

그런데 이 비율은 50대 50이다. 흔히들 택시를 '달리는 여론', 택시기사를 '여론의 풍향계'라 부를 만큼 택시기사가 전하는 밑바닥 민심은 대선이나 총선 같은 정치행사는 물론이고, "다스는 누구 겁니까?"같이 시중에서 화제가 되고 있는 현안에 대한 일반서민들의 마음을 읽는 데 중요한 자료로 이용되곤 한다.

그럼, 이들 택시기사들과 나눈 여러 대화 중, 특기할 만한 대화 몇 건을 소개한다. 작년 여름이었다. 택시를 타면서 "관악경찰서 앞이요." 하면 기사가 잘 알아듣질 못한다. 그래서 재차 "관악구청 바로 위 관악경찰서요." 하면 그제야 "예~, 서울대학교 넘어가는 고개에 있는 그 관악경찰서요?" 하며 알아듣는다. 그런데 이날 영업용 택시를 타고 가던 중, 고향이 전남 영광 법성포인 50대 초반의 기사와 이런저런 얘기를 나누고 가던 중에 관악구에 접어들자 그가 갑자기 나의 의견을 구하는 것이었다. "손님, 거 최순실이, 안 있소? 그년 딸하고 즈그 애인이 쩌그 신림동에서 동거하면서 그 쪼그만 놈들이 한 달에 2천만 원을 썼다는데, 그 돈 다 어따 썼을까요? 난 도저히 이해가 안 되서 그라요." 그래서 내가 "그거야 뭐, 명품 사고 호텔에서 밥 먹고, 자고 하면 그 돈 금방 써버려요." 하고 응답하자 "하기사, 뭐, 2천만 원짜리 명품 핸드백도 있다고는 합디다만." 하고 말을 이어가다 갑자기 핏대를 올리면서 "하여튼 에미년이나 딸년이나 다 찢어죽일 년들 아니요? 나는 니미럴 한밤중에 이렇게 운전해도 한 달에 200만 원 벌까 말까 한디 말이요. 참, 나 원." 하면서 울분을 터트리는 것이었다.

그리고 이런 일도 있었다. 역시 작년 가을이었다. 영업용 택시를 타고 가면서 기사와 이런저런 얘기를 나누던 중, 내가 "기사 아저씨, 연세가 좀 있으신 것 같은데 금년에 몇입니까?" 하고 나이를 묻자, "내 나이요? 손님은 몇인데요?" "저는 원 나이는 53년생 뱀띠고, 호적 나이는 54년생 말띠요." 하자, "아이고, 나보다 한창 아래네. 난 49년생 소띠요. 그런데 왜 내 나이를 물어보고 그러세요?" 하고 묻는 것이었다. 그래서 난 아주 자연스럽게 "아니? 그 연세면 편안하게 개인택시를 하실 일이지, 왜 이리 험하게 영업용을 합니까?"란 내 말이 떨어지자마자, 갑자기 이 아저씨, 화를 벌컥 내면서 "아니? 누군 그걸 모른답니까? 손님이 무슨 일을 하는지는 잘 모르겠지만 매일 이 시간에 퇴근한다면 손님 직장도 그리 번듯한 직장은 아닐 거요. 그럼, 내가 손님은 왜 이 나이가 되도록 그런 직장에

다니요? 하고 물으면 기분 좋겠소?" 하면서 거침없이 분노를 쏟아내는 것이었다. 순간적으로 무안해진 나는 더 이상 말을 잊지 못하고 택시가 어서 빨리 목적지에 도착하기를 바랄 뿐이었다.

그리고 이런 사연도 있었다. 아마 개인택시였을 것이다. 우선 택시를 타면 말투가 아랫녘이면 난 고향이 어디냐고 물으면서 대화를 시작하는데 이 기사는 아마 고향이 서울이었을 것이다. 이런저런 얘기 끝에 내 고향이 보성이란 말을 듣자 갑자기 들뜬 목소리로 "전라남도 보성이요? 보성? 내 사돈이 거기 사는데, 거기 노동면이라고 압니까?" 하고 반기는 것이었다. 그래서 내가 "네, 잘 압니다. 우리 고향하고는 한 오륙 킬로미터 떨어져 있는 동넵니다."라고 대답하자, 이 기사 양반 흥이 나서 "그래요? 그럼 보성군청 앞의 식당도 잘 아시겠네? 그 꼬막 정식 잘하는 식당 말입니다." 하고 재차 묻는 것이었다. 나 역시 보성 읍내에서 제일 큰 그 식당을 아는지라 "그 식당은 왜요?" 하고 묻자 그가 털어놓은 스토리는 대략 이런 것이었다. 그에게는 3남1녀가 있는데, 둘째 아들이 서울에서 보성 처녀와 연애해 그녀를 임신시켜버린 것이었다. 그래서 결혼을 준비하기 위해 아들과 보성 처녀를 앞세우고 보성에 가니, 그 처녀 아버지가 여기 노동까지는 오기 어려우니 보성군청 앞 식당에서 만나자고 해 양가의 상견례가 그 식당에서 이루어졌다고 한다. 그런데 장차 사돈이 될 보성 처녀의 아버지가 그를 밖으로 불러내더니 은밀한 목소리로 "우리 집에 딸이 다섯인디, 걔가 넷째고 그 밑으로 고등학교 다니는 막내가 하나 더 있소. 그란디, 내가 그간 딸 셋을 여위느라고 고생을 엄청 해 부렀소. 그랑께 이 참에 결혼을 하게 되면 신부 쪽에서 최소한으로 해가더라도 좀 이해를 해주시오." 하고 자신의 속마음을 털어놓더라는 것이다.

그래서 그날로 서울로 올라온 그가 장차 며느리가 될 보성 처녀에게 "너는 딴 거 일절 하지 마라, 딱 3백만 원만 준비해라. 그럼 나머진 내가 다 알아서 해 줄 테니 걱정하지 말고 결혼식 준비나 잘하거라." 하고 말했다는 것이었다. 그러면서 그는 "우리 집 둘째 며느리, 보성 개는요. 딱 3백만 원 들고 와서 결혼했어요. 아주 싸게 한 셈이지요. 안 그래요?" 하고 너털웃음을 터트리는 것이었다.

하여튼 택시를 타다 보면 이런 내밀한 개인사부터 시작해 요지경 같은 세상사 얘기를 듣는 재미가 쏠쏠하다. 그리고 이건 바로 엊그제에 나눈 대화다. 역시 새벽 2시경에 택시를 탔는데, 이번에도 개인택시였다.

이날도 역시 포근해진 날씨를 화제로 해서 이런저런 얘기를 나누다가 대구가 고향인 그에게 "아저씨는 이번 이명박의 성명에 대해 어떻게 생각하세요?" 하고 조심스럽게 의향을 떠보자, 처음에는 차분한 어조로 "이명박이가 그렇게 하면 안 됩니다. 자기가 노무현을 죽여 놓고 이제 와서 노무현을 팔아 자기 살길 찾겠다고 하는데, 그건 사람의 도리가 아니죠. 아, 그 뇌물사건은 당사자인 노무현이가 죽어 공소권 없음으로 이미 결론이 나질 않았습니까? 근데 다시 노무현이를 거론하면 안 되지요. 안 그래요?" 하고 자신의 견해를 표명하는 것이었다.

그래서 내가 다시 "오늘 저녁 인터넷을 보니까요. 이명박의 아들이 강남에 있는 아파트 전세를 얻으면서 쓴 6억 중 3억이 청와대

재무관이 지불한 돈이라는 뉴스가 뜨던데, 혹시 이 돈이 이명박의 40년 집사라는 김백준이가 받은 국정원 특활비가 아닐까요?" 하고 은밀하게 한 자락 깔면서 대화를 이어나가자, 나의 의도대로 이 양반이 격앙된 어조로 말을 잇는 것이었다. "만약 그게 사실이라면요. 이 나라는 엎어집니다. 손님 한번 생각해 보세요. 요즘 청년실업이 얼마나 심각한 사회문젭니까? 게다가 전세금이 터무니없이 올라, 요즘 젊은이들이 결혼을 못 하고 있는 마당에 대통령을 지냈단 놈이 지 아들 전세 자금을 국민세금으로 마련했다고 하면, 이거, 나라가 결딴나는 거예요. 안 그래요? 나도 2년 전에 첫째 아들놈 장가보낼 때 내가 사는 광진구 어린이 대공원 부근에 신혼집을 얻어주려고 했는데, 보통 방 2개 전세가 1억5천 합디다. 그렇다고 내 전 재산 다 털어서 해 줄 수는 없고. 그래서 내가 오천만 해주고 나머지는 너희 둘이 전세자금 대출받아 하든지 알아서 하라고 했어요. 그런데 자기 아들 전세 얻는데 국민세금 써요? 그건 대통령 이전에 대한민국 국민 될 자격이 없는 사람이에요. 안 그래요? 손님?" 하며 맹렬한 기세로 이명박을 성토하는 것이었다.

이런 갖가지 인간사, 세상사의 희로애락을 싣고 소위 '달리는 여론광장' 택시는 이 시간에도 서울의 밤거리를 끊임없이 누비고 있을 것이다.

-2018. 1. 20-

문학과 기하학

여기에 A4용지 한 장과 연필 한 자루가 있다고 가정해 보자. 먼저 연필로 A4용지 한가운데에 점 하나를 찍어보자. 이 점은 '비'나 '딸기'란 하나의 단어를 뜻하며 명사란 품사다. 그리고 적당한 거리에 또 하나의 점을 찍는다. '내린다'와 '맛있다'란 동사와 형용사다. 그러면 백지 위에는 두 개의 점. 즉 2개의 글자가 쓰여 있다. 그리고 이 두 개의 점을 연결해보자. 그럼 하나의 직선이 만들어진다. 이 직선은 하나의 의미를 갖는 문장이 된다. "비가 내린다." "딸기가 맛있다."처럼 주부와 술부로 이루어진 문장이다. 기하학에서는 이것을 1차원적인 '선분'이라 부른다.

여기에 다시 평행하여 점 하나를 찍어 직선으로 연결하면 더욱 풍부한 의미체계를 갖는 문장이 만들어진다. 예를 들면, "주룩주룩 비가 내린다."든가 "빨간 딸기가 맛있다." 같은 문장이다. 여기에 하나, 둘, 셋, 넷, 다섯 계속 점을 찍어 직선으로 연결하면 더욱 다양한 의미를 갖는 긴 문장이 만들어진다. "아침부터 주룩주룩 비가 내린다."나 "과일가게의 빨간 딸기가 맛있다."란 문장이다.

그러나 이것은 단순한 문장의 나열일 뿐이지 완결성을 갖춘 하나의 작품으로 보기에는 어딘지 모르게 빈약한 느낌이다. 주제의식이 없기 때문이다. 그래서 3개 혹은 4개의 점으로 이어진 직선

위에 점을 하나 찍어 직선으로 연결하면 3각형이, 그리고 아래에 점을 하나 더 찍어 역시 직선으로 연결하면 4각형 도형이 만들어진다. 기하학에서 말하는 넓이를 갖는 2차원 공간이다. 전후, 좌우를 갖는 2차원 평면 도형이다. 그리고 계속해서 점들을 찍어 나가면 오, 육, 칠, 팔각형의 도형이 만들어지면서 '비'나 '딸기' 같은 하나의 점으로 출발한 단어는 이 2차원적 글쓰기 공간에서는 "우울한 내 마음을 대변하듯 아침부터 주룩주룩 비가 내린다. 나의 눈에는 온 세상이 잿빛 콘크리트의 숲으로 보인다."든지 "50여 년 전인 초등학교 시절에 아빠가 퇴근길에 사 오신 과일가게의 그 빨간 딸기가 맛있었다. 그래서 나는 과일가게에 진열된 빨간 딸기를 볼 때마다 지금은 세상에 없는 아버지의 존재를 실감하곤 한다."와 같은 일정한 형식미와 내용을 갖춘 하나의 글로 태어난다.

시나 노래의 가사처럼 리듬을 강조하는 운문韻文이든, 필자의 의견 진술을 위한 서술敍述과 창작자가 들려주는 이야기의 흐름, 즉 서사敍事를 강조하는 산문散文이든, 기하학에서 말하는 이 2차원적 평면 도형은 문장을 미적으로 질서화해 통일적인 의미가 구현될 수 있는 하나의 문학 콘텐츠를 의미한다. 굳이 글쓰기 양식으로 분류하면 시. 시조, 논평, 수필 등이 이 2차원적인 글에 속한다. 그런데 기하학적으로 넓이를 갖는 이 2차원적인 글도 제각기 고유한 속성을 지니고 있다.

운문의 대표 격인 시는 시인 자신이 보는 모든 사물과 현상을 자신의 문학적 감수성과 내면의 영혼으로 치환하여 하나의 이미지로 만들어 낼 수 있는 감수성을 필요로 한다. 이런 시인들의 자유분방한 작가정신, 즉 에스프리esprit가 기행으로, 때로는 광기로 표출되곤 한다. 그래서 불후의 명시는 시인의 장수를 바라지 않는다. 시는 시인의 단명을 재촉하는 시재의 정수 마지막 한 방울까지 요구하기 때문이다. 문학사에 빛나는 시인은 대부분 단명이다. 임제, 허난설헌, 김소월, 이상, 김수영, 박인환, 기형도 등 국내파는 물론, 바이런, 보들레르, 키츠, 랭보 등 외국파들 모두 요절한 시인들이다. 그래서 세상 사람들은 이들의 요절이 안타까운 나머지 그들에게 '천재시인'이란 타이틀을 선사한다. 그리고 자신이 사는 시대에 대한 시인의 광기 같은 열정은 세상을 바꾸려는 혁명가들의 몽상과도 통한다. 모택동도 체 게바라도 모두 시인임이 이를 잘 말해주고 있다.

다음은 2차원적 글의 대표 격인 논평이다. 신문의 사설이나 칼럼, 그리고 잡지나 각종 문예나 예술전문지에 등장하는 비평, 그리고 문학, 역사, 철학 등 인문학 3총사나 정치, 경제, 사회 등 사회과학 분야 평설 등이 모두 이에 해당하는 글들인데, 논평은 글자 그대로 대상을 논하고 평하는 글쓰기 양식이다. 그런데 산문 형태인 이 논평을 쓰기 위해서는 상당한 지식의 축적을 필요로 한다. 왜냐하면 그 글 안에는 논리학의 삼단논법처럼 논리적인 서술, 즉 보편타당하면서도 설득력이 있는 일정한 논리적 구조를 갖추어야 하기 때문에 상당한 지적 훈련이 전제되어야만 이 논평을 쓸 수가 있다. 그래서 이 논평은 대학교수나 언론인, 문화비평가 등 상당한 지적 수준을 갖춘 전문가용이다.

그럼, 시나 논평 등이 모두 전업 문인들이나 전문가들의 독점물이냐 하는 반문에 대해 일반인들에게도 글쓰기의 즐거움을 선사할 수 있는 문학 양식이 있다. 바로 수필, 즉 에세이다. 자신의 성장 환경이나 성공 스토리 혹은 일상에서 보고 느낀 센티멘탈한 감정들. 다분히 유치하고 통속적이고 감상적인 감정에다 감각적인 글 솜씨를 가미하면 대충은 한 편 쓸 수 있기 때문에 의사, 사업가, 정치인, 법률가, 종교인 등 사회 저명인사들이 즐겨 사용하는 글쓰기 양식이다.

다음은 넓이를 갖는 2차원 도형의 꼭지 점 아래에 점을 찍어 직선으로 연결하면 3면체, 4면체 같은 3차원 도형이 완성된다. 기하학적으로 말하면 넓이뿐만 아니라 면과 부피를 지닌 입체적인 도형이다. 우리가 매일매일 눈으로 보는 현실세계가 바로 이 3차원적 공간이다. 여기에 '시간'이라는 요소를 더하면 천체물리학에서 말하는 4차원 세계가 된다.

이렇게 전후, 좌우, 상하로 이루어진 입체적 공간을 지니는 문학 양식이 소설, 희곡, TV드라마 극본, 그리고 영화의 시나리오 등이다. 이런 글의 특징은 모두 다이얼로그dialogue, 즉 대화나 대사에 의해 극이나 사건이 전개되는 서사구조가 특징이라는 점이다. 이를 내러티브narative구조 혹은 스토리텔링storytelling이라 한다. 그런데 이런 서사구조의 일관성을 유지하기 위해서는 작(극)중 인물과 배경 그리고 플롯, 즉 스토리를 만들어 낼 수 있는 구성능력, 바로 문학적 상상력과 창조력이 반드시 요구된다는 사실이다.

어떤 주제를 설정하고, 이 주제를 풀어나갈 개성 있는 캐릭터를 창조하고, 그리고 이 캐릭터가 전개해 나갈 스토리를 흥미진진하게 개진시키고, 마지막에는 반전, 즉 교묘한 터닝 포인트를 설정하여, 결말을 산뜻하게 매듭지을 수 있는 작가의 능력에 이 3차원적인 글쓰기의 성패가 달려있다 해도 과언이 아니다. 또한 독자들의 몰입감을 극대화할 수 있는 구성력, 즉 '긴장tensio과 이완relaxe'을 적절하게 배분하는 치밀함도 갖추어야 한다. 그래서 이런 입체적 글쓰기를 본업으로 하는 문인들에게는 '창조'란 의미가 강한 '작가作家'라는 타이틀을 부여하고 있다. 그만큼 쓰기가 힘들고 까다롭기 때문이지만, 이 입체적 글에는 시나 논평, 에세이 등 모든 장르의 문학 콘텐츠가 포함되기 때문이다.

그래서 작가 개인의 지적 수준은 기본이고, 그밖에 흥미와 감동을 주는 스토리를 만들어 낼 수 있는 문학적 상상력과 창조력은 작가가 갖추어야 할 필수조건이다. 그리고 이 입체적 콘텐츠 완성에는 상당한 시간과 정신적 에너지를 투입해야만 되는 특성 때문에 인내심과 장기전에 강한 작가만이 뛰어난 작품을 생산해낼 수 있다.

25년이라는 기나긴 시간에 걸쳐 완성한 박경리의 대하소설 토지』 전 20권이나, 15년 동안에 전 10권을 완간한 최명희의 『혼불』 등이 이 입체적 글쓰기의 대표작이라 할 수 있다.

-2015. 8. 25-

안개

어제 남부지방에는 10미터의 앞도 내다볼 수 없는 짙은 안개가 끼어 비행기가 이착륙할 수 없을 정도였다고 한다. 무언가 몽환적이고 환상적이며 신비스러운 느낌을 주는 안개, 보고 싶지도, 상상하고 싶지도 않은 현실세계를 잠시나마 감추어 줄 수는 있지만, 결국 떠오르는 태양과 함께 맥없이 사라져버리는 안개, 이 안개 하면 떠오르는 노래가 있다. 정훈희의 가요계 데뷔곡이자 히트송인 '안개'다.

"나 홀로 걸어가는 안개만이 자욱한 이 거리, 그 언젠가 다정했던 그대의 그림자 하나, 생각하면 무얼 하나, 지나간 추억, 그래도 애타게 그리는 마음, 아~아~아~ 그 사람은 어디에 갔을까, 안개 속에 외로이 하염없이 나는 가안다~."

스물스물 피어오르는 안개처럼, 한 여인의 마음에 '사랑'이라는 깊은 낙인을 남겨두고 어느 날 흔적 없이 사라져버리는 안개 같은 남자, 그 남자가 남긴 사랑의 흔적을 잊지 못하는 여인의 애틋한 마음을 노래한 정훈희의 '안개'는 1967년에 개봉된 같은 이름의 영화 《안개》의 주제가다.

개봉 당시, 남녀주연이었던 신성일과 윤정희의 대담한 러브신이 화제가 되었던 이 영화는 서울과 시골이라는 공간과, 현재와 과거라는 시간을 교차로 보여주면서 극이 전개되는 스토리텔링으로 김수용 감독의 세련된 연출기법이 돋보이는 수작이었다.

그런데 이 영화의 원작은 소설가 김승옥이 쓴 『무진기행 霧津紀行』이라는 단편소설이다. 영화 《안개》의 시나리오를 직접 쓰기도 한 김승옥이 1964년, 《사상계》 10월호에 발표한 이 단편의 줄거리는 다음과 같다. 처가 덕으로 서른셋의 나이에 유명 제약회사의 중역으로 있는 '나'는 어느 가을 날, 휴가 삼아 어머니의 묘가 있고, 어린 시절을 보냈던 무진이라는 남도의 한 시골도시로 내려간다. 자욱한 안개로 유명한 곳이기도 한 무진은 그에게 특별한 의미를 지닌 곳이다. 그에게 그곳은 참담했던 과거로 얼룩진 곳이었지만 지금은 다르다. 이미 돈 많은 아내를 얻어 출세가도를 달리고 있기 때문이다. 이런 그를 깍듯하게 대접하는 학교 동창생들을 만나던 중, 그들의 소개로 그곳 무진에 있는 중학교 음악교사인 발랄한 처녀 하인숙을 만나게 된다. 서울에 있는 음대에서 성악을 전공한 하인숙은, 그에게서 풍기는 서울 냄새를 즐기면서 은밀하게 그를 유혹한다. 마침내 그와 하인숙은 격정적인 정사를 나눈다.

몇 차례의 정사를 반복하면서 그는 그녀로부터 아내에게는 느끼지 못했던 뜨거운 사랑의 감정을 느끼고, 그간 단조로운 시골생활에 염증을 느끼고 있던 하인숙은 그를 통해 무진을 탈출하고자 하는 자신의 숨은 욕망을 느낀다. 그는 결국 그녀와 함께 서울행을 약속하지만, 이튿날 상경을 요구하는 아내의 전보를 받고 심리적 갈등을 겪는다.

마침내 그는 현실적이고 속물적인 욕망 때문에 부끄러움을 느끼며 말없이 무진을 떠난다. 그가 떠난 후 하인숙은 안개 자욱한 무진의 바닷가를 걸으면서 그와 나눈 일주일간의 짧은 사랑을 회상한다.

1984년 11월 어느 날, 그녀는 서해 바닷가에 있는 한 시골 도시에서 그를 만났다. 서울에서 대학을 졸업하고 자신의 아버지가 이사장으로 있는 중학교에서 평범한 교사로 근무하고 있던 그녀가 그를 만났던 날은 유난히 안개가 자욱했던 날이었다.

아버지가 고향에서 여학교를 운영한다는 명분 때문에 4명의 언니들처럼 시골에서 고등학교까지 다녀야만 했던 그녀에게는 갑갑하고 지루한 시골에서의 탈출이 제일 큰 소망이었다. 결국 그녀는 탈출에 성공한다, 서울에 있는 대학으로 진학한 것이다. 꿈에 그리던 서울생활이 그녀 앞에 펼쳐진다. 그녀는 4년 동안 낭만과 열정이 넘쳐나는 서울의 공기를 마음껏 호흡하면서 대도시의 화려하고 세련된 생활을 즐긴다. 그러나 대학졸업 후, 그녀를 기다린 것은 현실의 높은 벽이었다. 그녀는 결국 그토록 탈출을 꿈꾸었던 고향으로 되돌아와 아버지 학교의 평범한 중학교 교사로 지내게 된다. 『무진기행』의 하인숙이었다.

삼사년 동안 숨 막힐 것같이 무료하고 따분한 시골 생활에 지쳐갈 무렵, 그녀는 안개 자욱했던 그날, 운명처럼 '그'를 만난다. 하인숙처럼 자신을 남도의 이 시골에서 서울로 데려다줄 '그'를 만난 것이다. 두어 차례의 만남 후 그들은 서해 바닷가에서 『무진기행』의 주인공 '나'와 하인숙이 나누었던 것처럼 열정적인 사랑을 나눈다. 그들은 하얗게 밤을 새워가면서 정신과 육체가 한 줌의 재로 남을 때까지 뜨거운 사랑을 나누면서 함께 서울행을 약속한다.

결국 그녀의 꿈은 이룩어진다.

그다음 해의 화사한 어느 봄날, 결혼이라는 의식을 통해 그녀는 두 번째의 고향 탈출에 성공한다.

하인숙과 달리 그녀는 그녀의 꿈을 이룩한다. '그'가 바로 지금 이 글을 쓰고 있는 '그'이기 때문이다.

-2016. 2. 14-

혁명과 카페인

<제1부> 커피와 프랑스 대혁명

며칠 전 구립도서관에서 매우 재미있으면서도 특이한 형식의 역사 다큐멘터리를 보았다. 미국의 역사전문 케이블 채널인 히스토리 채널이 제작한 《빅 히스토리Big History》란 영상물이었다. 편당 30분씩 총 24편으로 구성된 이 다큐멘터리 전편을 보고 나서 느낀 점은, 문자로 기록된 역사도 이렇게 빅 히스토리적 관점을 가지고 다큐멘터리로 제작하면 아주 훌륭한 콘텐츠가 되겠구나 하는 생각이 들었다.

그럼, '빅 히스토리'란 무엇인가? 이 '빅 히스토리'란 종이나 비석, 혹은 각종 건축물에 새겨진 문자적 자료에 의존하여 역사를 연구하는 전통적인 방법 대신에, 인류의 삶과 관련된 모든 학문, 즉 역사학, 문헌학, 인류학, 고고학 등 인문학적 연구방법 이외에 생물학, 물리학, 천문학, 화학, 공학, 의학 등 자연과학과 응용과학을 총동원하여 인류의 총체적 삶의 기록으로서 역사를 연구한다는 역사연구의 새로운 경향을 일컫는 말이다.

이런 빅 히스토리적 관점을 지니고 제작된 24편의 영상물 중 가장 관심을 끈 것은 〈혁명과 카페인〉이었다. 우리는 일상에서 '긴장tension'과 '이완relax'을 반복해서 경험한다. 예를 들면, 직장에서의 일은 최고의 신경을 집중해서 수행해야만 되는 긴장의 연속이다. 우리는 이 긴장을 해소하기 위해 퇴근 후에 친구들과 소주 한잔하거나, 집에서 휴식을 취하거나, 아니면 주말에 등산이나 각종 취미 활동을 함으로써 긴장을 해소하고 이완을 맛보게 된다. 긴장이 쌓이게 되면 조울증 같은 정신질환을 앓게 되므로 긴장을 해소시켜줄 이완은 반드시 필요하다.

그런데 우리가 일상에서 가장 간편하고 손쉽게 애용하는 기호품 중에도 이 긴장과 이완을 대표하는 기호품이 있다. 이완을 대표하는 알코올, 즉 술과 담배이며, 긴장을 대표하는 커피와 차다. 아니 무슨 말인가? 친구들과 유쾌한 대화를 나누면서 즐겨 마시는 커피와 차가 왜 긴장을 대표하는 기호품인가? 그것은 바로 이 커피와 차의 주성분인 카페인 때문이다. 이 카페인이 체내에 흡수되면 대뇌의 신진대사를 활발하게 해줌으로써 인간은 각성상태를 유지할 수 있기 때문이다. 다시 말하면 이 카페인은 우리의 뇌가 휴식을 취하는 것을 방해함으로써 우리를 각성상태로 몰아넣는다는 뜻이다. 일종의 각성제인 셈이다.

그래서 나는 글을 쓸 때마다 명료한 정신상태, 즉 각성을 유지하기 위해 커피믹스 두어 잔을 마시곤 한다. 그리고 서구인들, 특히 미국인들은 아침에 일어나자마자 숭늉 마시듯이 커피를 한 사발씩 들이키는 것도 몽롱한 잠기운을 떨쳐내고, 빨리 의식을 회복하기 위해서다. 그럼 이 카페인은 왜 커피와 차에만 들어 있는 것일까? 빅 히스토리적 시각으로 보면 이 부분에는 물리학과 천문학, 화학이 주인공으로 등장한다.

지금으로부터 135억 년 전에 시간과 공간이 충돌하는 대사건, 빅뱅Big Bang과 함께 물질과 에너지로 구성된 우주가 탄생한다. 그 후 약 40억 년 전에 가스와 운석 부스러기가 중력에 의해 뭉쳐져 태양계에 한 행성을 탄생시킨다. 바로 지구라는 이름의 행성이다. 그로부터 5억 년 후인 약 35억 년 전에, 지름이 약 100킬로미터 되는 소행성이 지구와 충돌하는 '우주의 경이로운 쇼'가 펼쳐진다. 이 충돌의 여파로 지구는 약 23.4도로 기울어진 형태의 자전축을 갖게 되고, 지구와 충돌한 소행성은 지구 궤도를 도는 지구의 위성이 된다. 바로 달이다.

자전축과 달의 탄생으로 인해 지구에는 생명체가 탄생할 수 있는 여건을 지니게 된다. 바로 지구의 다양한 기후대와 달의 인력으로 발생하는 밀물과 썰물 현상 때문이다. 그래서 이렇게 23.4도로 기울어진 지구의 자전축 덕분에 적도를 중심으로 한 열대지방에 식물의 개체 수가 기하급수적으로 급증하게 된다. 그 이유는 풍부한 강수량과 일조량 때문이다. 이런 열대성 식물 중에 커피와 차나무가 탄생한다. 그런데 이 커피와 차나무는 해충들로부터 자신을 보호하기 위해 '카페인'이라는 화학물질을 합성해 내기 시작하는데, 공교롭게 이 카페인이 인간의 지각활동을 활발하게 해주는 기능, 즉 일종의 각성 기능을 촉진하는 화학물질이란 점이다.

먼저, 아프리카 동부의 에티오피아가 원산지인 커피는 홍해를 건너 아라비아 반도에 전해지면서, 술을 금지하는 이슬람교의 영향으로 이슬람교도들의 음료로 널리 애용되는데, 11세기 십자군 전쟁 때 유럽에 전해진 것으로 알려져 있다. 그럼 이 커피와 혁명은 어떤 관계가 있는가?

1492년 크리스토퍼 콜롬버스라는 한 이탈리아인이 그 당시에는 서구세계에서는 구하기 힘든 값비싼 향신료의 천국인 인도로 가는 바닷길을 개척하기 위해 장거리 원양항해에 나서던 중 홈볼트 해류에 밀려 뜻밖에도 중남미 카리브 해의 한 섬에 도착하게 된다. 이때부터 이른바 '대항해' 시대가 개막된다. 이와 동시에 서구의 자본주의가 급속도로 팽창하면서 아시아, 아프리카, 아메리카 대륙은 서양의 원료 공급지와 완제품 판매시장으로 전락하는, 이른바 '국제적 분업화'가 '세계화'라는 이름으로 진행된다. 그래서 커피는 남미의 브라질과 콜롬비아 등지의 대농장, 플랜테이션plantation에서 아프리카 흑인 노예들이 제공하는 노동력에 의해 대규모로 생산된다. 대량생산은 가격 인하를 의미한다. 그래서 18세기 중반부터는 이 커피가 빈부귀천, 남녀노소를 불문하고 유럽인들의 기호품으로 널리 애용되기 시작한다.

그동안 서양인들의 대표적인 음료였던 포도주나 맥주 같은 알콜 대신에 현실 세계에 대해 뚜렷한 인식을 강화해 주는 카페인의 보고, 커피의 대유행으로 인해 유럽 대륙은 혁명의 불꽃이 타오르기 적당한 곳으로 변모하기 시작한다. 18세기 영국 런던의 한 신문은 런던 시내에는 한 집 건너 '커피하우스coffee house'가 성업 중인데, 이 커피하우스에는 집 나온 강아지처럼 사내들이 아침마다 몰려들어 종일 죽치고 앉아서 잡담과 수다로 시간을 죽이고 있다는 기사를 싣고 있을 정도로 그 당시 유럽의 대도시들에는 커피가 대유행이었다.

그래서 남편들의 커피 중독에 불만을 품은 부인네들이 런던 시장에게 커피하우스를 폐쇄해달라는 청원운동을 전개했다는 역사적 사실이 커피에 중독된 18세기 유럽인들의 일상을 실감나게 보여준다.

프랑스의 대표적인 계몽주의자인 볼테르(1694-1778)와 쟝 쟈크 루소(1712-1778)도 커피 중독자였다. 기록에 따르면, 볼테르는 하루에 평균 40내지 50잔의 커피를 마시는 커피광이었다고 한다. 따라서 선천적으로 강제된 신분사회에 대한 불만을 가진 파리시민들이 한 집 건너에 있는 커피하우스, 프랑스식으로는 카페에 죽치고 앉아, 현실세계에 대해 울분을 토로하는데 어찌 혁명이 일어나지 않겠는가 말이다. 게다가 그들이 물처럼 마셔대는 커피에는 대뇌의 지각활동을 왕성하게 해주는 카페인이라는 화학물질이 다량으로 함유하고 있다는 사실이다. 이런 커피의 카페인 성분, 즉 일종의 각성제인 커피의 대유행으로 1789년 7월 14일에 세계사적으로는 최초로 신분사회, 계급사회를 종식한 프랑스 대혁명이 일어났다는 얘기다. 참으로 생뚱맞고, 황당하고 납득하기 어려운 이야기 같지만, 일면 수긍이 가는 스토리이기도 하다.

-2017. 11. 24-

혁명과 카페인

〈제2부〉 차와 미국의 독립혁명

1774년 12월 16일 저녁 7시. 영국 식민지였던 뉴잉글랜드 최대의 항구 도시 보스톤, 용맹한 아메리칸 인디언 모호크 족의 복장에 손도끼와 곤봉 같은 흉기로 무장한 100여 명의 식민지인들이 보스톤 항만에 정박 중이었던 영국 동인도회사 소속의 상선 3척을 기습한다. 이들은 완력으로 선장과 선원들을 제압한 후 화물칸에 가득 쌓여있는 중국 복건성산 차 342상자를 바다에 던져 버리는 액션 영화의 한 장면 같은 한밤의 소동극을 연출한다. 당시 가치로는 9,000파운드, 현재의 원화로 환산하면 약 16억 원에 해당되는 중국산 차를 폭력으로 강탈하여 바다에 투기해버리는 이 사건을 '보스톤 티파티Boston Tea Party'라고 부르는데, '파티'란 이름답게 엽기적이고 소란스러운 분위기를 풍기는 이 보스톤 티파티가 바로 그 다음 해인 1775년에 발발한 미국 독립전쟁의 도화선이 된다.

그 당시 중국, 구체적으로는 청淸제국으로부터 매년 대량으로 차를 수입한 결과 막대한 무역적자를 기록하고 있던 영국 정부는, 세수 확대 차원에서 동인도회사가 독점적으로 중국에서 수입한 차만 구매하도록 규정한 홍차법을 제정하여, 이를 본국뿐만 아니라 뉴잉글랜드 식민지에도 강제하는 과정에서 이 보스톤 티파티가 발생한 것이다. 그간 인지세니 설탕세니 하여 식민지 주민들에게 일방적 희생을 강요했던 본국 정부에 대한 누적된 불만 끝에 이 보스톤 차 사건이 터졌다. "대표 없이는 세금도 없다No taxation without representation"이라는 유명한 슬로건을 내걸고, 1781년까지 영국과 치른 7년간의 독립전쟁 중, 뉴잉글랜드의 13개주 대표들이 필라델피아에서 1776년 7월 4일 〈독립선언문〉을 발표하면서 독립을 선언한다. 결국 영국과의 전쟁에서 승리한 미국은 민주주의 정치제도에 기념비적인 공헌을 하는데, 프랑스의 대표적 계몽주의자 샤를 루이 몽테스키외(1689-1755)의 명저 『법의 정신』의 요지인 3권 분립, 즉 입법, 행정, 사법부로 구성된 정치 체제를 세계 최초로 그들의 헌법에 명시한 사실이다.

따라서 인간의 지각활동을 강화시켜주는 일종의 각성제인 카페인이 다량으로 함유된 대표적인 긴장성 음료인 커피와 차 중, 먼저 커피가 선천적으로 강요된 신분사회, 계급사회를 붕괴시킨 프랑스 대혁명에서 수훈갑의 공을 세웠다면, 차는 현대적 의미의 민주주의 국가 제1호인 미국을 탄생시킨 미국 독립전쟁의 일등공신이라 할 수 있다. 그런데 나는 이 자리에서 이 〈혁명과 카페인〉이라는 다큐멘터리를 통해 오늘의 한국사회를 진단해 보는 의미 있는 시간을 가져볼까 한다. "모든 역사는 당대사當代史이다. 즉, 현재사contemporay history이다."라고 주장한 이탈리아의 역사철학자 베네데토 크로체(1866-1952)의 역사관에 입각해서 이 문제에 대한 접근해 본다.

"인간은 이성적 존재이다. 이 이성적 존재는 자연을 조작하고 통제할 수 있는 과학기술을 발전시킬 수 있다. 또한 인간의 이성은 발전된 과학기술을 통제할 수 있으며, 통제되고 발달된 과학기술은 인류의 삶을 개선하고 증진할 수가 있다."라는 계몽적 낙관주의가 시대적 화두로 대두되던 18세기 후반기에 대략 십수 년의 간격을 두고 연이어 발생한 미국 독립혁명과 프랑스 대혁명이 단순하게 일종의 각성제 성분인 카페인을 함유한 커피와 차라는 기호음료의 유행으로 촉발된 세계사적 사건은 결코 아니다.

그 당시 미국의 식민지 주민들과 파리시민들이 커피와 차를 애용한 것은 사실이나, 단순히 커피와 차를 다량으로 복용한 결과 혁명이 발발한 것은 절대 아니라는 뜻이다. 만약 이런 원인으로 혁명이 발생했다고 주장한다면, 이는 코미디 프로그램의 소재감이다. 그 대신, 커피와 차를 애용하는 공개적인 장소가 영국정부의 차별적이고 일방적인 식민지정책에 울분을 토하면서 식민지의 독립을 촉구하는 보스톤 시민들이나, 태어나자마자 강제된 신분제에 대해 적대감을 표출하면서 절대왕정에 저항하는 파리시민들이 제각기 한 자리에 모여 토론과 담론을 나눌 수 있는 '공론公論의 장'이 되었다는 사실이다. 프랑스 대혁명은 바스티유 감옥 앞이나 콩코르드 광장에서 이루어진 것이 아니라, 시민들이 카페에 모여 커피를 마시면서 왕족과 귀족 그리고 고위급 카톨릭 성직자 등 특권계급에 대해 비판하면서, 부르주아 민주주의 원리에 대해 활발하게 토론하는 과정을 통해 혁명이 가능했다는 의미이다.

이렇게 수평적인 의사소통이 활발하게 이루어지는 '공론의 장'이 확대될 때 역사는 발전된다고 주장하는 철학자가 있다. 현존하는 서구의 지식인 중, 가장 존경받고 영향력이 있는 독일의 철학자이자 사회학자인 위르겐 하버마스(1929-현재)다. 그는 <의사소통 행위 이론>이라는 자신의 역작에서 “언어는 ‘사고의 집’이다. 모든 인식은 우리의 언어 속에 들어 있다. 그렇다면 인식을 자유롭게 하기 위해서는 언어가 자유로워져야 된다. 개인이 사회적 발언을 자유롭게 할 수 있는 것, 즉 자유로운 공론이 곧 민주주의의 제1의 조건이다”라고 주장한다.

예를 들면, 철저한 신분제 사회였던 조선 시대에 양반과 노비 사이에서 수평적인 의사소통이 가능했겠는가? 이들 양자 사이에는 단지 지시와 복종의 대화만이 존재했을 것이다. 그래서 하버마스는 사회구성원들이 사회적 의제에 대해 그들의 의사를 자유롭게 발언할 수 있는 사회적 환경이 존재하는 사회가 바로 민주주의 사회라고 규정한다. 따라서 학문적으로는, 마르크스주의에 대해 비판적 지지를 표명하는 프랑크푸르트학파의 계승자지만 하버마스는 역사발전의 원동력을 경제, 즉 생산력의 확대에 따른 생산관계에서 찾은 마르크스의 역사적 유물론 대신에 사회구성원들 사이의 자유롭고 합리적인 의사소통, 즉 ‘공론의 장’이 확대되어가는 과정이 바로 역사발전의 한 과정이라고 주장한다.

그런 의미에서, ‘박근혜 퇴진’이라는 시대적 당위를 성공리에 실천한 이번 광화문 촛불집회는 역사에 한국사회의 구성원들이 그들의 합리적인 의사를 자유롭게 소통시키는 ‘공론의 장’으로 기록됨과 동시에, ‘역동적인 역사발전의 원동력’으로 평가될 것이다.

-2017. 11 .25-

제2장 '노怒', "반장님, 일로 좀 와 보시요!"

“반장님, 일로 좀 와 보시요!”

지난주 금요일 밤 8시경에 직장에서 한창 일하고 있는데 난데없이 전화 한 통이 걸려왔다. 내 근무지는 역삼동 우성아파트 사거리에 있는 대형 맥주홀이며, 직책은 청소반장, 공식적인 직책은 미화반장이다. 그런데 이곳 맥주홀은 미국 직장인들이 제일 좋아하는 말인 “티지아이에프TGIF, Thanks God! It's Friday(신이시여! 고맙습니다. 오늘이 금요일이군요).”의 그 금요일, 한국인들은 ‘불타는 금요일’의 준말인 ‘불금’으로 부르는 금요일 밤에는 주로 직장인 청춘남녀들로 문전성시를 이루고 있다. 그야말로 눈코 뜰 새 없이 바쁜데 생판 모르는 사람으로부터 전화가 걸려온 것이다. 그래서 짜증 섞인 목소리로 “누구요?” 하고 물으니, 상대가 흥분한 목소리로 “반장님, 저 박스 가지러 온 사람입니다.”라고 말해 그제야 발신자의 정체를 알 수 있었다.

그는 매일 저녁 9시경에 1톤짜리 화물차를 몰고 와서 폐지, 주로 박스라 불리는 골판지를 수거해 가는 폐품수집업자였다. 이 친구가 금년 2월부터 단골로 폐지를 수거해 갔기 때문에 그간 몇 차례의 만남을 통해, 나이는 나보다 한 일고여덟 살 아래며, 전남 해남군 화산면 출신이라는 신상정보도 알 수 있을 정도로 친숙한 사이가 되었는데, 하필이면 제일 바쁜 날인 금요일 밤에 나를 찾는 것이었다. 그래서 내가 "아니? 무슨 일인데 전화하고 그런가? 바빠 죽겠는데 말이여." 하고 짜증스럽게 내뱉자, "그게 아니고요. 반장님이 일로 좀 오셔서 판정 내려 줄 일이 있어서 그럽니다. 그러니 잠깐 오셔서 한 마디 해주세요." 하고 간곡하게 말하는 것이었다. 그 말을 듣고 나서야 나는 상황파악이 됐다. 사연인즉, 이런 이야기다.

한 열흘 전부터 이 폐지 수거 전에 강력한 경쟁자가 등장했다. 지난 주초 평상시처럼 8시경에 폐지를 불출하고 난 후 한 이삼십 분 후에 담배 한 대 피우러 밖에 나가보니 내다 놓은 폐지가 흔적도 없이 사라져 버렸다. 그야말로 '바람과 함께 사라진' 것이었다. 처음에는 '아하. 해남 이 친구가 요즘은 좀 빨리 온 모양이구나.' 하고 생각하고 지나쳤는데, 사실은 그게 아니었다. 그로부터 한 삼사일 후에 다른 일 때문에 평소보다는 한 20분 늦은 밤 8시 20분경쯤에 폐지를 내다 놓는데, 길가에 웬 봉고차가 한 대 서있었다. 그런데 내가 길가에 폐지를 내려놓고 돌아서는 순간, 봉고차에서 자그마한 체구의 사나이가 나오더니 잽싸게 폐지를 차에 싣는 것이었다.

그래서 내가 "아니? 아저씨는 누구요? 이따 여긴 9시에 고정적으로 가져가는 사람이 오는데?" 하자, 그 정체불명의 사나이가 "저도 이 일로 먹고 사는데, 가져가면 좀 안 되겠습니까? 이렇게 길가에 놔두면 보기도 좋지 않고 말입니다. 양해 좀 해주십시오."라고 사정조로 말하는 것이었다. 그 순간, 측은지심이 발동한 나는 '하기야 누가 가져가든지 먼저 가져가는 사람이 임자지.'라는 생각이 들어 "그러세요. 하여튼 우린 8시 정각에 내다 놓을 테니 알아서 가져가세요."라고 말하자, 그가 "아이고, 고맙습니다."를 연발하면서 감사의 인사를 잊지 않았다.

이런 일이 있고 난 후 1주일 만에 해남 친구에게서 전화가 걸려 왔다. 그래서 밖에 나가 보았더니 예상대로 해남 친구와 봉고차 경쟁자가 한발 물러설 수 없는 치열한 논전을 벌이고 있었다. "이 사람아, 여기 구스 것은 금년 2월부터 내가 단골로 가져간 곳인데, 왜 당신이 끼어들고 난리여." 이 말은 관례화된 '연고권'을 주장하는 해남 친구의 논리, 이에 대해 "아니, 길가에 내다 놓은 폐지에 무슨 임자가 있다고 그래? 먼저 가져가는 사람이 임자지? 안 그래?" 이는 먼저 발견한 사람에게 '우선권'이 있다는 경쟁자의 논리. 다시 말하면 연고권 우선이냐, 아니면 선취권 우선이냐 하는 팽팽한 논리의 대결장에서 1차적으로 폐지 소유자인 나의 합법적인 판정을 구하기 위해 해남 친구가 전화를 한 것이었다. 그래서 내가 《형사 콜롬보》처럼 잔뜩 심각한 얼굴로 문제의 현장에 등장하자, 해남 친구가 대뜸 나에게 "반장님, 반장님이 증언 좀 해 주시요. 금년 2월부터 여기 폐지는 내가 단골로 가져간 게 맞지요?" 하며 나의 동의를 구했다. 그래서 내가 "그런데 자넨 매일 9시경에 오더니만 오늘은 왜 이 시간에 온 건가?" 하고 묻자, 그가 핏대를 올리면서 "내가 지지난 주부터 9시쯤에 오면 폐지가 하나도 없더란 말입니다. 하루 이틀도 아니고요. 그래서 오늘은 내가 일부러 8시에 와서 기다리고 있는데, 이놈이 폐지를 지차에 싣고 있더란 말이요. 나 참 어이가 없어서. 야, 이 새끼야 그 폐지 갖고 얼른 꺼져! 대신 내일부터는 여기에 얼씬도 하지 마! 알았어!" 하며 일방적으로 신참자를 공격하자, 그 왜소한 체구의 사나이가 "뭐여? 너 말 다 했어! 새끼라니, 어디서 새끼야? 이 씨발 놈이!" 하며 지지 않고 대드는 것이었다. "뭐, 씨발 놈? 요 X만 한 새끼가 되질려고 환장을 했나? 이 새끼를 그냥!" "뭐라고? 이 새끼가!" 하며 말싸움이 이제는 몸싸움으로까지 번질 것 같은 예감이 들어, 이 소란스러운 상황을 종식하기 위해 나는 서둘러 실효적인 판정을 내리기로 결심했다.

옛정을 생각해 해남 친구의 손을 들어 줄 것인가, 아니면 외모가 상냥하게 보이는 신참자의 손을 들어 줄 것인가? 결국 나는 "자, 자. 상대방을 자극하는 말싸움은 그만하고, 이렇게 합시다. 우리가 정각 8시에 폐지를 불출할 터인즉, 여러분들은 각자 알아서 가져가길 바랍니다."라는 다소 애매하지만, 그런대로 원칙과 상식이 깃든 판정을 내리고 현장을 떠났다.

그로부터 며칠 후인 일요일 밤 8시 30분경에 옆 건물에 있는 슈퍼마켓 하치장 부근에서 담배 한 대 피우고 돌아오는 길에 부지런히 폐지를 화물차에 싣고 있는 해남 친구를 만났다. "어? 오늘은 봉고차가 안 왔나 보네?" 하고 말을 건네자, 그가 "그날 반장님이 떠난 후로 그놈을 내가 아주 작살을 내버렸습니다. 다시는 여기에 얼씬도 안 할 거요." 하며 의기양양하게 말하는 것이었다. 굳이 그 내막까지 알 필요가 없었던 나는 "근데 말이야, 그 친구는 뭐 때문에 봉고차까지 동원해서 폐지를 수거하는 건가? 이게 좀 벌이가 되는가?" 하고 묻자, "뭔, 벌이가 된다요? 그냥 밥만 묵고 살 정도제. 그란디 반장님. 요즘 이 폐지가 거짓말 좀 보태면 금값이요. 금값." "에끼, 이 사람아 이런 폐지가 무슨 금값이여? 풍 좀 그만치라고!" 하고 내가 면박을 주자, 그가 열띤 목소리로 말을 이어가는 것이었다.

"아니? 사실이라니까요? 내가 중간상한테 들은 얘긴데요. 환경관리공단이 작년에는 폐지 1킬로를 7, 80원에 수매했는데, 금년에는 수매가가 150원으로 배나 뛰어버렸다고 합디다. 그놈의 택배 호황 땜에 말이요. 그래서 저 같은 수거업자들이 전부 폐지 수거에 나서는 바람에 경쟁이 치열하단 말이요." 하며 상세하게 설명해 주는 것이었다. "글고, 폐지 중에서도 이 골판지 박스는 양이 적어도 무게가 안 많이 나가요? 그래서 이 박스에 그리 신경들을 쓰는 거란 말이요. 요즘 서울 시내는 그냥 박스전쟁이요. 박스전쟁!"이라는 말을 남기고 다음의 목적지인 교대역 방면으로 황급하게 떠났다.

이상이 이른바 '박스전쟁' 시말기다. 그런데 현실적으로 대도시 중산층에 해당되는 물질적 풍요를 누리고 있는 사람들에게는 생경한 이야기일 것이다. 왜냐하면 자신이 일상에서 전혀 목격하거나 경험하지 않은 이야기기 때문이다. 그래서 "대부분의 사람들은 자신이 보고자 하는 세상만을 보고, 자신이 본 세상이 이 세상의 전부로 생각한다."라는 어느 철학자의 말이 설득력 있게 들리는 것도 이런 맥락에서다.

그러나 이런 박스전쟁이 벌어지고 있는 것이 이 사회의 현실이다. 환락과 욕망이 꿈틀대는 강남의 밤거리에서 벌어지는 삶의 한 단면이라는 이야기다. 생존을 건 치열한 '삶의 현장'이다. 사회학자들의 주장에 의하면, 보통 60%의 중산층과 각각 20%인 자산가 계층과 영세민 계층이 존재하는 항아리 형태인 2:6:2의 사회가 현대

자본주의 사회의 안정적인 경제적 분포라고 주장하는데, 사실 요즘의 신자유주의 경제체제에서는 중산층의 영세민화로 경제적 양극화가 날로 심화되고 있는 것이 현실이다.

특히 우리 사회에서도 20년 전인 1997년 12월에 있었던 외환위기 이후에 경제적 불평등이 날로 심화되고 있는 것은 부인 못 할 사실이다. 미국도 마찬가지다. 세계적 부호인 마이크로 소프트의 창업자 빌 게이츠와 투자회사 버크셔 헤이웨이사의 회장인 워렌 버핏, 그리고 전자 상거래 업체인 아마존의 창업자 제프 베저스, 이 3인이 소유한 자산이 미국의 2,400만 가구, 6,500만 명의 전체 자산에 해당된다는 것이 대표적인 사례다.

신유학이라 불리는 주자학을 완성한 주희(1130~1200), 혹은 주자朱子와 대척점에 서서 유학을 연구한 끝에 후일 명대明代에 유행한 양명학을 창안한 남송南宋의 유학자 육구연(1139~1192), 일명 육상산陸象山은 생전에 '불환빈不患貧, 환불균患不均'이란 말을 남긴다. "백성들은 가난을 근심하는 것이 아니라, 고르지 못함을 근심한다."라는 말이다.

이 육상산의 말이 바로 며칠 전 문재인 대통령이 국회에서 행한 시정연설 중 핵심인 '국가역할론'의 성격을 명료하게 보여주는 대표적 문구일 것이다.

-2017. 11. 14-

역사교과서 국정화, 난 절대 반대한다

2015년 10월 18일 현재, 맑고 푸른 가을 하늘 아래, 대한민국에는 지금 '총성 없는 전쟁'이 벌어지고 있다. 중고교 역사교과서 국정화에 대한 찬반논쟁이다. 지금까지 별 탈 없이 일선 교육현장에서 사용되고 있는 검인정 역사교과서를 국가가 지정하는 단 한 종의 역사교과서로 대체하겠다는 박근혜정부의 뜬금없는 교육정책에 의해 촉발된 일종의 '문화전쟁'이라 할 수 있는 이 전쟁 때문에 요즘 신문, 방송 등 오프라인 미디어뿐만 아니라 인터넷, SNS 등 온라인에서도 보수와 진보진영이 서로 치열한 갑론을박을 주고받는 등 대한민국은 지금 또 한 차례의 보혁保革갈등을 겪고 있다.

현재의 검인정교과서가 지나치게 좌편향적인 내용을 담고 있다고 주장하는 집권여당과 보수진영의 주장에 대해 야당과 진보진영에서는 국정화의 숨은 목적은 한국 현대사의 뜨거운 이슈인 친일독재를 미화하기 위한 '역사의 날조'를 기도하는 저열한 음모라고 반박하는 등 뚜렷한 국론분열 현상을 보여주고 있다.

이러한 역사교과서 국정화 문제가 국론분열이라는 현상까지 초래하는 이유는 역사학자, 일선 교사, 정치인, 언론인, 교육관료 등 여론 주도층뿐만 아니라 학생들은 물론 다수의 일반 학부형의 찬반까지도 포함한 폭발력이 강한 교육문제이자 정치, 사회적인 문제이기 때문이다. 따라서 이 역사 교과서 국정화 문제에 대해 함구하거나 방관하는 자세는 이 시대를 살아가는 지식인의 직무유기 내지는 책임회피라고 생각하는 나는 이 문제에 대해 명확한 의견을 개진하고자 이 글을 쓰고 있다. 이것이 이 시대를 살아가는 한 지식인의 시대적 소명이라 생각하기 때문이다.

결론적으로 말하면, 나는 중고교 역사교과서의 국정화에는 절대적으로 반대하는 입장이다. 반대하는 이유는 다음과 같다. 역사교과서 국정화는 이 사회의 파워 엘리트 그룹, 즉 기득권층이 다양한 창窓(window)을 통해 인류의 총체적 삶의 기록인 역사를 공부하고 해석하는 과정에서 다원적인 가치관과 세계관을 체득할 수 있는 학문의 다양성과 인간의 사유능력을 원천봉쇄하여 역사를 자신들의 기득권 유지와 강화를 위한 이념적 도구로 악용할 수 있다는 위험성 때문이다. 그런 의미에서 나는 절대적이며 유일한 이념이 초래한 인간의 무사유와 획일적인 지배이데올로기가 우리 인류의 삶을 얼마나 황폐화하고 역사를 퇴보시켰는가에 대한 실증적인 두 건의 자료를 바탕으로, 논란의 대상인 역사교과서 국정화 문제에 대한 나의 견해를 개진하고자 한다.

이 두 개의 사례 중, 전자는 20세기 서구의 사례이며, 후자는 근대 우리나라의 사례이다.

1961년 5월 어느 날, 남미의 파리라고 불리는 아르헨티나의 수도 부에노스아이레스에서 리카르도 클레멘트라는 이름을 지닌 평범한 자동차 세일즈맨이 이스라엘의 비밀첩보기관인 모사드 요원에게 체포되어 비밀리에 이스라엘로 압송된다. 그가 바로 1942년부터 실행된 600만 유대인 대학살 프로젝트인 이른바 '최종해결'의 실행 주범 중 한 명으로, 친위대 중령 출신의 칼 아이히만이란 독일인 전범이었다.

1961년 12월, 이스라엘의 수도 예루살렘에서 아이히만에 대한 '세기의 재판'이 열린다. 이때 독일의 나치즘, 이탈리아의 파시즘 등 전체주의를 철학적으로 분석한 『전체주의 기원』이라는 저서를 낸 바 있는 독일계 유대인 여성 철학자이자, 정치 사상가였던 한나 아렌트(1906-1975)가 이 재판 과정을 직접 지켜보면서 전체주의의 기원에 대해 다시 한 번 통찰할 수 있는 기회를 갖는다. 1962년, 이스라엘 법정에서 사형선고를 받은 아이히만이 처형되고 나서 1년 후인 1963년에 그녀는 『예루살렘의 아이히만』이라는 책을 발간한다.

그런데 흥미로운 사실은 아렌트의 이 책이 세계 각지의 유대인으로부터 심한 거부반응을 불러일으켰다는 점이다. 많은 유대인들은 아이히만이 '인간의 탈을 쓴 악마'일 것이며, 따라서 그의 영혼도 악의로 가득 찬 괴물과도 같은 인물일 것이라고 추정했지만, 아렌트는 이런 유대인들의 기대를 산산이 부수어버렸다. 그녀는 수백만 유대인들의 비참과 고통에 직접적으로 개입했던 아이히만이 잔혹한 악마도, 그렇다고 일반 사람과 전혀 다른 이상 성격을 지닌 인물도 아니라고 평가했기 때문이다. 오히려 아렌트는 자신의 저서에서 아이히만이 우리가 살아가면서 만날 수 있는 평범한 이웃집 아저씨와 다름이 없었던 인물로 묘사하고 있다. 그래서 『예루살렘의 아이히만』이라는 이 책에는 '악의 평범성The banality of evil에 대한 보고서'라는 부제가 달려있다.

그렇다면 도대체 600만 유대인 대학살이라는 전대미문의 범죄, 혹은 악은 어디에서 비롯된 것인가? 아렌트는 아이히만이 저지른 범죄의 원인을 다음과 같이 분석하고 있다. "세상에 악이 존재하는 이유는 인간의 도덕성이 부족해서가 아니라, 인간의 가치와 권리를 억압하는 정치적, 사회적 구조에 대한 저항과 이 저항을 이끌어내는 사유思惟의 부재, 즉 무사유無思惟에 그 원인이 있다. 아이히만을 이 시대의 엄청난 범죄자 중의 한 사람으로 만든 것은 결코 어리석음과 동일한 것이 아닌 그의 철저한 무사유에 있다. 따라서 이런 무사유가 우리 인간 속에 존재하는 모든 악을 합친 것보다 더 많은 파멸을 초래할 수 있다는 것, 이것이 예루살렘에서 배웠던 나의 교훈이었다."라고 끝을 맺고 있다.

이런 아렌트의 지적처럼, 만약 역사교과서 국정화가 시행된다면 이 땅의 청소년들은 다양한 창을 통해 역사적 사실에 대한 인식과 해석을 내릴 수 있는 자신만의 판단능력을 갖추는 대신 지배계층의 역사관에만 매몰되어, 지배이데올로기에 순치 내지는 동화되어 버리는 체제순응용 부속품으로 전락하기 마련이다. 그 결과 위의 아이히만 경우처럼 정치적, 사회적 모순에 대한 저항과 그 저항의 논리적 토대가 될 사유능력을 외면해버리는 무사유의 인간들만을 양산해 낼 수 있다는 우려 때문에 난 국정화에 반대한다. 사유란 오로지 인간에게만 주어진 권리이자 의무이기 때문이다.

다음은 획일적이고 일률적인 종교적 도그마dogma와도 같은 교조教條적인 사상의 강요와 지배가 우리 역사에 퇴영적 영향을 끼친 하나의 사례를 보기로 하자. 단 한 종의 역사교과서를 강제하려고 하는 현재의 상황과 비교해 보면서 말이다. 1680년, 숙종 6년 9월, 대표적 북벌론자이자 개혁성향이 강했던 남인의 영수 백호 윤휴(1617-1680)는 임금이 내린 사약을 들이키고 세상을 뜨기 전에 "나라가 유학자를 쓰기 싫으면 안 쓰면 되지, 굳이 죽일 필요까지 있겠는가?"라는 유명한 일화를 남긴다. 1617년, 광해군 시대에 태어난 윤휴는 이황을 종통으로 하는 동인의 후예였던 남인의 영수로서 우암 송시열(1607-1689)을 영수로 하는 서인과 함께 정국의 주도권을 놓고 치열한 당쟁을 벌였던 인물이었다.

이 당시 남인과 서인은 북벌의 군주로 유명한 효종의 아들인 18대 국왕 현종 연간에 일어난 두 차례의 예송禮訟논쟁에서 한 차례씩 승리와 패배를 주고받았던 최대의 정적관계였다. 특히 인조, 효종, 현종, 숙종 등 4대에 걸쳐 출사를 했던 송시열은 조선왕조실록에 그의 이름이 가장 많이 등장하는 서인 노론의 영수였는데, 그는 사대부들에게 최대의 모욕적 언사인 '사문난적斯文亂賊'이라는 용어를 공개적으로 사용한 인물이기도 하다. 여기에서 사문斯文은 문장을 쪼개다, 갈라놓는다는 뜻으로 학문을 문란하게 만드는 언행을, 난적亂賊은 나라와 사회를 어지럽히는 도적을 의미하는 것으로, 본디 유학의 근본에 어긋나는 학설을 주장하는 사람들을 가리킬 때 쓰는 용어이다. 그런데 송시열은 자신의 최대 정적이었던 윤휴에 대해 "주자朱子가 이미 모든 학문의 이치를 밝혔는데, 윤휴가 감히 자기의 의견을 세워 억지를 부리니 실로 사문난적이라 할 만하다."라고 공격한다.

그럼 이 말이 왜 나오게 되었는가? 1392년 조선의 개국 이래 남송南宋의 주희(1130-1200)가 완성한 성리학, 혹은 주자학이 조선의 유일한 통치이데올로기로 채택됨에 따라 성리학이 사대부 양반 계층의 유일무이한 학문으로 자리 잡는다. 그런데 주희, 혹은 주자는 기존의 많은 유학 경전 중 『논어』, 『맹자』, 『중용』, 『대학』 등 4서만을 유학의 최고 경전으로 선정하곤, 이에 대해 각각의 주석서를 집필했는데, 이것이 바로 조선 시대 양반사대부들의 금과옥조라 할 만한 『사서집주四書集注』다. 이런 주자의 저작이 중국과 조선의 필수학문으로 자리 잡은 배경에는 1271년 남송을 멸망시키고 천하의 주인이 된 몽골족의 원元제국과 1368년에 들어선 명明이 주자의 이 『사서집주』를 과거시험의 정식과목으로 채택한 반사효과 때문이었다.

그런데 성향이 진보적이었고 개혁적이었던 윤휴는 이런 주자의 주석서에 의존하지 않고, 원전에 의거하여 학문을 탐구하는 독자적인 자세를 취한 반면 송시열은 오로지 주자가 편찬한 주석서의 글자 하나도 달리 해석해서는 안 된다는 매우 보수적이고 배타적인 입장을 취하고 있었다. 결국 서인의 영수 송시열은 정치적, 학문적으로 자신의 최대 경쟁 상대였던 윤휴에 대해 사문난적이라고 맹공을 퍼부은 끝에 결국 죽음으로 내몰았지만, 자신 역시 9년 후인 1689년, 숙종 15년에 장희빈 폐출상소에 연루되어 전라도 정읍에서 윤휴처럼 사사賜死된다. 윤휴의 죽음과 더불어 개혁적이었던 남인 세력은 쇠락하게 되고, 이에 반해 조선을 공자와 주자의 적통인 소중화小中華라고 자부했던 보수적이고 폐쇄적이었던 서인 노론에 의해 조선의 정치가 좌우되면서 서서히 망국의 길로 접어들게 된다.

그럼, 우리는 이런 과거의 역사에서 무엇을 배울 것인가? 그것은 다름이 아니라 교조적이고 획일적인 사상과 학문이 강제되는 나라나 사회는 정체나 혹은 퇴보를 면치 못한다는 명백한 사실이다. 윤휴처럼 오직 주자라는 하나의 창에 의하지 않고 원전이나 혹은 다른 저작, 즉 다원적인 창을 통해 세상을 보고 해석하는 행위를 사문난적이라고 매도하는 사회에서 어떻게 참신하고 창의적인 학문이나 사상이 출현하겠는가? 2015년 10월 현재, 대한민국을 뜨겁게 달구고 있는 역사교과서 국정화 문제도 우리의 이런 역사를 반면교사로 삼아 이번 국정화 조치는 당연히 철회되어야 한다고 난 생각한다.

독일 출신 문예 비평가이자 사상가였던 발터 벤야민(1892-1940)은 "역사연구의 기본자세는 역사적 사실의 직접적인 인식에 머무르지 않고 '그것을 어떻게 시대의 위기를 극복할 무기로 활용할 것인가?' 하는 과제설정이나 문제의식의 길을 모색하는 것이다."라고 주장하고 있다.

내년 총선을 겨냥해 보수 세력의 집결을 위한 정치적 포석인지, 아니면 현행 교과서에서 미화되지 못한 아버지 박정희에 대한 자식으로서의 죄의식인지는 몰라도, 역사 교과서의 국정화는 유신시대 같은 권위주의 시대의 시대착오적인 퇴영적 산물임이 분명하다는 것이 나의 일관된 입장이다.

-2015. 10. 18-

김병조와 호모 데우스

세상이 달라졌긴 달라져도 많이 달라진 모양이다. KBS가 어젯밤 10시에 방송한 『KBS 스페셜』 2부작 '시민의 탄생' 중 제1부인 '6.10항쟁'이란 프로그램을 시청하면서 느낀 감회였다. 만약 박근혜 정권이 난파당하지 않고 이 시간까지 지속되었더라면, 30년 전인 1987년 6월, 대통령 직선제를 쟁취하기 위해 대학생들은 물론 일명, '넥타이부대'로 지칭된 직장인 중산층까지 시위에 참여한 '6.10 민주화항쟁'을 소재로 한 특집프로그램의 방송이 가능했을까 하는 의구심이 들었기 때문이다.

그런데 지난 5월 10일, 진보성향인 문재인정부가 덜컥 들어서고 나니 비상이 걸린 것이다. 그래서 '6.10항쟁 30주년'이라는 호기를 이용하여 부랴부랴 이 특집 프로그램을 편성했으리라는 것은 불 보듯 빤한 사실이다. 기막힌 '변신의 달인'이라 아니 할 수 없는 일이다. 그래서 그런가, 오늘 밤 10시에는 작년 12월, 한겨울의 추위를 무릅쓰고, 박근혜 퇴진을 촉구하면서, 광화문 광장을 뜨겁게 달구었던 촛불집회를 소재로 한 제2부 '촛불광장'편이 방송될 예정이라 하는데, 전문가의 시각으로 본다면, 이 2부작 '시민의 탄생'은 곳곳에 졸속으로 제작한 티가 역력하게 보이는 그저 그런 수준의 태작駄作으로 평가된다. 한마디로 말하면, Not too bad, 별 다섯 만점에 별 둘 수준이다. 그건 그렇고, '1987년 6.10민주화 항쟁'에 즈음해서 나에게는 잊지 못할 추억거리가 하나 있는데, 개그맨 김병조에 관한 얘기다.

개인적으로는 고등학교와 대학 4년 선배이고 내 결혼식에서 사회를 봐주었던 김병조는 그 당시 MBC의 코믹 버라이어티 쇼『일요일 밤의 대행진』이라는 인기 프로그램의 시사코너 앵커로 고정 출연하면서, "지구를 떠나거라~" 같은 유행어를 유행시키는 등 인기절정의 개그맨으로 맹활약 중이었다. 그런데 그만 동아일보에 난 단 한 줄의 기사로 인해 졸지에『일요일 밤의 대행진』에서 하차하면서 평범한 개그맨으로 전락하게 되는 우여곡절을 겪게 된다. 이 사연은 1987년 6월을 상징하는 한 편의 블랙 코미디와도 같은 사연이었다. 전두환 5공 정권에 저항하는 범국민적 시위가 날로 치열하게 전개 중이었던 30년 전 오늘, 연세대 정문에서 독재타도를 외치면서 시위대 맨 앞줄에서 시위를 하던 연세대 경영학과 2학년생 이한열이 머리에 최루탄을 맞고 의식불명 상태에 빠진 사건이 발생한다. 그리고 그다음 날인 10일, 이런 사태를 비웃기나 하듯이 잠실 실내체육관에서 전두환의 후임으로 노태우를 차기 민정당 대통령후보로 선출하는 전당대회가 열린다.

그런데 이 전당대회에서 식전 여흥행사의 사회를 본 김병조는 장내 분위기를 띄우기 위해 "민정당은 민중에게 정을 주는 당, 통일민주당은 민중에게 고통을 주는 당"이라는 개그를 했는데, 하필이 멘트가 동아일보에 행사 스케치성 단신으로 실리면서 사단이 터진 것이다. 동아일보에 이 기사가 실리자마자, 여의도 MBC에는 시청자들의 항의전화가 쇄도하여 업무가 마비될 지경이었다. 마치 활화산이 폭발하는 것 같은 시청자들의 엄청난 분노를 실감한 제작진은 부득불, 김병조를 프로그램에서 하차시키는데, 이때부터 '배추머리' 김병조는 인기의 하향곡선을 그리면서 '그저 그런 개그맨'으로 남게 된다.

이 당시 난 서울시립교향악단과 함께 『청소년음악회』란 클래식 음악프로그램을 연출하고 있었는데, MBC 로비에서 실의에 빠진 김병조의 우울한 모습을 보고 위로해준 과거지사를 잊을 수가 없다. 결국, 김병조도 비정상이 정상을 압도했던 '한 시대의 희생자'라 할 수 있을 것이다. 다시 말하면, 그의 추락은 1987년 6월이 만들어 낸 수많은 역사의 희비극 중의 하나였던 것이다.

그런데 "호헌철폐 독재타도."를 외치면서 서울 시내를 누비던 시위대의 모습이 벌써 30년 전의 일이라니, 그야말로 세월이 한순간이란 느낌이다. 이 30년이 지나면, 나는 90대 중반인데, 그때까지 이 모진 목숨을 이어갈지는 의문이다.

그런데 한 가지 희소식이 있긴 있다. 이 낭보의 주인공은 최근 출간된 『호모 데우스』란 한 권의 인문서적이다. 지난 수년간, 세계 30여 개 국가에서 베스트셀러가 된 『사피엔스』의 저자인 이스라엘 히브리대학 역사학과 교수 유발 하라리가 금년에 펴낸 『호모 데우스』란 자신의 신작에서, 앞으로 30여 년 후인 2050년쯤에는 현재의 인간종인 '호모 사피엔스Homo Sapiens'를 대신하여 새로운 인류가 출현하게 된다고 예언한다. 이 새로운 인간 종은 라틴어로 '신神God이 된 인간'이라는 뜻을 지닌 '호모 데우스Homo Deus'라는 인간 종인데, 이 종은 신처럼 불사불멸의 속성을 지닌 종이라는 것이다. 오늘날 날로 발전하는 유전공학에 힘입어 앞으로 30년 후인 2050년 무렵이면 소수의 억만장자는 '불사불멸'이라는 신의 영역에 도달하게 되어, '반인반신半人半神적'인 새로운 종, 즉 '호모 데우스'란 신인류가 된다는 얘기다. 그렇다면 선택받은 소수의 호모 데우스 이외의 인간들, 즉 나 같은 호모 사피엔스들은 어떻게 된다는 말인가?

하라리의 주장에 따르면, 대다수의 호모 사피엔스들은 선택받은 소수의 호모 데우스를 자신들의 새로운 신으로 숭배하게 된다고 한다. 마치 수천 년 전, 자신들의 통치자 파라오를 신으로 숭배한 이집트인들처럼 말이다. 마치 한 편의 SF영화나 만화 같은 스토리지만 그래도 일리가 있는 얘기다.

그러니 지금이라도 늦지 않았다. 돈 있는 친구들은 2050년까지 꼭 살아남아서, '호모 데우스', 즉 '인간의 모습을 한 신'이 되어 영생불사하기 바란다. 나처럼 가진 거 없는 평범한 '호모 사피엔스'들은 30년 전인 1987년 6월, 이 무렵에 김병조가 유행시킨 "지구를 떠나거라~."라는 말대로 지구를 떠날 예정이다. 그래도 20살이라는 짧은 생을 산 이한열보다 무려 4배하고도 13년을 더 산 인생인데, 무엇이 아깝겠는가? 이렇게 얘기하다 보니, 내가 마치 무슨 민주열사가 된 듯한 비장감이 드는데, 이래저래, 6.10항쟁 30주년 아침을 맞아 몇 자 적어보았다.

-2017. 6. 10-

그런다고 세상이 바뀌나요?

어제 오후 문재인 대통령은 '1987년 6월 항쟁'을 소재로 한 《1987》이란 영화를 보고 나서 "이렇게 역사는 금방금방은 아니지만, 긴 세월을 두면서 뚜벅뚜벅 발전해오고 있는 것이며, 또 한 가지, 세상을 바꾸는 사람이 따로 있지 않다. 우리가 함께 힘을 모을 때, 연희도 참가할 때, 그때 세상이 바뀐다는 것을 영화가 보여주는 것 같다."라고 자신의 소감을 밝혔다. 그래서 《1987》, 이 영화도 "대통령이 관람한 영화"라는 '막강한 마케팅' 덕분에 순조롭게 흥행 돌풍을 이어나갈 것으로 여겨진다. 1993년 임권택 감독의 《서편제》가 당시 김영삼 대통령이 청와대에서 관람하고 난 후 "대통령이 극찬한 영화"라는 후폭풍 덕으로 한국영화로는 최초로 '서울 관객 100만 돌파'라는 흥행 신기록을 세우면서 한국영화의 르네상스를 개막한 것처럼 말이다. 그래서 그런가, 이 《1987》에서 대학 새내기인 연희가 한 "그런다고 세상이 바뀌나요?"란 말이 온라인상에서 유명세를 타고 있는데, 나는 이 연희의 발언을 통해 3천 년 동안 제각기 다른 길을 걸어왔던 동서양의 문명사를 고찰해 볼까 한다.

먼저, "그런다고 세상이 바뀌나요?"라는 연희의 의문에 대해 서양인들은 "그래, 우리가 희망하고 노력하면 세상은 바뀔 거야."라는 진취적이고 적극적인 대답이 나올 것이며, 반대로 동양인들은

"바뀌긴 뭐가 바뀌? 세상은 돌고 도는데."라는 회의적이고 소극적인 반응을 보일 것이다. 그렇다면 왜, 동양과 서양은 세상을 해석하는데 이처럼 상반된 태도를 보이는 것일까? 이유는 간단하다. 그들이 갖는 '시공간'에 대한 인식의 차이다. 먼저, 서양인들은 끊임없이 이어지는 시간의 연속인 역사를 "시위를 떠난 화살이 일직선 모습으로 날아가는 것처럼 진보를 향해 전진하는 과정의 연속."이라고 해석한다. 그래서 그들은 "어제보다는 오늘이, 오늘보다는 내일이 더 발전되고 살기 좋은 세상이 될 것"이라는 미래 낙관적인 멘탈리티mentality, 즉 정신 구조를 갖고 있다.

따라서 그들은 자신들이 추구하는 미래를 개척하기 위해 기꺼이 자연에 도전하고, 정복하여 자신들 문명을 건설하는 재료로 사용하는 데 주저하지 않는다. 대표적으로 석탄, 석유 등 화석원료로 전기를 생산하고 나아가 원자력이라는 에너지를 생산하여 근대와 현대의 과학기술을 주도하면서 세계의 지배자로 우뚝 선다. 일례로 지난 1890년대에 세계인구의 2퍼센트에 불과한 영국이 세계 육지면적의 20퍼센트, 인구의 25퍼센트를 지배하는 '해가 지지 않는 대영제국'으로 군림했던 사실이 이를 잘 입증하고 있다.

이에 반해 동양인의 역사관은 다르다. 동양인들은 시간을 '날아가는 화살'로 보는 서양인들과는 달리 '그 자리에서 돌고 도는 물레방아'로 본다. 낮이 지나면 밤이 오고 또 밤이 지나면 낮이 오고, 봄이 오면 이어 여름이, 그다음에는 가을이, 그리고 겨울이 오듯이 역사는 끝없이 순환하는 과정이라고 본다. 그래서 동양인들은 시간이란 결국 돌고 돌아 제자리로 돌아오기 마련이라는 관념 때문에 미래에 대한 낙관적 전망을 갖질 못하고, 현실에 만족하는 소극적 정신구조를 지니게 된다. 그 결과 동양세계에는 미지의 세계에 대한 도전이나 탐구 등 적극적인 자세로 자신들의 운명을 개척하는 삶의 의지가 부재한 탓에 '동양적 정체성'이니 '역사의 퇴보'니 하는 부정적 뉘앙스가 꼬리표처럼 따라다니고 있다. 이런 심성은 결국 한 사회집단에서 발생하는 비리나 모순에 대해 적당히 외면하거나 방관하는 대세순응형 인간을 양산하기 마련이다. 그래서 우리 한국인을 포함한 동양인들은 이런 대세순응방식을 '처세處世'로 이해하고 살아왔다. 절대 자신의 주체성을 강조하지 말고 집단의 의사, 즉 대세에 따르는 것이 가장 무난한 삶의 자세라고 강조하는 그 '삶의 지혜' 말이다.

그렇다면 시간에 대해 이렇게 동, 서양인이 갖는 상반된 인식은 어떤 결과를 가져왔는가? 도대체 어떤 결과를 가져왔기에 과거 수백 년에 걸쳐 서양인들이 이룩한 물질문명이 오늘날의 이 세계를 지배하고 있는가에 대한 문제제기다. 나는 이 모든 것은 서양인들이 이룩한 '공간 확대의 산물'이라고 생각한다. 보다 자세하게 설명하면, 서양인들은 지난 15세기부터 19세기까지 4세기 동안 물리학에서 말하는 원심력에 의한 '공간의 확대'를 추구하고, 성공했기 때문에 오늘날 이 세계의 지배자로 군림하게 되었다는 얘기다. 그럼 왜, 어떻게 서양인들이 자신들만의 공간 확대에 성공했는가에 대해 알아보자.

약 3천여 년 전부터 14세기인 1,300년대까지 그들의 공간개념은 지중해와 북해무역을 중심으로 하는 유럽에 한정되어 있었다. 즉 고대 그리스, 로마제국시대부터 중세시대까지 서양인들의 공간개념은 남으로는 지중해와 북아프리카, 북으로는 스칸디나비아반도, 동으로는 우랄산맥, 서로는 북해와 대서양이었다. 그런데 13세기 중엽부터 14세기 중엽까지 유라시아 대륙에 인류역사상 최초의 대제국이 등장한다. '초원의 늑대', 칭기즈칸이 세운 몽골제국이다. 이때부터 동양과 서양 사이에는 몽골제국이 제공하는 안전보장과 실크로드라는 무역로를 따라 교역량이 대폭 증가하면서 수많은 학자와 모험가들과 상인들이 동서양을 여행하게 된다.

『동방견문록』의 저자인 베네치아의 상인 마르코 폴로와 『여행기』를 쓴 북아프리카 모로코 출신 아랍인 여행가 이븐 바투타 등이 대표적인 인물들이다. 이와 동시에 가난한 서양인들에게 동양의 엄청난 부는 선망과 동경의 대상이 된다. 이런 현상은 서양인들 특유의 모험심을 자극하게 된다. 그리고 중국의 4대 발명품인 종이, 화약, 나침판, 활판 인쇄술 중 종이를 뺀 나머지 3대 발명품이 서양에 전해진다. 이 중 남북 방위를 알려주는 나침판은 원양항해에 필수적인 도구였다. 1400년대 중반 서양인들의 공간 확대 시도는 제일 먼저 이베리아반도의 포르투갈에서 이루어졌다.

일명 '항해왕자' 엔리크(1394-1460)의 주도로 결성된 원양함대가 아프리카 연안을 따라 아프리카 남단을 돌아 인도양에 진입하는데 성공한다. 이때부터 포르투갈은 인도와 인도네시아에서 생산되는 후추와 정향, 육두구 등 향신료 무역을 독점하면서 그들 삶의 공간을 인도양으로 확대한다. 북해, 지중해에서 인도양으로 그들의 활동 공간을 확대한 것이다. 이 당시 포르투갈의 압도적인 무기가 바로 중국의 발명품인 화약을 재료로 하는 화승총과 대포였다. 그들 포르투갈인들은 무역선에 장착된 대포를 활용하여 인도양의 주인이었던 아랍과 인도상인을 제압하고, 인도양이란 공간을 확보한 것이다. 세계사 책에 나오는 바스코 다 가마(1469-1524)란 포르투갈 항해사가 이 항로를 개척했다. 이어 1585년 스페인에서 독립한 네덜란드도 이 향신료 무역에 뛰어들면서 인도양에서 서양인들의 공간 확대는 최고치를 기록한다.

그런데 바로 이웃 나라인 포르투갈의 활약상에 자극을 받은 스페인의 이사벨라 여왕의 지원으로 이탈리아 제노바 출신 탐험가 크리스토퍼 콜럼버스(1450-1506)가 대서양에서 만난 폭풍우로 인해 1492년 10월에 중남미 카리브해의 바하마제도에 도착한다. 콜럼버스는 자기가 인도 서해안에 도착한 것으로 착각해 그곳을 서인도제도로 명명하는 촌극을 연출하기도 한다. 이때부터 서양인들의 공간은 1차 인도양에서 2차 대서양으로 확대된다. 현재의 미국을 제외한 중남미 아메리카를 식민지로 하는 스페인 전성시대가 열리면서, 오늘날 75억 현 인류의 일상적 삶을 구속하는 '자본주의'란 경제시스템이 등장한다. 이 '자본주의'란 말 그대로 자본에 의한 이윤 창출을 최대 목적으로 하는 경제시스템인데, 그 성립 과정부터가 비극적이었다.

17세기부터 19세기까지 유럽인들의 최대 기호식품은 커피, 차, 코코아였으며 기호품은 담배였는데, 그 당시 유럽인들에게 '기적의 감미료'로 여겨진 설탕이 없으면 이들 기호식품을 제대로 즐길 수 없었기 때문에 설탕 산업에서 오늘날의 자본주의가 탄생한다. 먼저, 영국인 자본가들은 그들의 식민지인 자메이카와 버뮤다 제도에 스페인 자본가들은 쿠바와 콜럼비아 등 중남미 자국식민지에 프랑스 자본가들은 자신들의 식민지인 지금의 아이티에 대규모 사탕수수 플랜테이션과 설탕 제조 공장을 건설한다. 그 이유는 이 식민지들이 열대작물인 사탕수수의 자생지였기 때문이었다.

그런데 단일 농작물만 재배하는 플랜테이션 운용과 노동집약적 산업인 설탕 공장을 가동하기 위해서는 대량의 노동력이 필요했다.

그래서 유명한 대서양 3각 무역이 탄생하는데, 바로 돈, 상품, 노동력이 한데 어우러진 현대 자본주의의 탄생이다. 먼저 이들 자본가들은 식민지에서 생산된 설탕이나 커피, 담배, 코코아, 럼주 등을 유럽의 소비자에 판매한다. 이어 그들은 대서양과 접한 아프리카 서부해안으로 가서 유럽인 노예상에게는 현찰로, 그리고 그곳 흑인 부족장에게는 유럽산 무기류나 위스키 같은 주류, 면제품, 장신구 등을 주고 흑인 노예를 구입한다. 이런 방법을 통해 17세기 초반부터 비록 선언적이었지만 노예무역이 중단된 1870년대까지 약 250여 년간 약 천만 내지 천5백만 명에 달하는 아프리카인들이 대서양을 건너 신대륙 아메리카로 끌려간다. 노예선을 타고 대서양을 건너온 이들 흑인 노예들은 주로 사탕수수 플랜테이션과 가공공장에서, 일부는 미국 남부의 목화밭에서, 또 다른 일부는 브라질 커피농장에서 노예노동에 투입된다. 이것이 이른바 대서양을 사이에 두고 유럽과 아메리카 대륙과 아프리카 대륙 사이에서 이루어진 삼각무역이었다. 역사가들은 이 대서양 3각 무역을 '흰 화물(설탕)'과 '검은 화물(흑인노예)에 의한 무역'이라고 부른다.

그래서 유럽인들은 중세시대까지 그들의 공간이었던 지중해와 북해를 벗어나 인도양으로 그리고 다음에는 대서양으로 공간을 확대하는 데 성공한다. 이제 마지막은 태평양이었다. 이미 18세기 중반에 영국인 모험가이자 항해사인 제임스 쿡(1728-1779)의 항해로 호주를 식민지화한 영국은 1840년에 발발한 아편전쟁의 승리로 태평양으로까지 공간을 확대하는 데 성공한다. 이 역시 대서양 3각 무역 같은 태평양 3각 무역이었다. 영국의 동인도회사는 아편을 밀수출해 판매대금으로 중국의 차와 비단을 구입한다. 그리곤 이 차와 비단을 유럽시장에 팔아 그 대금으로 면직물과 각종 생필품을 구입한다. 그리고 이들 상품들을 인도 동부 벵골지방의 아편 재배 농민들에게 판매하고 역시 판매대금으로 생아편을 구입해 동인도회사 소유의 공장에서 아편으로 가공한 후 다시 중국에 판매하는 3각 무역으로 대규모 자본을 축적하게 된다. 다시 말하면 유럽인들은 자신들의 공간 확대를 통해 오직 자본만이 최대의 이윤을 창출하는 '자본주의'란 경제시스템을 만들어 낸 것이다.

물론 이런 자본주의 탄생에는 18세기 중반에 영국에서 일어난 산업혁명이 지대한 공헌을 한 것 역시 사실이다. 그런데 "바다를 지배하는 자가 세계를 지배한다."라고 말한 영국의 군인이자 사업가인 월터 롤리(1552-1618)의 명언처럼 바다로 공간을 확보한 서부 유럽인들과는 달리 자신들의 지리적 여건 때문에 육지로 공간을 확대한 또 다른 유럽인이 있었다. 바로 동쪽의 러시아인들이었다. 웬만한 사람들은 잘 모르겠지만, 우리 지구에는 주기적으로 연평균기온이 1, 2도가량 떨어지는 '소빙하기'란 기상이변이 가끔 발생한다. 이런 기상이변이 발생하면 모피 가격이 금값이 되는 것은 당연한 이치다. 15세기 포르투갈인들이 인도양으로 공간을 확대하고 있을 때 유럽의 변방이자, 빈국이었던 러시아는 그들의 최대 자원이었던 모피가 국가의 유일한 수입원이었다. 그런데 귀중한 모피를 제공하는 족제비과 동물인 수달이나 밍크, 담비 등이 점차 희소해지자 그들은 우랄산맥을 넘어 시베리아로 진출한다.

이 당시 모피상들의 호위 부대였던 카자크기병들이 제일 먼저 조우한 것이 우랄산맥 동쪽에 있던 몽골족의 시비르 칸 국이었다. 그래서 오늘날 '시베리아'란 말은 이 시비르 칸 국에서 유래한 말이다. 결국 모피 때문에 우랄 산맥을 넘어 동쪽으로는 동아시아, 남동쪽으로는 중앙아시아라는 공간 확대에 성공한 러시아는 1860년, 청과 북경조약을 체결해 지금의 블라디보스톡이 있는 연해주를 차지함으로써 태평양에 도달하게 된다.

이렇게 서양인들은 지난 15세기부터 19세기까지 바다와 육지를 통해 계속 자신들의 공간 확대에 성공했기 때문에 오늘날의 세계 질서를 주도하는 파워를 지니게 된다. 물론 여기에는 그들의 직계 후손인 슈퍼 파워 미국이 포함되는 것은 말할 것도 없지만 말이다. 한 자료에 따르면 16세기 초반 포르투갈인 바스코 다 가마가 인도항로를 개척한 이후부터 18세기 중반 제임스 쿡이 호주 시드니 만에 도착할 때까지 약 2백만 명의 서양인이 항해 도중에 사망했다는 기록을 본 적이 있다. 그럼 그들은 왜 위험이 넘치는 미지의 세계에 하나뿐인 자신의 목숨을 걸고 과감하게 뛰어들었을까? 물론 단 한 번의 항해로 팔자 고칠 욕심으로 그런 모험을 감수했겠지만, 그보다 더 큰 요인은 선천적으로 그들에게 내재된 '시간에 대한 관념', 즉 "미래는 오늘보다 더 좋은 세상이 될 것."이라는 미래지향적인 개척정신이 있었기 때문에 가능한 것이라고 난 생각한다. 그리고 이런 시간에 대한 관념은 이어 '삶의 공간 확대'를 추구하게 되었다는 점이 바로 서양인들이 오늘날의 세계를 제패한 가장 강력한 무기였다.

이런 의미로 볼 때 영화 《1987》에서 대학 새내기 연희가 "그런다고 세상이 바뀌나요?"라고 한 말에는 우주만물은 순환하여 결국 제자리로 돌아오기 마련이라는 동양인 특유의 소극적인 역사관을 상징하는 말인 것은 분명한 사실이다. 그러나 이런 소극적이고 회의주의적인 역사관이 "미래는 오늘보다는 더욱 살기 좋은 세상이 될 것"이라는 미래지향적인 역사관으로 바뀌기 위해서는 이 사회를 구성하는 개개인 모두가 진보에 대한 믿음과 희망의 끈을 지니고 함께 한 걸음 한 걸음 전진할 때 가능하리라 본다. 그때에는 "이런다고 세상이 바뀌나요?"란 회의 대신, "이렇게 해야 세상은 바뀌는 거야!"라고 자신 있게 말할 수 있는 사회, 즉 주체성을 지닌 독립된 인격이 존중되는 사회가 바로 우리가 지향하는 사회라 생각한다.

-2018. 1. 8-

임을 위한 행진곡

"사랑도 명예도 이름도 남김없이, 한평생 나가자던 뜨거운 맹세. 동지는 간데없고 깃발만 나부껴, 새날이 올 때까지 흔들리지 말자. 세월은 흘러가도 산천은 안다. 깨어나서 외치는 뜨거운 함성. 아~아~아~앞서서 나가니, 산 자여 따르라! 아~아~아~앞서서 나가니 산 자여 따르라!"

오늘 오전 10시, 광주광역시 북구 운정동 5.18국립묘지에서 거행된 제37주년 5.18기념식에서 이 '임을 위한 행진곡'이 9년 만에 울려 퍼졌다. 1980년 5월, 그날의 광주에서 이 땅의 민주주의를 위해 숨져간 민주열사들의 상흔을 치유하고, 그들의 숭고한 신념과 뜨거운 열정을 추모하기 위해 이날 기념식에 참석한 만여 명의 광주시민들이 '임을 위한 행진곡'을 함께 부르는 모습에서 지난 9년간의 보수정권이 진보정권으로 교체되었다는 시대적 당위를 실감한 순간이기도 했다. 이날 나는 TV를 통해 기념식을 보면서 지난 이명박, 박근혜 보수정권은 왜, 참석자들이 이 노래를 제창하는 것을 금지했는가에 대한 의문이 들었다. 민중을 선동할 우려가 있어서인지, 아니면, 국민을 의식해서 기념식을 하기는 하지만, 1980년 5월, 맨몸으로 군부독재에 저항한 '광주의 정신'을 인정할 수가 없어서인지, 그것도 아니면, 2009년 5월에 숨진 노무현 전 대통령의 장례식에서 '임을 위한 행진곡'이 일종의 레퀴엠, 즉 진혼곡鎭魂曲으로 널리 불려서 그런지 그 정확한 이유는 알 수 없다. 그렇지만 이 노래가 탄생한 광주의 5.18항쟁을 기리기 위한 기념식 현장에서 공식 지정곡이 아닌 관계로 '임을 위한 행진곡'의 제창을 금지한 보수정권의 소아병적인 사고방식을 도통 이해할 수가 없다. 보다 정확한 이유는 그들 보수정권이 김영삼, 노태우 정권을 거쳐 전두환 5공 정권과 박정희 유신정권에 뿌리를 둔 태생적 한계 때문이라 여겨진다. 그래서 그들은 자기들 콤플렉스 때문에 합창단의 합창은 허용하되, 참석자 전원이 함께 부르는 제창만은 극구 반대했을 것이다.

만약 '아! 대한민국' 제창이라면 흔쾌하게 허용했으리라. 사실, 천 마디 만 마디 말보다, 노래 한 곡이 얼마나 우리 인간의 의식을 정화시켜주고, 고양해준다는 것은 삼척동자도 다 아는 사실이다. 그런 의미에서 '임을 위한 행진곡' 제창은 TV를 통해 기념식 실황을 보던 시청자들에게 깊은 감동을 안겨주었을 것이다.

그런 의미에서, 이 '임을 위한 행진곡'을 프랑스의 국가인 '라 마르세예즈'와 비교해 보면 그 의의를 더욱 실감할 수 있다. 우리나라의 '애국가'처럼 세계 각국의 국가들은 대체로 자국의 자연과 문화, 혹은 유구한 역사를 찬양하는 내용이 대부분인데, 중국과 프랑스의 국가는 이와는 다른 특징을 지니고 있다. 이들 양국의 국가는 국민들로 하여금 기득권 지배세력이 강제하는 억압과 차별에 저항하도록 국민들의 각성과 저항정신을 고취하는 내용을 공통점으로 갖고 있다는 점이다.

먼저, 중국의 국가는 장개석이 영도하는 국민당 정부군의 섬멸작전에 쫓겨 만5천㎞에 달하는 대장정大長征 끝에 섬서성 서부의 산간벽지인 연안으로 근거지를 옮긴 중국공산당이 1935년에 공산혁명의 전위인 인민해방군, 즉 홍군紅軍을 강화하고 전의를 고취하기 위해 만든 '의용군행진곡'이 1949년 10월에 수립된 신중국의 국가가 된다. 이런 중국의 국가와 비슷한 성격을 지니면서 '임을 위한 행진곡'이 함축한 의미와 가장 유사한 노래는 프랑스 국가인 '라 마르세예즈'이다. 우선 이 '라 마르세예즈'의 가사를 한 번 보도록 하자.

"가자, 조국의 아들딸들아, 영광의 날이 다가왔다. 우릴 치려고, 저 독재자는 살육의 깃발을 올렸다. 들리는가? 저 들판에서 우리 턱밑까지 왔다. 그대들 처자식의 목을 노리고 짖어대는 흉악한 적군들이. 무장하라, 시민들이여! 대오를 정렬하라! 전진! 전진! 저들의 더러운 피가, 우리의 밭고랑을 적시게. 무엇을 바라나, 저기 저 노예들, 저 매국노, 왕당파들이여. 누굴 위해 저 허접한 족쇄와 쇠사슬을 준비했나. 프랑스인들이여, 분노해야 한다! 격정으로 들끓어야 한다! 저들이 우리를 예전의 노예로 되돌리려 한다! 무장하라, 시민들이여! 대오를 정렬하라! 전진! 전진! 저들의 더러운 피가 우리의 밭고랑을 적시게."

일국의 국가치고는 참으로 호전적이고 살벌한 내용이다. 평화스럽고 점잖은 우리나라의 '애국가'나 일본의 '기미가요'와 비교해 보면 더욱 절실하게 느껴진다. 그런데 '라 마르세예즈' 역시, 중국의 국가인 '의용군행진곡'처럼 지중해 연안에 위치하고 있는 프랑스 최대의 항구도시 마르세이유 출신 의용군들이 파리에 입성할 때 이 노래를 행진곡으로 부름으로써, '마르세이유 군단의 노래'라는 뜻의 '라 마르세예즈'가 탄생한 것인데, 우리는 이 노래가 탄생한 역사적 배경을 알아야만, '임을 위한 행진곡'이 우리에게 주는 진정한 의미를 파악할 수 있다.

1789년 7월 14일, 소위 '모든 혁명의 어머니'라는 프랑스 대혁명이 발발한다. 그런데 이 프랑스 대혁명을 '모든 혁명의 어머니'라고 부른 이유는 5천 년 인류사회를 지배했던 신분사회, 즉 계급사회를 일거에 해체해 버렸기 때문이다. 지배계급인 왕족과 양반 사대부, 그리고 피지배계급인 평민과 노비 같은 천민으로 구성된 엄격한 신분사회였던 조선처럼, 그 당시 프랑스도 특권층에 속하는 제1신분인 왕족, 그다음에는 제2신분인 고위 성직자와 귀족계층, 그리고 비특권층에 속한 제3신분인 하위 성직자와 농, 상, 공업에 종사하는 평민층, 그리고 조선 시대의 노비와 같은 존재인 농노로 구분된 철저한 신분사회였다.

선천적으로 타고난 신분으로 얻어진 권력을 이용하여 타자에 군림하려고 하는 지배욕구는 동서고금을 막론하고 인간의 원초적 본능이라 할 수 있다. 결국 이런 사회적 모순이 임계점에 달해 혁명이 발생한 것이다. 이 당시 약 2,500만 명으로 추정되는 프랑스 인구 중 특권층이었던 제1, 2신분은 약 3%에 해당하는 약 75만 명 정도였는데, 사실 프랑스는 이 3%를 위한 전근대적이었던 봉건적 구체제, 즉 앙시엥레짐Ancien régime의 국가였다.

그런데 혁명으로 이 구체제가 붕괴되고, 1790년 프랑스는 그들의 삼색기가 상징하듯, 자유, 평등, 박애정신에 기초한 주권재민의 공화국으로 변모한다. 유럽 대륙 최초의 공화정이 출현한 것이다. 이런 프랑스의 혁명 정신이 유럽 각국으로 전파되는 것을 두려워한 이웃의 프로이센과 오스트리아 왕국. 그리고 그들과 연대한 프랑스 귀족들이 1792년 4월에 프랑스를 침공한다. 마치 1980년 5월 18일에 광주 시내로 진입한 공수부대처럼 말이다. 그래서 '만민평등'이라는 혁명 정신을 수호하기 위해, 프랑스의 서부전선에 복무중이었던 한 공병 장교가 하룻밤 만에 프랑스 민중들의 궐기를 촉구하는 일종의 캠페인 송을 만들었는데, 때마침 전선으로 떠나기 위해, 파리에 입성 중이었던 마르세이유 출신 자원병 부대가 이 노래를 행진곡으로 부름으로써 '라 마르세예즈'가 탄생한 것이다.

그런 의미에서 비록 1792년과 1980년이라는 약 190여 년의 시간적 차이, 그리고 서양과 동양이라는 공간적 차이에도 불구하고 '임을 위한 행진곡'과 '라 마르세예즈'는 한 가지 공통점이 있다. 그것은 바로 지배 계급에 종속되어 피지배 계층으로 살기를 거부하고, 차별과 압제에 분연히 저항한 프랑스 민중들과 마찬가지로 광주시민들 역시 민주주의를 수호하기 위해 전두환 군부독재에 저항하여 맨손으로 궐기한 끝에 그들의 소중한 피를 흘렸다는 점이다.

그래서 파리와 광주의 시민들은 시공간을 초월하여, 당당하고, 용감하게, 그리고 확신과 신념에 찬 음성으로 '임을 위한 행진곡'과

'라 마르세예즈'를 목이 터져라 부른 것이다.

"억압과 불의와 차별을 타파하고, 자유와 정의와 평등이 강물처럼 흐르는 세상을 만들기 위해서!"

-2017. 5. 18-

『눈먼 자들의 도시』

1998년 노벨 문학상 수상작인 『눈먼 자들의 도시Blindness』라는 소설이 있다. 포르투갈 출신인 주세 사라마구의 이 소설은 『타임머신』, 『우주전쟁』 같은 작품으로 '현대 SF문학의 아버지'로 꼽히고 있는 영국 소설가 허버트 조지 웰스의 영향을 엿볼 수 있는 가상현실적인 재난을 소재로 한 성인용 우화 같은 소설이다. 2008년에 동명의 영화로도 제작되어, 칸영화제의 공식 개막작으로 선정되기도 한 이 소설은 한 도시에 알베르 카뮈의 『페스트』처럼 원인불명의 실명 현상이 전염병처럼 번지면서 불가항력의 재난에 처한 인간 군상들의 다양한 모습을 심도 깊게 묘사하여 평론가와 언론으로부터 환상적 리얼리즘이 돋보이는 작품이자, 라틴 문학의 걸작이란 평가를 받기도 했다.

그런데, 이런 전염병 같은 실명 현상이 2016년 오늘, 서울에 괴질처럼 번지면서 '눈뜬 자'들의 건전한 상식과 가치관을 오염시키고 있다. 그것은 바로 탐욕에 '눈먼 자'들이 퍼뜨리는 '물신주의'라는 괴질이다. 그것도 가진 자들의 끝없는 탐욕에 의해 발생되는 악성 괴질이다. 물질적 소유에 눈이 멀었을 뿐만 아니라, 그 소유를 위해 자신의 인간성조차 포기해 버린 도시의 '눈먼 자들'은 도대체 누구인가? 300억 원대 해외 원정도박혐의로 기소된 정운호 네이처리퍼블릭 대표의 사건 수임료로 50억 원을 받는 등, 단 2건의 형사 사건의 수임료로 100억 원을 챙긴 부장판사 출신의 한 여자변호사, 그리고 지난 2011년 개업한 지 6개월 만에 90억 원의 수임료를 기록하면서, 무려 110채의 오피스텔을 보유하고, 게다가 10억 원에 달하는 탈세까지 한 대검 기획조정부장 출신 변호사, 이 환상의 듀엣이 탐욕에 눈먼 주인공들이다. 이 두 사람 모두 전관예우라는 음성적이고 고질적인 법조비리에 기생하여 이런 막대한 부를 축적한 것이다.

그래서 이런 가진 자들의 탐욕을 접할 때마다 난 '먹이사슬'이라는 자연 생태계의 연결고리를 떠올리곤 한다. 풀을 뜯어 먹고 사는 초식동물인 일반 서민들은 자녀들의 고등교육을 위해서는 대학교수에게, 신체의 질병 치료를 위해서는 의사에게, 법원 송사에는 변호사에게, 즉 상위 포식자에게 자신이 축적한 영양분을 제공할 수밖에 없다. 근검절약하여 모은 재화를 지불해야 된다는 의미이다. 그런데 불행하게도 동물세계의 포식자인 사자나 호랑이는 허기만 채우면 그만이지만, 인간세계의 포식자는 그들의 욕심이 끝이 없다는 점이다. 좋은 예로, 초식동물을 위해 정부가 정한 최저생계비는 있지만, 포식자를 대상으로 하는 최고생계비가 있다는 말은 들어 본 적이 없다. 그래서 물질적 소유를 통한 최대의 행복감을 만끽하기 위해 그 환상의 변호사 듀엣은 기꺼이 탐욕에 눈먼 자들이 되었을 것이다.

그러나 자신이 습득한 의료, 법률 지식을 자신만의 부귀영화를 위한 도구로 삼지 않고 타인들, 특히 사회적, 경제적 약자를 위한 봉사의 도구로 삼으면서 자신의 존재가치를 이 사회에 남긴 '눈뜬 자'들이 있기 때문에 이 사회는 그런대로 건강을 유지하고 있다. 1950년 한국전쟁 후부터 평생을 빈자들과 피란민들에게 무료로 인술을 베푼 장기려 박사, 영등포의 슈바이처로 불리는 노숙자의 친구, 선우경식 조셉 의원 원장, 다큐멘타리 《울지 마, 톤스》의 주인공 이태석 신부 등 의료인과 이돈명, 유현석, 조영래 등 인권변호사들이 대표적인 인물들이다. 물론, 1981년 8월 부산에서 발생한 이른바 '부림사건'을 계기로 인권변호사로 인생항로를 바꾼 노무현 전 대통령도 이에 해당되는 인물이라 할 수 있다.

그래서 이런 '눈 먼 포식자'들의 행태를 접할 때마다 1950년대에 소련의 스탈린주의와 결별하고 '신좌파New Left'운동을 선언한 프랑크푸르트학파의 주요 사상가였던 에리히 프롬(1900~1980)의 발언이 생각난다. 프롬은 《타임》지가 선정한 20세기 명저 중 하나인 그의 저서 『소유냐 삶이냐?To have or to be?』에서 "물질만이 유일 가치가 된 자본주의 사회에서 권력과 명예와 재화에 대한 소유보다, 자신의 시대적 존재 의의에 가치를 두는 삶이 자본주의의 모순을 극복할 수 있는 유일한 길이다."라고 주장한다. 이런 프롬의 말이 새삼 실감 나게 들리는 우울한 하루였다.

-2016. 6. 10-

마당극《이명박 전》

잠실 석촌 호수공원에 있는 마당극 공연장.

정월 대보름을 맞아 강동 지역의 대표적 명소인 석촌 마당극 공연장은 오후 나절부터 남녀노소 많은 관객들로 인산인해를 이루고 있다. 객석과 무대의 구별 없이 연희자와 관객이 한데 어울려 신명나는 놀이판을 벌리는 마당극은 예부터 우리의 전통적인 공연 형식 중 하나다. 괜스레 길 가는 행인들의 목덜미를 자라목으로 만드는 쌀쌀한 꽃샘추위에도 불구하고 약 5백여 석에 달하는 공연장을 입추의 여지도 없이 꽉 들어찬 관객들은 저마다 자리에 앉자마자 피리, 해금, 아쟁, 장고, 징, 태평소 등으로 구성된 시나위 반주단이 연주하는 흥겨운 가락에 맞춰 어깨를 들썩거리면서 오늘의 공연이 시작되기를 기다리고 있다. 찰지고 쫀득쫀득한 찰밥과 더덕나물, 숙주나물 같은 나물류로 늦은 점심을 들고 집을 나선 관객들은 잠시 후에 시작될 흥미진진한 마당극을 관람한 후, 모두 인근 산이나 건물 꼭대기에 올라가 서산낙조와 함께 두둥실 떠오를 보름달을 보면서 각자의 소원을 빌게 된다.

아녀자들은 식구들의 무병장수를, 남정네들은 금년에도 풍년과 사업번창을, 혼기가 꽉 찬 큰 애기들은 살짝 얼굴을 붉히면서 금년에는 제발 좋은 배필을 만나게 해달라고 비는 정월 대보름은 5월

단오날과 함께 서민들이 가장 즐겁고 흥겹게 하루를 보내는 세시 풍속이다. 따라서 정월 대보름 오늘만큼은 반상이라는 신분의 구별 없이 남녀노소가 빈부귀천을 가리지 않고 하루를 신명 나게 노는 농경사회의 가장 큰 축제라 할 수 있는 날이다.

휘영청 밝은 보름달이 동산 위에 떠오르면, 대나무와 생솔가지로 만든 달집을 태우는 달집태우기와 줄다리기, 차전놀이, 그리고 지신밟기 놀이 등으로 하루를 신명 나게 보낸 농민들은 이때부터 농기구를 수리하고 2월에 파종할 종자를 건사하는 등 한 해 농사를 계획하고 준비한다. 그리고 어린이들은 그들대로 빈 깡통을 주워 못으로 구멍을 뚫어, 그 안에 관솔불을 담아 돌리는 쥐불놀이와 논둑 잡초를 태우면서 이날을 즐겁게 보내는데, 이런 행위는 활활 타오르는 불로 모든 부정과 사위스러움을 막아내는 일종의 액막이 행사에서 유래된 놀이이다.

그런데 초저녁의 제법 쌀쌀한 날씨에도 불구하고 오늘의 공연을 이끌 광대 초라니는 좀처럼 나타나질 않고 있다. 초라니는 안동 화회 별신굿 놀이에서 양반의 남자 종으로 등장하는 인물인데, 이 초라니의 역할은 놀이판에서 깨소금 같은 재담과 넉살 좋은 익살, 그리고 질펀한 음담패설 등으로 상전인 양반을 풍자하면서 놀이판의 흥을 돋우는 '약방의 감초' 같은 존재이다. 그래서 경망스럽거나 잔망스러운 사람을 빗대어 '초랑(랭)이 방정'이라는 말을 많이 쓰는데, 이 말은 이 '초라니'라는 말에서 생긴 속어다. 하여튼 흥겨운 시나위 풍악이 점차 고조되면서 드디어 초라니가 기다란 담뱃대를 입에 물고 잔뜩 거드름을 피우면서 양반걸음으로 공연장에 들어선다.

공연장에 입장한 초라니는 갑자기 담뱃대를 내팽개치고 한 손으로 땅을 짚으면서 팔짝팔짝 땅 넘기를 하는 숭어뜀 묘기를 펼친다. 초라니가 동그란 형태의 공연장 두어 바퀴를 돌면서 땅 넘기 묘기를 선보이자 관객들의 흥분은 고조되고, 덩달아 시나위 반주단의 연주도 거의 무아지경 상태로 치닫는다. 이렇게 관객들의 흥을 힘껏 돋우고 나서 익살스러운 탈을 쓴 초라니가 사설을 늘어놓기 시작하는데, 왈, "워매워매 죽겄는 거~. 하루 세끼 처먹는 것도 부실한 이 몸이 뭐가 그리 잘났다고 연달아 숭어뜀을 뛰었더니 눈앞이 뺑그르르 하네. 그려. 근디, 오늘이 무슨 날 인디 이렇게 사람들로 인산인해다요? 오늘이 무슨 장날이다요? 아니면 근동에서 행세깨나 하는 어느 양반하님 환갑잔치 날이다요? 대관절 오늘이 무슨 날 인디 이렇게 사람들로 왁자지껄하다요? (그러자 관객들이 "이 사람아! 오늘이 정월 대보름날 아니 당가?"라고 외치는데, 그중 한 짓궂은 관객이 장난기를 발동해서 "저런, 저런, 초라니가 간밤에 날 새는 줄도 모르고 마누라하고 질펀하게 노는 바람에 날짜 간 줄도 몰랐등개비." 하고 퉁을 놓자 관객들 모두 배꼽을 잡는다) 아이고! 저 성님은 어떻게 고로코롬 잘 안 당가? 하아따! 유식한 말로 씨부리면 안져서 백리를 보고, 서서 천리를 본다는 좌시백리에 입시천리 도술을 가진 술사가 따로 없구만이롸우~. 근디, 내가 오늘 만사를 제쳐놓고 이 자리에 나선 것은 권세를 이용해서 만금을 거머쥔 싸가지 없는 한 위인을 혼내주기 위해서요.

이놈은 우리들처럼 하루하루를 뼛골이 녹녹하게 일도 안 하고, 허구헌날 잔머리만 굴려 조선팔도 제일 가는 부자 임상옥을 능가

하는 재물을 모은 영 숭악한 놈이란 말이요. 그라믄, 이놈 이름이 누구냐 하면, 성은 이가요 이름은 명박이라고 하는디. 지놈이(장타령으로) 제비 물러 나갔다~ 하는 것처럼 강남 갔던 제비가 물어준 박씨 하나로 하루아침에 거부가 된 흥부 성님도 아니고, 청나라 되놈들과 인삼무역으로 만금을 모은 임상옥이도 아닌 주제에 이렇게 졸부가 된 것은 원래 그놈 종자가 돈에 환장한 종자라서 그런 것이여. 그래서 말이요. 이 초라니가 돈에 걸신들린 이 위인에 대해 한바탕 사설을 늘어 노을랑게 우리 모두 정월 대보름날 신명나게 한판 놀아 보드라고요. 잉. 어쩌요? (관객들 "아믄, 좋고, 조오~채." 하며 열렬이 호응한다)

그란디, 풍악 올리는 삼현육각 잽이들은 뭣들하고 있소? 이럴 때 분위기 잡는 풍악을 올려줘야 내가 신나서 폼 잡고 놀 것 아니겄소? 그랑께, 성님네들, 풍악 한번 멋들어지게 올려주시요. 잉. (잽이들, 초라니의 말이 떨어지자마자 신바람 나게 시나위 음악을 연주하기 시작한다. '시나위'란 남도 지방에서 무당이 굿을 할 때 뒤에서 연주되는 민속음악을 말한다. 판소리 창법처럼 중모리, 중중모리, 자진모리, 휘모리를 반복하면서 무당이 하는 사설과 함께 굿판의 분위기를 고조시키는 역할을 한다) 자~ 풍악 좋고, 분위기 좋고, 어화, 벗님네들 우리 오늘 하루 걸판지게 놀아보세~~. (타령조로) 저~어기 저기 만경창파 서해바다 외딴섬에 율도국이란 섬나라가 있었겄다. (아니리 조로)이 율도국으로 말할 것 같으면, 광해군 시절에 말이여 허균이란 문장가가 쓴 우리나라 최초의 한글소설 『홍길동전』에 나오는 그 가상의 섬나라 인디 말이여, 이 나라가 서해바다 어디쯤에 있는가 하면, 효녀 심청이가 지

아부지 심봉사 눈을 뜨게 하기 위해 공양미 삼백 석에 몸을 팔아 '풍덩' 하고 몸을 던진 서해바다 인당수에서 남쪽으로 뱃길로 한 반나절가량 거리에 있는 나라라고 하더구만이롸~잉. 뭐라고라? 진짜로 있냐고라? 아따, 이 사람아, 있다면 있다고 알아 묵어! 무슨 사설이 그리 많어? 그란디, 지금으로부터 한 10여 년 전인 쥐의 해인 무자년에 이 율도국에 '쥐박이'라는 요상한 별명을 가진 이명박이라는 위인이 율도국의 국주, 그러니까 임금이 터억 되아 부렀네. 그려. 공교롭게도 무자년 쥐해에 쥐박이가 임금이 되었응게 이거 뭐 앞뒤로 아구가 딱 맞아 떨어진 거 아니겄소? 그라지롸? 그란디 이 화상이 조자룡 헌 창 쓰듯 눈먼 돈을 그냥 허천 나게 처먹어서 지금은 사면초가, 절체절명, 오늘내일 한다고 해서 율도국에서는 난리가 났다고 안 그라요? 시방 거기 사람들이 이 작자를 교도소에 처넣으라고 해서 난리도 그런 난리가 아닌가 봅디다.

하여튼 그건 그렇고, 먼저 이 위인의 형용을 한번 보도록 하는 게 어떻겄소? 좋소? 그럼 내가 한번 읊어 볼랑께 잘 들어 보시오. 잉. 얼씨구나! (초라니, 한가락 하는 양반처럼 의젓하게 부채를 펴들고서는 낭랑한 목소리로 중중모리 가락에 맞춰 점잖게 사설을 읊어댄다. 관객들도 추임새를 넣으면서 함께 장단을 맞춘다) 정월이라 대보름날 간 큰 도둑 이명박의 형용 한번 보자꾸나. 신언서판 순서대로 이 위인을 볼짝시면 어험! 육척장신 허우대는 옥골선풍 따로 없어 체구로는 장원이고, 언변으로 넘어가면 소진장의 못지않은 청산유수 일품이고, 평사낙안 용사비등이라! 서체하면 천하명필 왕희지가 울고 가고, 문장은 적벽부 소동파를 능가하네. 마지막은 판이로다. 천하영웅

한고조 유방은 저리 가고, 삼국지 제갈량을 능가하는 판단력은 동서고금 으뜸이라. (초라니, 다시 아니리 조로 넘어가서) 자, 관객 여러분, 어떻습니까? 신언서판으로 보면 이 이명박이라는 인물은 일세의 영걸임이 분명하지요? 안 그라요? (관객들 한 입으로 "암요. 그렇고, 말고요." 하고 동의를 표한다)

그란디, 사람들 참, 어리바리하기는 원, 율도국 사람들도 첨에는 그랬답니다. 왜냐면 그 전의 임금인 노무현과 그 권속들이 매일매일 씨잘데기 없고 허망한 공리공담, 요즘 말로 하면 '이념'을 무슨 신주단지 모시듯이 떠받들고, 시시때때로 쌈박질만 한 바람에 율도국 사람들이 식겁해서는 아이고, 느그들은 안 되겄다 해서 이명박에게 임금 자리를 맡겼다고 합디다. 당신은 앞으로 5년 동안 아무런 영양가도 없는 이념인가 뭔가 하는 그 염병 타령을 하지 말고 우리들 잘 묵고 잘 살게 해달라고 말입니다. 유식한 말로 하면 무슨 실용주의 정치를 해달라고 말입니다. 어째 좀 알아 묵겄소? 여기 계신 관객 여러분들도 잘 알고 기신 바와 같이 우리 같은 민초들에게는 식이위천食以爲天이라! 백성들은 그저 먹는 것을 하늘로 삼는다는 말이 제일 실감 나지 않소? 안 그라요? 수염이 석자라도 먹어야 양반이제. 안 그라요? 그래서 그곳 사람들은 율도국에서 건설업으로 거부가 된 정주영이라는 부가옹의 밑에서 오랫동안 돈벌기를 익혀온 그를 압도적인 표차로 율도국의 새 임금으로 뽑았나 봅디다.

이때만 해도 양 떼처럼 순진한 율도국 사람들은 이 이명박이라는 인물이 그리 숭악하고 속이 시커먼 음흉한 위인인지는 전혀 몰랐다고 허더구먼이롸~. 이거, 원. 오늘 이 불학무식한 초라니가 공자님 앞에서 문자깨나 쓴 디 말이여, 율도국 사람들이 그 양반을 아조 대단한 이중인격자에 위선자라고 부릅디다. 이놈이 임금 자리에 있으면서 국리민복 국운융성은 하나도 안 하고 오직 지 일가 재산 불리는 데만 혈안이 된 거여. 하여튼 난 놈은 난 놈이여! 안 그라요? 이렇게 해서 이 이명박이란 화상은 5년간 율도국 임금을 해 처먹고 그다음 임금 자리를 지하고 당색이 같은 유신공주 박근혜란 노처녀에게 넘긴 후 고대광실에서 호의호식하면서 부귀영화를 누리고 늘어지게 잘 살았다고 합디다.

그런디 웬걸, 인간사 세상만사 사필귀정이라!! 이 위인의 본색이 하나둘씩 드러나게 되는데, 우리 함께 신나는 장타령으로 이 양반 위선을 까발려 봅시다. 우리 같은 서푼짜리 인생들에겐 많이 배우고, 돈 많고, 잘 사는 양반네들 욕하는 것만큼 재미진 일은 안 없는 거 아니요? 그러니께, 우리 오늘 정월 대보름날 아조 알딸딸하게 한번 놀아봅시다. 잉. 자~ 들어가요. (소리패들이 연주하는 휘모리 장단에 맞추어 초라니, 어깨는 좌우로 건들건들, 발은 전후로 왔다갔다, 엉덩이는 상하로 들쑥날쑥, 등허리는 내외로 굽었다 폈다, 아조 입체적으로 몸을 놀리면서 장타령, 일명 각설이타령 버전으로 사설을 시작한다)

어~얼씨구 들어간다. 저~얼씨구 들어간다. 작년에 왔던 초랭이 죽지도 않고 또 왔네. 유리걸식 초랭이가 염병 걸려 죽지도 않고 또 왔네. 엄동설한에 비명횡사도 하질 않고 또 왔네. 어~얼씨구 들어간다. 저~얼씨구 들어간다. 천하의 난봉꾼 초랭이 들어간다.

비비케이 도곡동 땅 모두 다 거짓이란 이명박의 호언장담. 그 당시엔 다 믿었네. 철석같이 믿었었네. 국민배우 송강호 찜 쪄 먹을 대단한 연기였네. 눈물 나게 대단했네. 그로부터 10년 후 이 모두가 거짓말. 그대의 뻔뻔함에 경의를 표하네. 나라곳간 맡겼더니 야금야금 빼돌려서 지 사욕만 채우는 꼴 새앙쥐 그대로네 쥐박이 그대로네. 지리구, 지리구 잘도 헌다 초랭이, 초랭이 잘도 헌다. (초라니, 나훈아 톤으로) 다스가 누구냐고 물으신다면 그것은 형님에게 물어 보세요. 하~ 그대의 간교함에 이 초라니 할 말이 없어지네. 삼국지 제일 간웅 조맹덕(조조)도 두 손 들고 돌아가네. 지리구, 지리구 잘도 헌다 초랭이, 초랭이 잘도 헌다.

대한민국 뇌물달인 이상득은 그 누군가? 돈독 오른 그대의 둘째 형님 아니던가? 형제는 용감했네. 용감했어. 에라이~ 못나고 못난 형제들아. 나랏돈 1억으로 통도 크게 명품 구입 그대의 조강지처. 봐도, 봐도 부창부수 하나도 틀린 말이 아닐세. 찰떡궁합 천생연분 따로 없네. 진성 이씨 집안에 인물 났네, 경사 났네. 시장바닥 협잡꾼 버금가는 인물 났네. 매관매직 번성하면 나라가 망한다는 우리 역사 잊었는가? 오천 년 단군 이래 최고 최악 가족사기단아! 그대들 조상이신 지하의 퇴계 선생 피눈물을 흘리는구나. 지리구, 지리구 잘도 헌다. 초랭이, 초랭이 잘도 헌다.

맹박아, 맹박아, 차명인생 이명박아. 남들은 치국평천하 대의명분 있지만, 그대는 한탕만 꿈꾸는 부동산 투기꾼에 불과하네. 권세를 앞세워서 끌어모은 그 많은 돈, 침대 밑에 감출 건가? 뒷마당에 숨길 건가? 고희 지나 늘그막에 양귀비, 월궁항아, 천하절색 미녀들을 좌청룡 우백호로 거느릴 심산인가? 아이고나! 좋겠구나.

경국지색 미인들을 둘씩이나 거느리는 그 팔자가 부러워서 죽겠구나. 천년만년 살겠다고 그리 돈에 목메는가? 지지리도 못난 이 위인아! 지리구, 지리구 잘도 헌다 초랭이, 초랭이 잘도 헌다.

지난주 천안함 전시장서 보수단결 선동하던 그대 모습 한없이 초라하네. 두 얼굴 사나이 맹박아, 이제라도 개과천선해 한 얼굴로 살아가자. 지리구, 지리구 잘도 헌다.

앉으나 서나, 숨을 쉬나 안 쉬나, 오매불망 님 그리듯 돈 벌 생각 여념 없는 이명박아, 일모도원 옛말처럼 모두 다 훌~훌 던져 버리고 수인번호 503번 정든 님 박근혜 찾아 어서 빨리 가자꾸나. 인덕원에 가자꾸나. 사모하는 님과 함께 화창한 춘3월 호시절에 청계산에 화전놀이 가려면은 칠월칠석 견우직녀 만나듯이 임 찾아 구치소에 가자꾸나. 정든 님, 그리운 님, 박근혜 만나러 그곳에 가자꾸나. 어서 빨리 가자꾸나. 지리구, 지리구 잘도 헌다 초랭이, 초랭이 잘도 헌다.

맹박아, 맹박아, 돈에 환장한 이명박아. 지옥도, 아수라도, 아귀도, 삼악도 중 그대가 갈 곳은 아귀도가 분명하네. 처먹어도, 처먹어도 끝없는 배고픔에 시달리는 아귀도가 두 손 들어 그대를 환영하네. 부동산투기, 공천헌금, 다스 비자금, 소송비 대납, 국정원 특활비 등등. 그렇게 처먹어도 항상 돈에 걸신들린 그대가 갈 곳은 아귀도가 명당이네. 지리구, 지리구 잘도 헌다. 초랭이, 초랭이 잘도 헌다.

-2018. 3. 1-

300고지 점령전

난공불락처럼 여겨지던 300고지를 드디어 점령했다. 해발 300미터짜리 산을 점령했다는 말이 아니라, 월수입 300만 원을 달성했다는 뜻이다. 지난 2016년 5, 6월 두 달 동안 청소노동자로 투잡을 뛰면서 번 월수입이 아니라, 이번에는 한 군데 직장에서 받은 월급을 두고 하는 얘기다. 무슨 얘기인가 하면, 작년 7월 중순부터 금년 1월 말까지 2호선 합정역 인근 한 오피스 빌딩의 청소 감독으로 근무했던 내가 금년 2월 4일부터 강남구 역삼동에 있는 한 대형 맥주홀의 청소반장으로 일하게 되면서 '월수입 300만 원'이라는 드라마틱한 '노년의 드림'을 성취했다는 얘기인데, 사연은 대충 이렇다. 금년 1월 1일부터 시행된 최저임금 7% 인상 덕택으로 170만 원이 된 합정역 인근 오피스 빌딩 청소 감독 월급에 매달 받는 국민연금 백만 원을 합쳐보았자 270만 원으로 '꿈의 300만 원'에는 턱도 없이 부족한 금액이었지만, 또 한 번의 과감한 변신을 통해 월수입 300만 원을 넘어 310만 원까지 넘보는 쾌거를 이룩한 것이다.

비록 감독에서 반장으로 직급은 한 단계 강등되었지만, 이곳 역삼동은 주5일 근무에 평일 하루, 주말 하루 휴무, 하루 9시간 근무인 기본급 175만 원에 밤 10시부터 다음날 새벽 2시까지 적용되는 야간근무에 붙는 수당이 월 15만 원, 그래서 최종 기본급은 190만 원이다. 여기에 국민연금 100만 원을 합쳐 보았자 290만 원인데, 이 금액은 나의 목표치인 '300고지'에는 아직 10만 원이 부족한 액수이다. 그런데 다행히도 복리후생비라는 원군이 있어서, '300고지'를 무난하게 점령할 수 있게 된 것이다. 식대가 하루 6천 원씩 해서 20일 기준 12만 원이 지급돼 나의 임금소득은 총 202만 원이 된다는 얘기이다. 물론 세전 금액이다. 여기에 일종의 연금소득이라 할 수 있는 국민연금 100만 원을 합하면, 나의 월수입은 '대망의 300만 원 고지'를 넘어 '310만 원 고지'까지 점령할 기세이다. 정말 거침없는 행보라 아니 할 수 없는 기호지세다.

그런데 이렇게 나의 월수입 300만 원 얘기를 장황하게 늘어놓는 이유는 이 300만 원이 갖는 상징성 때문이다. 다시 말하면, 2017년 현재의 한국사회에서 '월수입 300만 원'이라는 경제력이 도시 중산층과 빈곤층을 구분하는 선언적 의미를 지니고 있기 때문이다.

그런 의미에서 지난 6일 오전, 대통령선거 전 출마를 선언한 심상정 정의당 대표의 공약에 주목할 필요가 있다. 국회 정론관에서 가진 기자회견에서 그녀는 "최소한의 인간다운 삶을 위해 동일노동, 동일임금 원칙을 실현해, 2,000만 노동자의 2015년 기준 평균 월급인 230만 원을 300만 원으로 끌어 올려 '국민월급 300만 원 시대'를 열겠다."라고 선언하면서 "갈수록 심화되고, 고착화되어 가고 있는 한국 사회의 경제적 양극화와 불평등 해소가 바로 시대적 과제."라고 강조했다. 그래서 그런가, 각각 그들의 대표공약으로, 국민 모두에게 매년 30만 원씩의 '토지 배당금'을 지급하겠다는 이재명 성남시장이나, '국민월급 300만 원 시대'를 열겠다는 심상정 대표 모두, 중도 좌파적인 진보성향의 인물들인데, 그들은 왜, 이런 물질적 조건을 대표공약으로 발표했을까 하는 문제를 분석해볼 필요가 있다. 왜냐하면 이런 분석을 통해 우리는 우리가 살고 있는 이 세상을 보다 적확한 시각으로 볼 수 있는 안목을 갖출 수 있기 때문이다.

동서고금을 막론하고, 모든 철학과 사상은 크게 '유심론唯心論'과 '유물론唯物論'으로 양분되는데, 인간의 이성과 종교의 신성을 강조하는 사상이 유심론이라면, 이런 비구체적이고 비현실적인 형이상학적인 정신탐구보다 한 인간을 규정하고 제어하는 물질적 조건과 환경을 강조하는 사상이 유물론이다. 그렇다면 우리가 일상에서 자주 사용하는 이 철학과 사상은 어떻게 구분하는가 하는 문제다. 마치 위의 '월수입 300만 원'이 도시의 중산층과 빈곤층을 구분하는 경제적 기준으로 작용하듯이 말이다.

나의 견해로는, 먼저 철학은 모든 사물과 현상의 본질과 본성을 이루고 있는 절대불변의 진리를 탐구하는 인간의 이성, 즉 '지혜의 연마'라는 '삶의 기술Ars vitae, Arts of life'을 강조하는 개별적이고, 원론적이고, 학구적인 정신활동이라고 생각한다. '철학'을 뜻하는 영어 '필로소피philosophy'의 어원이 라틴어의 '사랑'이라는 '필로philo'와 '지혜'를 뜻하는 '소피아sopia'의 합성어인 '필로소피아philosopia'인 것으로 보아, 철학은 '지혜를 사랑하는 삶의 기술'이라 말할 수 있다. 이에 반해 '이념'과 같은 의미를 지닌 '사상思想', 즉 '이데올로기ideology'는 우리가 일상에서 '민주주의'나 '공산주의'를 지칭할 때 사용하는 '주의主義ism'을 뜻하는 용어임은 여러분들도 잘 알고 있는 사실이다.

그래서 개별적이고, 원론적이고, 학구적인 성격상, 강제적인 구속력이 없는 철학이론이 한 사회집단 구성원들의 의식세계를 규정하는 공통적인 신념체계로 발전할 때, 이 철학이론이 하나의 '사상'으로 자리 잡는 것이라고 나는 생각한다. 그래서 이런 개별적이고, 원론적이고, 강제성이 없는 철학에 비해, 사상은 집단적이고, 구체적이고, 구속력이 있는 형이상학적인 가치체계를 지니는 특성 때문에 우리는 '민주주의'나 '공산주의'를 '민주철학'이나 '공산철학'으로 부르지 않고 있다. 이건 어디까지나 나 자신의 개인적인 견해임을 다시 한 번 강조하면서, 다시 본론으로 돌아와 논의를 진전해 보자.

동서고금을 막론하고 모든 사상과 종교는 유심론이 주류였으며, 유물론은 존재 자체가 희미한 사상이었다. 2,500여 년 전에 유라시아 대륙에서 동시다발적으로 등장한 중국의 공자나 북인도의 고타마 싯다르타, 즉 석가모니, 그리고 그리스의 소크라테스 모두 유심론적 사상이나 종교를 창안한 인류의 위대한 스승들이었다. 그리고 서양의 중세 천 년 역시 기독교의 신성을 절대시하는 유심론의 세상이었다. 그러나 세상은 변하기 마련이다. "역사는 일직선으로 날아가는 화살처럼 현재보다 더 좋은 미래로 진보한다."라는 미래에 대한 낙관주의적 역사관을 지닌 서양인이나, "세상은 낮과 밤, 그리고 사계절처럼 주기적으로 순환한다."라는 현실 순응주의적 역사관을 지닌 동양인을 막론하고 세상은 변하는 법이다.

그런데 그 변화가 서양에 먼저 온다. 1492년 크리스토퍼 콜럼버스라는 한 이탈리아 항해가가 아메리카 대륙에 첫발을 내디딘 이른바 '대항해 시대'와 로마 가톨릭 구교도들과 프로테스탄트 신교도들이 1618년부터 1648년까지 30년간 독일 전역을 폐허로 만들면서 치른 '30년 전쟁'의 산물인 '국민국가nation-state'의 탄생, 그리고 1756년, 영국인 제임스 와트의 증기기관 발명으로 상징되는 '산업혁명', 이 3가지 역사적 사건이 복합적으로 작용하여 탄생한 하나의 정치. 경제 시스템이 출현하는데, 이 시간에도 현대인의 삶을 지배하고 구속하는 '자본주의'라는 사상이다.

이 '자본주의'란 자본가 계급인 부르주아의 욕망을 실현해 주는 매우 효율적인 경제체제인데, 1800년대 중반 이 체제에 대한 '저항의 기수'가 등장한다. 칼 마르크스(1818~1883)란 독일인 사상가이다. 그는 모두 독일 철학자들인 루드비히 포이에르바하(1804~1872)의 유물론과 프리드리히 헤겔(1770~1831)의 변증법을 원용하여, 이른바 '유물론적 변증법'을 창안한다. 이것이 바로 과학적 사회주의, 즉 공산주의 사상이다. 그는 "의식이 삶을 결정한다."라는 기존의 유심론에 대항하여, "삶이 의식을 결정한다."라는 유물론을 주장하면서 '상부구조론과 하부구조론'이라는 자신의 독자적인 이론을 완성한다. 인류역사에 등장하는 모든 사회를 물질적 생산력을 뜻하는 하부구조와 정치, 사회, 문화, 종교 등을 상부구조로 양분한 그는 "물질적 생산력인 하부구조의 변동으로 인해 상부구조가 변화하게 된다. 즉 기술의 발달과 생산 공정의 효율화로 인해 사회의 경제력이 확대되면, 상부구조인 정치와 사법, 언론, 조합 등 각종 사회 시스템이 전문화되고, 고도화되면서 자본주의는 더욱 강화된다. 그런데 자본주의가 강화될수록 동시에 자본주의의 모순과 폐해도 심화된다. 결국 자본주의는 태생적인 자체의 모순 때문에 붕괴되면서 이 세상에는 부르주아 자본가 계급과 프롤레타리아 무산자 계급이라는 모든 계급이 사라지게 되는 '계급의 종식시대'가 도래하게 된다."라고 주장한다. 이것이 그의 유물론 요지이다.

그래서 비교적 진보적 스탠스를 유지하고 있는 이재명이나 심상정, 모두 그들의 정신적 멘토인 마르크스의 이 하부구조 결정론에 주목하여, 물질적 조건을 그들의 대표공약으로 설정하지 않았나 여겨진다.

-2017. 2. 10-

심상정과 시몬 베유

1936년 3월에 발발한 스페인 내전이 점차 복잡다기한 국제전으로 비화될 때인 1937년 4월 26일, 스페인 북부 바스크지역의 소도시 게르니카란 평화스러운 소도시에 난데없이 나치독일의 콘도르 공군사단의 폭격기 24대가 나타나, 2시간 동안 무차별 폭격을 퍼부어 댄다. 이 폭격으로 일순간에 폐허가 된 게르니카 시의 전체 주민 중 약 3분의 1인 1,600여 명이 사망하는 참극이 발생한다. 이처럼 비무장 민간인에 대한 무차별 폭격은 그 후 1937년 7월에 발발한 중일전쟁과 1939년 9월에 발발한 제2차 세계대전에서, 수백만 명의 사상자를 냄으로써 교전 상대국의 전의를 꺾는 효과적인 전술로 사용된다. 그런데 1937년, 그 당시에 게르니카시에 대한 나치독일 공군기의 무차별 폭격은 '20세기 최고의 화가'로 평가를 받고 있던 스페인 출신의 화가 파블로 피카소(1881~1973)의 걸작 『게르니카』의 모티브가 된다.

그렇다면 이 스페인 내전이란 무엇인가? 사실 이 스페인 내전은 20세기의 국제질서를 특징하면서, 제2차 세계대전의 전초전이기도 한 매우 상징적인 사건이다. 1936년 2월 스페인 총선 결과, 요즘 자유한국당의 대통령후보 홍준표가 연일 입에 달고 사는 '좌파', 즉 스페인 사회주의노동자당과 공산당, 좌파 공화주의자당으로 구성된 인민전선People's Front이 집권하자, 지중해 바로 건너편인 아프리카 대륙의 모로코 주둔군 사령관인 프란시스코 프랑코(1892-1975)가 지주, 자본가, 가톨릭 교회, 군부 등 스페인 기득권층의 지원으로 쿠데타를 일으켜, 스페인 본토로 진군하면서, 1939년까지 3년 동안 약 50여만 명의 사상자를 낸 '스페인 내전'이 발발한다. 곧이어 이 내전은 국제전으로 비화되는데, 박정희의 유신정권, 전두환의 5공 정권과 성격이 비슷한 전체주의全體主義, 즉 파시즘Facism국가인 히틀러의 나치독일과 무솔리니의 파쇼 이탈리아가 동료 파시스트인 프랑코에게 비행기와 대포, 탱크 등 무기와 일부 무장병력을 지원하자, 사회주의 종주국 소련의 스탈린 역시 인민전선 측에 무기와 병력을 지원한다.

이와 동시에 인민전선, 즉 공화파를 지원하기 위해 유럽 전역을 포함한 세계 각국에서 수많은 자원병들이 스페인으로 몰려왔는데, 이들 53개국에서 온 자원병들이 3만 명에 달하는 '국제여단'을 결성한다. 사회민주주의, 무정부주의, 공산주의, 극좌파. 자유주의 등 다양한 사상을 지닌 이들 자원병들은, 그 당시 유럽대륙에 먹구름을 드리우고 있는 파시즘을 저지하기 위해 프랑코 반군들을 상대로 인민전선의 병사들과 함께 싸웠다. 이 국제여단의 자원병 중에는 『동물농장』, 『1984』 등의 작품으로 유명한 영국 작가 조지 오웰(1903~1950)과 『노인과 바다』로 1954년에 노벨문학상을 수상한 미국의 소설가 어네스트 헤밍웨이(1899~1961), 그리고 『인간의 조건』을 쓴 프랑스의 소설가 앙드레 말로(1901~1976) 같은 지식인들도 있었다.

그렇다면 이들 지식인들의 행위는 어떤 동기에 따른 것인가? 작가 특유의 심리구조, 즉 모험주의적인 낭만적 세계에 대한 동경심 때문인가? 아니면 자신이 지닌 이상과 신념을 실천하기 위해서인가? 그것은 바로 이들 지식인들은 '자신이 바라는 세상', '자신의 힘으로 이룩하고자 하는 세상'을 만들기 위해 명성과 안락한 삶을 뒤로하고, 피가 피를 부르는 전쟁터에 뛰어든 것이다.

"파시즘은 인류에게 해악을 주는 괴물이다."라는 그들의 신념을 직접 실천하기 위해, 그들은 한 손에는 소총을, 한 손에는 펜을 들고 전투에 직접 참여했다. 이것이 바로 이들 서구 지식인들이 현실에 참여하는 방식이다. 그리고 전통이다. 이런 의미에서, 요즘 진행되고 있는 대통령 선거전에서 내가 주목하고 있는 후보가 정의당의 심상정이다. 먼저, '노동이 당당한 나라'라고 큼지막하게 써 붙인 심상정의 선거포스터에서 그녀만의 자신감을 발견할 수 있다. 그것은 바로 서울대학교 사범대 사회교육과 재학시절에 시작한 그녀의 노동운동으로부터 비롯된 것이다. 1980년 구로공단 미싱사로 시작한 그녀의 노동자 경력은 2006년 직업정치인으로 변신할 때까지 26년간 지속된다. 그래서 선거포스터에 그렇게 '노동이 당당한 나라'라고 자신 있게 표기했을 것이다.

이런 심상정의 이력에서 나는 80여 년 전, 자신들의 이상을 위해 하나뿐인 목숨을 걸고, 스페인 내전에 참전한 오웰과 헤밍웨이 그리고 말로의 실천적 삶을 발견하곤 한다. 그럼, 심상정은 왜, 그녀의 포스터에 '노동이 당당한 나라'라는 캐치프레이즈를 내걸었을까? 당사자인 심상정에게 직접 물어보질 않아, 자세한 경위는 알

수 없지만, 나는 이 부분에 대해 하나의 유력한 단서를 여러분에게 제공할까 한다.

이 단서를 제공하는 이는 '당당한 노동'을 자신의 신념으로 체계화한 프랑스의 여성 철학자 시몬 베유(1909~1943)다. 프랑스 엘리트들의 산실인 파리의 에콜 노르말 쉬페리외르, 즉 고등사범학교에서 실존주의 철학의 대표주자인 장 폴 사르트르와 이 사르트르와의 계약 결혼으로 유명한 시몬 보부아르 등과 함께 철학을 공부한 베유는 1931년 고등사범학교를 졸업하자마자 '가장 인간적인 문명은 육체노동을 최고의 가치로 여기는 문명'이라는 자신의 신념을 구현하기 위해 노동자로 변신한다.

처음에는 농장에서 일하는 농업노동자로 시작한 베이유는, 1937년까지 전자회사와 철강회사에서 노동자 생활을 계속하면서 육체노동에 대한 자신의 철학을 완성한다. 그리고 2년 후인 1939년 9월에 제2차 세계대전이 발발하고, 이듬해인 1940년 6월에 프랑스가 나치독일에 항복하자, 프랑스계 유대인인 그녀는 가족과 함께 미국으로 이주한다. 그러나 미국에서의 평온한 삶을 뒤로하고, 조국인 프랑스에서 점령군 독일군을 상대로 하는 레지스탕스 운동에 참여하기 위해, 1942년에 영국으로 건너오지만, 건강악화로 1943년 영국의 한 요양원에서 34살의 나이로 사망한다.

베유는 『자유와 사회적 억압의 원인들에 대한 성찰』이라는 그녀의 저서에서 "근대사회의 분업화와 체계화에는 항상 정신노동과 육체노동이라는 이분법이 존재하고 있다."라고 주장하면서 "이런 이분법의 이면에는 육체노동에 비해 정신노동을 중시하는 가치평가가 내재되어 있는데, 그 결과 체제 내의 최상위 계층은 가장 정신적인 노동에, 최하위 계층은 가장 육체적인 노동에 종사하는 구조로 작동되고 있다."라고 지적한다. 따라서 베유의 주장에 따르면 사회의 최상위 계층도 모두 유사한 육체노동에 종사하게 되면, 인간 개체 한 명, 한 명을 작은 수단으로 간주해온 국가 같은 거대한 체제는 더 이상 발을 붙일 수가 없게 되므로, 그 사회에서는 가장 인간적인 문명이 실현된다는 것이다.

그래서 자신의 선거포스터에 '노동이 당당한 나라'라는 구호를 내건 심상정과 "가장 인간적인 문명은 육체노동을 최고의 가치로 여기는 문명."이라고 주장한 시몬 베유는 마치 일란성쌍둥이 같은 존재로 여겨진다. 같은 여성으로서, 그리고 각각 대한민국과 프랑스의 최고 학부를 마치고, 노동운동에 투신한 경력까지 말이다. 그래서 나는 심상정의 신념체계에는 34살로 요절한 프랑스의 여성 철학자 시몬 베유의 노동철학이 자리 잡고 있다고 생각한다. 다시 말하면 심상정의 롤모델은 바로 시몬 베유란 뜻이다.

어느덧 60대 중반에 접어든 나는 가끔 이런 생각이 들곤 한다. '결국 유한한 삶을 사는 우리 인간들 중에, 자신의 신념과 가치를 이 세상에 실현하기 위해 평생을 집념과 의지로 산 사람들은 그래도 행복한 사람들'이란 사실이다.

-2017. 5. 2-

반기문과 이재명, 그들의 프레임 전쟁

결국 반기문 총장이 대선 불출마를 선언하고 대권 레이스에서 중도 탈락했다. 차기 대선전에서 보수진영의 유력한 후보로 지목받고 있었던 그의 불출마 선언은 현 대통령 권한대행인 황교안 총리의 지지율 상승과 '문재인 대세론 고착'이라는 후폭풍을 불러오면서 향후 대선판도에 상당한 변수로 작용하게 될 것으로 예상된다. 충청권의 맹주로 자임하면서, 지난 1월 13일 귀국하여 줄곧 민생행보를 통한 얼굴 알리기에 주력해 온 반기문은 '정치교체'라는 애매모호한 슬로건을 내건 것과는 정반대로 어제 오후 전격적으로 불출마를 선언했다.

종편을 비롯한 모든 미디어들은 이번 반기문의 불출마 선언의 주요 요인으로 먼저, UN사무총장 재임 시 태광실업 박연차 회장으로부터 23만 불을 수수했다는 불법 자금수수설과 그의 동생과 조카들이 그의 권세를 등에 업고 저지른 각종 비리의혹 등이 언론에 유포되면서 귀국 직후 20% 중반대를 형성하면서 문재인과 호각지세를 이루던 지지율이 최근 13%로 폭락한 점을 꼽고 있지만, 나는 좀 다른 각도에서 그의 대권 포기 선언을 본다. 그것은 바로 반기문 자신이 자신에 대한 대중들의 '프레임frame'을 제대로 만들지 못한 것이 가장 큰 요인이라고 생각한다. 다시 말하면, 보수와 진보를 막론하고 일반 대중들이 반기문이라는 한 인물에 투사하여 갖게 되는 자신의 고유가치인 '프레임'을 대중들로 하여금 스스로 설정하게끔 만드는 이른바 '프레임 전쟁'에서 실패했기 때문이라는 것이다.

그렇다면 대부분의 정치학자들이 현대의 정치를 '프레임 전쟁 frame war'라고 부르는데, 그럼, 이 '프레임'이란 도대체 무엇인가? 심리학적으로 '프레임'이란 인간이 실재를 이해하도록 해 주고, 때로는 우리가 실재라고 여기는 것들을 창조하도록 만들어 주는 심리적 구조를 말하는 학술 용어로서, 우리의 아이디어와 개념을 구조화하고, 사유방식을 형성하며, 생각과 행동의 배경이 되는 '틀'이라 말할 수 있다. 그런데 문제는 우리가 일상생활에서 이 프레임을 무의식적으로, 그리고 자동적으로 사용하고 있기 때문에 인지하지 못하고 지나쳐 버리는 경우가 대부분이란 점이다.

왜냐하면 프레임은 우리 모두가 일상에서 흔히 쓰는 말이며, 가치의 의미가 모두 말속에 들어있기 때문이다. 예를 들면, 똑같은 사람을 두고, 각각 '사기꾼'과 '용의자'라고 말했을 때, 그 말들의 의미와 가치가 다르듯이, 우리의 인식 또한 180도 달라지기 마련인데, 심리학자들은 "이처럼 프레임은 말과 은유를 통해 사람들의 인지구조를 조작해내는 특성을 보유하고 있다."라고 주장하고 있다. 이를 연구하는 분야를 통칭 '인지과학'이라 부르고 있다.

이렇게 인지과학 분야를 기반으로 하여 언어가 우리의 생각을 어떻게 형성하는가에 대한 연구결과로 프레임 이론을 사회적, 정치적 의제와 결합하여 '인지언어학'이란 새로운 학문을 창시한 미국 캘리

포니아 대학교 언어학과 교수인 조지 레이코프의 저서 『코끼리는 생각하지 마!』에 소개된 하나의 사례를 보기로 하자.

우리가 "코끼리는 생각하지 마!"라는 요구를 받으면 당연히 코끼리가 떠오른다. 코끼리를 생각하지 마라 해도 우리의 머릿속에는 코끼리만 떠오른다. 왜냐하면 코끼리를 생각하지 않으려면 먼저 코끼리를 떠올려야 하기 때문이다. 그래서 "코끼리를 생각하지 마!"라고 강조할수록 우리의 머릿속에는 코끼리가 더욱 강하게 남게 된다. 이처럼 우리의 인지구조를 조작하는 것이 말을 매개로 한 '프레임'이란 것이다.

레이코프의 주장에 따르면, 지난 2001년, 뉴욕 시에서 9.11테러가 발생했을 때, 당시 대통령 부시는 '테러와의 전쟁'을 선포한다. 그런데 이 '테러와의 전쟁'이라는 말은 결국 감정의 영역이 되어, 미국 국민들은 '전쟁 중'이라는 것만으로 공포에 빠지게 되고, 대통령과 군부, 그리고 정보기관은 종전보다 더욱 막강한 권한을 갖게 되는데, 이것이 바로 말을 매개로 한 '프레임'이란 것이다. 우리나라에서도 지난 이명박, 박근혜 보수정권에서 보수단체들이 연일 '종북좌파 척결'을 주장했었다.

그런데 이 '척결'이라는 말에는 일부 종북 세력을 빌미로 하여 진보세력에 대한 불인정, 불관용적인 '전쟁'이라는 은유를 담고 있는데, 이 '척결'이라는 말의 반복적인 사용을 통해 대중들에게 진보진영에 대한 적대감을 고취하는 '프레임'이 형성되게끔 자극한다는 것이다. 즉 대중들의 의식에 "진보는 종북 좌파와 동격이기 때문에 제거의 대상이 되어야 된다."라는 프레임을 형성하게 한다는 뜻이다. 그래서 내가 반기문 총장이 '프레임 전쟁'에서 실패했다고 주장하는 이유는 문재인의 '정권교체'에 대항하여 그가 내건 '정치교체'가 기존의 정치전통과 질서를 종식하고, 반기문 고유의 새 정치를 펼쳐 보이겠다는 결의인지, 아니면 탄핵위기에 몰린 박근혜 정권의 계승자임을 자처하는 것인지, 그것도 아니면 보수진영의 대동단결을 호소하는 수사학적 표현인지 모를 정체불명의 애매모호한 선언을 함으로써 자신에 대한 대중의 '프레임'을 설정하고 고착하는 데 실패했기 때문이다.

그리고 귀국 며칠 후 자신의 정체성에 대해 "나는 진보적 보수주의이다."라는 아리송한 말잔치를 늘어놓는 것은 명백하게 그의 패착이다. 귀국 후 자신의 존재감을 과시하기 위한 민생행보에 주력하는 것보다, 기자들과 끝장 토론을 해서라도 자신의 보수성향을 내외에 과시하면서, 자신을 보수진영의 유일한 대안으로 자리매김하는 '프레임 워크', 즉 '프레임 작업'에 치중했어야 한다는 얘기다. 그리고 설 연후 이후에 이른바 '따뜻한 보수', '건강한 보수'라는 프레임 설정에 주력했더라면 어땠을까 하는 생각이 든다. 대중들이 갖는 '프레임'이란 '논리의 영역'이 아닌 '감정의 영역'이기 때문에 진보진영에서 그의 프레임을 반박할수록 그의 프레임을 붕괴시키는 대신 오히려 강화시켜주는 기능을 하게 되기 때문이다.

위의 "코끼리를 생각하지 마!"처럼 코끼리를 생각하지 않으려면, 먼저 머릿속에 코끼리를 떠올려야 하는 역설처럼, 반기문의 이런 행보에 대해 진보진영에서 "반기문은 골수 보수주의자이다."라고 공격할수록 그의 보수적 정체성은 더욱 강화됨과 동시에, 보수진영의 구심적 역할을 하게 되지 않았을까 하는 생각이 든다.

이렇게 프레임 얘기를 하다 보니 현재 대선주자 중에 가장 진보적인 성향으로 평가받고 있는 이재명 성남시장에 대한 대중들의 프레임에 대해서도 한마디 덧붙일까 한다. 지독한 빈곤과 역경을 극복하고 대선주자로까지 성장한 '개천에서 용 난' 격인 그의 성공 신화가 아니라, '국토보유세' 신설과 '전 국민에 대해 연간 30만 원의 토지배당 지급'으로 요약되는 그의 파격적인 정책으로 인해 대중들이 갖는 프레임 문제이다. 결론적으로 말하면 이와 같은 선제적이고 공격적인 정책발표로 인해 이재명은 자신의 '프레임 워크' 설정에 어느 정도 성공했다고 평가한다.

보수 언론이나 타 정당, 그리고 같은 당 소속의 안희정 충남지사가 전형적인 포퓰리즘populism, 즉 대중영합적인 정책이라고 공격하고 있는 이재명의 이 정책은 '기득권, 강자들에게 저항하는 약자들의 유일한 옹호자'로 프레임이 설정된 이재명의 이미지를 더욱 강화해주는 기능을 하는 정책이란 점이다. 다시 말하면 비판자들이 이재명의 정책을 대표적인 포퓰리즘이라고 공격할수록, 대중들에게는 이재명이 갖는 개혁 이미지가 더욱 확대, 강화되는 프레임이 형성되기 때문이다.

그런데 여기에서 내가 얘기하고자 한 내용은 지가상승에 의한 소득을 불로소득으로 간주하여 100% 환수를 주장한 한 미국인의 주장을 소개하기 위해서인데, 놀랍게도 이 미국인은 이미 1800년대 중반에 이런 주장을 하여 미국 내에서 큰 논란을 불러일으킨 인물이기도 하다. 그리고 시공간을 초월하여 열악하기 짝이 없는 성장환경과 시련을 극복하고 사회의 저명인사가 된 이 미국인과 '국토보유세'라는 세제 신설을 공약한 이재명과의 만남은 어떤 운명적인 분위기를 풍기기도 하는데, 우선 이재명의 주장을 들어보도록 하자.

지난 1월 6일 저녁 백범기념관에서 열린 한 포럼에서, 이재명은 "현재 국내 토지자산가격이 약 6,500조 원가량인데, 토지 보유세로는 종합부동산세 2조 원, 재산세 5조 원으로 모두 7조 원 정도이다. 그래서 내가 집권하면 가칭 '국토보유세'를 신설하여 연간 약 15조 원을 더 걷어, 모두 22조 원을 재원으로 해서 전 국민 95%에게 기본소득개념으로 매년 30만 원의 토지배당금을 지급할 계획인데, 배당금은 상품권형태의 지역화폐로 지급할 예정이다."라고 주장하면서 "정책은 소신과 용기의 산물."이라고 주장한다.

그럼 이재명의 이런 파격적인 공약은 위의 미국인의 사상과 어떤 관련이 있는지 한 번 알아보자.

차가운 북풍한설이 몰아치고 있던 1910년 11월, 러시아의 모스크바 역에서 82세의 한 노인이 지나가는 행인들에게 한 미국인의 사상을 열정적으로 전파하고 있었다. 이 노인은 그의 나이 30살 때, 자신의 농장에서 일하던 농노를 해방하고, 생애 마지막 순간까지 인도주의를 강조하고 실천해 온 러시아의 귀족이었다. 그가 바로『전쟁과 평화』,『부활』,『안나 카레리나』같은 불후의 명작으로 러시아를 넘어 세계의 문호로 손꼽히고 있는 레프 톨스토이(1828~1910)였다. 그리고 며칠 뒤, 모스크바 인근의 어느 작은 기차역에서 싸늘한 주검으로 발견된 톨스토이의 품 안에선 이 미국인

이 쓴 『진보와 빈곤』이라는 너덜거리는 책자가 발견되었다.

그의 소설만큼이나 극적으로 최후를 마친 대문호 톨스토이와 모스크바 시민들의 마음을 뒤흔든 주인공은 바로 미국인 헨리 조지(1839~1897)였다. 필라델피아 빈민가에서 태어난 헨리 조지는 1879년에 『진보와 빈곤』이라는 기념비적인 저작을 세상에 내놓는데, 정규교육이라고는 14살까지가 전부인 그가 쓴 이 책은 미국 내와 전 세계에서 그야말로 선풍적인 인기를 끌면서 "19세기에 『성경』 다음으로 많이 팔린 책."이라는 말까지 듣는다.

헨리 조지는 그의 저서에서 "토지는 모든 인간들이 공유하는 공기, 햇빛, 물 같은 천연자원인데, 단지 공급의 제한성 때문에 다른 자원과는 달리 소유권이 인정되는 유일한 자원이다."라고 토지를 정의한다. 그런데 "기술과 노동력으로 하는 생산 활동에는 세금이 붙지만, 아무런 생산 활동도 하지 않는 토지에게 세금을 부과하지 않는 것은 명백한 모순이다."라고 지적하면서 "도시의 노동자는 자신의 노동력으로 벌어들인 소득을 토지소유자들에게 방값과 같은 경제적 지대로 바쳐야 하기 때문에 그들의 빈곤이 지속된다."라고 주장한다.

그는 이어 "임금소득이 지가상승만큼 증가하지 않기 때문에 토지를 보유하지 못한 대다수 도시 노동자는 빈곤을 면치 못하고 있다."라고 강조하면서, "단지 토지를 소유했다는 이유만으로 불로소득을 얻는 것은 심각한 불의."라고 역설한다. 끝으로 그는 이 문제에 대해 명쾌한 해법을 제시한다. 그것은 바로 "토지에서 불로소득을 얻지 못하게 하라!"라는 단순한 해법이었다.

그래서 그는 토지에서 불로소득을 얻지 못하게 하는 방법으로 2가지 안을 제시한다. 먼저, 토지도 '천연자원'이니 만큼 공유화해서 지주가 독점적으로 지대를 얻지 못하게 하는 방법을 제안하는데, 이 방법은 중국 같은 사회주의 국가에서는 '토지 국유화' 정책으로, 그리고 대만 같은 국가에서는 이미 시행하고 있는 '토지 공개념' 제도일 것이다. 다른 하나는 토지 사유화를 인정하되, 순수하게 '토지'에만 세금을 매기고, 그 토지 위에 건설된 건물이나 시설물에는 세금을 물리지 않는 방안이다. 그 이유는 건물이나 기계 같은 시설물은 토지의 가치를 높이기 위한 생산 활동이기 때문에 그 이익은 투자자의 몫이라는 것이다. 예를 들면, 서초동 삼성전자 사옥의 경우 토지는 생산 활동을 통한 사회적 부가가치 창출에 기여한 바가 전혀 없으므로 지가상승에 따른 초과이익을 불로소득으로 간주하여 100% 세금으로 환수하고, 건물은 생산 활동에 기여하기 때문에 세금을 한 푼도 매기지 않는다는 방안이다.

이 방안은 사유재산을 보장하는 자본주의 경제체제를 유지하면서, 생산 활동의 참여도에 따라 세금을 부과하는데, 헨리 조지는 소유권이 인정된 모든 토지에 단일세목을 적용할 것을 주장하였다. 이른바 '불로소득 전액환수제도'이다.

이와 같은 헨리 조지의 사상은 후일 20세기 영국의 사회주의자들이 "개인의 노동으로 인한 노동생산물의 소유는 인정하지만, 토지를 비롯하여 자연에서 온 것들은 공유해야 된다."라고 주장하는 '조지주의Georgism', 즉 '지공주의地公主義운동'의 모태가 된다. 그런데 만약 지하의 헨리 조지가 "열심히 일한 사업가보다 공장용지를 잘 선택한 사업가가 훨씬 큰돈을 벌었다."라는 얘기나 "100년 동안 농사를 지어도 벌지 못할 돈을 한 번의 토지보상으로 움켜쥔 농부의 횡재담." 등 한국의 부동산 불패신화를 들었다면 어떤 심정이었을지 궁금하다.

그래서 그런가, 이재명은 성장환경이나 자수성가한 성공신화가 자신과 판박이로 비슷한 19세기의 미국인 헨리 조지의 주장, 즉 "토지로 인한 불로소득을 없애는 것이 바로 정의를 실천하는 길이고, 경제적 불평등을 해소할 유일한 방법."이라는 명제를 21세기의 대한민국에서 실천하기 위해 '국토보유세'를 신설했는지는 모르겠지만, 이 '국토보유세' 신설 공약으로 "경제적, 사회적 약자의 대변인이자 옹호자."임을 자처한 이재명의 프레임은 일단 성공을 거두었다고 평가한다. 그리고 그 반대편에서는 자신의 프레임 구축에 실패한 한 패장이 쓸쓸하게 대권가도에서 퇴장한다. 그의 이름은 반기문이다.

-2017. 2. 22-

개인의 빈곤은 누구의 책임인가?

어제 오후 문재인 대통령은 김상조 한성대 교수를 공정거래위원장으로 임명했다. 보수언론들은 야당의 반대로 청문 보고 채택이 안 된 상태에서 임명했다고 해서 '임명강행'이라는 부정적 뉘앙스가 풍기는 제목으로, 반면에 진보언론들은 '결국임명'이라는 현실 불가피성을 암시하는 문구로 보도하는 것이 인상적이었다. 소신 있는 야당의원 다수도 그를 적격으로 판정했지만, 여소야대란 정치구조 때문에 청문보고서 채택이라는 해피엔딩으로 마무리되지 못해 아쉬운 감이 들지만, 국민의 한 사람으로서, 나는 그를 공정거래위원장으로 임명한 문재인 정부의 인사를 적극 지지하는 입장이다. 그 배경에는 국민의 70%가 그를 공정거래위원장의 적임자로 본 여론조사 결과도 있지만, 나의 소신에 따라 이번 인사에 찬성하는 것이다.

나의 소신이란 바로 "개인의 빈곤은 누구의 책임인가?" 하는 문제와 결부된 소신이다. 그렇다면, 과연 빈곤은 누구의 책임인가? 어중간하게 양비 양시론 적으로 말하지 말고, 개인과 사회 중 하나를 선택한다면 어느 쪽인가 하는 문제다. 아마 대부분의 사람들은 '개인의 책임'이라 할 것이다. 그러나 나는 후자인 '사회의 책임'을 주장한다. 그런데 시중의 일반인에게 "한 개인이 겪게 되는 빈곤의 책임은 누구에게 있다고 생각합니까?"라고 물으면 대부분은 "그야 당연이 본인의 책임 아닙니까? 누구에게 책임을 물어요?"라고 반문할 것이다. 맞는 말이다.

더 나아가서는 "이번에 경제부총리가 된 김동연도 청계천 판잣집 출신이고, 홍준표도 아버지가 조선소 경비원 아니었습니까?"하고 되물을 것이다. 그래서 한국 사회의 전통적인 가치 기준으로 볼 때 한 개인의 빈곤은 그 자신의 나태와 무지, 그리고 사치와 방종 같은 무절제한 삶의 결과로 인식되고 있다. 그러나 이렇게 단정적으로 결론을 내리면 더 이상의 담론은 무용지물이 된다. 문제는 이런 개인의 빈곤을 예방하고, 퇴치하기 위한 사회적 노력을 포기한 채, 그저 팔짱만 끼고 수수방관해야만 하는 것인가에 대해서는 한 번쯤은 생각해 봐야 하는 문제라고 나는 생각한다.

내가 '빈곤의 사회적 책임'을 주장한 이유는 한 개인의 빈곤을 넘어서, 이 사회의 절대다수가 빈곤을 실감할 때 대두될 여러 문제를 해결하려면 우리 사회가 크나큰 사회적 비용을 치러야 하기 때문이다. "배고픈 것은 참아도, 배 아픈 것은 못 참는다."라는 말이 주는 의미가 무엇인가? 자신에게 주어진 경제적 궁핍은 참을 수 있어도, 물질적으로 풍요로움을 누리는 이웃을 보면 참기 어렵다는 평등에 관한 문제이기 때문이다. 우리 인간은 자신이 처한 상황을 주위 사람들의 그것과 비교해 가면서 자신의 행불행을 판단하는 이기적이고 변덕스러운 속성이 있는 존재이기 때문에 이 평등 문제는 참으로 심각하고 예민한 문제라 아니 할 수 없다.

이에 대한 좋은 사례가 역사에 등장한다. 내가 자주 언급했던

1789년 프랑스 대혁명에 관한 얘기이다. "이 세계는 프랑스 대혁명 전의 세계와 후의 세계로 나뉜다."라고 어느 역사학자가 말했듯이, 이 프랑스 대혁명은 주권재민인 공화정과 인권을 확립하는 데 지대한 공헌을 한 세계사적 사건이다. 1700년대 중반에 프랑스의 국왕 루이 15세는 오스트리아 왕위 계승전쟁과 영국을 상대로 한 식민지 전쟁의 전비를 조달하고, 왕실의 사치를 위해 국가의 전매품인 소금의 가격을 대폭 올려 세수확대를 꾀하는데, 소비자 최종가격은 생산지 원가의 무려 140배에 달했다. 물론 가격 구성의 대부분은 온갖 명목의 세금이었다.

그런데 '가벨gabelle'이라 불리는 이 소금세, 즉 염세 때문에 식량, 연료 등 다른 생필품 가격도 연달아 급등한다. 그래서 농민들과 파리시민들은 비싼 염세에 항의하여 암거래에 가담하고, 국가는 이를 잔인하게 억압하는 일이 반복된다. 이런 과정 속에서 1780년, 국왕 루이 16세는 귀족층에게 이 가벨을 면제해주는 특혜를 베푼다. 이런 특혜에 대한 서민들의 분노가 혁명의 한 원인이 된다. 따라서 날로 심화되어가고 있는 경제적 불평등에 의한 사회의 양극화는 이 시대의 시한폭탄이라 해도 과언은 아니다. 부의 세습화에 따른 신분의 세습화 문제가 바로 경제적 불평등의 산물이며, 이 경제적 불평등은 우리 사회에 커다란 해악을 끼칠 암적 존재이다. 이런 경제적, 사회적 불평등에 의한 개인의 빈곤은 한 개인이 극복하기에는 힘든 사회적 장애임은 분명한 사실이다.

하나의 생명체로 태어난 이상 이 세상에서 한 인격체로서 대우받고 부귀영화를 누리고 싶은 마음이야 인지상정이 아니겠는가?

그런데 출생의 순간부터 자신에게 부여된 환경, 즉 불평등 때문에 빈곤을 겪는다면 우리는 그저 팔자소관이라고 외면만 하고 있을 것인가? 보다 공정한 사회를 만들기 위해 사회구성원들이 머리를 맞대고 지혜를 도출해 내는 노력을 포기한다면 그것은 국가와 사회의 직무유기라 할 수 있다.

그런데 다행히도 희망이 보이기 시작한다. 그것은 다름이 아니라, 지난 5월 10일에 출범한 문재인 정부의 개혁 청사진이다. 우선 상부구조로는 김상조와 장하성을 양 날개로 해서 재벌개혁을 통한 경제 민주화를 성취하고, 하부구조로는 일선 노동현장에서 비정규직을 정규직화하는 제도 개혁이다. 따라서 인력공급을 주업으로 하는 용역회사에 1년 계약 비정규직 신분으로 파견근로를 하고 있는 나의 입장에서는 이 비정규직의 정규직화 문제만큼은 자신있게 말할 수 있다.

먼저 인간의 노동을 존경한다는 의미에서 '동일노동 동일임금 원칙'에 따라 비정규직에 대한 신분과 임금 차별을 철폐하는 지름길이 바로 비정규직의 정규직화다. 예를 들면, 기아자동차 조립공장에서 경승용차 모닝만 조립하는 동화오토란 기아의 1차 협력사가 있다. 이 동화오토에 고용된 근로자들은 근로계약서에 계약기간이 명시된 비정규직인데, 기아차 직원과 동일한 노동을 하면서도 임금은 기아차 정규직의 60 내지 70% 수준이다.

문제는 이렇게 고용불안과 임금격차라는 차별대우를 받는 동화 소속 근로자 3천 명이 느끼는 상대적 박탈감과 자괴감이 우리 사회의 불안요인으로 잠복하고 있다는 사실이다. 나야 뭐, 이제 내

후년이면 65살, 정년인 관계로 이런 정규직화에는 별로 신경도 쓰질 않지만, 장차 결혼도 해야 하고, 2세도 가져야 할 이 땅의 젊은 이들이 이런 고용불안과 저임금으로 어떻게 가정을 꾸리고, 가족을 부양하겠느냐 하는 문제다. 그리고 이번 기회에 가장 중요한 문제점을 하나 지적하고 싶다.

문재인 대통령이 취임하고 다음 날인 5월 11일, 인천공항을 방문하여 그곳 비정규직과 간담회를 가졌는데, 이날 대통령의 방문에 화들짝 놀란 인천공항사장은 약 8천명에 달하는 비정규직을 연말까지 모두 정규직화할 예정이라고 발표했다. 그런데 며칠 후, 최순실 국정농단사건으로 이제는 한물간 전경련 대신에 기업인 대표인 경영자총연합회, 즉 경총 부회장이 일괄적인 정규직화에는 문제가 많다고 발목 걸기를 하다가 정부 여당으로부터 질타를 받았다는 보도를 접했다. 이 부분에 대해서는 3년 2개월가량 일선 청소노동자로 일해 온 내가 자신 있게 말할 수 있다. 위의 동화오토를 포함하여 인력파견을 주업으로 먹고사는 용역회사들은 수의계약이든 공개경쟁입찰이든 원청업자와 보통 1년 내지 2년간의 도급계약을 체결한다.

그런데 용역업체는 원청회사로부터 일반 관리비란 명목으로 약 20%의 추가 인건비를 받는다. 이중에는 4대 보험의 회사부담금과 퇴직적립금이 있다. 이 퇴직적립금이 용역회사의 알짜배기 수입원이다. 청소업의 경우 보통 1년 계약인데, 대부분의 근로자가 1년 내에 자의반 타의반으로 회사를 떠난다. 그럼 그간의 퇴직 적립금은 그대로 용역회사의 몫이 된다. 이게 용역회사가 돈 버는 수법이다. 예를 들면, 내가 120만 원의 월 급여로 한 용역회사에 취업했다고 하자. 용역회사는 매달 10만 원을 퇴직적립금 항목으로 분류해 적립해 놓는다. 그러다가 한 10개월쯤 되면 소장이나 감독이 나에게 하찮은 일을 빌미로 해서, 퇴사를 암시하거나 종용한다.

그러면 내가 "에이, 제길, 더러워!" 하고 사직서 쓰고 나가면, 10개월분의 퇴직적립금 100만 원은 고스란히 용역회사의 몫이 된다는 얘기다. 원청업체나 용역업체 모두 '임금착취, 노동착취'의 공범들이다. 그런데 이런 용역업체에 날벼락이 떨어졌다. 금년 8월 말까지 모든 정부기관과 공공기관, 지자체, 각급 학교, 그리고 정부투자기관 등은 신규로 용역업체와 인력도급계약을 체결하지 말라는 고용노동부의 권고사항이다. 아마 8월 말까지는 한시적 기관인 일자리 100일 위원회가 청소, 경비, 안내, 시설관리, 조사, 통계업무에 종사하는 외주 인력을 단계적으로 정규직화하는 기본안을 수립할 것으로 예상된다. 그리고 비정규직의 정규직화에서 가장 중요한 점은 신분의 변화로 근로자의 삶의 질이 개선된다는 점이다.

예를 들어, 이름도 생소한 한 용역업체에 소속되어 인천공항에서 보안요원으로 파견 근무 중인 30대 중반의 젊은이가 있다 하자. 그런데 금년 8월에 인천공항 시설관리팀 팀원으로 신분이 바뀌면서, 제일 먼저 그에게 찾아온 변화는 금융기관에서 일어난다. 그가 월세에서 전세로 옮기기 위해 은행에서 무담보 신용대출을 받을 경우, 은행은 소위 '신의 직장'이라 불리는 공기업인 인천공항 직원이라는 그의 신분 때문에 A급 고객으로 대우해 저리로 대출해줄 것이다.

이는 자본주의 사회를 움직이는 무형의 자산, 즉 '신용'이라는 막강한 무기를 그에게 선물한다는 뜻이다. 안정적인 직장 덕분에 그는 개인의 경쟁력인 '신용'을 획득하게 된다. 따라서 인천공항의 정규직이 된 그의 앞날에는 봄꽃이 만발한다. 선보는 자리에도 자신있게 나갈 것이고, 고향 어른들을 만나도 대견스러운 존재로 칭찬받을 것이고, 나중에 결혼하여 부인이 주민 센터에 가서 가족관계부를 발급받을 때도 "애 아빠가 인천공항에 근무해요"라고 자랑스럽게 말하고 말이다. 한 노총각의 삶에 이런 긍정적 변화를 가져오는 것이 바로 비정규직의 정규직화다.

그리고 이런 문제는 요즘 '국가적 재앙'이라고 불리는 저출산 문제를 해결하는 데도 크게 기여할 것이다. 왜냐하면 그는 정년이 보장되는 직장에서 근무하게 되어 탈총각을 결심하게 될 거니까 말이다. 이런 면에서 볼 때, 우리는 국가가 국민에게 해 줄 일이란 무엇인가 하는 문제를 다시 한 번 생각해 봐야 한다. 국가의 존재 의의는 국민의 생명과 재산을 보호하는 데 있다는 교과서적인 빤한 답변 말고, 이런 청년층들의 '삶의 질'을 높여주는 것도 중요한 국가의 의무라고 나는 생각한다. 대한민국의 미래를 위해서 말이다. 그런 의미에서 이번에는 내가 제대로 투표를 한 것 같다.

사실, 그간 이명박, 박근혜 보수정권은 이런 경제적, 사회적 약자의 삶을 개선하는 데 별다른 노력을 기울이지 않은 편이었다. 지난 9년간의 보수정권에서는 지난 1960, 70년대의 성장신화에 사로잡혀 오직 신자유주의적 시장논리를 그들의 국정목표로 삼으면서 약자에 대한 '따뜻한 시선'이 거의 없었다. 만약 여러분들 중에 이

문제에 관심이 있다면 현재 시간당 6,470원인 최저임금이 어느 정부 시절에 가장 높게 상승했는지 알아보길 바란다.

결론부터 말하면 김대중, 노무현 정부 시절에 상승폭이 가장 컸다. 그렇다면, 그 이유는 무엇인가? 그것은 바로 '개인의 빈곤은 그 개인의 책임이 아니라, 그가 속한 사회의 책임'이라는 진보정권의 가치관이 존재하기 때문이다. 경제적, 사회적 약자에 대한 '따뜻한 시선'을 포기하지 않는 휴머니즘이 '삶의 가치'로 여겨질 때, 우리 사회는 살맛 나는 세상이 될 것이다.

-2017.6.14-

박근혜 대통령님에게 드리는 글

박근혜 대통령님, 요즘 얼마나 마음고생이 심하십니까? 최순실이라는 한 과대망상증 망나니가 초래한 불미스러운 일로 인해 지난 27일, 목요일에 대국민사과문을 발표한 후에도 계속되는 교수와 대학생들의 시국선언과 오늘 오후 서울광장에서 있을 예정인 촛불집회, 그리고 일부 정치인들과 야당인사들이 제기하고 있는 대통령 하야가 공론으로 대두되고 있는 요즘, 대통령님의 심사가 퍽이나 심란하실 것입니다. 그리고 이건 저의 개인적인 판단입니다만, 요즘 전국을 뒤덮고 있는 이른바 '최순실 국정농단 사건' 때문에 만에 하나라도 대통령님에 대한 국민들의 실망감과 분노가 곧바로 정권에 대한 민심이반 현상으로 발전된다면, 29년 전인 1987년에 있었던 '6월 항쟁'이 재현될 가능성도 배제할 수 없다는 사실입니다. 게다가 37년 전인 1979년에 발생한 소위 '10. 26'사태로 불의에 아버지를 잃은 대통령님의 불행한 가족사까지 겹쳐져 있는 이 시점에 발생한 대통령님의 정치적 위기를 생각할 때마다 예측할 수 없는 세상사의 오묘함을 실감하지 않을 수 없습니다.

그래서 그간 일상의 정치현상에 대해서는 불가원 불가근의 자세를 유지하면서 외형적인 현상보다는 그 본질의 규명에 주력하는 글을 써온 제가 한 명의 유권자로서 대통령님에게 이 글을 전하고

자 합니다. 결론적으로 말하면, 저는 이 글을 통해서 대통령님의 하야를 정식으로 촉구합니다. 하야를 촉구하는 저의 논리는 다음과 같습니다.

지난 2013년 2월에 대통령님의 정권, 이른바 '박근혜 정권'의 출범 때부터 저의 심중에는 일말의 불안감이 존재하고 있었습니다. 그건 바로 대통령님만이 가지고 있는 정신구조, 즉 멘탈리티mentality에 의한 불안감이었습니다. 그 당시 제가 지닌 불안감의 정체는 다름이 아니라, 1961년부터 1979년까지 18년간 가부장적인 권위주의적 통치술과 경찰국가에나 있음 직한 폭압적인 법률체계와 관료체제로 이 땅을 18년간 통치했던 아버지 박정희 전 대통령의 장녀로서 대통령님이 필연적으로 지니게 될 '개인적 성향', 즉 '아비투스Habitus'였습니다. 그래서 저는 "교육에 의해, 혹은 정치적, 경제적, 사회적 계층에 의해 습득되는 개인적 성향"을 의미하는 이 아비투스 이론을 대통령님에게 적용해 본 결과 참으로 우울한 결론을 도출하게 되었습니다.

그것은 바로 "모든 역사는 위대한 한 인물의 전기傳記다."라고 주장하면서 '영웅화된 한 개인의 주체를 역사의 유일한 원동력'으로 본 영국의 역사학자 토마스 칼라일이 주창한 '영웅사관英雄史觀'이 아버지 박정희 대통령으로부터 대통령님에게 혈연적으로 습득되어 대통령님 고유의 역사관, 세계관으로 정착되지 않았을까 하는 불안감이었습니다. 이 불안감이 저로 하여금 대통령님의 행보를 예의주시하게끔 만들었습니다. 그런 의미에서 이번 기회에 대통령님 자신의 정치역정을 한 번 곰곰이 생각해 보시길 바랍니다.

대통령님이 1997년 12월 대구 달성 선거구에 한나라당 국회의원 후보로 정계에 입문한 이후, 수많은 역경과 시련을 극복한 끝에, 2012년 12월에 치러진 대선에서 대한민국 제18대 대통령이자, 유일한 여성 대통령으로 당선되기까지의 일등공신은 누구라고 생각하십니까? 최순실, 정윤회 커플이었을까요? 아니면 새누리당 선거 관계자였을까요? 모두 아닙니다. 그것은 바로 "조국 근대화를 성공적으로 실현해, 대한민국 5천 년 역사상 최초로 이 땅에서 가난을 추방한 박정희야말로 이 민족의 구세주였다."라는 대중들의 집단무의식, 지난 20세기 초 프랑스의 아날학파에 속한 역사학자들이 그 의미를 부여한 '망탈리테mentalitè', 바로 이 망탈리테가 대통령님의 일등공신이었습니다.

그런데 대중들의 이 집단무의식에 자리 잡고 있는 아버지 박정희의 이미지는 바로 '한 개인 주체를 역사의 유일한 원동력'으로 보는 '영웅사관'의 한국판이었습니다. 그래서 대중들은 대통령님의 모습에서 아버지 박정희에 대한 숭배감과 함께 향수를 발견했습니다. '그들의 영웅, 박정희' 말입니다. 따라서 대통령 패밀리라는 최고위급 계층 출신에 더해, 노년층 대중들의 마음속에 심어진 '조국과 민족의 영웅'을 아버지로 둔 대통령님의 정신구조에는 이미 어두운 그림자가 드리워지고 있었습니다. 바로 미국의 정치학자 아서 슐레진저가 지적한 '제왕帝王적 대통령Imperial President'의 길로 나아가고 있는 대통령님의 위태로운 행보였습니다.

제왕적 대통령에 대해 다수의 정치학자들은 17세기 유럽의 절대왕정 시대나 중국이나 아랍세계의 왕조의 군주들이 행사한 권위주의적 통치체제의 일종이라고 주장하고 있습니다. 그래서 대화와 소통에 의한 협의와 설득보다도, 지도자 일인의 독선과 결단에 의존하는 국정운영의 결과, 요즘 대통령님의 최대의 우환거리인 일명 '최순실 국정개입 사건'이 발생한 것입니다.

대통령님! 선출된 권력은 소비재입니다. 마치 가정집의 세탁기처럼 권력은 시간과 정비례해서 약화되는 특성을 지니고 있습니다. 만약 작금의 최순실 사건이 집권 초반에 발생했더라면 지금처럼 일파만파로 확산되면서, 대통령님의 하야를 요구하는 비상사태가 발생하지는 않았을 것입니다. 그러나 불행하게도 지금은 집권 후반기입니다. 또한 권력은 매우 예민하고 위험스러운 흉기입니다.

서양의 격언 중에 "다모클레스의 칼Sword of Damocles"이라는 격언이 있습니다. 이 격언이 탄생한 배경은 이렇습니다. 대통령님도 잘 아시듯이, 이탈리아 남부의 지중해에 시칠리아라는 섬이 있습니다. 그런데 지금으로부터 약 2,400여 년 전인, 기원전 4세기경에 시칠리아는 시라쿠사라는 이름의 그리스의 식민도시였는데, 위의 다모클레스는 이 도시의 참주僭主, 즉 야심 많은 지도자였던 디오니시오스 2세의 측근신료였던 인물이었습니다. 굳이 비교한다면, 대통령님의 비서실장 격인 사람이었습니다.

그런데 어느 날 디오니시오스 2세는 평소에 자신의 권력을 동경해 오던 다모클레스를 호화로운 연회에 초대하여 한 올의 말총에 매달린 칼 아래의 옥좌에 앉힙니다. 그리고 다모클레스에게 "나의 권좌는 언제 떨어져 내릴지 모르는 칼 밑에 있는 것처럼 항상 위기와 불안 속에 유지되고 있다."라고 말합니다. 이 사례가 보여주고 있듯이 권력은 항상 이렇게 불안하고 위태로운 것입니다. 그런데 대통령님은 이 칼날처럼 예민한 권력을 무책임하고 무분별하게 최순실이라는 '40년 지기'의 손에 쥐어준 결과, 이렇게 공공연하게 대통령님의 하야까지를 요구하는 정치적 위기가 초래된 것입니다.

그래서 저는 이와 같은 일련의 현상은 대통령님 자신이 아버지처럼 '제왕적 대통령상'을 추구한 나머지 생기기 마련인 오만과 독선의 산물로 판단하고 있습니다. 대통령님, 정보화와 개방화가 시대적 추세인 오늘날의 정치 환경은 '제왕적 대통령'보다, 노무현 전 대통령이 보여준 '직접 민주주의적 대통령Plebiscitary President'을 필요로 합니다. 이 말은 우리 대한민국의 국민들은 지금 권위주의적인 불통과 독선과 지시와 상명하복보다는 민주적인 소통과 대화와 협의와 타협이 더 바람직한 정치문화로 여기는 21세기에 살고 있다는 뜻입니다.

따라서 이미 한계효용에 도달한 대통령님의 국정운영 메커니즘은 이제 폐기처분될 운명에 놓여 있습니다. 2014년 11월에 발생한 소위 '문고리 권력, 정윤회 사건'과 이번의 '최순실 게이트'가 그 생생한 증거가 아니겠습니까? 그래서 일부 인사들은 이번 최순실 사건을 "이명박, 박근혜 보수정권 10년의 대미를 엽기적이고 선정적인 추문으로 화려하게 장식하는 한 편의 블랙 코미디."라 부르고 있습니다. 그러니 좌고우면하지 마시고 용퇴하시길 바랍니다.

혹시나 '박사모' 같은 일부 골수 지지층에서 곤욕에 빠진 대통령님을 위해 할리우드 영화 《라이언 일병 구하기》와 비슷한 '박근혜 구하기' 시나리오를 구상하고 있다 하더라도 이에 현혹되지 마시고, 거국중립내각에 국정을 위임하시고 깨끗하게 하야하십시오. 그 길이 바로 진정한 '박근혜 구하기'가 될 것입니다.

끝으로 대통령님의 현명한 판단을 위해 역사의 한 인물을 소개합니다. 중국 남송南宋의 유신 문천상文天祥(1236~1282)입니다. 그는 조국인 남송이 몽골족의 대원제국에 항복하자 반군을 이끌고 저항하다 사로잡히게 됩니다. 그러자 당시 원 세조였던 쿠빌라이가 그의 충절과 재능을 아껴 원 제국으로의 귀순을 회유하지만 거절하고, 죽음을 택하면서, 후세에 이런 말을 남깁니다. "인간은 누구나 한 번은 죽는다. 죽을 바엔 차라리 충신이 되어 역사의 모범이 되겠다."라고 말입니다. 거듭 대통령님의 결단을 촉구합니다. 안녕히 계십시오.

-2016. 10. 29-

주권자의 명령

잠시 후인 오늘 오후 4시부터 광화문 광장에서 제6차 촛불집회가 열릴 예정이다. 집회 주최 측은 '박근혜 즉각 퇴진'을 목표로 한 이번 6차 촛불집회에는 최소 100만 이상의 인파가 모일 것이라고 예상하고 있다. 그렇다면 서울시 인구의 10%가 넘는 시민이 한꺼번에 광화문 광장으로 나온 이유는 무엇일까? 이른바 '최순실 국정농단사건'이라는 일회성 사건 때문인가? 물론 이 사건이 직접적인 원인을 제공하고 있지만, 나는 이번 촛불집회의 성격을 다음과 같이 규정하고 싶다.

그것은 바로, 단기적으로는 4년간 지속된 박근혜 정권에 대한 심판, 그리고 2008년 2월에 출범한 이명박 정권까지 포함된 9년간의 보수정권에 대한 심판이며, 장기적으로는 1961년 5월, 군사쿠데타로 집권한 박정희와 그의 후계자인 전두환의 유산인 군부에 의한 개발독재시대에 대한 최종적 심판이 바로 이번의 촛불집회의 성격이라 생각한다.

먼저, 2013년 2월에 출범한 박근혜 정권은 자신들 보수이념에 걸맞게 대북강경책에 의한 남북대결구도를 확대, 심화하는 냉전적 사고방식을 고수했다. 대표적인 사례가 남북경협의 상징이었던 개성공단 폐쇄와 한미동맹을 미일동맹의 하위개념으로 종속시키는 고

고도미사일, 즉 사드THAAD 배치 결정이다. 사실 개성공단 폐쇄와 사드 배치는 북핵 문제를 빌미로 한국을 미일동맹에 편입시켜 한미일 삼각동맹을 구축하여 중국의 태평양 진출을 억제하고자 하는 미국의 세계전략에 따른 산물임이 명확하지만, 박근혜 정권은 김대중, 노무현 진보정권이 어렵게 구축한 한반도 평화체제를 붕괴시키기 위해 이 같은 대북강경책을 구사했다.

다시 말하면 이러한 대북강경책은 김대중, 노무현 정권이 보수와 진보의 개념을 전쟁세력과 평화세력으로 재편해 보수진영의 논리와 세력을 약화하는 데 성공한 사실에 자극받은 결과물이란 사실이다. 그리고 130조에 달하는 가계부채 급증과 청년실업의 확대 등과 같은 경제, 사회적 불만이 가세해 총체적으로 나타난 민심의 이반현상이 이번 촛불집회의 성격이라 여겨진다. 즉 이번 촛불집회는 2008년 2월에 출범한 이명박 정권부터 2016년 12월까지 보수정권이 보여준 냉전적인 진영논리에 대한 국민들의 염증과 불만이 이번 '최순실 사건'을 계기로 해서 폭발한 것이다.

그것은 바로 2010년대의 한국사회를 1960~70년대의 유산인 애국 보수우익 대 종북 좌파로 디자인하여, 그들의 집권기반으로 활용하기 위한 극우 보수적인 통치행위에 대한 국민들의 불만과 이에 따른 저항이다. 그리고 장기적으로는 지난 60여 년간 이 땅에 드리워진 개발독재의 상징인 박정희 신화를 그의 장녀인 현직 대통령 박근혜의 퇴진으로 종식시키고자 하는 대중들의 숨겨진 욕구가 바로 이번 촛불집회의 본모습이라 여겨진다.

일사불란한 중앙집권적 관료체제를 근간으로 명령, 지시, 상명하복을 최고의 가치로 여기는 군사문화를 한국사회에 도입한 박정희의 유산이 그의 상속녀인 박근혜가 대통령 직에서 물러나 역사의 무대에서 사라짐으로써 이 땅의 군사문화가 공식적으로 청산된다는 상징적인 의미이다. 지금 시간이 정확하게 오후 4시 4분, 이제 광화문광장에서는 제1부 행사가 열릴 시간이다. 오늘 집회는 청와대 100미터 전방까지 행진이 허용된 집회이니 만큼 "박근혜 즉각 퇴진."을 외치는 민중의 함성이 어느 때보다 청와대에 내에서도 잘 들릴 것이다.

그런 의미에서 이번 6차 촛불집회를 1789년 7월 14일 수천 명의 파리 시민이 "빵을 달라."라고 외치면서 억압의 상징이었던 바스티유 감옥을 공격함으로써 촉발된 프랑스 대혁명의 전개과정과 비교해 보면 몇 가지 역사적 교훈을 배울 수가 있다. 그 당시 프랑스 국왕이었던 루이 16세가 혁명 후에 수립된 국민의회에서 제1신분인 왕족과 고위 귀족계급, 제2신분인 귀족과 성직자계급과 연합하여 왕정을 폐지하고 인민주권을 기초로 하는 공화정 지지자이자 혁명세력인 제3신분, 즉 평민계급 출신 의원들과 사사건건 대치 중일 때, 혁명세력의 제일 큰 지지 세력은 파리의 민중들이었다.

그들은 국민의회 건물을 에워싸고 그들의 주장이었던 신분제 철폐와 주권재민 공화정을 요구했다. 220여 년이 지난 지금, 대한민국의 수도 서울에서도 박근혜 대통령은 제1신분인 새누리당의 친박 세력과 제2신분에 해당하는 보수 진영, 보수 언론과 연합하여 "국회에서 퇴진일정을 협의해 달라."는 교묘한 수사를 동원하여 정국혼란을 부추기는 모습이 마치 왕정 지속을 꾀하는 루이 16세와 비슷한 모습이다. 그러나 루이 16세는 결국 1793년 3월 혁명재판소의 판결로 단두대의 이슬로 사라진다. 민중이 그의 목을 원한 것이다. 마찬가지로 성난 민심을 외면한 채, 정치 공학적 술수로만 이번 사태를 모면하려고 하는 박근혜 대통령과 그녀의 사이비 종교집단 같은 새누리당 친박 세력은 프랑스 대혁명에서 역사의 교훈을 반드시 읽어야 한다. 그것은 바로 불의에 저항하여 한 번 일어선 민중의 의지는 가시적인 결과를 볼 때까지 결코 사라지지 않는다는 사실 말이다.

그리고 그들은 프랑스 혁명 당시 한 국민의회 의원이 "제3신분인 민중은 무엇인가? 모든 것이다. 지금까지 뭐였던가? 아무것도 아니었다. 무엇을 요구하는가? 뭔가가 되는 것을!"이라고 외친 것을 기억해야 한다. 이 '뭔가가 되는 것'이 바로 오늘 이 시간에, 광화문광장에서 '박근혜 즉각 퇴진'을 외치는 주권자가 되는 것이며, 아울러 '박근혜 퇴진'은 이런 주권자의 당연하고 지엄한 명령이다.

-2016. 12. 3-

역사기행 ①

아! 홍경래

S# 2017년 12월21일 대학로 학전 소극장

암전 상태인 무대 뒤편에 설치된 42인치 대형 LED화면에 1880년대와 90년대에 외국 선교사와 여행가들이 조선 농민들과 민중들의 생활상을 촬영한 흑백 스틸사진이 약 10초 간격으로 계속 등장한다. 이방인의 눈에 비친 조선인들의 모습은 궁핍, 그 자체였다. 약 90초의 시간이 흐른 뒤 성우의 내레이션이 장내 스피커를 통해 나지막하게 흘러나온다.

성우: (차분하게 설명하는 어조로) 근 400여 년을 이어온 조선왕조의 마지막 계몽군주 정조가 1800년 8월 삼복 더위 속에 48세를 일기로 급서합니다. 아버지 정조의 갑작스러운 사망으로 인해 10살 난 아들 순조가 조선의 제23대 국왕으로 즉위하고, 2년 후 안동 김씨 김조순의 딸과 혼인합니다. 이때부터 1863년 홍선대원군 이하응이 권력의 정상에 오를 때까지 약 60여 년간 국왕의 인척들이 국정을 농단하는 '세도정치'가 기승을 부리게 됩니다. 순조의 외척인 안동 김씨와 순조의 손자인 24대 국왕 헌종의 외척인 풍양 조씨에 의한 세도정치였습니다.

이 세도정치는 그간 왕권과 신권의 대립, 그리고 적대 당파 간의 견제와 균형을 통해 절대 권력을 허용하지 않았던 조선의 정치시스템을 무너뜨리고 모든 권력을 자신이 속한 문중, 즉 권문세도가에 귀속시키는 권력집중을 강화시킵니다. 우수한 인재를 등용하여 효율적인 행정을 펼쳐야 할 공적 시스템이 붕괴되고, 외척인 안동 김씨 일족에 의한 사적 시스템에 의해 국가가 경영됨에 따라 매관매직 등 관리들의 부정부패는 날로 극심해지고, 이에 따라 주로 농민들인 민중의 생활은 더욱 피폐해집니다.

이런 암울한 시대에 양력으로 1812년 1월 31일 평안도 가산 대동강 어귀 다복동이란 오지에서 기존의 정치 질서에 대항하여 일단의 저항세력이 봉기합니다. 역사에서는 이를 '홍경래의 난'이라 부릅니다. 1392년, 왕조의 개창 이래 420여 년간 누적된 모든 정치적, 사회적 모순을 척결하기 위해 일어선 이들 서북인들의 저항을 주도한 이가 바로 홍경래란 인물입니다. (성우, 한 호흡 쉰 후, 박력 넘치는 톤으로) 관객 여러분! 1812년부터 1894년 동학농민운동까지 약 80년간 조선의 후반기 역사를 규정하는 '민란民亂의 시대'를 개막한 자칭 평서도원수 홍경래를 여러분께 소개합니다.

최초의 한글소설 『홍길동전』의 저자인 조선 중기 광해군 시절의 허균, 그리고 1884년, 갑신정변의 주역 김옥균과 함께 이른바 '조선의 삼대 반항아'라 불리는 '열혈남아' 홍경래를 큰 박수로 맞이해 주시길 바랍니다. (관객들의 뜨거운 박수와 함께 암전상태인 무대에 조명이 하나둘 켜지면서 장내에는 경쾌하면서 질풍노도와도 같은 템포로 유명한 이탈리아 음악가 조아키노 로시니가 작곡한 전 4막 오페라 『윌리암 텔』의 서곡 중 피날레 부분이 울려 퍼진다. 약 30초 후 관객들의 열화 같은 박수를 받으면서 오늘의 주인공 홍경래가 무대 중앙에 등장한다. 홍경래, 잠시 관객들의 뜨거운 성원을 음미하고 난 후 입을 연다) 네, 네, 박수 좀 그만 치세요. 여러분들 손목 아프겠습니다. (관객들 웃음) 그런데 이 공연의 대본을 쓴 작가 선생의 음악적 재능이 상당하다는 느낌이 듭니다. 여러분들은 그 이유를 잘 모르실 겁니다. 그렇죠? 여러분! (관객들 일제히 '네'라고 응답한다) 먼저, 제가 등장할 때 나온 음악이 바로 로시니라는 이탈리아 작곡가가 만든 오페라 『윌리암 텔』의 서곡인데요, 이 오페라의 주인공 윌리암 텔하고 저하고는 동업자 관계입니다. 동업자요. (관객들 홍미로운 표정으로 홍경래를 주시한다) 뭔가 하면, 활로 아들 머리 위에 올려진 사과를 명중시키는 명사수인 그와 저는 기존 체제에 저항한 반란 세력의 우두머리란 점에서 동업자입니다.

시간을 내서 설명을 드리죠. 1500년대 초반에 오늘날의 스위스에 살았던 윌리암 텔은 민중들을 이끌고 헤르만 게슬러라는 포악한 영주에 저항했던 스위스의 영웅이었습니다. 다시 말하면 그는 그 당시 스위스를 통치하던 오스트리아 제국의 지배 가문이었던 합스부르크 가에, 저는 조선의 지배 가문이었던 안동 김씨 가에 저항했던 반란세력의 우두머리였단 점에서 같은 길을 걸었던 동업자란 뜻입니다. 무슨 얘긴지 아시겠죠? 그럼 이 에피소드는 그만하고 제가 오늘 이 역사기행에 출연한 목적을 간략하게 말씀드리겠습니다.

제가 이 공연에 출연하기로 결심한 동기는 미완으로 끝난 '홍경래의 난'의 발발원인과 진행과정, 그리고 결말을 설명하면서 저의 설분을 풀기 위한 것이 아닙니다. 제가 이 역사기행에 출연한 진정한 목적은 서기 1812년, 순조 12년이라는 왕조시대에 살면서 제가 직접 목격하고 피부로 느낀 조선의 지배계층인 양반사대부들의 위선과 허위의식을 고발하기 위해 이 자리에 선 겁니다. (관객들 박수)

먼저, 정치권력 면에서는 '문무 양반'으로, 학문을 쌓고 지적 소양을 배양한다는 관점에서는 '사대부'나 '유학자'로, 씨족 개념으로는 '사족'으로, 수기치인의 자세로 내적 수양에 힘쓴다는 시각으로 본다면 '선비'라는 다양한 이름으로 부르는 양반사대부들의 의식세계와 가치관은 진정 무엇인가에 대해 얘기를 시작하겠습니다.

이름하여 '조선의 지배층, 양반사대부, 그들은 과연 누구인가?'입니다. 먼저, 조선은 철저하게 차별과 배제의 논리로 성립된 신분제 국가였습니다. 이런 신분제는 유교라는 도덕의 가면을 쓴 양반사대부들의 논리에 의한 것입니다. 동서고금을 막론하고 인류 역사는 한 집단이 다른 집단을 억눌러 통제하는 지배의 과정이었습니다. 지배에서 또 다른 지배로 이어지는 권력투쟁과 계급갈등, 그에 따른 지배 전략과 통치 방식의 변화가 바로 정치라는 이름으로 존속해온 것입니다. 그래서 저 멀리 구라파 덕국德國(독일)의 철학자 프리드리히 니체는 "지배하는 자와 지배받는 자를 구분하고, 사회와 삶이 지배자의 논리와 이해에 적절하게 맞추어져야 된다. 이럴 때 정의도 선도 살아나게 된다."라고 말합니다.

다시 말하면 생활과 문화는 물론 도덕이나 정신의 영역에서 지배하는 자와 지배당하는 자가 철저하게 구분되는 차등화된 사회란 명령과 복종으로 이루어지는 지배와 종속에 토대를 둔 세상을 말하는 것입니다. 제 말이 좀 어렵습니까? 이런 차등화된 세상이 바로 출생과 동시에 부여된 각자의 신분에 기초한 신분제 사회가 바로 조선 사회였습니다.

제일 상층부에는 양반사대부, 그리고 이런 양반사대부들의 관직 생활을 효율적으로 지탱해주고 평민계층과의 완충지대를 담당하는 서리, 아전 등 중인계층, 그리고 농, 공, 상업에 종사하는 통칭 상민으로 불리는 평민계층, 그리고 노비, 백정, 무당, 승려, 광대 등 천민이 존재하는 계층화된 신분제 사회가 바로 조선이라는 나라의 기본 구조였습니다. 우선 양반은 관직을 독점했습니다. 특히 최상층 관료인 당상관 이상의 관직은 대부분 소수의 권세가문이 차지했으며 갈수록 세습화 추세가 심해져 결국 안동 김 씨 세도정치에 이르게 되었습니다. 제 사후 80년이 지난 1894년 갑오개혁에 의해 폐지될 때까지 무려 5백여 년간 지속된 과거제도에서 여러분들 시대의 행정, 외무, 사법고시에 해당되는 대과 문과 합격자 수는 총 1만 4,600여 명인데, 전체 합격자의 50퍼센트가 전주 이씨. 안동 권씨, 파평 윤씨, 남양 홍씨, 안동 김씨 등 5개 유력 씨족을 포함한 21개 씨족 출신들입니다. 그래서 양반 사대부들에게는 유일한 입신양명 수단이었던 과거를 통한 관직진출과 독점을 위해 서울은 물론이고 지방의 양반계층까지 동원된 당파 간의 경쟁, 즉 당쟁이 격화된 것입니다.

다음으로 양반사대부들은 지주제를 성립시켜 경제를 좌우했습니다. 공전, 과전과 군전을 사전으로 둔갑시키고 임금으로부터는 공신전과 별사전을 하사받아 대규모 토지 소유자가 되었습니다. 그리고 군역을 공공연하게 면제받았으며, 나라에 노동력을 제공하는 요역도 제외되었습니다. 이런 대표적인 사례가 조선 유학의 최고봉 이황입니다. 전국에 산재한 이황의 논밭은 약 10여만 평에 이르는 대규모였으며, 이런 토지를 관리하고 경작하기 위해 그는 370여 명에 달하는 노비를 소유한 대부호였습니다. 그 당시 20세 남자 종인 노비의 가격은 상품 말 3마리 값이었습니다. 『어부사시사』로 유명한 해남의 윤선도 가문에는 노비가 무려 700여 명이나 있었습니다. 어떠세요? 그래도 여러분들은 입만 열면 청빈과 안빈낙도를 노래하는 선비들의 겉치레용 시조나 가사에 감탄하시겠습니까?

다음으로 이들 양반사대부들은 교육과 이념의 수혜자이자 창출자였습니다. 국가의 최고 교육기관인 성균관 입학 자격을 양반계층으로 제한하고 지방에서는 서원을 설립하여 사학을 독점했습니다. 이런 독점을 통해 양반사대부들은 그들의 신분과 지배질서를 정당화하는 유교 이념을 체계화하고 효율적인 통치를 위한 사상과 지식을 발전시켰습니다. "지식은 권력이다."라는 명제를 잘 보여주는 사례입니다. 이런 양반사대부만의 나라가 조선이란 나라였습니다. 다시 말하면 조선은 토지에 기반을 둔 양반사대부들이 지배하는 폐쇄적이고, 자급자족형 유교적 농업 국가였습니다.

따라서 조선조 전 기간을 통해서 인구의 10퍼센트, 후기, 즉 저의 봉기 이후인 후기에 들어서는 15퍼센트로 추산되는 양반계층에 대해 저와 같은 서북인인 현상윤(6.25 남북 당시 고려대 총장)은 그의 저서 『조선유학사』 서문에서 "조선 양반사대부들의 최악의 죄과는 각 개인의 능력과 자질에 따라 직업을 가질 생각도 없이, 오직 입신양명을 위해 과거시험에 모든 시간과 에너지를 쏟아부으면서 무위도식한 것이었다."라고 탄식합니다.

그리고 중국의 개화사상가인 양계초는 그의 저서 『조선 망국기』에서 "조선은 이른바 양반이라는 자들이 나라의 정치와 경제와 사회를 망쳐 놓았다. 양반이 아니면 관리가 될 수 없었고, 학업에 종사할 수 없었으며, 사유재산도 안전하게 지킬 수가 없었다. 사실상 조선국에서 자유의지를 가진 자, 독립 인격을 가진 자는 오직 양반뿐이다. 나머지 대다수 백성들은 이 한 줌뿐인 양반을 부양하기 위한 생산수단에 불과했다. 그러니 저 양반이라는 자들은 모든 악의 근원이다. 다른 나라에서 관리를 두는 것은 국사를 수행하기 위함인데, 조선에서 관리를 두는 것은 오직 직업 없는 양반들을 봉양하기 위함이다."라고 신랄하게 양반계층을 비난하고 있습니다. 그런데 이런 양반사대부들이 지배하는 조선사회는 저 홍경래가 봉기할 무렵인 19세기에 들어오면 그 태생적 모순이 극대화됩니다. 바로 전정, 군정, 환곡 등 삼정의 문란으로 그 모습이 드러납니다. 여기에서 전정이란 여러분들이 국사 시간에 배운 대로 세금에 관한 문제이고, 군정이란 16세부터 60세 이르는 평민층 남자들이 직접 군역을 지는 대신 군포로 군역을 대신하는 제도이며, 환곡은 봄철 관에서 식량을 빌려 춘궁기를 넘기고, 가을철 추수가 끝난 후에 갚는 일종의 평민 구제제도인데, 중앙에서 세도정치가 기승을 부리자 현감이나 군수, 부사 등 지방 수령들의 탐학이 극심해집니다. 대표적인 사례가 군정입니다.

저와 같은 시대를 살았던 정약용이 전라도 강진에서 귀양살이를 하고 있었던 1800년대 초에 감당하기 힘든 군역 부담으로 자신의 생식기를 스스로 자르는 한 농부 가장의 비참한 현실을 목도하고 『목민심서』, 「첨정」 편에 다음과 같은 기록을 남깁니다. "이 글은 계해년(1803년) 가을에 강진에 있으면서 지었다. 당시 갈밭 마을에 사는 한 부부가 아이를 낳았는데 사흘 만에 군적에 편입되었다. 리의 책임자인 이정이 이 아이에게 부과된 군포를 강요했으나 바칠 것이 없자 소를 빼앗아 갔다. 그러자 아이의 아버지가 칼을 뽑아 자신의 생식기를 베면서 '내가 이것 때문에 이런 불운을 겪는다.'라고 외쳤다. 그러자 그의 아내가 잘라진 남편의 생식기를 들고 관청으로 달려가는데 피가 뚝뚝 떨어졌다. 울기도 하고 하소연하기도 했으나, 문지기가 관청에 들어가지 못하게 막아버렸다. 내가 이런 사연을 듣고 이 시를 지었다."라고 말입니다. 관객 여러분들은 칠언절구 한문으로 지어진 이 『절양絶陽』이라는 시를 통해 갓난아이를 군역에 편입해 군포를 강요하는 지방관의 가렴주구와 관의 토색질을 실감할 수가 있을 겁니다.

그럼 그 당시 조선 사회의 최상위 계층인 양반사대부들은 어땠을까요? 제가 다복동에서 봉기하던 시대에는 민생이 극도로 피폐해져 스스로 노비가 되는 평민이 늘어남에 따라 군포 부담은 이미 한계치를 넘어 서고 있었습니다. 1392년 조선조 개국 때에는 노비는 전체인구의 대략 10퍼센트 정도였는데 1500년대에는 이 숫자가 무려 30 내지 40퍼센트로 늘어나게 됩니다, 그 이유는 일천즉천一賤則賤, 즉 부모 중 한 명이라도 노비면 그 자녀는 자동으로 노비가 된다는 법 때문입니다. 악명 높은 노비세습제입니다. 이는 노비를 가축과도 같은 살아있는 재물로 본 양반사대부들의 지독한 탐욕의 산물입니다.

이 일천즉천 제도는 그들이 하늘처럼 떠받드는 중국 명나라에도 없는 제도였습니다. 명나라에는 당사자 당대에 한해서만 노비 신분이었고 조선처럼 자녀들이 자동으로 노비가 되는 노비 세습제가 없었습니다. 그리고 그 당시 중국과 일본에는 자국민을 대상으로 가축처럼 매매, 증여, 상속, 교환이 가능한 노예제도 자체가 없었습니다. 단지 범죄자나 전쟁포로 혹은 타국에서 수입한 외국인을 종으로 부린 경우는 있었지만, 조선처럼 같은 말을 쓰고 동일한 문화와 관습을 공유하는 동족을 노예로 부리는 노비제도는 없었다는 말입니다. 따라서 노비 인구의 증가와 반비례해서 줄어드는 양인, 즉 평민들의 군포부담이 늘어나게 되자 조정은 양반에게도 군포를 징수해 평민층의 부담을 덜어주자는 호포제가 제기되었지만 양반사대부들의 극렬한 반대로 시행되지 못했습니다. 국가 방위와 안전의 기초인 군역 체계가 와해되고 있었지만, 양반사대부 층은 군역 면제라는 특권을 포기하지 않았고 또한 군역담당자를 늘리기 위한 노비의 양민화에도 적극 나서지 않는 이중성을 보입니다. 그들이 소유한 재산손실을 피하기 위해섭니다. 한마디로 말하면 "특권은 오케이, 의무는 노."라는 지독한 이기주의자들이 바로 조선의 양반사대부들이었습니다.

이런 양반지배층의 작태는 제가 죽은 지 약 100여 년 후인 1910년 한일병합에서 극치를 보입니다. 1910년 8월 22일 일본정부는 대한제국을 일본에 병합하는 한일병합조약을 25일에 공포하기로 결정했습니다. 그런데 대한제국 정부에서 조약 공포를 나흘 뒤인 29일로 연기해 달라고 요청합니다. 그 이유는 28일에 있을 대한제국 순종황제 즉위 4주년 축하기념식과 연회를 치른 뒤에 발표하기를 요청한 것입니다. "이날 28일, 연회에 신하들이 몰려들어 평상시처럼 즐겼으며, 일본 통감 역시 외국 사신의 예에 따라 그 자리에서 축하하고 기뻐했다. 세계 각국의 무릇 혈기 있는 자들은 한국 신료들의 달관한 모습에 놀라지 않을 수가 없었다."라고 양계초는 그의 저서 『조선 망국기』에 기록하고 있습니다. 내일이면 500년 넘게 이어온 자신들의 나라가 끝장나는 데도 오늘 기념연회를 즐긴 대한제국의 대신들이 보여주는 이 어이없는 모습이 바로 조선 양반사대부들의 맨얼굴이었습니다. 정치적, 경제적, 사회적으로 최상위 지배계층에 속하면서 자신들만의 특권을 유지하고 강화하기 위해 나라의 기본인 평민과 천민계층을 철저하게 차별하고 배제한 나라가 바로 조선이었습니다.

여러분들 중에 일부는 이들 양반 사대부들이 지은 시문이 아름다워서, 또 다른 일부는 목숨을 걸고 왕명에 거역하는 지조와 절개를 존경하여 이들을 숭상할지는 모르지만, 조선의 양반사대부 지배체제는 끊임없이 여성, 평민, 천민 등 힘없는 타자의 희생을 담보로 하는 약탈적인 지배체제였습니다. 더욱 심하게 말하면, '군자의 얼굴을 한 야만의 오백 년.'이라고 말할 수 있습니다.

그래서 저를 위시하여 우군칙, 김창시, 홍총각, 이희저 등 일부 향반과 평민들이 이런 위선적인 양반사대부들에 의한 지배를 종식하고 모든 계층이 차별 없이 사는 세상, 즉 대동세상을 만들기 위해 궐기했지만 결국 미완으로 끝나고 저 역시 2천여 정주성민과 함께 죽음을 당합니다. 그러나 관의 탐학과 관리들의 부정부패에 저항하여 일어난 1860년의 진주민란 등 저의 사후에 발생한 모든 민란의 배후에는 저 홍경래의 의기가 자리 잡고 있음을 자랑스럽게 생각합니다. 그리고 이런 민초들의 항쟁은 1894년 녹두장군 전봉준이 이끄는 동학농민군의 봉기로 절정을 맞으면서 우리의 역사에 새로운 정신을 불어넣습니다. '불의에 저항하는 투쟁정신' 말입니다. 또한 이런 조선조 양반사대부들 같은 보수 기득권 세력과 저, 홍경래 같은 진보 민중 세력과의 권력투쟁은 우리 인류가 생존해 나가는 이상 계속 이어져 갈 것입니다. 교대로 승자와 패자를 반복하면서 말입니다. (홍경래 처연한 음성으로) 그러나 불행하게도 1812년 저희의 봉기는 '역사의 패자'로 여러분들에게 기억되고 있습니다.

그러나 비록 제가 역사의 패자로 기록되었더라도 조선의 민중들에게는 도덕적, 정신적 승자로 기억되고 있다는 사실에 크게 만족하고 있습니다. 관객 여러분, 이제 저는 다시 저승세계로 떠나야 할 시간입니다. 제가 불귀의 객이 된 지 200여 년 만에 여러분과 함께 이렇게 대화를 나누게 되어 진심으로 기쁘게 생각합니다. 관객 여러분, 안녕히 계십시오! (관객들의 뜨거운 박수와 함께 무대의 조명이 하나, 둘 꺼지면서 장내에는 장사익이 부르는 '한오백년'이 고즈넉하게 흐른다)

-2014. 11. 22-

제3장 '애哀', "반장님, 전 그 돈이 아까워요."

반장님, 전 그 돈이 아까워요

현재 내가 일하고 있는 역삼동의 맥주홀은 ZVC벤처스란 이름의 회사 소유인데, 이 회사는 벨기에에 본사가 있는 세계최대 다국적 맥주회사인 안호이저 부시인베브의 한국 현지법인인 동양맥주의 자회사이다. 그리고 여기는 하우스 맥주, 즉 수제 생맥주가 주력상품인 맥주홀이다. 철저하게 시급제로 임금을 지불하고 있는 이 맥주홀에는 약 50여 명의 직원들이 일하고 있는데, 그 중 ZVC벤처스 소속인 팀장 이하 매니저급 시니어 7, 8명을 제외한 나머지 직원은 모두 용역업체 소속이다. 전문용어로는 아웃소싱 형태다.

그래서 이들 모두는 1년 단위 근로계약서를 작성하고 취업한 비정규직 근로자들이다. 이 중 모두가 50대 중반 이상인 9명의 세정원과 청소원을 제외한 나머지 30여 명은 요즘 말로는 셰프라 불리는 요리사와 바텐더, 그리고 서빙 파트 근무자들인데, 이들은 전원이 20대 초반부터 30대 초반까지의 청년층이다. 참고로 청소반장인 나는 1949년생인 세정 팀의 누님 다음으로 최고령 랭킹 2위 청소노동자다.

그런데 며칠 전 서빙 파트에서 근무하고 있는 한 여직원과 한편으론 기가 막히기도 하고, 다른 한편으론 도저히 납득하기 어려운 대화를 나눈 적이 있었다. 지난주 토요일 새벽 2시경이었다. 매일 오후 4시부터 다음날 새벽 1시까지 영업을 하는 이 맥주홀은 그 시간이 되면 시내버스나 지하철 등 대중교통이 운행되지 않기 때문에 직원들에게 교통비 조로 만5천 원 한도 내에서 택시비를 지급하고 있다. 그래서 나를 포함한 대부분의 직원들은 택시를 타고 귀가를 하는데, 유독 한 여직원만이 매일 걸어서 집에 가는 것이었다. 그녀는 이곳에서 일한 지 약 2, 3주 되는 20대 초반의 신참이었는데, 마침 택시를 기다리고 있던 나는 이날도 매장 입구에서 동료들과 헤어져 혼자서 걸어가는 그녀를 보고 의문이 들어 말을 건넸다. “아가씬, 집이 이 부근인가 보네?” 하고 물으니, “아뇨. 집은 역삼동인데, 여기에서 한 서너 블록 더 가야 돼요. 근데 왜 물어보세요?”라고 대답하는 것이었다. 그래서 “아니, 별건 아니고, 회사에서 택시비를 지급하는데, 아가씬 매일 이렇게 걸어가니까 궁금해서 한번 물어 본 거야.” “네, 그러세요?” 이런 대화가 오간 끝에 “그럼 아가씬 택시 타고 가지. 이렇게 날씨도 추운데 말이야.” 하고 말하자, 그녀는 “반장님, 제가 택시를 타고서 영수증을 제출하면 그게 다 월급에 포함되어 나오잖아요? 그럼 내 월급이 그만큼 늘어나 국민연금이나 건강보험료를 더 많이 떼잖아요? 반장님, 전 그 돈이 아까워요. 그래서 저는 될 수 있으면 월급을 조금이라도 더 많이 받기 위해 이렇게 걸어서 가요. 그럼, 반장님, 날씨도 추운데 잘 들어가세요.” 하면서 나에게 작별인사를 하곤 제 갈 길을 가는 것이었다.

그 순간 그녀의 너무나도 진지한 표정과 솔직한 답변에 말문이 막힌 나는 담배 한 대를 피워 물면서 “아니? 도대체 그 돈이 얼마나 된다고 이렇게 추운데 걸어서 가나? 회사에서 택시비를 주는데도 말이야"라는 말과 함께 그녀에 대한 연민의 정이 들었다. 이런 안타까운 마음과 함께 "금년 1월 1일부터 시간당 6,470원에서 7,530원으로 오른 최저임금 때문에 오는 24일부터 하루 9시간 근무를 8시간으로, 1시간 줄이는 대신, 임금을 15퍼센트 삭감하는 새로운 임금체계가 시행되면, 아마 저 애도 대부분의 동료들처럼 여길 관두고, 이, 삼 주 만에 또 새 직장을 구하러 다니겠구나." 같은 스산한 상념이 한동안 내 마음을 우울하게 만들었다.

이런 나의 상념을 깨우기라도 하는 듯이, 갑자기 두 명의 선남선녀가 탄 수천만 원짜리 벤츠 스포츠카가 굉음도 요란하게 4차선 도로 위를 폭주기관차처럼 질주하고 있는 광경이 눈에 들어왔다. 그들은 불타는 금요일 밤을 유감없이 보내고 나서 이제는 토요일 새벽에 있을 더 큰 환락과 욕망을 찾아 강남의 밤거리를 배회하고 있는 청춘들일 것이다.

불현듯 잠깐의 상념에서 깨어난 나의 시야에는 한두 송이 내리기 시작하는 눈발 속에서 어깨를 잔뜩 웅크리고 집으로 향하는 그녀의 가녀린 뒷모습이 희미하게 들어왔다.

-2018. 1. 13-

신영복 선생을 기리며

참으로 슬픕니다. 선생이 가신 지 벌써 일주일이 흘렀습니다. 지난 1월 15일, 무한경쟁과 승자독식이 미덕으로 칭송되는 신자유주의적 자본주의 체제가 일상이 된 이 시대에, 신산辛酸한 삶을 이어가고 있는 이 땅의 민중들에게 들려온 선생의 부음은 진정 크나큰 비보였습니다. 곧이어 닥칠 매서운 한파를 예고라도 하듯, 갑작스러운 선생의 별세는, 우리에게 한 시대의 사표가 사라지는 안타까움을 주었기 때문입니다.

1941년 경상남도 밀양에서 태어난 선생과 1953년 전라남도 보성에서 태어난 저는 속칭 띠동갑이라는 인연 이외에는 생면부지의 사이였지만, 평소 선생의 인품과 삶을 흠모했던 후학의 한 사람으로서, 선생의 영전에 이글을 바치고자 합니다. 무법과 야만과 폭력이 한 시대의 상징이었던 지난 1968년부터 화합과 상생이 시대적 당위로 요청되는 2016년 1월 15일까지, 50여 성상 동안 선생이 이 땅에서 온몸으로 겪었던 고난과 시련은 정녕 이 땅의 굴곡진 현대사이자 우리의 자화상이었습니다.

1966년 서울대 상대 경제학과와 대학원을 졸업하고, 숙명여대 경제학과 강사와 육군 중위 신분으로 육군사관학교 교관으로 복무 중이었던 1968년 6월, 세칭, 통일혁명당 사건으로 투옥되어, 현역장교인 신분관계상 1, 2심인 군사재판에서 사형선고를 받고, 3심인 대법원에서 가까스로 무기징역형을 선고받은 후, 1988년 특별가석방으로 출소하기까지 무려 20년 20일을 영어囹圄의 몸으로 지낸 선생의 이력은, 이 땅의 진보적 지식인들이 걸었던 고난의 길을 상징하는 하나의 본보기였습니다.

제2차 세계대전 후 국제질서를 재편하는 과정에서 남북분단이라는 역사의 희생양으로 전락해, 동서냉전의 상징이 되어버린 조국의 암울한 현실을 극복하고자 헌신했던 이 땅의 많은 선각자들처럼, 선생도 일신의 영달이나 공명을 외면하고, 이 땅에 정의와 평화가 강물처럼 흐르는 세상을 만들기 위한 젊은 날의 열정으로 인해, 그 험한 형극荊棘의 길을 걸었던 것입니다.

차가운 머리보다 뜨거운 가슴이 앞서는 20대 특유의 정열과 이상, 그리고 소영웅주의와 낭만주의적 모험이 선생의 이런 험난한 인생항로를 결정지은 것이었습니다. 그러나 후학인 제가 선생의 이런 고난에 찬 삶과 투쟁 때문에 이 글을 쓰는 것은 아닙니다. 선생을 우리 시대의 존경하는 지식인의 한 사람으로 생각하는 제가 이 글을 쓰는 이유는 1990년부터 선생이 구로구 소재 성공회대학교에서 교수로 근무하면서 꾸준히 펴낸 선생의 저서에서, 저는 삶에 대한 선생의 깊은 사유와 세상을 보는 넓은 시각을 접하면서 저 자신을 성찰할 수 있는 기회를 얻었기 때문입니다.

사실 부끄러운 얘기지만, 선생의 이름을 처음 들은 때는, 1989년, 제가 MBC 교양제작국에 근무하던 시절이었습니다. 경남고와 서울대 출신인 국장이 어느 날 점심식사 중에, 며칠 전 신영복이라는 고향 선배와 저녁모임을 가진 적이 있었다고 하면서 선생에 대해 얘기한 적이 있었습니다. 그래서 제가 "그 신영복이라는 사람이 누굽니까?" 하고 반문하자, 국장이 어처구니없다는 듯이 저를 쳐다보면서 "너는 신문도 안 보냐?"며 선생의 신상정보를 간략하게 얘기해준 적이 있었습니다. 그러나 그 당시, 세속적인 향락에 몰두했던 저에게 선생의 존재감이 들어 설 자리는 없었습니다.

그 후 십수 년이 흐른 후 마포구립도서관에서 우연하게 선생의 저작들을 접하기 시작하면서, 뒤늦게 선생의 참모습을 발견할 수 있었습니다. 제가 가장 먼저 접한 선생의 책은 선생이 옥중에서 가족에게 보낸 엽서에 깨알같이 적은 약 230여 통의 서신들을 모아 펴낸 『감옥으로부터 사색』이란 선생의 첫 번째 저서였습니다. 이 책에서 선생은 "없는 사람이 살기는 겨울보다 여름이 낫다고 하지만, 교도소의 우리들은 없이 살기는 더합니다만, 차라리 겨울을 택합니다. 왜냐하면 여름 징역은 자기의 바로 옆 사람을 증오하게 한다는 사실 때문입니다. 모로 누워 칼잠을 자야 하는 좁은 잠자리는, 옆 사람을 단지 37도의 열 덩어리로만 느끼게 합니다. 이것은 옆 사람의 체온으로 추위를 이겨 나가는 겨울철의 원시적인 우정과는 극명한 대조를 이루는 형벌 중의 형벌입니다. 자기의 가장 가까이에 있는 사람을 미워한다는 사실, 자기의 가장 가까이에 있는 사람으로부터 미움받는다는 사실은 매우 불행한 일입니다."라고 고백합니다. 대한민국 최고의 대학과 대학원까지 마친 한 엘리트 지식인이 절도, 폭행, 강도, 사기범 등 이른바 파렴치범이라 불리는 동료 수인들과 살을 맞대고 생활하면서 털어놓는 진솔한 이야기들과 사색은 독자들의 마음에 깊은 울림을 줍니다. 이 책에서 선생은 상대적인 지식의 습득 유무로 인간을 판별했던 선생 자신의 오류를 자인하면서, 하나의 인격을 지닌 한 인간에 대한 이해와 사랑을 강조합니다.

그리고 이런 대목도 저에게는 삶의 신비와 소중함을 안겨 주었습니다. "일요일 오후, 담요 털러 나가서 양지바른 곳의 모래흙을 가만히 쓸어 보았더니, 그 속에 벌써 순록색의 풀싹이 솟아오르고 있었습니다. 봄은 무거운 옷을 벗을 수 있어서 행복하다던 소시민의 감상이, 어쩌다 작은 풀싹에 맞는 이야기가 되었나 봅니다. 슬픔이 사람의 영혼을 정화시키는 말이 맞는가 봅니다."라는 내용입니다. 그리고 선생이 옥중에서 독학으로, 나중에는 한학에 조예가 깊은 동료 수인에게 사사하여 체득한, 동양고전에 대한 해박한 이론서인 『강의』라는 책입니다.

사실 저는 이 『강의』라는 책을 통해 패배敗北라는 말뜻을 알게 되었습니다. 『사서삼경』등 동양고전에 대한 선생의 해박한 지식과 탁월한 해설이 인상적인 『강의』는 국내의 척박한 인문학의 저변 확대에 크게 기여한 명저였음은 부인 못 할 사실이기도 합니다.

이어 2010년에 출간된 선생의 문화답사기인 『나무야, 나무야』에서 선생 자신의 속내를 은밀하게 엿볼 수 있었습니다. 강원도 강릉시 경포호 부근에 있는 율곡 이이의 생가인 오죽헌과 인근에 있는 천재 여류시인 허난설헌과 우리나라 최초의 한글소설 『홍길동』의 저자 허균 남매의 생가를 둘러보고 난 후 쓴 선생의 기행담을 읽을 때였습니다. 이 글에서 선생은 오늘날 우리 한국인들에게 현모

양처의 표본으로 칭송되고 있는 신사임당과 그녀의 아들인 대유학자 율곡 이이 모자의 성공적인 생애와 함께 봉건제도의 속박 속에서 26세로 요절한 천재 여류시인 허난설헌과 그녀의 남동생이자 시대의 반항아이며, 변혁을 꿈꾼 조선왕조 최고의 몽상가이자 반항아였던 허균 남매의 비극적인 삶을 비교하면서 선생의 속내를 암시적으로 드러낸 부분이었습니다. 바로, 선생 자신이 직접 겪었던 '시대와의 불화'였습니다.

5.16 군사쿠데타로 집권한 박정희 정권과의 불화 끝에, 허균처럼 미완의 혁명을 꿈꾼 선생이 400여 년 전 조선조 광해군 시대에, 50세의 일기로 능지처참당했던 허균의 삶을 재구성하면서, 1960년대에 선생 자신이 직접 겪었던 '시대와의 불화'를 우회적으로 얘기한 것으로, 저는 해석하고 있습니다. 또한 선생은 '신영복체'란 독특한 붓글씨 서체를 보유할 정도로 뛰어난 서예가이기도 하였습니다. 2006년에 출간된 선생의 서화에세이 『처음처럼』의 제호가 롯데주류의 소주 이름으로 사용되었는데, 그 당시 선생은 저작권료로 한 푼의 돈도 요구하지도, 받지도 않았습니다. 선생의 이런 담백한 처신에 난감한 주류회사는, 결국 일억 원의 성금을 선생이 재직 중이었던 성공회 대학의 장학기금으로 기부하였습니다.

그런데 선생은 모르시겠지만, 이 처음처럼 소주에 얽힌 씁쓸한 에피소드가 한때 시중에 나돌아다닌 적이 있었습니다. 수년 전 삼각지 소재 육군회관에서 한 예비역 장교 자녀의 혼사가 있었는데, 마침 피로연에 이 처음처럼 소주가 등장했다고 합니다.

그때 한 예비역 장성이 벌컥 화를 내면서, "신영복이라는 빨갱이

자식이 만든 이따위 소주를 당장 치우고, 다른 소주를 내와."라고 고함을 질렀다고 합니다. 실화이든 창작이든 우리 사회의 레드 콤플렉스는 그 생명력이 끈질기기도 합니다. 선생이 그토록 염원했고 모색했던 좌도 우도 아닌, '제3의 길'이 언제 이 땅에 실현될지 모르겠습니다. 그 당시 주류회사로부터 한 푼의 저작권료도 받지 않은 선생은, 지하철이나 버스 등 대중교통을 이용해, 2014년 12월까지 마지막 강의를 마친 후, 지병인 악성피부염으로 투병생활에 들어갑니다. 걸핏하면 연구비 횡령사건으로 언론보도를 장식하는 일부 대학교수들의 행태에 비하면, 선생의 이런 깨끗한 삶의 철학과 실천적인 삶의 자세는, 우리 후학들에 깊은 감동을 주었습니다.

아! '봉기불탁속鳳飢不啄粟'이라! "하루에 2천 리를 날고 오동나무가 아니면 앉지를 않는 봉은 아무리 굶주려도 좁쌀은 찍어대지 아니한다." 선생의 고결한 인품과 청빈한 삶은, 실로 후학들의 수범이 아닐 수 없습니다.

1941년 동서양이 2차 세계대전이라는 전란을 치른 시기에 태어나, 해방, 한국전쟁, 4.19 의거, 5.16 군사 쿠데타 등 격동과 파란의 시대와 현장에서 젊은 날을 보내던 중, 암담한 조국의 현실을 극복하고자, 청춘의 열정으로 선택한 혁명의 길. 그로 인해 27살의 청년이 47살의 중년으로 변하여, 우리 앞에 나타난 한 진보적 지식인, 그의 이름은 신영복! 20여 년의 수형 생활 중에 장래가 보장되고 안전한 현실의 길을 택한 친구들이나 선후배들이, 정관계에서, 경제계에서, 학계에서, 그리고 언론계 등 각계에서 입신양명하면서 승승장구하는 모습을 높다란 교도소 담벼락 저편 너머에서 묵묵히 지켜보아야만 했던 선생의 회한을, 어찌 필설로 형용할 수 있겠습니까? 그러나 인간세계의 부귀영화는 당사자가 누렸던 세도의 기간에 비례하는 것이 우리 인생사 아니겠습니까?

한학에 조예가 깊으신 선생도 잘 아시다시피, 2500년 전, 노나라의 좌구명左丘明은 두 눈을 잃고서도 『춘추좌씨전』과 『국어』를 남겼고, 전국시대 제나라의 손빈孫臏은 두 무릎 아래를 절단당하는 빈형臏刑을 받고 앉은뱅이가 되었지만, 그의 선조인 손무孫武의 『손자병법』보다 더 뛰어난 『손빈병법』을 남겼고, 한나라 무제 시대 사마천은 자신의 성기를 절단당하는 궁형을 받고서도, 불후의 명저 『사기』를 남겨, 후세에 그 이름이 길이 빛나지 않습니까? 비록 20년 20일을 자유가 구속당하고, 사회와 격리된 채 보냈지만, 선생은 1990년대 이후부터 일주일 전 세상을 달리할 때까지, 이 사회의 큰 스승으로 일세의 사표였던 거목이었음이 분명합니다. 선생의 마지막 저서인 『더불어 숲』에 나오는 거목처럼 말입니다.

-2016. 1. 23-

2016 한국사회 이대로 좋은가?

〈제1부〉 주주자본주의

요즘의 청년세대를 '삼포세대'라 부른다. 청년들이 연애. 결혼, 출산을 포기하는 암울한 현실을 일컫는 표현이다. 또한 신용불량자와 실업자가 넘쳐나는 '신실세대'라고도 한다. 2016년 기준, 15세~29세 청년고용률이 40% 수준에 그치고, 취업자들 절대 다수가 비정규직이다. 그리고 비정규직의 임금은 정규직의 60~70% 수준이다. 그래서 미취업자를 포함한 비정규직 청년들은 결혼을 포기한다. 안정적인 수입원이 없는 상태에서 배우자를 구하기가 어렵기 때문이다. 그래서 2015년 한국의 연간 합계출산율은 34개 OECD 국가 중 꼴찌이자, 세계적으로는 184위인 1.24명이다. 이 수치는 2명의 남녀가 결혼해서 2세대, 약 60년이 지나면 전체인구가 약 40% 감소하게 되는 국가적 대재앙을 예고하는 수치이다.

그런데 이와는 반대로 65세 이상 노인인구 비율은 가파르게 증가하고 있다. 미국, 일본 등 선진 7개국과 중국, 러시아 등 13개 중진국을 포함한 G20 회원국 중 한국의 노인 인구 비율은 2015년 현재 15.6%로 9위 수준인데, 이 추세로 가면 2030년에는 24.3%로 인구 4명 중 1명이 노인인 '인구 절벽' 시대가 현실화될 전망이다. 즉 15세~64세까지의 생산가능연령이 노인의 복지를 담당해야 하기 때문에 합계출산율은 거의 제로 수준에 도달하게 되며, 그 결과 한국은 인구절벽이라는 대재앙을 맞게 된다고 전문가들은 전망하고 있다. 21세기 세대가 20세기 세대의 미래를 책임져야 한다는 얘기다.

이렇듯 청년층의 미취업에 따른 결혼포기는 국가적 재앙으로 연결되는 심각한 문제이다. 이에 대한 구체적이고 생생한 증언을 해줄 한 사람이 있다. 그 증인은 지금 이 글을 쓰고 있는 바로 나다. 나는 현재 마포구 서교동에 소재하고 있는 8층짜리 업무용 건물의 청소감독으로 일하고 있는데, 한 건물관리 용역업체에 고용된 경비원과 시설관리원 전원 이 30대 중반부터 40대 중반의 청장년층이다.

그런데 이들 대부분이 이른바 '삼포세대'들이다. 그들 모두 1년 단위로 고용계약을 맺는 비정규직인 데다, 그들의 한 달 급여가 대도시 4인 가족 최저생계비 수준인 170만 원에서 180만 원 수준이다. 이런 취약한 고용상황과 혼자 생활하기에도 버거운 수입으로 어떻게 결혼을 하겠는가가 이들의 고민거리다. 그래서 소장을 포함한 이 12명의 '삼포세대'들은 자신들의 암울한 현실을 달래기 위해 애꿎은 담배와 소주만 축내는 골초며 헤비급 주당들이다.

그렇다면 지난 2, 30년 전인 1980년대와 90년대엔 이런 '삼포세대'란 유행어가 있었는가? 없었다. 그 당시에는 우리 한국경제가 고도 성장기를 구가하고 있었기 때문에 요즘 같은 청년실업문제가 사회적 화두로 대두되지 않았다. 따라서 합계출산율이니 인구감소니 혹은 인구절벽이라는 말도 들리지 않았던 시절이었다. 그럼 왜, 21세기 초반인 2000년대 중반부터 이 청년실업문제가 사회적 의제로 대두되었을까?

결론적으로 말하면, 이 모든 재앙의 장본인은 1997년 12월에 한국을 강타한 '외환위기', 이른바 'IMF사태'다. 그럼 이 외환위기라는 국난이 발생한 원인은 무엇인가? 1980년대 중반부터 1990년대 중반까지 한국은 대만, 홍콩, 싱가포르와 함께 '동아시아의 4마리 용'이라는 찬사를 받으면서 견실한 성장가도를 달리고 있었다. 세계는 동아시아 특유의 유교적 정신문화를 '아시아적 가치Asian Value'로 높이 평가하면서, 1960년대에 일본이 보여준 비약적인 경제성장의 계승자로 한국을 비롯한 이 4개국을 지목했다.

특히 1993년, 세계은행은 『동아시아의 기적』이라는 보고서에서 "한국은 자본주의 세계에서는 보기 드물게 노동운동 강화와 소득분배율 개선, 중산층 확대가 경제성장과 동시에 이루어지고 있다."라고 높게 평가하면서 많은 개발도상 국가들이 한국을 발전모델로 삼을 것을 주문하기도 했다. 이때가 한국경제 최고의 절정기였다.

그러나 모든 사회와 문명에는 생성과 발전, 쇠퇴, 그리고 소멸이라는 4가지 과정을 거치듯이, 한국경제에도 '어둠의 그림자'가 스며들기 시작한다. 1993년 2월에 출범한 김영삼 정권은 1995년 새해 벽두부터 '세계화'를 강조하면서 한국을 선진국 반열에 올려놓기 위해 경제협력개발기구, OECD 가입을 서두른다.

이런 YS의 행보는 '문민정부'라는 자신의 정체성, 즉 전임 전두환, 노태우 군사정권과의 차별화를 꾀하기 위한 행보였다. 그래서 OECD 가입의 전제조건으로 정부가 장악하고 있던 금융기관을 민영화하면서 금융시장 자유화를 추진하고, 이어 국내 금융시장을 전면 개방한다.

그런데 한국의 취약한 금융시장을 국제금융자본에 개방한 김영삼 정권의 무모한 금융정책이 결국 OECD 가입 1년 후인 1997년 12월에 미증유의 국난인 '외환위기'를 불러온다. 결국 전 정권과의 차별화를 꾀하는 데 조급했던 김영삼 정권의 무계획성과 세계경제를 좌우하는 미국, 그리고 이 미국을 배후에서 움직이는 뉴욕 월스트리트의 금융자본의 합작품이 바로 단군 이래 최대의 국가적 위기라는 'IMF사태', 즉 '외환위기'인 것이다. 그리고 이 '외환위기'의 최대 피해자가 바로 2016년 오늘, 한국의 미래를 어둡게 하는 '삼포세대'들이다. 왜 그런가? 그 이유는 이렇다.

흔히들 '경제학의 아버지'라고 불리는 아담 스미스(1723~1790)가 1776년에 『국부론』이라는 책자를 펴낸다. 원래 스코틀랜드 출신의 도덕철학과 교수인 그는 그의 저서에서 "경제행위는 '보이지 않는 손invisible hand'에 의해 종국적으로는 공공복지에 기여한다."라는 '예정조화설'을 주장하면서 "경제행위는 인간의 이기심에 의해 작동하기 때문에 국가는 개입하지 않고 개인의 능력에 일임하는 '자유방임상태로 두면 된다."라는 고전경제학 혹은 자유주의경제학을 주장한다. 이후 18세기와 19세기를 거치면서 이 자유주의 경제학은 근대자본주의 경제시스템의 기초를 이루면서 독점자본주의를 거쳐 원료와 판매시장의 확보를 위한 식민지 쟁탈전이 도화선이 되어 1914년 8월에 제1차 세계대전을 유발한다.

그 후 1917년 10월, 러시아의 사회주의 혁명과 1929년, 미국의 대공황을 거치면서 존 메이나스 케인즈(1883~1946)로 대표되는 수정자본주의Revised Capitalism로 변신한다. 이 수정자본주의라는 이름은 국가의 시장개입을 요청하지 않는 아담 스미스의 고전자본주의 대신 자본주의의 여러 모순을 해결하기 위해서는 경제주체의 하나로서 국가의 개입을 옹호하는 자본주의라 해서 붙여진 이름이다.

이 수정자본주의는 제2차 세계대전과 1950, 60년대 소련과 치열하게 전개하던 냉전Cold War을 거치면서 공산주의에 대항하는 서방세계의 기본적인 경제시스템으로 자리를 잡으면서 그 역할을 다했으나, 1980년대에 앵글로 색슨족의 두 후예인 미국과 영국에 차례로 보수정권이 들어서면서 찬밥신세가 된다. 주인공은 미국 공화당의 B급 영화배우 출신인 도널드 레이건 대통령과 영국 보수당의 마가렛 대처 수상이다. 소련을 '악의 제국'이라고 부른 골수 보수주의자 레이건과 '철의 여인' 대처는 정치적으로는 보수주의, 그리고 경제적으로는 밀턴 프리드만으로 대표되는 시카고대학교를 중심으로 한 '시카고학파'의 경제정책을 채택하는데, 그것이 바로 오늘의 논의 대상인 '신자유주의Neo Liberalism'이다.

이 신자유주의는 200여 년 전 아담 스미스가 주장한 자유방임적 자본주의, 혹은 고전적 자유주의의 20세기판이라 해서 붙여진 이름이다. 국가의 개입보다 시장에서의 자유경쟁, 기업의 효율성과 이윤극대화를 강조하는 이 신자유주의는 1989년 베를린 장벽 철거와 이어 도미노 현상처럼 발생한 동구권 사회주의 국가들의 붕괴, 그리고 1991년 역사적인 소련의 해체로 인해 가장 효율적인 글로벌 경제시스템으로 각광을 받게 된다. 기업의 사회적 책임보다 기업가치 극대화를 추구하는 신자유주의 자본주의하의 기업은 몇 가지 특징을 지니고 있는데, 그 첫 번째가 실물자산보다 금융자산을 선호하며, 둘째, 주주 가치 극대화를 경영의 중심에 두는 방향으로 기업을 운영한다는 점이다.

믿을 만한 한 통계에 따르면, 자본시장에서 기업의 인수합병이나 매각, 주식매매, 외환거래, 석유나 곡물 등 원자재시장에 대한 투자와 채권매매 같은 금융자산에 대한 투자는 제품을 생산, 판매해 얻는 실물자산의 이익보다 4배의 이익을 실현한다고 한다. 따라서 기업들은 주주이익 극대화를 위해 대규모 종업원이 필요한 공장의 신설이나 증설 등 실물자산에 대한 투자보다 더 수익성이 좋은 금융자산에 대한 투자확대로 인해 '고용 없는 성장'이라는 역설적인 현상을 초래한다. 그리고 경영자들은 주주들이 그들에게 부여한 막대한 금액의 스톡옵션을 챙기기 위해 기업실적이 좋지 않으면 '다운사이징downsizing', 혹은 '구조조정'이라는 미명하에 면도날처럼 종업원을 해고해 어떻게 해서라도 기업의 이윤극대화에 주력한다. 반대로 기업실적이 좋으면 주주들에 대한 고배당과 함께 잉여자금을 실물자산에 투자하질 않고 적대적인 인수합병에 대비한다는 명목으로 자사주를 대거 매입해 소각시켜버리는 자금으로 소모해버린다. 결과적으로 이런 행위는 대주주들의 지배구조만 더욱 강화할 뿐이다.

결국 지속적인 고용을 통해 근로자의 생계를 보장해 주는 기업의 '사회적 책임'보다 극소수 주주들의 이익실현에 주력하는 이른바 '주주자본주의'가 지배하는 기업풍토에서는 비정규직 양산과 함께 청년층의 실업문제가 대두될 수밖에 없는 구조적 모순을 지니게 된다. 그런데 문제는 영미식 자본주의인 신자유주의의 주요가치인 주주자본주의가 '외환위기' 이후에 한국 기업들에게도 기업경영의 복음으로 전파된 결과, 오직 주주이익만을 극대화하는 것만이 기업경영의 본분으로 잘못 인식되고 있다는 점이다.

지난 1960년대와 70년대, 이병철, 정주영으로 대표되는 한국의 기업인들은 '사업보국事業報國'이라는 말을 즐겨 사용했다. 이 말은 기업운영의 첫 번째 목표는 기업 활동을 통해 근로자의 생계를 책임져 주는 기업의 사회적 책임에 노력하는 기업가 정신을 상징적으로 보여주는 구호였으나, 불행하게도 2016년 현재의 국내기업에서는 이런 기업가 정신을 찾아볼 수 없는 형편이다. 그러나 국내기업들도 바보가 아닌 이상 '외환위기' 이후 국제 금융자본들이 한국에서 거둔 엄청난 수익을 목격하곤 금융자산 확보에 주력하는 변신을 서두를 수밖에 없었을 것이다.

예를 들면, 1997년 진로그룹이 부도나자 채권회수가 불가능하다고 판단한 국내 은행들은 1조 4,659억 원의 채권을 단 8퍼센트에 불과한 1,261억 원에 한국자산관리공사에 매각했다. 자산관리공사는 이를 다시 국제투기자본인 골드만삭스에게 2,742억 원을 받고 팔아넘겼는데, 몇 년 뒤 골드만삭스가 진로그룹을 재매각했을 때 그들이 거둔 이익이 3조 원에 이른 것으로 알려졌다. 그리고 외환은행을 헐값에 매입하여 하나은행에 되팔아 무려 4조 7,000억의 순이익을 기록한 미국계 사모펀드 론스타도 좋은 사례이다. 따라서 다수의 종업원을 고용해 제품을 생산하는 실물자산보다 막강한 자본으로 기업사냥을 하는 금융자산에 투자하는 편이 몇 배의 수익성을 거둘 수 있다는 현실을 목격한 국내 기업들은 주주가치를 극대화하기 위해서는 결국 '고용 없는 성장'이라는 금융자산에 투자하기 마련이다.

또한 이런 금융자산 확보에 필요한 자본력을 갖추기 위해 기업들은 신규 채용보다 해고도 쉽고, 정규직 임금의 절반이나 3분의 2 정도의 저임금으로 채용할 수 있는 비정규직만을 채용하기 때문에 그 피해는 고스란히 미래의 성장 동력이 될 청년층에게 전가되고 있는 현상이 바로 오늘날의 암울한 현실이다. 그래서 정부에서는 삼성이나 현대자동차에 현금을 곳간에 싸놓지 말고 실물자산에 투자하여 청년층 실업해소에 앞장서 줄 것을 강력하게 요청하고 있지만, 그들은 불확실한 미래의 경영상황에 대비한다는 말잔치만 늘어놓으면서 마냥 마이동풍 격이다.

기업이 주주들의 이익을 극대화하기 위한 하나의 도구로 사용되고 있는 현실, 이것이 바로 한국의 외환위기 공범 중 하나인 신자유주의의 본모습이다. 이런 신자유주의라는 경제시스템의 강화로 인해 2016년 오늘 이후에도 20세기에 태어난 조상들의 업보인 '외환위기'로 가장 큰 피해를 보고 있는 계층들이 바로 21세기에 태어난 이 땅의 청년층이 되리라는 전망은 명약관화한 사실이다. 그래서 우리는 무한경쟁과 승자독식, 그리고 한 줌밖에 되지 않는 소수의 주주들을 위해 존재하는 기업, 이런 기업을 가장 경쟁력 있는 기업이라고 평가하는 신자유주의의 범람에 '분노할 줄 알아야' 한다. 대한민국의 미래를 위해서 말이다.

-2016. 11. 5-

2016 한국사회이대로 좋은가?

〈제2부〉 조 팀장의 고백

안녕하십니까? 여러분, 이렇게 여러분을 만나게 되어 반갑습니다. 저는 현재 한 건물관리 용역회사의 팀장으로 일하고 있는 조 팀장입니다. 굳이 이름까지 밝힐 필요는 없고, 그냥 조 팀장이라고 불러주시면 됩니다. 저는 전원이 5, 60대인 9명의 남녀 청소원과 20대 미혼여성인 2명의 안내 데스크 근무자, 그리고 20대 중반에서 40대 중반에 이르는 4명의 남자 경비원 등 총 15명에 달하는 근로자의 채용과 일상관리를 담당하고 있는 인력용역회사의 팀장입니다.

그런데 제가 이렇게 여러분 앞에 선 이유는 저 같은 을의 인생이 겪는 참담한 현실에 대한 생생한 증언을 들려주기 위해섭니다. 지금부터 제가 여러분들에게 들려줄 얘기가 바로 2016년 현재, 한국사회의 부조리와 모순을 상징하는 소위 '갑질' 행위에 대한 구체적인 증언이란 사실을 명심하면서 저의 증언에 귀를 기울여 주시면 고맙겠습니다. 그 이유는 저의 증언을 통해 여러분들은 이 사회의 청년층들 사이에서 왜, '헬Hell조선'이니, '흙수저'니 '금수저'니 하는 유행어가 탄생하게 되었는가를 알게 되시기 때문입니다. 자산이나 소득수준에 따라 신분이 세습되고 고착화되는 우리 사회의 부조리한 세태 말입니다.

1972년생인 저는 고향인 강원도 원주에서 고등학교를 졸업하고 상경해, 여러 직장을 전전한 끝에 40대 초반인 재작년 3월에 이 회사에 입사하여 팀장이라는 중간간부로 일하고 있습니다. 현재 저의 근무지는 강동구 상일동에 소재하고 있는 강동 첨단지구 내의 한 회사사옥입니다. 그러나 다행히도 저는 삼포세대는 아닙니다. 30대 초반에 결혼해서 현재 중3, 중1인 두 자녀를 두고 있는 가장입니다만, 대도시 4인 가족 기준 월 최저생계비인 166만 8천 원을 조금 상회하는 월 180만 원 수준인 제 월급으로는 도저히 생활이 되질 않아 저의 처 역시 마트의 계산원으로 일하면서 겨우 생계를 유지하고 있습니다. 그야말로 숨 돌릴 형편이 못 되는 팍팍한 생활입니다. 지금부터, 한 가정의 가장으로서, 그리고 하나의 인격을 갖춘 사회인으로서 제가 매일매일 겪게 되는 삶의 애환에 대해 말씀드리겠습니다.

작년 3월부터 저의 최대 일상 업무는 의전입니다. 그것도 자로 잰 듯이 정확하고 엄격한 의전입니다. 비가 오나 눈이 오나 저는 매일 오전 7시 30분 정각에 대리석과 강화유리로 치장한 최첨단 회사건물의 밖에서 이 회사의 사장을 기다립니다. 이상하게도, 70대 후반인 창업자이자 아버지인 회장은 지하 1층 주차장으로 출퇴근하는데, 자기 아버지를 의식해서 그런지, 저하고 동년배인 둘째 아들이자 사장은 항상 건물 밖의 지정된 장소에서 출퇴근을 합니다. 7시 30분 정각에 사장 차가 도착하면 저는 먼저 60도 각도로 인사를 한 후 차문을 엽니다. 차에서 내린 사장이 가방 하나를 저에게 건넵니다. 그럼 저는 12개의 계단을 한달음에 올라가 회전문을 통과하고, 약 30미터에 달하는 로비를 총알같이 달려가 문제의 가방을 1층에서 개방상태로 있는 사장과 회장 전용인 브이아이피 엘리베이터 앞에서 기다리고 있는 비서실 여직원에게 전달하고, 사장이 도착할 때까지 60도로 고개를 숙인 채 부동자세로 대기합니다. 잠시 후, 로비 안쪽 회전문 앞에서 저의 상사인 소장의 영접을 받은 사장과 소장이 도착하면 저와 소장은 엘리베이터를 향해 다시 60도 각도로 깍듯이 인사를 하지만, 사장과 미모의 비서실 여직원은 저희에겐 눈길 한 번 주질 않고, 자기들끼리 대화를 나누면서 아버지의 집무실인 12층 바로 아래인 11층, 자신의 사무실로 향합니다.

11, 12층은 이들 부자의 전용 공간입니다. 사무실 외에 식당과 소규모 연회장이 있는 지엄한 곳입니다. 그래서 이곳은 마치 서양 중세시대의 봉건영주가 거처했던 웅장한 성이나, 중세 일본의 봉건영주인 다이묘가 거주했던 천수각처럼 이들 부자의 성역과 다름없습니다. 관계자 외 절대 출입금지인 성소입니다.

그리고 사장의 퇴근 의전 역시 출근의 역순입니다. 1층 브이아이피 엘리베이터 밖에서 부동자세로 대기, 비서와 '문제의 가방' 인수인계, 그리고 불 맞은 강아지처럼 전력질주, 사옥 밖의 사장 차 옆에서 차문을 열어놓고 부동자세로 대기, 자신만만하고 활달한 자세로 계단을 내려와 차에 탄 사장에게 또 '문제의 가방' 전달, 이윽고 차가 도로의 코너를 돌아 시야에서 사라질 때까지 떠나는 차를 향해 60도 각도로 인사. 그리고 저는 하루의 일과를 마감합니다.

이렇게 매일 출퇴근을 반복하는 사장의 동선에 최고의 세심함과 긴장감을 동원하여 행해지는 의전이 저와 저의 회사의 최대 업무입니다. 혹시라도 '갑중의 갑'인 사장의 심기를 불편하게 만드는 일이 발생할 경우, 내년 3월에 있을 계약연장의 악재로 작용되기 때문에 저와 소장은 이 의전에 온 신경을 쏟고 있습니다. 그리고 매일 이런 의전행사를 치르면서 발생하는 웃지 못할 에피소드도 부지기수입니다.

그 '문제의 가방'을 전달하기 위해 엄청난 돈을 들여 천연대리석으로 깐 반질반질한 로비를 맹렬한 속도로 달리다가 넘어지는 해프닝 이외에도 회전문에 헤딩하기, 계단 구르기 등 차마 웃기에는 너무나도 슬픈 에피소드가 많이 있습니다. 이 모든 해프닝과 에피소드는 처자식 먹여 살리기 위해 연일 악전고투를 치르고 있는 저의 초라한 모습, 페이소스, 그 자체였습니다.

그런데 사람의 습관이란 게 묘해서, 소장의 권유로 이 의전을 처음 시작할 때에는 주위 사람 보기에도 창피하고 민망스러워 주저했던 내가 매일 반복적으로 이 일을 하다 보니 관성이 붙어 마치 이 의전행사가 저를 위해 존재하는 것 같은 착각이 들기도 했습니다. 이렇게 거의 1년3개월의 시간이 흐른 뒤인, 지난 6월에 나의 이런 타성적인 삶에 작은 변화가 일어나게 됩니다. 이 변화는 한 인물과의 대화가 계기가 되었습니다. 월요일부터 금요일까지 매일 오후 4시부터 밤 10시까지 대리석 연마와 광택 작업이 주 업무였던 한 청소노동자와 나눈 대화를 통해 저는 저 자신과 세상을 달리 보는 시각을 갖게 되었습니다.

저녁식사 후인 저녁 7시경, 회사 뒤편에 있는 고덕천 고수부지에서 그와 나눈 대화에서 '영혼의 자유로움'에 대해 생각해 보기 시작했습니다. 처음에는 평소의 타성에 젖어있었던 저에게는 그의 말은 생경하고 비현실적으로 들렸습니다. 그러나 대화의 시간이 많아질수록, 저 자신의 내면에 작은 변화가 일고 있음을 느낄 수 있었습니다. 그 변화는 바로 저 자신을 제 삶의 주인으로 회복하고자 하는 각성이었습니다. 이 각성의 배경에는 그 청소원이 지난 6월 말에 사직하면서 저에게 남긴 말이 큰 영향을 끼쳤습니다. "한 인간이 한 인간에게 지배당하고 굴종하는 것은 자신의 자유의지를 포기한 노예와 다름이 없다. 배부른 노예보다 자유로운 영혼을 지닌 거지가 더 고귀한 존재다."라는 말이 제 내면을 흔들었기 때문입니다.

그는 또한 2013년에 개봉된 봉준호 감독의 영화 《설국열차》에 설국열차의 2인자인 메이슨 총리가 하층민들에게 "누구도 신발을 머리 위에 쓰지 않는다. 신발은 그러라고 만든 게 아니니까. 애초부터 자리는 정해져 있다. 나는 앞좌석, 당신들은 꼬리 칸. 당신들, 자신들 위치를 잘 알아라. 당신들 자리나 잘 지켜!"라고 외치는 대사를 사례로 들면서 저에게 강제된 임무를 탈피할 것을 당부했습니다. 그래서 저는 하나의 자유로운 영혼을 가진 자유인으로서 이 'Keep your place'를 뛰어넘기로 결정했습니다. 그 시기와 방법은 아직 미정입니다. 그러나 저는 지난 18개월 동안 저를 옭매었던 을의 인생을 탈피하기로 한 결심에는 추호의 흔들림도 없습니다. 저 자신의 아들과 또 그의 아들을 위해서라도 말입니다.

지금까지 별 감동도 없고, 재미도 없는 저의 얘기를 끝까지 들어주신 여러분들께 진심으로 감사드립니다.

-2016. 11. 10-

2016 한국사회 이대로 좋은가?

〈제3부〉 신분의 세습화

지금으로부터 약 2,300여 년 전, 중국 최초의 통일제국을 수립한 진제국의 초대황제 진시황의 가혹한 통치에 반발하여 농민 저항군을 이끌고 반란의 선두에 선 진승은 후세에 이런 말을 남긴다. "왕후장상王侯將相 영유종호寧有種乎, 제왕과 제후, 정승과 장군의 씨가 어찌 따로 있는가?"

이때부터 한자문화권에서는 이 '왕후장상 영유종호'라는 여덟 자 문구가 인간 불평등, 혹은 혁명이나 반란을 상징하는 말로서 인구에 회자된다. 그렇다면, 우리 인간세계의 불평등은 어디에서 기원하는가? 프랑스의 계몽주의 사상가 장 자크 루소(1712~1778)는 『인간 불평등 기원론』이라는 그의 저서에서 약 만여 년 전, 인류가 수렵, 채취사회에서 인류문명사의 제1차 혁명인 농업혁명을 통해 농업 정주생활을 시작하면서 인간세계에 불평등이 발생했다고 주장한다. 자급자족형 수렵채취사회에서는 구성원들 사이에 공동생산, 공동분배라는 평등한 사회였으나, 토지에 기초한 농업사회에 접어들면서 불평등한 사회가 되었는데, 토지사유화가 그 원인이라는 것이다. 농업경제의 규모가 커짐에 따라, 인간사회 역시 10~20명 미만의 씨족사회에서 여러 씨족이 연합한 부족사회로, 그리고 여러 부족이 연합한 도시국가로 점차 규모가 확대되는 과정을 거친다. 이런 과정 속에 수차례의 무력충돌 끝에 세력이 강한 씨족이 약한 씨족들을 하나하나 지배하고 한정된 토지를 자신들 일족의 토지로 편입하면서 인간사회에는 지배와 피지배라는 불평등이 싹트게 되었다고 루소는 주장한다. 즉 토지사유화가 인간불평등의 기원이라는 말이다.

그렇다면 1789년 7월에 발생한 프랑스대혁명을 통해 귀족 대 평민이라는 선천적인 신분사회가 소멸되고, 그 대신 18세기 중반 영국에서 일어난 산업혁명의 산물인 산업자본주의사회, 즉 자본가 계급인 부르주아 계급 대 노동자, 도시 빈민 등 무산자 프롤레타리아 계급이라는 부의 기준으로 구분되는 현대 자본주의 사회에서 신분의 세습화와 고착화가 우리 사회에 어떤 영향을 초래하는지 본격적으로 논의를 전개해보자. 여기에서 신분의 세습화는 부의 세습화를 통해 얻은 경제력으로 정치적, 사회적으로 우월한 위치에 서는 것을 말한다.

먼저, 신분의 세습화는 개인의 성취동기를 조직적, 제도적으로 억압함으로써, 작게는 한 사회의 창조적이고 역동적인 분위기를 억제하고, 크게는 온 인류가 인간에 대한 차별 없이 평등한 관계 속에 살아가야 한다는 대의를 훼손하는 부정적 요인으로 작용한다. 1960년대에만 해도 독자 여러분들은 "장하다! 내 아들! 시장통 콩나물 장사집 아들, 서울대 수석합격."이니 "삵 바느질 어머니에게 날아든 낭보, 홀로 키운 외아들, 고등고시 수석합격." 같은 인간승리성 기사가 신문 사회면 톱을 장식했던 사실을 기억할 것이다. 그러나 2016년 대한민국사회는 "개천에서 용 난다."라는 60년대의 성공신화를 더 이상 찾아볼 수 없는 사회가 된 지 오래다.

2015년 9월, 《연합뉴스》가 850명의 성인남녀를 대상으로 실시한 국민의식에 관한 여론조사에 따르면, 대한민국 국민 10명 중 8명은 제아무리 노력해도 계층상승, 즉 신분상승의 가능성이 희박하다는 부정적인 답변을 했다. "개천에서 용 나던 시절"은 과거의 전설이 되어버렸고, 이제는 국민 10명 중 8, 9명은 제아무리 열심히 노력해도 계층 상승 가능성이 희박하다고 보는 이른바 "십중팔구 탄식의 시대"라고 자조하는 의견을 표출했다. 그렇다면 그 원인은 무엇인가? 주로 20대 청년층과 월수입 300만 원 이하인 저소득층의 90%는 "부와 빈곤의 대물림"이라고 응답하고 있다.

청년실업의 당사자인 20대와 비정규직이라는 먹이사슬의 제일 하위에 있는 저소득층은 우리 사회가 재벌 아들은 재벌, 의사 아들은 의사, 법조인 아들은 법조인, 정치인 아들은 정치인 같은 신분사회로 점차 고착화되어가고 있다고 본 것이다. 역설적이게도 '개천에서 용 나던 시절'을 상징하던 교육이 이제는 사회적 불평등의 유지와 강화를 위한 도구이자 지위의 상속 수단으로 기능하고 있다는 점이다. 며칠 전에 끝난 대입수능시험이 노동투쟁이나 사상투쟁 못지않은 계급투쟁으로 자리 잡은 지 오래된 사회가 바로 한국사회이다.

그 이유는 이 대학수능시험이 부모의 사회적 신분을 그대로 물려 받는 지위상속 수단 이외에도 사회의 파워 엘리트 계층에 진입할 수 있는 첫 번째 관문이란 것을 한국사회의 구성원들이 암묵적으로 동의하고 있기 때문이다. 또한 《연합뉴스》의 자료에 따르면 대한민국 국민들이 중산층의 삶을 누리는 데 가장 큰 장벽은 약 70%의 응답자가 주거문제를, 나머지 30%는 사교육비 부담을 들고 있는 사실로 미루어 볼 때 이제는 교육문제가 신분의 세습화와 고착화를 강화하고 있는 주범이라 할 수 있다.

이에 대한 좋은 사례로 사법고시 폐지와 로스쿨 설치 이외에도, 강남 8학군과 대치동 사교육 1번지로 대표되는 경제력 차이에 따른 교육 차별 문제를 들 수 있다. 그런데 문제는 이런 사교육 강화로 인해 부의 양극화가 더욱 심화되고 고착되면서 뚜렷하게 '가진 자'와 '못 가진 자' 간의 대립구도가 날로 강화되고 있다는 점이다. 이런 우려스러운 상황 때문에 2, 30대 청년층 사이에는 '십중팔구의 탄식'이니 '헬 조선'이니 '흙 수저', '금 수저' 같은 신조어가 등장했다. 이런 부정적인 의식과 정서를 표출하는 자조와 절망과 탄식이 넘쳐나는 사회에서 어떻게 역동적이고 창조적인 사회 분위기가 탄생할 수 있겠는가 말이다.

이른바 "개천에서 용 난다."로 상징되는 개인의 성취동기를 제도적으로 실현해 줄 수 있는 개방적인 사회, 그리고 이런 자아실현에 성공한 개인을 사회의 기득권층으로 기꺼이 편입시켜 주는 포용력 있는 사회가 바람직한 사회다. 다시 말하면 개인의 창조적인 능력 발휘에 따라 역동적인 사회상이 연출되면서 자연스레 부강한 국가로 발전하게 된다는 얘기다. 그런 의미에서 우리는 역사에서 하나의 교훈을 배울 수 있다.

오늘날 세계를 지배하는 기독교-유럽문명을 그리스-로마 문명의 후예라고 말한다. 철학이나 문학, 예술 등 정신문화는 고대 그리스의 유산을, 그리고 법률이나 도로, 건축 등 실용적인 물질문명은 로마의 유산을 토대로 성립된 문명이 바로 오늘날의 기독교-유럽 문명이기 때문이다.

그런데 일곱 개의 언덕과 지중해에 흘러드는 티베르 강가에서 양치기 생활을 하던 로마인들이 기원전 150년경에 소크라테스, 플라톤, 아리스토텔레스 등 철학자, 피타고라스, 유클리드, 아르키메데스 등 수학자, 호메로스, 소포클레스, 아이스킬로스 등 시인과 극작가, 그리고 '의학과 역사학의 아버지'로 손꼽히고 있는 히포크라테스와 헤로도토스를 배출한 그 당시 지중해 세계에서 최고의 선진문명을 자랑하던 그리스를 침공하여 로마의 식민지로 편입한다.

그렇다면 왜 그 당시 선진국이었던 그리스는 후진국 로마의 식민지가 되었는가? 약 200년간 지속된 펠레폰네소스 전쟁에 따른 그리스 도시국가들의 피폐와 로마 시민으로만 구성된 막강한 로마군단의 전투력 등 여러 요인이 있지만 가장 큰 요인은 로마와 그리스 도시국가들의 지배층이 취한 정책이었다.

그것은 바로 앞에서 언급한 바와 같이, 로마의 지배층들은 개인의 성취동기, 즉 사회의 엘리트 계층으로의 진입을 가능케 하는 개인의 신분상승 욕구를 제도적으로 허용한 반면, 아테네 등 그리스의 도시국가들은 외국인이나 노예 등 도시의 자유민 이외의 사람들에는 철저하게 배타적이고 폐쇄적인 정책을 취했기 때문이었다. 오늘날 '야만인, 미개인'을 뜻하는 영어 '바바리안barbarian'이란 단어가 그 당시 그리스인들이 자국어를 능숙하게 구사하지 못한 이

방인을 지칭하는 '바바로스barbaros'란 말에서 파생할 정도로 그리스인들은 외부인에게 배타적이었다.

당시 그리스 도시국가 지배층은 시민들을 자유민과 노예계급으로 양분한 후, 이 노예계급은 당사자가 사망할 때까지 농업이나 가사노동에 동원되는 도구로만 여겼을 뿐 일체의 정치적, 경제적, 사회적 배려를 베풀지 않고 하나의 인간상품으로만 취급하였다. 기원전 476년에 벌어진 제3차 페르시아 전쟁에서 승리한 후 최전성기를 맞은 아테네의 시민은 약 30만에 달했다고 하는데, 그중 약 10만은 자유민이었고, 나머지 20만은 노예였다. 이에 반해 지금으로부터 약 2,900여 년 전에 '로마'라는 도시국가를 세운 로마인들은 인근 부족들을 차례로 점령하면서 점령지의 주민들을 로마 발전의 성장 동력으로 활용하는 개방적이고 실용적인 정책을 취했다. 로마인들은 피정복민들을 노예로 삼아 귀족들의 농장과 공방에서는 육체노동자로, 그리고 저택에서는 가사노동자로 투입했지만, 농업이나 공방, 혹은 상업 활동에 종사한 노예가 자금을 축적하여 노예 신분에서 탈피하고자 하면 주인과의 협의를 거쳐 자유민으로 신분이동이 가능한 개방적인 사회였다.

그래서 비교적 자유롭게 신분의 이동이나 상승이 자유로운 로마사회의 개방성과 포용성은 비단 노예뿐만 아니라 일반 로마시민의 성취동기를 자극하여 로마라는 일개 도시국가를 처음에는 이탈리아 반도의 지배자로, 다음에는 지중해 세계의 패자로, 그리고 그다음에는 약 200여 년간 지속된 '로마에 의한 평화, 혹은 질서'를 뜻하는 '팍스 로마나Pax Romana'의 요인이 된다.

오늘날 해방노예의 대표적 존재가 『플루타크 영웅전』을 저술한 그리스인 플루타르코스(46~120)다. 그는 원래 노예 신분이었으나, 그의 문학적 재능을 높이 평가한 주인에 의해 자유인이 된 해방노예 출신이었다. 따라서 로마의 점령지였던 오늘날의 프랑스인 갈리아 지방이나 스페인인 히스파니아 출신 노예들 중에는 재력이 있거나, 혹은 로마군단에 입대해 전공을 세우거나 기타 특출한 재능을 가진 해방노예 출신들이 자유민의 신분으로 그들의 재능을 발휘하여 로마의 지배계층인 원로원 의원으로까지 진출한 사례도 다수 있을 정도였다.

이렇게 사회구성원들의 최대 욕구인 신분상승의 기회를 열어주고 또한 그들을 기득권층의 일원으로 기꺼이 수용하는 로마인들의 개방성과 포용력은 로마사회에 진취적인 기상과 함께 경쟁력을 부여함으로써, 일개 도시국가에 불과했던 로마를 대제국으로 발전시킨 동력이 되었다. 따라서 로마와 그리스의 사례에서 보듯이, 개인의 가장 기본적이자 최대의 욕구인 신분상승의 욕구가 실현되는 사회, 즉 '개천에서 용이 날 수 있는 사회'가 보다 역동적이고 창조적인 문명을 창조할 수 있는 사회임은 역사가 말해 주고 있다.

그러나 2016년, 오늘날의 한국사회는 갈수록 심화되는 부의 세습화와 양극화로 인한 신분의 세습화와 고착화는 국민들에게 엄격한 신분질서 때문에 후진성과 정체성을 면치 못했던 조선 시대의 사회상을 연상시킬 정도로 암울한 전망을 주고 있다. 그렇다고 암울한 전망만 할 게 아니라, 그 해결책을 모색해야 되지 않겠는가 말이다. 그래서 다시 연합뉴스의 설문조사로 돌아와 바람직한 대안을 모색해 보자.

"아무리 열심히 해도 우린 안 될 거야."라는 무력감과 자조가 넘쳐나는 사회 대신 "우리도 노력하면 개천의 용이 될 수 있는 것 아닌가?"를 외치는 약동적이고 긍정적인 대한민국이 되기 위해서는 무엇이 필요한가를 조사했다. 설문응답자의 약 50%가 고소득층에 대한 세율인상을 통해 서민층에 대한 복지확대를, 30%는 안정적이고 실효적인 정책을, 나머지 20%는 서민층이 사교육비와 주거비 지출을 줄일 수 있는 정책을 꼽고 있다. 결국 이 문제는 고소득층에 대한 증세를 통해 서민층에 대한 복지 확대로 요약될 수 있는 내용이다. 또한 이 문제는 경제적, 사회적 약자인 빈민들의 가난은 과연, 그들 개인의 선천적인 문제인가 아니면 후천적인 사회환경에 의한 문제인가 하는 복잡하고 예민한 문제와도 결부된 내용이기도 하다.

결과적으로, 우리 사회에서 갈수록 강화되고 있는 신분의 세습화와 고착화가 우리 사회에 주는 악영향에 대해 2001년 노벨 경제학상을 수상한 죠셉 스티글리치 미국 컬럼비아대 교수는 "부의 세습화에 따른 양극화는 공동체의 구성원들에게 페어플레이 정신, 기회균등의 법칙, 그리고 공고한 공동체 의식이 얼마나 중요한가에 대한 믿음을 무너뜨리는 암적 존재이다."라고 말한다. 따라서 전작 '조 팀장의 고백' 편에서 보듯이 '갑과 을의 사회'라는 한국사회의 불평등 현상을 날로 심화시키고 있는 신분의 세습화 문제, 우리는 과연 이대로 보고만 있을 것인가?

-2016. 11. 21-

장마

이맘때면 어김없이 찾아오는 반갑지 않은 손님이 있다. 한해도 거르지 않고 빠짐없이 찾아오는 여름의 불청객, 장마다. 보통 6월 말에 시작해 7월 중순이나 하순까지 약 3주 내지 4주간 계속되는 이 장마가 끝나면 대한민국은 찜통더위, 열대야 같은 단어가 뉴스에 등장하면서 본격적인 피서철에 접어든다. "강불천리江不千里, 야불백리野不百里, 강은 천리를 넘지 못하고, 들판은 백리를 넘지 못한다."라는 좁디좁은 이 땅의 해안과 계곡은 수많은 피서객들의 홍수로 또 한 차례 홍역을 치른다. 그런데 이 장마와 관련하여 나의 가슴에는 아픔, 아니면 연민, 혹은 회한의 정이 담긴 한편의 '엘레지Elegy, 비가悲歌'가 새겨져 있다. 이십 수년 전의 장마철에 나의 할머니가 나에게 전해주었던 '비가'다.

그때가 내가 휴먼 다큐 『인간시대』를 연출하고 있을 무렵인 1990년이었다. 보통 『인간시대』의 주인공이 될 만한 인물, 즉 감동적인 그림과 메시지를 줄 인물을 제대로 확보하기가 여간 어려운 일이 아니다. 그래서 일차로 삼, 사명의 후보자를 선정한 후, 약 일주일간의 출장을 다니면서 후보자들을 일일이 만나서 심층조사를 하는데, 이런 사전 준비작업을 방송가에서는 '헌팅hunting'이라 부른다. 그해 그러니까 1990년 6월 말, 장마철에 헌팅에 나선 나의 행선지는 전남 지역이었다. 후보자 3인의 거주지가 모두 광주, 화순, 목포로 공교롭게 전남 일색이었기 때문이었다. 그래서 그날 아침, 일찍 차로 서울을 떠난 나는 저녁에 광주에 사는 후보자를 만나고 화순으로 건너가 일박한 후, 또 한 후보자를 만나고 고향인 보성으로 향했다. 그 당시에는 요즘처럼 목포 여수 간 자동차 전용도로가 건설되기 전이어서 다음 행선지인 목포로 가기 위해서는 화순에서 보성, 장흥, 강진, 영암을 거쳐 목포로 가는 국도나 지방도로를 이용해야 했다. 그날 오후 늦게 보성에 도착한 나는 할머니 집에서 하룻밤을 보낸 후 그다음 날 점심 무렵에 집을 나서는데, 갑자기 무섭게 비가 쏟아지기 시작했다.

어렸을 적부터 장손인 나를 무척이나 챙겨주셨던 할머니는 90이 넘은 노구와 장대비에도 불구하고, 먼 길 떠나는 손자의 모습을 꼭 보아야겠다고 마을 입구까지 따라 나오셨다. 그런데 앞을 분간하기도 힘든 장맛비를 뚫고 차에 탄 나는 백미러를 통해 가슴 찡한 영상을 목격하게 된다. 마치 물 폭탄처럼 쏟아지는 폭우 속에서, 한 손에 우산을 받쳐 든 채 미동도 하질 않고 떠나가는 내 차를 주시하고 있는 할머니의 모습, 내 차가 마을 진입로를 나와 신작로에 진입하기까지 돌부처처럼 그 자리에 서서 망연자실한 모습으로 멀어져 가는 내 차를 지켜보고 계시는 할머니의 모습에 가슴이 멍해진 나는 차 밖으로 나와 한 손을 흔들며 작별인사를 했지만, 퍼붓는 빗속에서 90 노구의 할머니가 손자의 작별인사를 보았을 리는 없었을 것이다.

'장마와 할머니', 그 당시 장흥으로 향하던 나의 뇌리에는 어린 소년의 눈에 비친 전쟁의 비극을 그린 윤흥길의 자전적 중편소설 「장마」의 두 주인공 할머니와 나의 할머니의 모습이 묘하게 중첩되어 그려졌다.

소설 「장마」의 화자이자 관찰자인 9살 소년 동만에게는 두 명의 할머니가 있다. 지루한 장마가 계속되던 어느 날, 국군 소위인 아들의 전사통지서를 받고 몸져누운 외할머니와 빨치산으로 입산한 아들의 무사귀환을 비는 친할머니 등 두 명의 할머니들이다. 서로 다른 아들들의 사상과 삶의 행적으로 인해 한순간에 원수가 되어 버린 두 할머니의 저주와 적의를 도저히 이해할 수 없던 소년에게는 전쟁, 그 자체가 어른들의 어릿광대놀이로 비쳐질 뿐이었다. 친자매처럼 다정했던 두 할머니의 일상에 스며들어 마침내 그녀들의 의식까지 사로잡은 전쟁의 광기를 전북 익산지역 특유의 구수한 사투리로 묘사한 윤흥길의 자전적 소설 「장마」는 남도 특유의 향토색 짙은 샤머니즘적인 설정에 의해 해피엔딩으로 끝난다. 작가는 지겨운 장마가 끝나고 눈부신 햇살이 비치는 것으로 두 할머니의 화해를 상징한다.

그러나 60여 년 전, 현실 세계의 나의 할머니는 시대의 아픔을 홀로 견뎌내야만 했던 이 땅의 어머니였다. 나의 부친이었던 한 아들은 국군 사병으로, 그리고 전쟁의 혼란 속에 짧은 생을 산 네 살 위의 형은 좌익 동조자로. 이런 가족사의 비극과 시대의 아픔을 겪은 나의 할머니는 당신의 생을 마감할 때까지 '삶의 장마' 였을 것이다. 그리고 이 '장마'는 그대로 나의 할머니의, 아니 이 땅의 모든 어머니와 할머니들의 '비가'가 되었으리라.

그해 초여름 장마철 폭우 속에서 멀어져가는 손자의 뒷모습을 하염없이 바라보시던 할머니는 그다음 해인 1990년 7월 초의 무더운 장마철에 92세를 일기로 타계하셨다.

40년간 당신의 가슴 속에 묻어둔 한 편의 '비가悲歌'를 이제 40줄에 접어든 손자에게 남기고 이 세상을 떠나신 것이다.

-2016. 6. 23-

노동이 너희를 자유롭게 하리라

1942년 1월 20일, 오전 10시. 나치독일의 수도 베를린 교외에 있는 전원풍의 도시 반제에 있는 한 건물에서 제3제국의 친위대와 국가보안본부의 간부들이 비밀회동을 갖는다. 이른바 '반제회의'라 불리는 이 회의에서 비밀경찰기구, 즉 게슈타포의 우두머리인 국가보안본부장 라인하르트 하이드리히는 독일군 점령하의 지역에 거주하는 모든 유대인들에 대한 히틀러의 '최종해결', 즉 조직적인 대규모 학살 방침을 발표한다. 이어 회의참석자들은 폴란드에 있는 여러 강제수용소 중에 아우슈비츠와 트레블링카 등 6곳의 수용소를 유대인 '절멸絶滅수용소Extermination camp'로 지정하여, 체계적이고, 신속하고, 효율적인 유대인 학살에 착수할 것을 결정한다. 이로써 600만 유대인 대학살이라는 인류 역사상 최대, 최악의 참사인 '홀로코스트Holocaust'가 시작된다.

그런데 나치독일의 절멸수용소 중 가장 많은 유대인을 학살한 악명 높은 수용소가 바로 폴란드 동부지역에 있는 아우슈비츠수용소였는데, 이 아우슈비츠의 정문 입구에는 독일어로 "아르바이트 마흐트 프라이Arbeit Macht Frei" 우리말로 번역하면 "노동이 너희를 자유롭게 하리라"라는 간판이 높다랗게 달려있다. 『성경』의 「요한복음」 8장 31절에 등장하는 "진리가 너희를 자유롭게 하리라"

라는 문구를 인용해 만들어진 "노동이 너희를 자유롭게 하리라"란 문구의 의미는 무엇일까? 그것은 바로 '영혼의 해방'이라고 난 생각한다. 그 이유는 내 자신이 2년 전인 2012년 가을철에 극한에 이르는 자발적인 육체노동을 통해 이 '영혼의 해방'이란 심오한 경지를 실감했기 때문이다.

늦더위가 기승을 부리던 2012년 8월 하순, 친척 결혼식에 참석한 나는 나보다 두어 살 아래인 먼 아우뻘 되는 친구를 만남으로써 나의 '노가대 인생'이 시작되었다. 결혼식 후, 피로연장에서 함께 식사를 하면서 이런저런 얘기를 나누던 중 그가 현재 '노가다', 우리말로 순화하면 건설현장에서 '형틀목공'이라는 분야의 팀장으로 일하고 있다는 말을 듣고 나는 호기심 반, 소영웅심 반으로 나도 한번 그 노가다 일을 해보고 싶다는 의향을 전했다. 그러자 그가 대뜸 "아따, 형님, 그 나이에 무슨 노가다 일을 하겠소? 배울 만치 배운 사람이." 하며 단칼에 거절하는 것이었다. 그래서 내가 "거, 섭섭하게 무슨 소리여? 이래봬도 내가 무에서 유를 창조하는 해병대 출신 아닌가? 그러니 자네 보조로 한번 써보소?" 하며 우기자, 마지못해 그가 이런 말을 하며 수락하는 것이었다. "하기야 내가 인력회사 일당 용역을 부르면 형님보다 더 나이 많은 사람들이 오긴 옵디다만, 그라면 형님, 일당을 얼마나 받을라요?" 하고 내 몸값을 묻는 것이었다. 그래서 그쪽 분야를 잘 모르는 내가 "그건 자네가 알아서 주소." 하자 그가 "그럼. 이렇게 합시다. 우리가 용역을 부르면, 인력회사에 9만 원을 주요. 그럼 회사가 소개비로 10프로인 9천 원을 떼고 인부한테는 8만 천 원 줄 거요. 그란디 내가 형님을 직영잡부로 고용하면 일당이 한 10만 원쯤 될 거요. 그 대신 용역은 오후 5시에 칼 퇴근이지만 형님은 직영잡부니까 6시에 퇴근해야 돼요. 그럼, 어째 그 금액으로 한번 해 볼 라요?" 하고 재차 나의 결의를 확인하는 것이었다. 그래서 내가 "아따, 이 사람아, 그걸 말이라고 한가? 그럼 언제부터 일을 시작하는가?" "그건 내가 담주에 연락드릴랑께 마음 준비나 단단히 하고 계시시요" 하고 이날은 헤어졌다.

내가 알고 있기로는 초등학교 4, 5학년 때 학교를 작파하고, 한 2, 3년 농사를 짓다 곧바로 시외버스 차장과 행상인 등 밑바닥 생활을 전전하던 중, 30대 중반에 노가다 일을 시작한 그는 우람한 체구와 함께 두주불사형의 호탕한 성격으로 남자들만의 세계인 노가다 판의 '오야지', 즉 팀장 자리까지 오른 인물이었다.

그리고 며칠 후에 그로부터 연락이 왔다. 내일 새벽 6시까지 작업복 한 벌 챙겨서 공덕동 마포경찰서 정문 앞으로 나오라는 것이었다. 이때가 아마도 8월 29일인가, 30일이었다. 그래서 그날 새벽 6시에 마포 경찰서 정문 앞으로 나갔더니 그가 기다리고 있었다. 그를 따라 인부들의 지정식당에서 함께 아침식사를 한 후 컨테이너로 지어진 형틀목공 사무실로 향했다. 사무실에 도착하자마자 그가 비품창고에서 기본 장비 서너 가지를 꺼내 건네주면서 일장 연설을 시작했다. "이건 안전모고, 이건 안전화요. 형님이 3개월 안에 관두면 그 안전화 값은 일당에서 제하요. 알겄소? 그리고 이건 우리 형틀목공들이 쓰는 망치요. 집에서 쓰는 망치는 이것에 비하면 애기들 장난감이지요. 글고 이건 안전띠가 달린 반도고, 이건 못 주머니고. 알겄지롸. 형님, 내가 준 장비 잘 챙기시요. 잉, 얼른 옷 갈아입고, 체조하러 갑시다. 7시30분에 체조가 시작된단 말이요."

이렇게 해서 나는 마포구 공덕동 마포경찰서 뒤편 삼성 래미안 아파트 재개발 공사현장의 형틀목공 팀의 직영잡부로서 '노가다'일을 시작했다. 그럼, 여기에서 말하는 '형틀목공'이란 무엇인가? 형틀목공이란 콘크리트 골조 거푸집을 만드는 건축의 기초분야다. 이 거푸집이 완성되면 거기에 철근을 심고 마지막으로 레미콘차로 시멘트를 부으면 콘크리트 골조가 완성된다. 지하의 골조가 완성되면 다시 1, 2층 거푸집을 짓고, 철근 심고 시멘트 붓고, 다시 3, 4층으로 올라가고, 이런 식으로 진행되면서 15층짜리 아파트 골조가 완성된다.

그러면 '직영잡부'란 무엇인가? 직영잡부란 기능공의 준말인 기공의 보조원으로 주로 자재를 운반하고, 기공에게 필요한 공구를 전달하고, 오후 5시 작업이 끝나면 현장을 청소하고, 자재를 정리하는 등 온갖 허드렛일을 하는 이름 그대로 잡부雜夫다. 보통 한 현장에서 직영으로 잡부를 한두 명씩 고용하는데, 이런 직영잡부들이 일이 너무 힘들어 관두게 되면, 팀장은 인력회사에 연락하여 용역잡부를 쓰게 된다. 이런 용역잡부 중에서 성실성과 근면성을 인정받아 직영잡부로 일하게 되는 경우도 있다.

쉽게 말하면, 직영잡부가 정규직이라면 용역잡부는 비정규직인 셈이다. 그 당시 공덕동 재개발 현장에서 일하고 있던 형틀목공 팀에는 기공이 약 20여 명 있었고 직영잡부는 날 포함해서 2명이 있었는데, 나머지 1명은 30대 중반의 젊은이로 그의 목표는 전문실력을 쌓아 기공이 되는 것이었다. 이 당시 기공의 일당은 중국 동포인 조선족의 경우 12만 원 정도였었고, 내국인의 경우 14만 원 내외로 알고 있다. 한국인과 조선족의 인적 구성비율은 반반 정도였다.

그리고 나의 일과는 이렇게 진행되었다. 새벽 5시 정각 기상, 6시까지 마포경찰서 도착, 7시까지 아침식사 완료, 7시 30분까지 작업복 갈아입기 및 공구 챙기기, 7시 30분부터 50분까지 조회 및 체조, 7시 50분부터 10분간 인원점검 및 팀장 훈화, 8시 오전 작업 시작, 10시 빵과 우유로 간식. 12시 오전 작업 종료, 12시부터 오후 1시까지 점심 및 취침(누울 수 있는 장소면 어디든지 가능), 오후 1시 오후 작업 시작, 오후 3시 역시 빵과 우유로 간식, 오후 5시 오후 작업 종료, 기공들은 옷 갈아입고 퇴근하지만, 나 같은 잡부들은 자재 정리하고, 현장 청소 때문에 6시에 하루의 작업이 종료된다. 그렇다면 노동의 강도는? 한 마디로 '살인적'이었다. 여러분들이 공사현장을 유심히 보면 한쪽에 나무와 철근으로 만든 직사각형 형태인 폼form이 산더미처럼 쌓여있는 광경을 볼 수 있을 것이다. 이런 폼을 하루에 수백 장씩 나르고 일본어로 오비끼니 다리끼니 하는 목재와 삿뽀도, 영어로는 서포터supporter, 즉 지지봉은 물론이고 쇠파이프도 시도 때도 없이 나르고 전달하느라 시쳇말로 "오줌 싸고 뭐 볼 시간"도 없이 바쁘기만 했다. 게다가 평상시에는 조용하던 팀장이 조금이라도 시간이 지체되면 호통을 치고 채근을 해대니 정말 하루가 어떻게 지나갔는지 모를 정도로 '노가대' 인생

첫날은 그렇게 정신없이 지나갔다.

첫날 오후 6시에 모든 일과를 마치고 공사현장 정문을 나서는 순간, 내 몸은 더위와 극도의 피로감으로 인해 탈진 일보 직전이었다. 그래서 근처 편의점 밖에 있는 의자에 앉아 쉰다는 것이 나도 모르게 그 자리에서 꾸벅꾸벅 졸고 말았다. "아! 극도의 피로감이란 이런 것이구나."라는 생각이 절로 들 정도였다. 연신 담배를 피우면서 거의 한 시간을 그 편의점 의자에서 몽롱한 상태로 앉아 있었는데, 이상하게 나의 뇌리에는 아무런 생각이 떠오르지 않았다. 거의 무념무상이랄까? 쉬고 있는 그 시간만이 나에게 주어진 유일한 시간 같은 느낌이었다. 현실적으로 나를 구속하는 육체적 고통이나, 미래에 대한 불안 같은 사치스러운 생각 없이 그저 자유스럽게 쉬고 있는 이 시간만이 제일 행복한 시간이란 생각이 들었다.

아마도 그 당시에 내가 느꼈던 심리상태가 바로 서두에 언급한대로 아우슈비츠수용소 입구에 붙어있는 슬로건 "아르바이트 마흐트 프라이(노동이 너희를 자유롭게 하리라)."의 의미와 일맥상통하지 않았나 하는 생각이 든다. 그것은 바로 육체를 극한의 피로로 몰아넣는 노동이 반복되면 노동자는 자신의 내면에 있는 불안, 걱정, 기대 같은 심리로부터 해방된다는 뜻이다. 마치 영혼의 엑스타시, 혹은 불교에서 말하는 '해탈解脫'을 경험하게 해주는 것과 비슷한 '영혼으로부터의 해방감'을 느끼게 된다는 말이다.

약 한 시간가량 몽환 상태에 있었던 나는 겨우 마포경찰서 정문으로 나가 택시를 잡아타고 집에 갔다. 우선 뜨거운 물로 샤워를 한 후, 저녁을 먹자마자 스스로 눈이 감겼다. 그리고 그다음 날 아침 5시 기상, 출근, 그리고 오후 6시까지 살인적인 작업, 다시 편의점 의자에서 한 시간가량 무아지경으로 휴식, 그리고 택시로 귀가. 뜨거운 물로 샤워 후 저녁식사, 취침, 그리고 역시 다음날 그 시간에 기상, 이하 동문. 또 이하 동문. 이것이 12월 초순까지 약 100일간 계속된 나의 '노가대 인생 보고서'다.

이렇게 백 일간 계속된 나의 삶에서 나는 몇 가지 중요한 점을 체득했다. 내가 미처 깨닫지 못했던 인생사의 애환이었다. 추석이 지난 어느 날, 전직이 경비교도대, 즉 총기를 소지한 교도소 간수인 전북 김제 출신의 기공이 "형님, 우리는 술과 담배를 끊을 수가 없소. 잘 사는 사람들은 웰빙을 위해 금연한다 하지만, 우리는 쌓인 피로를 한순간에 풀기 위해서는 이 담배만큼 좋은 것이 없소. 글고 우린 몸이 아프면 술을 마시요. 술이 바로 우리들 피로 회복제란 말이요."라고 말한 사실이 기억난다. 그래서 그들은 그들은 담배와 술을 즐긴다. 자신의 육체를 시장에 판매해 그 반대급부로 획득한 보수로 생계를 유지하는 육체노동자들과 보낸 짧지만, 의미 있었던 시간을 가짐으로써 난 내가 보고 싶지 않은 것도 보기를 원했고, 그리고 내가 본 것이 이 세상의 전부인 양 생각하지 않는 열린 생각을 갖게 된 것이 가장 큰 수확이었다.

예를 들면, 조선 선조시대에 경상도 예안(안동)에 살고 있었던 이황(1501-1570)과 전라도 광주에 거주하던 기대승(1527-1572)은 조선유학사에 길이 남을 유명한 '사단칠정논변四端七情論辯'을 벌린다. 그런데 지금까지의 모든 사람들은 이 저명한 두 유학자의 주장에 초점을 맞춰 저술을 하고, 담론을 양산해 왔다. 그들은 자기들이 보고 싶은 것만 본 것이다. 그렇다면 이 두 유학자의 편지를 전하기 위해 안동에서 광주까지 두 발로 그 머나먼 길을 수차례 왕복해야만 했었던 남자 종인 노奴의 고초에 대해서는 어느 누구가 눈길 한 번 준 적이 있었던가? 그들은 이런 면은 보고 싶지 않은 것이었다. 아예 처음부터 볼 의지도 없었지만 말이다.

하여튼 8월 말부터 시작된 나의 '노가대 인생'은 '백일천하'로 끝나고 말았다. 12월 초순경에 2009년부터 약 1년여 동안 편성본부장으로 일했던 한 케이블 채널에서 연락이 와 형틀목공 직영잡부라는 '노가대 인생'을 마감했다. 이제 와 회고하건대 이 100일 동안의 색다른 경험이 60평생 나의 삶에서 가장 크게 느껴졌던 '삶의 무게감'이었다.

-2014. 9. 19-

이주일의 육성고백. "그해 겨울은 몹시도 추웠네."

지난밤 10시경, KBS 1TV에서 실향민 송해의 가슴 아픈 사연이 방송되고 있는 중 우연히 눈에 띈 이주일의 흑백사진 한 장이 나로 하여금 이 글을 쓰게 한다.

본명이 정주일인 이주일, 1940년 강원도 고성에서 태어나 1965년에 연예계에 데뷔한 후 오랜 무명 시절을 보내다, 1980년 4월 어느 날 '수지 큐'란 노래에 맞춰 코믹한 율동과 함께 "못 생겨서 죄송합니다."라는 유행어로 브라운관에 등장한 이래 1980년대에는 인기 절정의 코미디언으로 그리고 90년대에는 2선의 국회의원으로 인생의 황금기를 보내던 중 2002년 어느 날 폐암으로 우리 곁을 홀연히 떠난 한 시대의 예인, 이주일. 다음은 생전에 그가 육성으로 나에게 직접 들려주었던 '이주일의 가장 추웠던 겨울 이야기'다.

때는 바야흐로 1970년대 중반, 설날 며칠 후인 어느 추운 겨울날, 10여 년 동안 쇼 단의 무명 사회자로 전전하던 이주일에게 낭보가 전해진다. 낭보를 전한 사람은 AAA쇼 단장 김영호. 당시 이 AAA쇼 단장 김영호란 사나이는 그 당시 최고의 인기가수 나훈아, 남진 쇼, 당시의 유행어로는 '리사이틀'을 독점적으로 무대에 올릴 수 있는 대한민국 연예계의 최고 실력자였다. 그에게 전해진 낭보인즉, 며칠 후 대구에서 있을 남진 쇼의 사회자 쓰리보이가 독감에 걸려 대타로 이주일더러 사회를 봐달라는 내용이었다. 지방 쇼 무대의 3류 사회자로 전전하던 이주일에게는 모처럼 메이저급 무대에 데뷔할 절호의 찬스였다. 이런 굿 뉴스를 접한 그의 아내는 남편을 위해 남편의 의상 중 가장 맵시 있고 깨끗한 의상을 고르고 골랐는데 하필이면 춘하복이었다. 그래서 그녀는 칼바람이 몰아치는 추운 새벽에 집을 나설 남편이 조금이라도 따뜻한 옷을 입고 나가기를 바라는 애틋한 마음으로, 금호동 산꼭대기 단칸 셋방의 아랫목에 그 옷을 단정하게 널어놓는다. 드디어 출발 당일 아랫목에서 데워진 그 춘하복을 차려입은 이주일은 산동네를 내려와 버스를 타고 쇼 단원들의 집합장소인 서울시민회관으로 향한다. 오늘날의 세종문화회관이다.

그러나 오들오들 떨며 집합장소에 도착하자마자 인솔자가 그에게 던진 싸늘한 한마디. "이주일씨! 사회는 원래대로 쓰리보이 형이 보기로 했으니 그만 돌아가세요. 미안하게 됐습니다." 이 매정한 한 마디 말만 남기고 단원들을 태운 버스는 목적지 대구로 떠나 버린다. 이날따라 서울에는 영하 10도 내외의 한파가 몰아치고 있었다. 그러나 얇은 춘하복 사이로 파고드는 강추위보다 정작 그를 서럽게 만든 것은 인간 이하의 취급을 받는 3류 쇼 사회자란 자신의 초라한 모습이었다.

이윽고 실의에 잠긴 이주일은 부들부들 추위에 온몸을 떨며 광화문 건너편 무교동 해장국집으로 향한다. 추위와 배고픔을 달래기 위해 해장국 한 그릇과 소주 한 병을 시켜 마시고 계산을 하는데 여기서 또 뜻하지 않은 수모를 당한다. 아뿔사! 집을 나설 때

아내가 버스비라고 건네준 동전 몇 닢만 받고 허겁지겁 들뜬 마음으로 집을 나서는 바람에 옷을 바꿔 입고 나온 사실을 잊어버린 것이다. 쫓기다시피 해장국집을 나선 그에게 주인은 길가에 소금을 냅다 뿌리면서 "정월 초하루부터 재수 옴 붙었네" 하고 악담을 해대지 않는가? 버스비조차 없어 금호동 산꼭대기 셋집까지 서울 거리를 터벅터벅 걸어가는 그의 뇌리에는 "이제 우리 남편도 팔자가 펴게 되었구나." 하고 좋아하던 아내의 얼굴이 실망으로 변하게 될 현실이 떠오르는 순간, 그의 두 뺨에는 강추위를 녹이고도 남을 뜨거운 눈물이 흐르고 있었다.

1982년 12월, 처음으로 MBC TV ≪웃으면 복이 와요≫에 출연한 이주일은 녹화 후 작가, 연출진과 함께 한 술자리에서 자신이 지난 십수 년 동안 겪었던 무명의 설움을 얘기하던 중, 이 '유난히 추웠던 겨울 이야기'를 하면서 끝내 참았던 울음을 터트리고 만다. 어느 한순간에 성공신화의 주인공이 된 한 중년 사나이의 소리 죽인 흐느낌은 30여 년이 지난 지금에도 나에게는 잊지 못할 마음의 여운으로 남아있다. 창밖에 하염없이 내리는 눈을 바라보면서 한때 만인에게 웃음과 희망과 삶의 활력을 주었던 '한 시대의 예인' 고 이주일씨의 활짝 웃는 모습이 생각난다.

-2014. 12. 20-

봄비

오늘 새벽부터 이 시간까지 꾸준하게 봄비가 내리고 있다. 그래서 오늘은 토요일이 아니라 우요일인 것 같다. 중국발 미세먼지의 잔해들이 지표면을 점령하고 있는 깡마른 대지를 흡족하게 적셔주고 있는 봄비가 자신의 수줍은 소리를 낼 때마다 난 나의 애창곡이자, 호소력 강한 목소리의 주인공 박인수가 부른 '봄비'가 떠오른다.

"이슬비 내리는 길을 걸으면, 봄비에 젖어서 길을 걸으면, 나 혼자 쓸쓸히 빗방울 소리에 마음을 달래도, 외로운 가슴을 달랠 길 없네. 한없이 적시는 내 눈 위에는, 빗방울 떨어져 눈물이 되었나. 한없이 흐르네. 봄비~ 나를 울려주는 봄비, 언제까지 내리려나. 마음마저 울려주네. 봄비~."

오리지널 가수 박인수가 부르든, 장사익이 부르든, 김추자가 부르든, 이은미가 부르든, 대한민국의 어느 가수가 부르든 이 '봄비'는 이 시간에 도시의 아스팔트를 촉촉하게 적시고 있는 봄비의 애상을 실감 나게 전해주고 있다. 지난 수백 년 동안 미국 남부에서 '말하는 짐승', 노예로 보낸 흑인들의 비참한 삶과 저항정신을 음악으로 표현한 소울soul 음악 풍의 이 '봄비'는 한국 '록 음악의 대부'이자 아시아의 대표적 뮤지션인 신중현이 작사, 작곡한 불후의 명곡이라 해도 과언이 아니다. 1960년대와 70년대 초반에 한국 대중음악계를 주름잡았던 펄시스터즈, 김추자, 장현, 이정미, 박인수 등 숱한 인기가수들을 키워낸 스타메이커이자, 싱어송라이터이자, 기타연주자인 신중현은 1960년대 말에 록 음악의 불모지였던 한국에 록 음악을 본격적으로 도입한 시대를 앞서 음악인이었다.

평소에 방랑시인 김삿갓을 좋아한다고 말하는 1937년생 아티스트 신중현이 우리 한국인들의 보편적인 정서인 '한'을 '소울'이라는 흑인 리듬에 담아 작곡한 노래가 바로 이 '봄비'란 노래다. 그래서 이 '봄비'의 멜로디와 가사는 듣는 이의 가슴을 처연하게 만드는 마법을 지니고 있다. 게다가 이렇게 청승맞게 내리고 있는 봄비를 직접 느끼면서 이 노래를 들으면 실감의 강도가 더해진다. 그렇다면 그 이유는 무엇일까? 태평양을 사이에 두고 수천 킬로미터 떨어진 미국 흑인들의 음악인 소울 풍 비트가 강한 이 '봄비'가 우리의 가슴에 애절한 상흔을 남기는 이유는 무엇일까?

1600년대 초반부터 아프리카 대륙에서 아메리카 대륙으로 끌려온 흑인 노예들 중 약 20퍼센트가 미국 남부의 목화밭이나 담배농장에서 가혹한 강제노동에 종사하게 된다. 백인 농장주들 밑에서 소나 말 같은 가축처럼 매매, 상속, 증여, 교환의 대상이 된 노예라는 절망적인 존재로 전락한 흑인들은 가혹한 하루의 노동이 끝나고 나면 한데 모여 자신들의 비참한 삶을 애절한 음조로 노래하기 시작한다. 이탈리아 작곡가 주세페 베르디(1813-1901)의 전 4막 오페라 『나부코』 제3막에 등장하는 합창곡 '히브리 노예들의 합창'처럼 말이다.

『구약성경』의 「다니엘서」에 기록된 바와 같이, 지금부터 약 2천 5

백여 년 전에 바빌로니아의 왕 느브갓네살이 유다와 예루살렘을 정복한 후, 수도 바빌론의 신전 건축을 위해 수십만의 유대인을 노예로 끌고 간다. 이런 유대인들이 바빌론의 신전 공사장에서 자신들의 비참한 신세를 이렇게 노래한다. "우리의 하나님이시여 저희들에게 자비를 베푸소서. 저희들에게 사랑과 긍휼을 베푸시어 자유롭게 해 주시소서."라고 시작하는 합창곡의 백미가 이 '히브리 노예들의 합창'이다.

이와 마찬가지로, 아프리카에서 강제로 아메리카 신대륙으로 끌려온 흑인 노예들도 교회에 나가면서 알게 된 기독교의 절대적 존재인 신, 혹은 하느님에게 자신들의 비참한 삶을 호소하면서, 노예에서 해방되어 자유민으로 살게 해줄 것을 갈구한다. 그러면서 그들은 자신들만의 성가를 만들어 부르는데, 가사와 멜로디는 백인들이 만든 찬송가의 그것을 사용하지만, 리듬만큼은 자신들의 고향인 아프리카 토속음악의 특징인 활달하고 역동적인 리듬을 사용한다. 바이올린 같은 현악기나 클라리넷 같은 관악기 위주의 서양음악에 비해 가장 초보적인 악기인 타악기가 내는 강한 비트가 아프리카 음악의 특징이다. 연주자의 세밀한 기교에 의존하는 멜로디보다 연주자의 본능적인 감정에 의존하는 리듬, 이 리듬을 강조한 음악이 바로 아프리카 토속음악이었다.

우리도 마찬가지다. '궁상각치우' 우리의 5음계 전통음악을 '도레미파솔라시' 7음계 서양음악으로 편곡해 연주해도 우리 한국인들에게만 선천적으로 잉태된 리듬 감각만큼은 쉽게 잊히지 않는 경우와 비슷한 사례라 할 수 있다. 북, 장구, 꽹과리, 징 등 타악기로 구성된 김덕수와 사물놀이패가 연주하는 장단이 우리를 신명 나게 만드는 것도 이런 리듬만이 갖는 원초적, 본능적인 감정 때문이다.

여기에서 흑인영가인 '재즈jazz'가 탄생한다. 이 '재즈'란 말은 지난 2005년 8월 말, 초대형 허리케인 카타리나 때문에 온 도시가 물바다가 된 루이지애나 주의 뉴올리언즈에서 탄생한다. 그래서 미시시피 강을 오르내리는 선박과 화물의 최대 중간기착지인 뉴올리언즈는 오늘날까지 '재즈의 고향'이라 불리고 있다. 1800년대 초반, 뉴올리언즈 인근 백인소유의 농장에서 살고 있던 흑인 노예들이 자신들의 할아버지나 할머니, 혹은 아버지나 어머니의 장례식을 교회에서 간단하게 치루고 나선 묘지로 관을 운구할 때, 행렬의 맨 뒤에서 클라리넷, 트럼펫, 트럼본 등 몇 개의 관악기로 구성된 초라한 흑인 브라스밴드가 구슬픈 음조로 성가를 연주하면서 땅바닥에 발을 질질 끄는 듯한 느린 속도로 행진하는데, 이런 흑인 특유의 장례식 행렬 모습에서 '재즈'란 말이 탄생한다.

그리고 남북전쟁이 끝나갈 무렵인 1863년 1월 1일에 미국의 16대 대통령 에이브러햄 링컨이 노예해방을 선언한다. 이 선언 이후 남부의 흑인 노예들이 새로운 삶의 터전을 찾아 뉴욕이나 시카고 등 북부공업지대로 대거 이주한다. 그러나 수백 년간 지속된 흑인들에 대한 차별은 쉽게 사라지지 않는다. 마침내 1960년대에 마르틴 루터 킹 목사를 구심점으로 한 흑인민권운동이 미국 전역에서 3천만 흑인들과 일부 진보적인 백인들을 중심으로 전개된다. 이런 격동의 시대를 배경으로 흑인 뮤지션들이 선조들의 저항정신을 계승하기 위해 시카고를 중심으로 '흑인들의 영혼을 울리는 음악'이란 뜻을 지닌 '소울 음악'을 만들어 낸다.

2천500여 년 전, 그들의 하나님 여호와가 준 '젖과 꿀이 흐르는 가나안 땅'에서 동쪽으로 수천 킬로미터 떨어진 유프라테스 강이 흐르는 바빌론으로 강제로 끌려간 유대인들이 그들의 주님에게 자신들의 참담한 심정을 호소하면서, 고향으로 돌아가기를 노래하는 '히브리 노예들의 합창'이나, 아프리카에서 수천 킬로미터 떨어진 대서양 반대편 아메리카 신대륙으로 강제로 끌려온 흑인 노예들이 자신들의 절망적인 삶을 음악으로 표현한 소울 음악이나 모두 현실세계에서 억압당하고 고통받고 있는 사람들의 음악이란 공통점이 있다. 이렇게 음악에 실린 가슴 시린 정서가 태평양을 건너 한국 록 음악의 개척자 신중현에 의해 '봄비'란 노래로 우리 앞에 등장한다. 그리고 이 노래는 우리의 가슴에 촉촉하게 와 닿는데 그것은 바로 우리 한국인에게만 내재되어 있는 '한'이라는 독특한 정서 때문이다. 가을 서리처럼 그 스산한 감정, '한', 말이다.

"이슬비 내리는 길을 걸으면 봄비에 젖어서 길을 걸으면 나 혼자 쓸쓸히 빗방울 소리에 마음을 달래도 외로운 가슴을 달랠 길 없네. 한없이 적시는 내 눈 위에는 빗방울 떨어져 눈물이 되었나. 한없이 흐르네. 봄비~ 나를 울려주는 봄비 언제까지 내리려나. 마음마저 울려줘. 봄비~." 이 '봄비'란 노래가 오늘따라 더욱 나의 가슴에 더욱 와 닿는 느낌이다. 그것은 바로 지금 이 시간에 내리고 있는 '현실 세계의 봄비' 때문일 것이다.

-2018. 4. 14-

이인화와 『영원한 제국』

1988년에 출간된 이문열의 베스트셀러 『추락하는 것은 날개가 있다』와는 정반대로 날개 없이 추락한 한 인기작가 겸 대학교수가 요즘 화제의 인물로 떠오르고 있다. 지난 1월2일, 국정 농단의 주범 최순실의 딸 정유라에게 학점 특혜를 주어, 업무방해 등 혐의로 검찰에 구속된 류철균 이화여대 디지털미디어학부 교수가 문제의 장본인이다. 그런데 대학교수 이전에, 그는 1993년, 27살의 나이에 이인화라는 필명으로 줄잡아 100만 부 이상 팔린 역사 추리소설 『영원한 제국』으로 문단의 시선을 한몸에 받았던 신예작가였다. 한국 문단에 이인화라는 새로운 루키rookie가 탄생한 것이다. 1990년대 초반에 이탈리아 출신 기호학자이자 소설가인 움베르토 에코의 『장미의 이름』이 국내에 번역, 출간되면서 일기 시작한 역사추리소설 붐을 타고, 그의 첫 장편 『영원한 제국』이 공전의 베스트셀러를 기록했다. 조선조 최후의 개혁군주로 평가되는 정조의 죽음에 관한 미스터리를 주제로 한 이 소설은 그 후 연극과 안성기, 조재현, 김혜수 주연의 영화로도 제작되어 1990년대에 한동안 부동의 '킬러 콘텐츠killer contents'로 군림했던 작품이기도 했다.

그 당시 MBC에서 『문화집중』이란 문화예술프로그램을 연출하고 있던 나는 1994년 봄철에 대학로 문예회관 대극장에서 연극으로 공연 중이었던 동명의 공연현장에서 그와 가진 인터뷰가 생각난다. 그때 난 미소년 같은 해 맑은 얼굴과 수줍은 미소가 인상적이었던 동안의 이 백면서생이 어떻게 이렇게 치밀하고 완벽한 역사추리소설을 완성했는가 하는 경탄에 사로잡힌 적이 있었다.

사실, 그간의 국내 역사소설은 이광수부터 시작해 박종화나 유주현 혹은 이문열 같은 작가들의 주요 작법인 평면적인 서술구조가 대부분이었다. 그런데 작품의 완성도와 상업적인 성공 가능성을 정교한 스토리텔링과 완벽한 추리로 판단하는 서양의 소설작법이 점차 국내 출판시장에 소개되면서 뒤늦게 역사추리라는 새로운 장르가 탄생했는데, 이런 시대적 흐름을 타고 그의 문단 데뷔작 『영원한 제국』이 밀리언셀러를 기록한다. 폭발력 있는 소재와 흡인력 있는 스토리 전개, 그리고 1960년대생 특유의 감각적이고 산뜻한 문체에 매료된 나는 『하비로』, 『하늘 꽃』, 『초원의 향기』 등 그의 후속작을 애독했는데, 1997년에 발표한 3부작 『인간의 길』을 접하고 난 후부터 그의 작품세계에 대한 의문이 들기 시작했다.

이 소설은 1871년부터 1951년까지, 이 땅에서 전개되었던 민족사의 격동기를 시대적 배경으로, 주인공 허정훈 일가의 가족사와 허정훈 자신의 파란만장한 삶을 그린 대하소설인데, 허정훈의 실제 모델이 박정희라는 점 때문이다. 그는 이 작품에서 1894년에 동학농민운동에 중간급 간부로 활동했던 박정희의 부친 박성빈의 생애와 박정희가 주도한 5. 16 군사쿠데타를 연결시켜 "아버지가 이루지 못한 혁명의 꿈을 마침내 그의 아들이 이룩했다."라는 영웅적이고 운명적인 메시지를 은연중에 강조하는데, 나의 눈에는 이 소설이 일종의 박정희 우상화 작품으로 인식되는 불편함을 느꼈다.

작가의 작품세계를 나 자신의 선입견과 편견으로 재단한다는 것은 바람직한 행태가 아니지만, 하여튼 이 『인간의 길』을 접하고 나서 나는 30대 초반의 이 젊은 작가에게서 영남 위주의 정치적 패권주의와 그곳 특유의 보수적 성향을 발견할 수 있었다. 그의 영남 문단 선배인 이문열의 신문칼럼에서 발견하는 폐쇄적이고 배타적인 보수적 가치관을 말하는 것이다.

어떻게 얘기를 하다 보니 필명이 이인화인 류철균의 작가 이력과 그의 작품세계에 대한 글이 되고 말았는데, 사실, 이 글을 쓰는 목적은 그의 출세작인 『영원한 제국』을 통해 지난 500여 년간 이 땅에서 전개되었던 정치적 패권 장악, 즉 지역을 기반으로 하여 형성된 붕당들이 치른 정권 쟁탈전의 원인과 전개과정, 그리고 현재의 상황을 한 편의 글로 정리해 보기 위해서다. 이에 대한 단서는 이인화가 『영원한 제국』 맨 끝에 있는 '작가의 말'을 통해 "내가 11살 때 경북 안동의 왕고모님 1주기 제사에 갔다가 청송 진보에서 온 일가 아지매에게 들었던 옛날 얘기, 즉 구전으로 전해진 나라님(정조)를 독살한 흉악한 놈들 얘기가 이 소설의 모티브가 됐다."라고 밝힌 대목에서 비롯된다.

그럼, 영남지방, 그중에서도 가장 보수적 색채가 강한 안동지역에서는 왜 200여 년 전에 일어난 정조의 죽음을 독살로 단정하고 자자손손 구전으로 전해져 내려오고 있는 것일까? 그리고 정조를 독살한 그 '흉악한 놈들'은 과연 누구란 말인가? 이 의문에 대한 하나의 실마리를 소개한다. 재야 사학자 이덕일의 역사평설 『송시열과 그들의 나라』 머리말에 보면 다음과 같은 흥미로운 사실이 등장한다. 조선조 중기인 효종, 현종, 숙종 등 이른바 '3종三宗'시대에 백호 윤휴가 이끄는 영남 남인들과 생사를 걸고 권력쟁탈전을 벌였던 서인 노론의 영수 송시열을 비하하는 의미에서 불과 수십 년 전까지만 해도 영남의 명문가에서는 집안의 강아지를 "시열아, 시열아." 하고 불렀다는 증언이다.

그들 영남 사대부 양반계층들은 기호지방, 즉 경기, 충청, 호남지역에 지역 연고를 둔 서인 노론에 대한 적대감을 이런 방식으로 해소했다고 한다. 그럼, 왜, 영남인들은 정조의 죽음을 서인들이 저지른 간악한 독살로 단정하면서 그들을 불구대천의 원수로 여기는가에 대한 이해가 선행되어야만 1961년 박정희의 군사 쿠데타 이후부터 1997년 DJP연합에 의한 수평적 정권교체까지 약 40여 년간 지속된 영남 패권주의의 본질을 발견할 수 있다. 그래서 우리는 "정치란 피를 흘리지 않는 전쟁이며, 전쟁이란 피를 흘리는 정치다."라고 주장한 모택동의 발언을 상기해 볼 필요가 있다.

동서고금을 불문하고 권력투쟁은 인류 역사의 보편적 현상임은 두말할 나위가 없다. 1392년 조선왕조의 개창 이래 1550년, 명종 대까지인 전반부는 훈구파와 사림파 간의 사화士禍로 특징되는 권력쟁탈전의 시대였다면, 1567년에 즉위한 선조 대부터 훈구파는 몰락하고 사림파가 정권을 독차지하게 된다. 그러나 강적인 훈구파의 퇴조와 함께 사림파는 자체 분열을 일으키기 시작한다. "부는 나눌 수 있어도, 권력은 나눌 수 없는 법"이라는 불멸의 진리를 입증이나 하듯, 사림파는 주로 출신 지역을 기반으로 하는 붕당朋黨

으로 분화되는데, 경상좌도 예안(지금의 안동) 출신인 퇴계 이황과 경상우도 합천 출신인 남명 조식을 정신적 지주로 하는 동인東人과 강릉이 고향이지만 결혼 후 주로 경기도 파주에서 생애를 보낸 율곡 이이를 중심으로 하는 서인西人이다. 간략하게 얘기하면 영남 동인들과 경기, 충청, 호남 지역 서인들 간의 치열한 정권쟁탈전을 우리는 '당쟁黨爭'이라고 부르는데, 이 당쟁의 전개과정을 일목요연하게 언급한다 해도 상당한 분량이 될 것이다.

하여튼 1623년, 인조반정 이후부터 서인이 정권을 장악하면서 그들 역시 소론과 노론으로 분화한다. 그런데 조선8도 중에 경상도와 충청도, 그리고 일부 경기, 호남 출신들의 선비들만이 권력을 장악할 동안 타 지역은 배제의 대상이었다. 그 이유는 역모 사건과 반란 때문에 소위 '반역의 땅'으로 낙인찍힌 결과였다. 우선 서북지방인 평안도와 황해도는 1624년에 터진 평안병사 이괄의 난과 1811년에 발발한 홍경래의 난으로, 동북지방인 함경도는 1453년에 발생한 이징옥 역모사건과 1467년에 발발한 이시애의 난으로, 그리고 호남 지역은 1591년에 일어난 정여립 역모사건으로 인해 나라에서 차별당하고 배제되는 지역으로 남게 된다. 그리고 1728년 영조 연간에 서인 노론세력에 대항하여 서인 소론과 영남 동인들의 후예인 남인이 연합하여 청주에서 이른바 '이인좌의 난'을 일으키는데, 이 난이 진압된 이후에 영남 남인들은 중앙권력에서 철저하게 배제된다.

그런데 1776년 사도세자의 일점혈육인 정조가 왕위에 오르자, 남인들에게 서광이 비치기 시작한다. 자신의 아버지인 사도세자를 죽음으로 내몬 서인 노론에 강한 적개심을 품고 있었던 정조는 정약용 같은 남인들을 자신의 왕권 강화를 위한 친위세력으로 대거 기용한다. 그런데, 이 정조가 한창 나이인 42살에 죽음을 맞게 된다. 남인들에게는 청천벽력 같은 날벼락이 떨어진 것이다. 자신들의 정치적 보호자이자 후견인이었던 정조 사후에 전개될 상황은 불 보듯 뻔했기 때문이다. 서인 노론의 일당독재와 남인들의 몰락과 수난이 예견된 상황을 말하는 것이다. 그래서 남인들의 정신적 고향인 영남 지역에서는 정조의 돌연사를 너무나 애석하게 여긴 나머지 서인 노론들의 독살설 시나리오가 급속하게 유포되기 시작한다. 처음에는 양반 사대부들 사이에서 돌던 정조 독살설이 차츰 평민계층으로까지 번지면서 명확한 역사적 사실로 자리 잡는다. "나라님을 독살한 흉악한 서인 노론 놈들."이라는 구전 설화가 대대로 전승되다가 마침내 소년 이인화의 귀에까지 들리게 된다. 그런데 이 정조 독살설이나 서인 노론의 영수인 송시열의 이름을 자기 집 강아지 이름으로 부르는 영남 특유의 배타적이고 폐쇄적인 정치성향은 어떻게 설명이 가능할까?

우선, 나는 영남 특유의 지리적 환경에 의한 결과라고 생각한다. 전체적으로 한반도를 조감해보면 충청, 전라도는 권력의 중심부인 한양도성과는 일망무제, 즉 자연적 장애물이 별로 없는 평야지대로 연결되는 반면, 여러분들이 자동차로 영남지역, 특히 경북지방을 여행하다 보면 실감하듯이, 경상도는 날아가는 새도 쉬어 간다는 문경 새재 조령과 바람도 쉬어간다는 추풍령이라는 자연적 장애물 때문에 외부와는 고립된 지형이다. 그래서 내부적으로는 구성원들의 결속력이 공고한 편이지만, 반대로 외부세력에 대한 배타성이 강한 특징을 보여준다. 그리고 평야지대인 전라도와 충청도의 양반 지주들은 고향에 거주하질 않고 주로 한양도성에 거주하면서 마름이나 집사를 통해 자신들의 토지를 관리한 반면, 경상도의 양반지주들은 불편한 교통 때문에 거의 대부분 고향땅에 거주하면서 자신의 토지를 관리했다. 그래서 경상도에는 양반 사대부들의 일선 향촌 장악력이 타 지역보다 월등하게 강한 결과, 지역적 연고를 강조하는 '향당鄕黨정치'문화가 타 지역보다 일찍 출현하는데, 이 초보적인 향당정치 결사체가 바로 조선조 초기에 훈구파와 사생결단식 권력 쟁탈전을 벌였던 사림士林파다. 그리고 이 향당정치 문화는 권력의 독점은 물론 타 지역에 대한 배타적이고 폐쇄적인 성향이 더욱 강화된 모습으로 나타나게 된다는 사실이다.

그 결과 조선시대 지방관들 사이에는 "전라도는 아전 놈들의 농간 때문에, 충청도는 거들먹거리는 양반들 때문에, 경상도는 대꼬챙이 같은 유생들 때문에 수령 해 먹기가 힘들다."라는 푸념이 탄생했는지도 모른다.

역사적으로는, 1623년 인조반정 이후부터 조정의 권력쟁탈전에서 기호지방의 서인들에 의해 소외당하고, 게다가 자연적 장애물 때문에 습득된 타 지역에 대한 배타적 성향 등이 복합적으로 작용한 영남인들의 권력 희구 욕구를 충족시켜주는 인물이 현대사에 등장한다. 바로 1961년, 5. 16군사 쿠데타의 주역 박정희 육군소장이다. 실로 300여 년 만에 영남 동인들만의 정권이 탄생한 것이다. 그래서 이런 과거의 역사적 유전자를 지닌 영남인들의 잠재의식에는 300여 년 만에 차지한 권력을 자신들만의 권력으로 독점하기 위해 강고한 지역주의를 강화하는 과정에서 소위 '영남패권주의'란 퇴영적인 산물이 등장했으리라 본다.

따라서 200여 년 전, 신권보다 왕권을 우선한 정조와 일인 권력 집중에 몰두한 박정희 모두 권력 독점에 유달리 민감했던 영남인들에게는 존경과 숭배의 대상이 될 수밖에 없었을 것이다. 그래서 청년 이인화는 '영원한 제국'을 꿈꾼 정조나 『인간의 길』의 주인공 박정희를 통해 절대 권력자를 숭배하는 영남 특유의 정서를 자신의 문학적 자양분으로 활용하지 않았나 하는 의문을 지울 수가 없다.

끝으로 약관의 나이를 조금 넘긴 나이에 밀리언셀러를 기록한 인기작가 이인화의 추락은 그의 문학적 재능을 아끼고 사랑했던 주위 사람들에게 복마전 같은 최순실 국정농단사건의 그 끝은 어디인가 하는 씁쓸한 뒷맛을 안겨준다.

-2017. 1. 6-

모노드라마 ①

"권력을 숭배했던 남자, 빅정희"

(피아노 솔로 반주에 맞추어 심수봉의 『그때 그 사람이』이 애잔하게 흐르는 가운데, 무대 뒤편 LED 전광판에는 1961년 5월 16일 아침, 새까만 선그라스를 끼고 서울시청 앞에 서있는 박정희 육군소장의 사진이 뜬다. 이어 핀 라이트가 켜지면서 무대 중앙에 서있는 정장 차림의 박정희를 비춘다. 박정희, 쉿소리 나는 특유의 목소리로 입을 연다) 네, 권력을 목숨처럼 사랑했던 남자 박정희입니다. (관객들 박수) 오늘따라 머리가 희끗희끗한 장년층 관객들이 눈에 많이 띄는군요. 혹시 오늘 오신 분들 중에 1953년, 54년생인 분들 손 한번 들어 보세요? 네, 거의 대부분이군요.

내가 왜 여러분들의 출생년도를 묻는가 하면, 여러분과 나와의 특별한 인연 때문입니다. 제일 먼저 여러분들이 여러분 나이 7, 8세 때인 1961년도에 학문의 길로 나서자마자 나와의 첫 번째 인연이 시작되었습니다. 전교생 조회시간에 "반공을 제일의 국시로 삼고…"라는 『혁명공약』을 아무 뜻도 모른 채 목이 터져라고 복창했던 과거가 생각나지요? 잘 모르겠다고요? 아마 그럴 겁니다. 벌써 반세기. 50년도 더 지난 까마득한 옛날 일이니까 말입니다.

그리고 여러분들이 중학교 2, 3학년 때인 1968년 12월, 내가 일본의 메이지 일왕이 1879년에 만든 『교육칙어』를 본 따 제정, 공포한 『국민교육헌장』을 암기하느라 고생깨나 했을 것입니다. "우리는 민족중흥의 역사적 사명을 띠고 이 땅에 태어났다."로 시작되는 이 『국민교육헌장』을 못 외어 선생님한테 꽤나 얻어맞고 말이죠. 허허허(이 웃음기 없는 메마른 사나이가 이때에는 실소를 참지 못한다)

여러분! 나 박정희, 알 부 남입니다. 알고 보면 부드러운 남자! (객석, 와~웃음바다) 그리고 1969년 고등학교 무시험 진학으로 내 덕 좀 보고 말이죠. 그러고 보면 나도 여러분에게 큰 혜택을 베푼 셈입니다. 그리고 그다음 해 고등학교에 진학하자마자 괴로운 교련수업을 받아야 했죠? 네, 피장파장입니다. 그렇죠? 여러분! (관객들 웃음과 함께 동의의 뜻으로 박수) 이어서 1972년, 여러분들이 대학에 진학하여 한창 낭만을 즐기던 가을 축제 때인 10월 17일, 내가 선포한 10월 유신, 이건 아마 여러분들이 생생하게 기억하고 있을 겁니다. 미팅 때 사귄 애인하고 폼나게 데이트하던 중 재수 없게 장발단속반에 걸려 적잖이 곤욕을 치른 악몽 같은 추억을 쉽게 잊진 못할 테니까요. (관객들 박수와 함께 폭소연발)

그리고 세월이 흘러 1979년 10월 26일, 내가 심복인 김재규의 총격으로 이 세상을 하직할 때 아마도 여러분들은 군복무를 마친 후 복학해서 대학을 졸업하고 직장인으로서 사회에 첫발을 내딛을 때였을 겁니다. 그 후 여러분들은 내가 6, 70년대에 이룬 경제개발의 주요 수혜자로서, 결혼도 하고, 30평대 아파트도 장만하고, 자가용도 한 대 굴리고, 자녀들도 모두 대학에 진학시키고, 가끔 가족들과 함께 주말에 돼지갈비도 뜯는 등 전형적인 중산층의 생활에 만족하면서 나 박정희라는 존재는 여러분들의 뇌리에서 사라진 과거의 인물이 되었습니다. 그렇죠? 여러분? (일부 관객들 "네! 맞습니다." "그렇습니다." 등의 목소리가 들린다) 그러나 2012년 12월 나의 사랑하는 둘째 딸 근혜가 이 땅의 대통령이 되면서(이때 객석에서 "장녀가 아닙니까?"라는 돌발 질문이 터져 나온다) 네? 뭐라고요? 장녀가 아니냐고요? (잠깐 멋쩍은 웃음을 지으면서)

사실은 내가 19살 때인 대구사범 5학년 때 그러니까 그때가 1936년도죠. 나보다 한 살 어린 김호남이란 선산 출신 처녀와 결혼하여 1938년도에 첫딸인 박재옥을 보았으니, 호적상 근혜는 나의 둘째 딸인 셈이죠. 이 부분은 그냥 넘어가면 안 되나요? (관객들 웃음) 하여튼 나 박정희라는 인물은 여러분들의 인격이나 사회관, 국가관 등이 형성될 때인 아동기, 청소년기, 청년기에 적잖은 영향을 미친 동반자적 존재임이 분명합니다.

여러분들은 이 점에 대해 어떻게 생각하세요? 동의하십니까? (동의의 뜻으로 박수를 보낸다) 자~ 그럼 오늘 이 모노드라마의 주제인 '권력을 자신의 목숨처럼 사랑했던 남자, 일명 권력의 화신 인간 박정희'에 대해 관객 여러분들과 함께 얘기를 나누겠습니다.

그런데 이 드라마의 대본을 쓴 작가가 수년 전에 발표한 무협소설 『녹산전』을 우연한 기회에 읽은 적이 있었는데, 거기에서 나 박정희의 별호를 '철혈강권鐵血强權'이라고 작명했더군요. 아마도 이 친구가 1871년에 독일통일을 이룬 프로이센의 철혈재상鐵血宰相 비스마르크의 이미지를 연상하여 이렇게 작명한 것 같은데, 사실 인간 박정희의 본 모습을 가장 정확하게 표현한 별호라고 생각합니다. 그 이유는 권력을 장악하기 위해서는 강철 같은 의지로 피를 보는 유혈사태도 불사하는 '권력에의 의지'가 바로 나 박정희의 삶의 원동력이었기 때문입니다.

19세기 독일 철학자 프리드리히 니체는 『짜라투스트라는 이렇게 말했다』라는 그의 저서에서 "권력에의 의지는 다윈의 진화론에 의거하여 자기 생존의 유지와 생존을 위한 투쟁이며, 남보다 우수해지고 남을 지배하려는 의지이다. 결국 권력에의 의지는 종속이나 협동 대신 남을 지배하는 권력을 지향하면서 스스로 강대해지려는 강렬한 의지를 말한다."라고 말합니다. 그럼 '철혈강권'으로 특징지어지는 나 박정희의 '권력에의 의지'는 어떻게 형성되었을까요? 관객 여러분 지금부터 진지하게 들어 주시기 바랍니다.

이건 뭐, 인터넷 검색해도 다 나오는 빤한 내용입니다만, 나는 1917년 현재는 구미시인 경상북도 선산군 구미면에서 부친 박성빈과 모친 백남의 부부 슬하의 5남 2녀 중 막내로 태어났습니다. 당시 나의 집은 1,600평, 약 8마지기 정도인 고령 박 씨 위토를 경작하여 먹고 사는 빈농 집안이었습니다. (빈곤했던 어린 시절에 대한 회상에 잠긴 표정) 당시 조선의 자작농 평균 경작지 4,000평에 비하면 그야말로 영세농이었습니다. (잠시 생각에 잠긴 표정과 함께 중얼거리는 목소리로) 이 같은 가정환경 속에서 1926년 구미보통학교에 입학하여 1932년 졸업할 때까지 나의 소년 시절은 나의 아버지 성자 빈자 그 어른에 대한 오이디푸스 콤플렉스 적인 강한 반발심과 적대감이 나를 지배했던 시절이었습니다.

현재 이화여대 교수인 이인화 씨가 나를 모델로 쓴 『인간의 길』이란 소설에서 당시 나의 심리 상태를 리얼하게 묘사하고 있더군요. 물론 작가의 문학적 상상력이 가미되어 과장된 내용도 좀 있긴 있지만요. 그러나 당시 아버지에 대한 나의 왜곡된 감정은 사실 그대로입니다.

여러분들도 어렸을 적 농촌사회에서 여러분들의 아버지 혹은 친인척 중에 이런 분들을 가끔 목격했으리라고 생각합니다. 자식들 뒷바라지를 위해 죽어라고 일만 하는 아내는 외면한 채, 매일 초상집이나 잔칫집 아니면 선술집에 죽치고 앉아 화려했던 과거 타령이나 신세타령 그것도 아니면 불문곡직 소소한 시빗거리나 일삼으면서 술에 절어 사는 사람들 말입니다. 이런 아버지의 모습에서 느낀 반발심과 적대감이 후일 기존의 정치, 사회체제를 일거에 갈아엎어 버리는 혁명의 불씨가 되어 내 마음 한구석에 타오르고 있었을지도 모릅니다. (관객들 심각한 표정으로 경청하고 있다)

그리고 1932년 대구사범학교에 진학할 무렵 이런 현실의 압박 속에서 내 나름대로의 우상을 발견했습니다. 바로 보나파르트 나폴레옹이란 일세의 풍운아입니다. 감수성이 예민한 청소년기에 접한 나폴레옹이라는 인물을 통해 최고 권력은 총칼에 의해 탄생된다는 확신이 서게 되어 이때부터 남몰래 군인의 길을 모색하곤 했습니다. 여러분도 잘 알다시피 '쿠데타'란 말이 나폴레옹의 정권 찬탈 과정에서 나온 말 아닙니까?

1799년, 나폴레옹이 무력으로 500인 의회를 해산하여 총재정부를 축출하고 자신을 제1통령으로 하는 독재정부를 수립한 후, 1804년에 나폴레옹 1세로 스스로 황제의 자리에 오릅니다. 이건 뭐 여러분들도 세계사 시간에 배워서 잘 알고 있는 내용일 겁니다.

이 같은 나폴레옹의 신화는 나에게 싹트기 시작한 '권력에의 의지'를 촉발하는 촉매제였지만 그는 나와는 150여 년이라는 긴 시간의 간극이 있는 역사적 인물인데 반하여, 현실적으로 무력에 의한 혁명의 열기를 느끼게 되는 사건이 나를 매료시킵니다. (점차 열기 띠는 목소리로) 1936년 대구사범 5학년 진학을 앞두고 터진 일본 육군의 청년장교들이 일으킨 2.26 사건입니다.

안도 대위 등 30대 초반의 농촌 출신 청년 장교들이 관료화된 군 상층부를 숙청하고, 사회에 만연된 부정부패를 일시에 해결하기 위해, 1,500여 명의 사병을 동원하여 일으킨 군사반란 사건입니다. (한 손으로 주먹을 쥐고 흥분한 표정과 음성으로) 이들은 사이토 내무대신 등 내각의 고위 관료들을 살해하고, 당시 일왕 히로히토에게 소위 '소화유신'을 단행할 것을 촉구하지만, 히로히토의 복귀명령으로 미수에 그칩니다. 난 이 사건에서 국가 개조의 수단으로써 총구, 즉 군부의 역할을 새삼 실감하면서 혁명의 열기에 도취된 조선의 안도 대위를 꿈꾸는 공상에 빠질 때가 많았습니다.

그래서 그런지 대구사범 재학 시 타인의 눈에 비친 나의 인상은 과묵함과 단호함이었습니다. 전형적인 청년 장교의 모습이었을 겁니다. 이때 형성된 나의 성격과 언행은 내가 김재규의 총격으로 숨진 그날까지 나 인간 박정희를 규정하는 특징이 됩니다. 여러분도 그렇게 느끼십니까? (관객들 일제히 "네."라고 답한다)

그 후 나는 1937년부터 1939년까지 경북 문경군 소재 문경공립보통학교에서 평교사로서 3년간의 의무복무기간을 마치고, 1940년 2월, 지금은 요녕성 성도인 선양, 당시에는 봉천이라고 불리었던 만주국의 수도로 향하는 대륙행 열차에 몸을 싣고 권력 장악의 첫 단계인 군인의 길로 나서게 됩니다. (약간 머뭇거리는 표정과 주저하는 목소리) 사실, 이 자리에서 솔직하게 고백하건대 생지옥 같았던 첫 번째 결혼에서 탈출하고픈 개인적인 욕망도 일정 부분 만주행의 한 요인이었습니다.

이후 파란만장했던 나의 이력은 다음과 같습니다. 1942년 3월 만주 군관학교 예과 졸업, 1944년 4월, 일본 육군사관학교 제57기 졸업, 1945년 4월 만주군 중위, 1945년 8. 15 해방 후 1946년 9월 조선경비사관학교 제2기 입학, 이어 군내부의 숙군과정에서의 절체절명의 위기. (감정이 복받치는 듯 잠시 말을 잇지 못한다) 그리고 1950년 6월 한국전쟁 발발 등 격동과 격변의 시대에 우선은 나 자신의 생존 확보가 가장 중요한 문제였습니다. 이런 나 자신에게 '권력에의 의지'란 나의 자생적 본능을 강타한 사건이 발생합니다.

임시수도 부산에서 육군본부 작전국의 중령으로 근무하고 있을 때인 1952년 7월, 신문의 한 외신이 나의 눈길을 끌었습니다. 가멜 압둘 나세르라는 이집트 육군 중령이 이끄는 자유 장교단이 부패하고 무능한 파루크 왕조를 축출하고 군부정권을 수립했다는 기사였습니다. 당시 나세르의 나이 34세, 난 35세! 이 기사를 접하는 순간 소년 시절부터 내 마음 한구석에 잠복해 있었던 '권력에의 의지'가 활화산의 용암처럼 내부에서 분출하고 있음을 느꼈습니다. 그 후 나세르의 권력 장악과정을 면밀하게 연구하기 시작했습니다.

30대 초반의 나세르는 군 내부의 지지기반 확대와 대국민 선전을 위해 이집트 군부의 원로인 나기브 장군을 혁명 평의회 의장으로 영입하여 그에게 전권을 내어 준 듯했으나, 결국 1954년 그의 실각을 유도하여 나세르가 명실상부한 권력의 정상에 오릅니다. 이와 같은 권력의 속성을 파악한 나는 후일 5.16 군사 쿠데타 이후의 파워 게임에서 유효적절하게 사용했습니다.

자, 이제 마쳐야 할 시간인 것 같습니다. 무엇보다도 권력을 사랑했던 남자 나 박정희에 대한 나 자신의 평가를 들어 보시겠습니까? (관객들 박수로 동의의 뜻을 표시한다) 네, 좋습니다. 사실 나처럼 보수, 진보 양 진영으로부터 극단적 평가를 받는 인물은 별로 없을 겁니다.

먼저 나에 대한 보수 진영의 평가는 이 한 줄의 글로 압축됩니다. "모택동이 과거의 중국을 건국했고, 등소평이 현재의 중국을 건설한 것처럼, 이승만은 과거의 대한민국을 건국했고 박정희는 현재의 대한민국을 건설했다."라고 말입니다.

그러나 진보진영은 단 한마디, "자유 민주주의를 압살한 독재자." 라는 말로 나 박정희를 평가하고 있지요.

여러분! 암울했던 1920년대 일제강점기 시대에 박정희라는 한 식민지 소년의 가슴속에 불타올랐던 '권력에의 의지'가 40여 년 후 혁명의 불꽃으로 점화되어 이 땅에 남긴 수많은 영광과 상처들, 경제개발 같은 영광은 역사의 자랑으로 잘 보존해 주시고, 상처는 부작용 없이 잘 치유가 되도록 여러분들이 노력해 주시길 바랍니다.

살아서는 '우상화된 권력의 중독자.' 죽어서는 '권력의 화신.'이라는 평가를 받는 나 인간 박정희! 이제 현실의 세계에서 역사의 세계로 떠날 시간입니다. 여러분! 안녕히 계십시오! (착잡한 표정의 관객들과 함께 한 줄기 핀 라이트가 꺼지면서 무대는 처음의 암전 상태로 되돌아간다.)

-2014. 8. 26-

모노드라마 ②

"권력을 조롱했던 남자, 노무현"

(서유석의 『가는 세월』이 흐르는 가운데 무대 뒤편 LED 전광판에는 경남 김해시 봉하 마을 담배 가게에서 담배 한 대 피우고 있는 노무현의 사진이 뜬다. 이어 객석의 박수와 함성과 함께 무대 오른쪽에서 노무현, 등장하여 중앙에 선다. 핀 라이트 노무현의 상반신에만 조명) 네, 여러분 이제 박수 좀 그만 치세요. 여러분 손바닥 아프겠습니다. (관객들 웃음) 오랜만입니다. 약 5년 3개월여 만에 여러분을 만나게 되었군요. 참으로 감개무량합니다. 이제 방금 사회자께서 저를 권력을 조롱하고 희롱한 사나이라고 소개했는데, 이거 어떡합니까? (김흥국의 호랑나비처럼 콧노래로) 이거 참 큰일 났네~ 큰일 났어~. (관객들 손뼉으로 박자 맞추며 따라 부른다) 허허, 좀 쑥스럽네요. (관객들도 따라 웃는다)

사실 제가 권력을 희롱하여 만인의 웃음거리로 만들었다는 사실은 지금까지 어느 누구에게 말한 적도 없고, 어떤 인터뷰에서도 밝힌 적이 없는 저만의 일급비밀이었는데, 어떻게 이 공연의 대본을 쓴 작가 선생이 그걸 캐치해 이렇게 공연의 재료로 쓸 수 있었는지 참으로 궁금합니다. 궁금해~ 미치겠네~. (관객들 폭소 연발) 여러분도 나와 같은 생각이 들지요? (관객들 동의의 뜻으로 박수)

네. 사실 그렇습니다. 2002년 12월 17일 대한민국의 막강한 주류 기득권 세력의 대표인 이회창 후보를 근소한 표차로 누르고 제 16대 대한민국 대통령으로 당선된 이후부터 2008년 2월 26일 퇴임 시까지, 대한민국 역대 대통령 중 저만큼 뜨거운 논란과 화제를 불러일으킨 대통령은 아마 없었을 겁니다. 여러분도 그렇게 생각하시죠? (관객들 일제히 "그렇고말고요!"라고 응답한다) 여러분! 지금도 기억이 생생하죠? "대통령, 이거 정말 피곤해서 못 해먹겠다."라는 나의 돌직구성 발언 말이죠. (관객들 폭소 만발) 당시 조, 중, 동 등 보수언론들은 "경거망동의 극치다.", "저런 위인을 대통령으로 뽑은 대한민국 국민이 불쌍하다." 같은 기사로 연일 저에게 융단폭격을 퍼부었고, 관객 여러분들도 그런 언론기사의 장단에 맞춰 저에게 욕 많이~ 했을 것입니다. (관객들 민망한 표정)

아~ 노 프러블럼! 괜찮습니다. 살다 보면 그럴 수도 있지요. 허허. 여러분 한번 생각해 보세요. 대한민국 최대재벌인 현대 그룹의 상속자이자 서울상대 출신인 정몽준 후보와의 단일화에 승리하고, 본선에서는 서울법대 출신 판사에다 감사원장, 국무총리를 지낸 명문 세도가 집안인 이회창 후보를 부산상고 출신의 한미한 집안 태생인 이 노무현이가 꺾고 대통령에 당선되고 보니, 이 나라 보수 기득권 세력들에겐 마른하늘에 날벼락이 떨어진 꼴 아니었겠습니까? 그 후 저에 대한 그들의 적의는 불구대천 원수지간 같을 정도로 격렬했지요. (쓴웃음 지으며) 제가 보기에도 참 대단했지요. 이건 뭐, 제가 자세하게 얘기 안 해도 여러분이 너무나 잘 알고 있는 사실 아닙니까? (관객들 머릴 끄덕이며 동감한다) 그래서 2004년 4월에 헌정사상 최초로 대통령 탄핵사태가 초래되고 말입니다. 물론 이게 전화위복의 계기가 되어 저의 잠재적 본능인 권력을 조롱거리로 만드는 홍행판을 계속 만들어 갈 수가 있었으니까 저로서는 다행이었지만요. (관객들 웃음바다) 당시 야당인 한나라당과 보수언론들이 "어디로 튈지 모르는 청개구리."라니, "놈현스럽다." 등 저에 대해서는 거의 인격살인이랄 수 있는 비난을 퍼부을수록 저는 더욱 더 권력을 조롱거리로 만들어 버렸습니다. 저 노무현, 오기 하나는 남 못지않습니다. (관객들 웃음)

자, 그럼 제가 왜, 그 좋은 권력이라는 것을 조롱하고 웃음거리로 만들었을까요? 여러분 잘 들어 보세요. 관객 여러분들도 아시다시피 이 노무현이라는 인물이 과연 한국사회에서 파워 엘리트로 지목할 만한 개인적 여건을 갖추고 있다고 생각하십니까? (관객들 일동 "글쎄요?"라고 화답한다.)

경상남도 김해시 봉하 마을의 별 볼 일 없는 촌놈 출신에다, 최종학력은 부산상고, 그리고 육군 병장 출신인 대한민국의 평범한 남자 아닙니까? 물론 그 후론 운 좋게 사법시험에 합격하여, 판사도 하고 인권변호사도 하면서 금배지도 달아보긴 했지만, 정몽준, 이회창 등 쟁쟁한 엘리트 정치인들과 비교하면 한참 아래인 존재임이 분명하지요. 이 점에 대해서는 여러분 어떻게 생각하세요? (관객들 일제히 "그렇습니다." 하면서 동의) 네. 그렇죠. 그래서 여러분에게만 제 본심을 솔직하게 토로합니다만, 한마디로 말해서 저 인간 노무현은 비주류 주변부인 아웃사이더 출신답게 대한민국 주류 기득권세력에 대한 '태생적 반감과 후천적 저항의식'이 저의 내면세계에 내재화되어 있었습니다. 마치 이전 공연의 주인공이었던 '권력의 화신' 인간 박정희의 내면에 잠복해 있었던 '권력에의 의지'처럼 말입니다. (관객들 동의의 뜻으로 박수) 여러분들은 금년 초에《변호인》이란 영화를 보신 적이 있죠? 뭐라고요? 안 보셨다고요? 허허. 참. 그 영화에서 삼류변호사 이 노무현이가 안락한 중산층의 기회주의적인 삶을 살다가 차츰 불의에 저항하는 인권변호사로 변신하는 모습이 잘 그려져 있죠? (관객들 "네." 하며 동의한다) 그럼, 그런 의미에서 우리 사회의 주류 기득권 세력들의 허위의식과 위선적 사례를 한번 들어 보겠습니다.

역사 평론가이자 작가인 이덕일 씨의 역사비평서 『당쟁으로 보는 조선사』 말미에 소개된 내용입니다. 여러분들도 기회가 되면 이 책 한번 읽어보시기 바랍니다. 여러분 『면앙정가俛仰亭歌』라는 가사 잘 아시죠? (일부 관객 "잘 모르겠는데요!"라고 응답) 아니~ 고등학교 국어 교과서에 실린 이 작품을 모른다고요? 나, 원 차~암 갑갑하네. (관객들 폭소만발) 1533년, 중종 28년, 면앙정 송순이 그의 나이 40살 때 고향인 전남 담양에서 지은 가사문학의 걸작인데 잘 모르겠다고요? 그럼, 잘 들어 보세요.

"무등산 한 자락이 동쪽으로 뻗어있어 멀리 떨치고 와 제월봉이 되었거늘"로 시작되는 이 『면앙정가』 말입니다. 어때요? 이제 좀 기억이 나죠? (관객들 "네." 하며 화답) 그런데 송순이 지은 시조 중에 이런 게 있습니다. (다시 낭랑한 목소리로 암송한다)

"십 년을 경영하여 초려삼간 지어내니,
나 한 간 달 한 간 청풍(淸風) 한 간 맡겨두고,
강산(江山)은 들일 데 없으니 들러보고 보리라." (관객들 열띤 박수)

네, 네, 고맙습니다. 어때요? 제 목소리 아직 운치는 남아있죠? (관객들 웃음바다) 십 년 만에 초가삼간 한 칸 장만하여 내가 한 칸, 달님이 한 칸 그리고 바람이 한 칸 차지하고 보니 강산을 들일 만한 칸이 없어 그냥 돌려보낸다는 내용인데, 이 얼마나 청빈한 선비의 모습입니까? 여러분도 그리 느껴지시죠?

그런데 여러분 놀라지 마세요. (관객들 호기심 어린 표정) 명종, 선조 연간에 전라도, 경상도 감사, 한성부윤, 오늘날의 서울시장이죠. 그리고 이조판서, 대사헌, 대사간 등 주요관직을 역임하고 1583년 선조 16년에 90살의 나이로 세상을 뜰 때 자녀에게 남긴 분재기分財記, 오늘날의 유산 상속장에는 다음과 같은 내용이 기록되어 있습니다. 장녀에게 전답 153두락과 노비 41명, 죽은 차남의 부인, 즉 둘째 며느리에게는 전답 142두락과 노비 40명 등 8명의 자손들에게 약 20,000석의 소출이 나는 논을 골고루 나누어 줍니다. 당시 18세 이상 40세 미만의 건장한 남자 종의 가격은 상품 말 3~4마리 값이었다고 합니다.

이들 노비들도 주요한 재산목록이었기 때문에 유산으로 상속해 준 겁니다. 이 대목에서 저자인 이덕일은 입으로는 청빈한 삶을 사는 것처럼 포장하지만, 그 이면에는 관직을 이용해 재산증식에 여념이 없었던 양반사대부들의 허위의식과 위선을 날카롭게 지적합니다.

어떻습니까? 여러분! 이런 사례가 500여 년 전 조선만의 특수한 상황이었을까요? 아닙니다. 우리 인간 사회가 지속되는 한 이런 지배와 피지배관계는 결코 종식될 수 없는 사회적 모순입니다. 권력과 탐욕은 정비례하는 법 아닙니까? 그래서 저 노무현은 보수 세력들이 신주단지 모시듯, 그렇게 금쪽같이 여기는 권력을 의도적으로 조롱하고 경멸하면서, 그들 기득권층에 대한 저의 반발과 저항의식을 암묵적으로 보여줌과 동시에 일방적으로 피지배와 종속을 강요당하는 일반 서민들에게는 대통령으로 상징되는 최고 권력이라는 것이 우리네 일상의 삶과 전혀 다를 바 없다는 심리적 카타르시스를 선사하기 위해 그렇게 권력을 경멸하고 조롱했던 것입니다. (관객들 박수) "자, 봐라! 당신네들이 죽어도 좋다고 하는 권력이라는 것을 이 인간 노무현이가 이렇게 우습게 만드는 꼴을 보고 권력에 대한 집착을 삼가길 바란다. 그리고 힘없고 빽 없는 서민들이여! 권력이란 게 별 게 아닙디다! 여러분들! 기죽지 말고 저와 함께 이 나라 기득권 세력들에게 저항 한번 해봅시다! 우리도 이 나라 백성 아닙니까?" 같은 심정으로 말입니다. (관객들 "와아~." 하는 함성과 함께 박수)

그런데 관객 여러분 제가 이 자리에서만 여러분들에게 털어놓는 비밀인데요, 이 모든 것은 기존의 정치 엘리트층이 제가 파 놓은 함정에 보기 좋게 걸려든 결과입니다. (관객들, 잔뜩 호기심 어린 표정으로 노무현의 말을 경청한다) 무슨 말인가 하면요, 제가 대통령이라는 최고 권력을 희화시키면서 선악이분법을 동원해 저의 열악한 처지를 대중들에게 감성적으로 전달함으로써 저 자신에게는 동정심을, 그리고 상대에 대해서는 대중의 분노를 유발하는 이른바, '낙오자들의 수사학에 능한 저, 노무현의 반 엘리트적이고 반지성주의적인 언행에 그들 기득권 보수진영이 보기 좋게 걸려든 것입니다. 어떠세요? 관객 여러분. 저, 노무현 그리 만만하게 볼 사람이 아닙니다. (관객들 폭소만발) 네, 네 고맙습니다. 이제 진정들 좀 하시고요. 그래서 저는 자유 민주주의의 발전을 위해서, 탈권위라는 시대적 명분을 위해서, 그리고 틈만 나면 권력을 장악해 자신들의 기득권을 강화하기 위해 몸부림치는 주류 기득권 세력에 대한 반발심과 경고로 대통령에게 주어지는 권력 자체를 그렇게 조롱거리로 만들어 버린 것입니다. 그렇다고 뭐 나라가 결딴나는 것도 아니잖습니까? (관객들, 웃으면서 박수로 화답한다)

비록 제 자신 인간 노무현은 보수 언론으로부터 "경거망동의 극치이자 국격을 떨어뜨리는 대통령"이라는 비난과 수모를 숱하게 당했지만, 결코 후회하거나 반성할 생각은 없습니다. 그 이유는 우리 대한민국이 열린 사회와 다원화된 사회로 나아가기 위해서는 교조적으로 권력을 맹신하고 행사하는 권위주의의 청산이 반드시 필요하다고 생각했기 때문입니다. 여러분, 이 점에 대해 어떻게 생각하세요? 제 말이 맞죠? (관객들 열띤 박수와 함성으로 동의를 보낸다) 여러분들도 잘 알다시피, 2008년 2월 이후 들어선 이명박, 박근혜 정부의 권위주의적인 국정운영, 참 국민들과 소통 능력이 대단하질 않습니까? (관객들 박수 치면서 동감) 그러나 저 노무현은 제 자신의 이미지가 망가질망정 여러분들과의 격의 없는 소통을 위해 저 스스로 권위라는 무장을 해제한 것입니다. (관객들 박수. 잠시 깊은 상념에 빠진 표정과 조용한 목소리로) 우리 인생이라는 것이 참 운명적이고 기구하죠? 권력을 자신의 목숨처럼 사랑했던 '권력의 화신' 박정희라는 양반은 62살에, 이와는 정반대로 권력을 경멸하고 조롱했던 저 노무현은 63살에 각각 드라마틱하게 삶을 마감한 게 말입니다.

한 사람은 심복에게 피살당하고, 다른 한 사람은 스스로 죽음을 택하고 말입니다. (관객들 진지한 표정)

문득 1884년에 일어난 갑신정변의 주역인 풍운아 김옥균의 묘비명이 생각납니다. (감회어린 목소리로) "포비상지재抱非常之材 우비상지시遇非常之時 무비상지공無非常之功 유비상지사有非常之死라! "비상한 재주를 지니고 태어나 비상한 시절을 만나니, 비상한 공 하나 없이 비상한 죽음만을 맞이했노라!" (관객들 고개를 끄덕이며 박수) 첫 번째 비상한 재주를 지닌 것만 제외하고는 저, 인간 노무현의 지나온 삶을 가장 잘 표현하는 말인 것 같습니다. (노무현, 잠시 허탈한 웃음, 관객들 깊은 침묵) 자, 이제 여러분들과 헤어질 시간입니다. 그간 여러분들과 함께했던 한 시대를 저의 소중한 추억으로 간직하면서 이제 양택陽宅의 세계에서 음택陰宅의 세계로 떠날까 합니다.

여러분! 안녕히 계십시오! (관객들 모두 자리에서 일어나 뜨거운 박수를 보낸다. 무대 중앙의 핀 라이트가 꺼지면서 처음의 암전 상태로 되돌아간다)

-2014. 9. 2-

동백아가씨와 솔베이지의 노래

60대 이상 대한민국 국민 중에 '엘리지의 여왕' 이미자의 '동백아가씨'를 모르는 사람은 없을 것이다. 1964년에 개봉된 신성일, 엄앵란 주연의 청춘멜로물 《동백아가씨》의 주제가이기도 한 이 노래는 우리 한국인들의 보편적 정서에 꼭 들어맞는 트로트 가요의 대표곡이라 해도 과언은 아닐 것이다. 여름철 봉사활동을 위해 서해의 외딴 섬에 온 서울의 한 대학생을 사랑하게 된 섬 처녀의 애절한 심정을 노래한 '동백아가씨' 못지않게 클래식 음악에도 떠나버린 연인을 하염없이 기다리는 한 여인의 애달픈 마음을 노래한 명곡이 있다.

북유럽 노르웨이의 음악가 에드바르 그리그(1843-1907)가 작곡한 『페르귄트 모음곡』 제2번에 등장하는 '솔베이지 송' 혹은 '솔베이지의 노래'라는 곡이다. 워낙 유명한 곡이라서 클래식 문외한이라도 한번쯤은 이 노래를 들어본 적이 있을 것이다. 이 『페르귄트 모음곡』은 그리그가 20세기 중반부터 전 세계적 화두로 등장한 여성해방운동 혹은 여권신장운동, 즉 페미니즘 운동의 선구자적 작품이라 할 수 있는 연극 『인형의 집』 극본을 쓴 노르웨이 출신의 극작가 헨리크 입센이 1876년 무대에 올린 동명의 연극에 막간 연주하기 위해 작곡한 음악극인데, 이 중 클래식 팬들의 사랑을 한몸에 받고 있는 곡이 이 '솔베이지의 노래'다. 이 '솔베이지의 노래'는 돈을 벌기 위해 춥고 가난한 노르웨이 고향 땅을 떠나 외국으로 가버린 연인 페르귄트를 애타게 기다리는 솔베이지의 애끓는 심정을 표현한 곡인데, 참고로 이 연극은 남주인공 페르귄트가 성공과 실패를 거듭하다가 백발이 되어 고향에 돌아왔을 때, 어느덧 할머니가 된 솔베이지의 품에 안겨서 그녀가 부르는 이 노래를 들으면서 숨을 거둔다는 최루성 멜로드라마이다.

그래서 '솔베이지의 노래'의 여주인공 솔베이지는 떠나간 연인을 하염없이 그리고 애타게 기다린 반면, 우리의 '동백아가씨'는 매일 밤 그리움에 지쳐서, 울다가 지쳐서, 꽃잎에 '빨간 멍'이 들 정도로 사무치게 그리워하는 점이 약간 다를 뿐이지만, 이 두 곡 모두 임을 기다리는 여인의 애절함이 절절하게 표현된 노래임은 분명한 사실이다.

그런데 KBS 전국노래자랑이나 부서회식 후 2차로 노래방에 가서 이 '솔베이지의 노래'를 부른다면, 그리고 유명교회 성가대의 정례발표회에서, 혹은 연말 불우이웃돕기 자선음악회에서 이 '동백아가씨'를 부른다면 어떻게 될까? 장소와 행사의 성격에 전혀 어울리지 않는 '부조화의 현장'이 연출되리라는 것은 '뻔할 뻔자'일 것이다. 소위 고급문화와 대중문화의 소비시장이 따로 존재한다는 얘기인데, 바로 이 대목에서 '대중들의 저속한 취향에 부합하는 천박한 예술작품이나 문예사조'를 뜻하는 '키치Kitsch'란 문예용어가 등장한다. 우리가 살았던 일상적인 삶에서 이런 키치를 대표하는 것이 이른바 '이발소 그림'이다.

여러분들도 어릴 적에 이발소에서 자주 목격했던 그림들로 주로 르노아르의 풍경화나 밀레의 '만종'처럼 누구라도 알 만한 세계적인 명화의 복제품이거나, 무릉도원 같은 상상적인 민화가 주류인 이 이발소 그림들은 처음부터 물감이 아니라 페인트로 그려지는 데다가 공장에서 제품 생산하듯이 대량으로 생산되기 때문에 수준은 예외로 치더라도 그림 자체가 조악한 편이다. 지난 1960년대까지만 해도 주로 이발소나 다방, 그리고 음식점에 걸려있었던 이 '이발소 그림'에는 가끔 '가화만사성家和萬事成' 같은 문구나 러시아의 시인이자 소설가인 알렉산드르 푸시킨의 「삶이 그대를 속일지라도」라는 시에 등장하는 "삶이 그대를 속일지라도 슬퍼하거나 노여워하지 말라. 슬픔의 날 참고 견디면 기쁨의 날이 오리니. 마음은 미래에 살고 현재는 늘 슬픈 것. 모든 것은 순간에 지나가고 지나간 것은 다시 그리워지나니." 같은 시구나, 철학자 바르휘 스피노자의 격언인 "내일 지구가 멸망한다 해도 나는 오늘 한 그루의 사과나무를 심을 것이다." 같은 그럴듯한 문구가 들어있기도 한데, 아무리 생각해 보아도 러시아 근대문학의 개척자인 푸시킨의 시가 왜 '이발소 그림'에 들어가있는지 도통 그 연유를 알 수가 없다.

그럼 이 '키치Kitsch'라는 용어의 기원은 어디인가? 독일이다. '싸게 만들어 판다'라는 뜻을 지닌 독일어 동사 '페르키첸verkitschen'에서 유래한 말이다. 그리고 이 '키치'는 현대 대중자본주의의 발달과 함께 1800년대 중, 후반에 문화예술계에 등장한다. 그 당시 진지하고 난해한 예술작품을 감상할 수 있는 능력을 갖추지 못한 남부 독일 뮌헨의 신흥 부르주아 자본가 계층들이 자신들이 선망하는 귀족계급의 문화를 모방함으로써 자신의 위세를 과시하기 위해 유명한 미술품의 복제품들을 마구잡이로 구입하는 행태에서 이 '키치'란 말이 탄생한다.

이들 신흥 부르주아 자산가들은 구체제의 전통적인 엘리트 계층이었던 귀족들이 보유했던 사회적 지위를 획득하기 위해 그들이 행한 '모방적 취향'을 일컫는 용어로서 이 '키치'란 말이 탄생한 것이다. 그래서 오늘날 이 '키치'라는 용어는 부르주아 산업사회의 계층별 문화서열 안에서 중간계급에 의한 상층계급에 대한 모방적 취미로 해석하면 큰 무리는 없는 편이라 생각한다. 우리말로 표현하면 '속물근성'이란 말이 적당한 표현이다. 일정한 수준의 교양이나 예술적 소양을 지니지 못하면서 대외적으로만 자신을 예술 애호가 혹은 교양인으로 포장하는 행태를 말하는 것이다.

예를 들면, 경기도 광주 곤지암에서 소머리국밥집을 경영하면서 탁월한 장사능력으로 한 재산을 모아, 이를 기반으로 경기도 도의원이 된 재력가 저명인사가 자신의 응접실을 온통 브리태니커 백과사전과 세계명작전집으로 도배하는 경우나, 베토벤의 제9번 교향곡『합창』중 오직 후반부에 등장하는 '환희의 송가'만 어렴풋하게 들어 본 자칭 클래식애호가가 만사를 제치고 송년음악회에 빠지지 않고 참석하는 것도 이와 비슷한 경우라 할 수 있다. 그 밖에 우리 주위에서도 이런 '키치적 속물근성'을 많이 목격할 수 있는데, 이런 속물근성은 대부분 천민자본주의의 수혜자들에게서 주로 목격된다는 사실이다.

-2017. 10. 16-

역사기행 ②

아! 지리산

사람들은 저를 '지리산'이라 부릅니다. "어리석은 사람이 머물면 지혜로운 사람으로(智) 달라지는(異) 산(山)."이라 해서 붙여진 이름입니다. 이름치고는 썩 괜찮은 이름인 것 같습니다. 그럼 먼저, 저의 인적사항에 대해 말씀드리겠습니다. 저의 생년월일은 미상이지만, 나이는 대략 4천만 살 정돕니다. 지질학적 관점으로 말씀드리면, 지금으로부터 약 4,000만 년 전인 신생대 제3기에 있었던 조산운동의 결과, 저의 부친인 태백산맥이 태어난 지 얼마 후에 제가 태어난 걸로 알고 있습니다. 그러나 이 숫자는 추정치일 뿐이지 정확한 것은 아닙니다. 저는 현재 대한민국 공기업 직원입니다. 1967년 1월 1일에 국립공원 제1호로 취업한 이래 2016년 8월 현재까지 48년 9개월째 근무하고 있습니다.

근무지는 전라북도 남원시와 전라남도 구례군, 경상남도 산청군과 하동군 그리고 함양군 등 3개도, 5개 시군인데, 근무지역이 동서로는 40여 킬로미터, 남북으로는 30여 킬로미터가 넘는 넓은 지역인 데다, 때마침 휴가철인 관계로 물밀 듯이 쇄도하는 등산객과 피서객 때문에 저는 지난 주중까지만 해도 졸도 직전의 격무에 시달리곤 했습니다. 그래서 지난 8월 15일 광복절에는 누적된 과로로 인해 119 구급차에 실려 남원 시내의 한 병원 응급실로 후송된 적도 있었습니다. 그런데 다행히도 엊그제 내린 비 때문에 폭염이 주춤해서 이제 좀 살 것 같습니다. 이어 저의 성장환경에 대해 말씀드리겠습니다. 저는 일찍이 1,500여 년 전인 통일신라시대부터 중국의 중원오악을 본 따 명명된 신라오악의 일원으로서 동악 토함산, 서악 계룡산, 북악 태백산, 중악 팔공산과 함께 남악으로 선정되어 해마다 나라에서 큰 제사상을 받았던 귀한 몸이었습니다. 그리고 저 역시 여느 유명인사처럼 아호를 몇 개 갖고 있는데, 한민족의 영산인 백두산에서 시작된 "백두대간(頭)이 흘러와서(流) 멈춘 산(山)"이라 해서 '두류산'이 그 첫 번째요, 두 번째는 『노자』, 『장자』와 함께 도교의 3대 경서 중 하나인 『열자列子』란 책에 '삼신산三神山'이란 3개의 영산이 등장하는데, 그중 하나인 방장산方丈山이 저의 아호입니다. 참고로 나머지 봉래산蓬萊山은 저의 아우인 금강산, 영주산瀛洲山은 형님인 한라산의 아호입니다.

이제 9월 중순의 추석이 지나면 저도 옷을 갈아입기 시작합니다. 제 머리 부분에 해당되는 천왕봉과 노고단, 반야봉 정상부터 서서히 울긋불긋한 단풍으로 물들면 저도 엄동설한에 대비한 월동준비에 들어갑니다.

그래서 저의 연간 근무일정에 따르면 이맘때인 8월 말부터 10월 상순 무렵이 가장 여유로운 시간입니다. 그래서 모처럼 찾아온 여유 있는 시간을 맞아 수백 년 동안 제가 직접 목격한 사실들을 토대로 해서 완성한 저의 육성 회고록을 여러분께 소개할까 합니다. 먼저 저는 회고록을 집필하기 전에 한 가지 기준을 정했습니다.

그것은 저, 지리산을 무대로 해서 진행된 수많은 역사적 사건을 천편일률 식으로 나열하는 것보다 역사적, 시대적 맥락에 따라 시기적으로 구분하여, 크게 세 가지 범주로 정리했습니다. 그럼, 이 세 가지 범주란 게 무엇인지 간략하게 설명드리겠습니다.

1866년, 병인년 초에, 14살 난 아들 고종을 대리해 조선을 통치하던 흥선대원군 이하응이 8천여 명의 천주교도를 학살하는 병인박해丙寅迫害가 일어납니다. 이 참극의 와중에서 9명의 프랑스인 선교사가 희생됩니다. 때마침 중국 천진에 체류 중이었던 인도지나, 즉 오늘날의 베트남에 주둔 중이었던 프랑스 해군 사령관 피에르 로즈가 이 소식을 듣고, 조선을 징벌하기 위해 그해 10월, 7척의 함정에 600명의 해병을 동원하여 조선의 강화도를 침공합니다. 조선이 서양과 무력으로 충돌한 첫 번째 역사적 사건, 병인양요丙寅洋擾입니다. 세계사적 시각으로 본다면, 이 병인양요는 서세동점西勢東漸, 즉 영국, 프랑스 독일, 러시아 등 19세기 서양의 제국주의 열강들이 동양 세계를 하나하나 자국의 식민지로 편입하는 세계사적 조류에 대한 조선의 결의를 상징하는 사건이었습니다.

그래서 저는 중국만을 이 세계의 전부로만 알고 있었던 '동방의 은둔국' 조선이 그 당시 전 세계의 지배자였던 서구 열강의 일원인 프랑스를 상대로 전투를 치룬 이 병인양요를 기점으로 해서, 그 전의 기간은 '도피와 은둔의 땅'으로, 그리고 그 후부터 1953년 7월 한국전쟁 정전 때까지, 약 100년을 '저항과 투쟁의 땅'으로, 그리고 1953년 7월 이후부터 현재까지를 '치유와 상생의 땅'이라는 세 가지 개념으로 정리하고 회고록을 집필했습니다.

먼저, 제1부인 '도피와 은둔의 땅'에 대한 이야기입니다. 지금이야 제 전신을 관통하고 있는 사통팔달의 교통망에다 포장도로 덕분에 인기 만점인 국민 관광지가 되었지만, 불과 100여 년 전만 해도 험한 산세와 깊은 계곡, 게다가 울창한 수풀 속에는 호랑이나 표범, 곰, 그리고 늑대 같은 맹수가 우글거리는데, 누가 감히 저를 찾아오겠습니까? 그래서 저를 찾아오는 사람들은 딱 한 가지 부류의 사람들이었습니다. 속세에서 살다 도피처를 찾아 저에게 온 사람들입니다. 여러분도 잘 알다시피, 1392년 조선왕조의 개창과 함께 일어난 수많은 정변과 사화와 당쟁에 휩싸여 멸문지화를 입은 집안이 어찌 한둘이겠습니까? 아무리 뼈대 있는 명문가라도 한번 역적 집안으로 지목되면 그대로 풍비박산이 나는 사회가 조선사회 아닙니까?

오죽했으면, 15살 나이에 한 살 어린 단종과 정혼하여 일국의 왕비가 된 정순왕후 송 씨도 1453년, 단종의 숙부인 수양대군 이유가 일으킨 계유정란으로 단종이 폐위되자, 그녀 나이 18세부터 일개 노비로 전락하여 구걸과 염색작업에 종사하다 한 많은 일생을 마친 사례가 이런 사실을 잘 입증하고 있지 않습니까? 그 당시의 형법인 대명률에 의하면 역적 집안의 16세 이상의 남자들은 죽음을 당하고, 그 이하의 어린이들과 부녀자들은 공노비나 사노비 신세로 전락하게 됩니다. 그래서 그들 중 일부는 탈출하여 천신만고 끝에 저의 깊숙한 산자락에 숨어들어 변성명하고 화전을 일구며 살게 됩니다. 사실 이렇게 숨어든 명문거족의 후손들이 한둘이 아니었습니다. 그리고 지금으로부터 420여 년 전인 1592년에 발발한 임진왜란 때에는 수많은 민초들이 무지막지한 일본군이 저지른 학살을 피하기 위해 남부여대하여 저를 찾아온 그 처참한 정경을 회상하면 지금도 눈물이 납니다.

그런데 저를 '도피와 은둔의 땅'의 대명사로 만든 역사가 바야흐로 이 땅에 전개됩니다. 1800년, 조선의 마지막 개혁군주였던 정조임금 사후부터 본격적으로 시작된 노론 일당독재와 안동김씨가 주도한 세도정치로 인해 삼정이 문란해지자 탐관오리들이 발호하기 시작합니다. 이런 탐관오리들의 학정을 견디지 못한 민초들이 대거 정든 고향을 떠나 저, 지리산으로 도피하여 스스로 화전민이 되거나 산포수 혹은 약초꾼이 됩니다.

그리고 이건 저만이 알고 있는 천기입니다만, 오늘 이 자리에서 처음 말씀드립니다. 사실, 저에게는, 남북으로 2개의 명당이 있습니다. 어디인가 하면, 북으로는 천년고찰 실상사가 있는 남원시 산내면 입석리와 남으로는 하동군 악양면 평사리인데, 이 평사리가 바로 여류소설가 박경리의 대하소설 『토지』의 무대입니다. 그런데, 전 5부 20권의 『토지』 제1부에 주인공 서희의 아버지이자 최 참판댁의 당주인 최치수라고 매우 예민하고 신경질적인 양반이 지리산의 강 포수와 함께 지리산 전체를 미친 듯이 헤집고 다니면서 남자종 구천과 함께 야반도주한 자신의 처 별당 아씨를 눈에 불 켜고 뒤쫓는 대목이 등장합니다. 바로 이런 장면처럼 도망간 노비를 뒤쫓는 추쇄도감의 그물망을 피해 깊고 깊은 저의 산자락으로 숨어든 청춘남녀가 한둘이 아니었습니다.

그 밖에 살인, 강도, 사기 같은 파렴치한 범죄를 저지르고 입산한 위인들도 더러 있었습니다만 하여튼 제도권 사회에서 박해받고, 천대받고, 멸시당하며 살아야만 했던 이 땅의 민초들에게 저, 지리산은 '도피와 은둔의 땅'이었습니다.

그러나 1800년대 중, 후반부터 서양의 제국주의와 자본주의가 이 땅에 노도광풍처럼 밀어닥치자 저는 이제 '저항과 투쟁의 땅'으로 변모하기 시작합니다. 그래서 제2부는 '저항과 투쟁의 땅'으로 변신한 저의 파란만장한 스토리입니다. 도화선은 1894년 전라도 고부 땅에서 봉기한 동학농민군이 점화한 '저항과 투쟁'입니다.

수백 년간 이어온 봉건적 질서를 혁파하여 밖으로는 청나라와 일본 등 외세에 종속되지 않는 나라, 안으로는 민중들의 기본적 생존권 보장을 요구한 농민들의 자발적이고 조직적인 저항은 집권에만 급급하던 명성왕후 민 씨 일족 등 보수파의 오판으로 인해 최신식 무기로 무장한 일본군이 개입하는 바람에 결국 미완으로 끝을 맺습니다. 그러나 일부 동학 농민군은 관군과 일본군의 추적을 따돌리고 저의 깊숙한 산자락에 은신처를 만들고 나서 10여 년 후에는 또 다른 투쟁의 횃불을 치켜듭니다. 1905년, 외교권을 일본에게 강탈당하는 을사보호조약이 체결됨에 따라 이 땅은 일본의 보호국이 됩니다. 그러자 동학세력들이 조선 전역에서 봉기한 의병의 선봉으로 변신해 한말의병전쟁의 주역으로 활동합니다.

그러나 수년 후인 1910년, 한일병합조약으로 조선이 일본의 식민지로 전락하자, 이들 저항세력들은 다시 북만주와 남만주로 이동하여 각처의 독립군 일원이 되어 일본 군국주의에 대한 투쟁을 꾸준하게 전개합니다. 이처럼 저는 19세기 말과 20세기 초기에 급변하는 국제정세라는 태풍을 만나 난파당한 끝에 결국은 침몰하고 마는 유람선처럼 국권을 상실한 이 나라의 운명에 따라 '저항과 투쟁의 땅'으로 변모한 것입니다. 그러나 이런 동학농민군과 한말 의병의 저항과 투쟁은 다가오는 이념의 전쟁에 따른 저항과 투쟁의 서막이었습니다. 저 역시, 이 이념의 전쟁을 온몸으로 겪는 과정에서 영육이 만신창이가 되기도 했습니다. 너무나 생생하고 끔찍한 경험이었습니다.

1945년 8월 15일 정오, 한반도는 일제로부터 해방이 됩니다. 그러나 해방의 기쁨은 잠시, 유럽 제국주의의 붕괴와 함께 새롭게 탄생한 사회주의 소련과 자본주의 미국에 의한 새로운 국제질서의 출발점인 얄타협정의 산물로 한반도는 남북으로 분단됩니다. 이 분단으로 인해 남과 북에는 미국과 소련의 세계전략에 따라 서로 적대적인 정치 체제가 들어섭니다.

그 결과 5천 년 한반도 역사상 최초로 이념의 대립과 갈등 끝에 전쟁이 발발합니다. 한국전쟁, 6.25 전란입니다. 이 6.25 전란의 와중에 저를 이 땅의 현대사에서 '저항과 투쟁의 땅'으로 뚜렷하게 각인시켜준 존재가 등장합니다. 빨치산의 대명사, '남부군'이라는 군사조직입니다. 1950년 9월 15일 UN군 사령관 더글러스 맥아더 원수의 지휘하에 이루어진 인천상륙작전의 성공으로 일부 인민군은 퇴로가 차단당해 북으로의 후퇴 길이 막히게 됩니다. 그러자 이들 역시 저, 지리산의 품으로 스며듭니다. 곧이어 10월 중순, 30만의 중공군이 참전하자 압록강까지 진격했던 UN군은 오산까지 후퇴했으나 1951년 3월에는 서울을 수복한 후 전선은 38선 부근에서

교착상태에 빠집니다.

그리고 이 해 5월, 저, 지리산에서 남로당 충남북, 전남북, 경남북 등 6개 도당위원장이 회합을 갖고 남로당원과 입산한 인민군 잔존병력을 모아 사단급인 남조선 인민유격대, 세칭 남부군을 결성하여 제2전선을 구축할 것을 결의합니다. 곧이어 군사책임자로 충남 금산 출신인 남로당의 거물 이현상이 북에서 내려옵니다.

조상 대대로 전해 내려온 가난과 사회적 천대가 자신의 타고난 운명으로 알고 살아온 빈농 소작인들과 백정 같은 천민들은 자신들 같은 무산자 계급인 프롤레타리아가 다가올 새 시대와 역사의 주역이 될 것이라고 선전하는 공산주의 사상은 그들에게는 천지개벽할 정도의 복음이었습니다. 이런 선전, 선동을 무비판적으로 수용한 그들의 앞날에는 말 못할 고난과 형극의 길이 기다리고 있었습니다. 하여튼, 이 당시 남부군의 사기는 그야말로 하늘을 찌를 듯했습니다. 이런 시대적 상황을 문학적 상상력으로 복원한 인상적인 장면이 조정래의 대하소설 『태백산맥』에 등장합니다.

1951년 10월 초, 저의 허리 부분에 해당되는 세석평전에서 남부군의 추석 잔치가 성대하게 펼쳐지는데, 이날의 백미는 각 도당 대항 씨름경기였습니다. 이 씨름대회에서 우승한 경남 진주 출신의 한 머슴이 함께 씨름 실력을 겨루었던 전남 도당 소속 장사와 일행들에게 "동무들, 투쟁 잘하이소!"라는 말을 건네고 헤어지는 장면입니다. "동무들, 투쟁, 잘하이소!" 소위 "낫 놓고 기역자도 모르는" 그 진주 머슴의 모습에서 빈부귀천이 없는 만민평등의 새 세상을 만들고자 하는 그의 정신적 고양감을 읽을 수 있었습니다.

그러나 남부군의 기세는 그리 오래 가질 못했습니다. 그해 11월, 일제의 괴뢰국인 만주국의 만주군 대위 출신인 백선엽이 지리산 공비토벌사령관으로 부임하여 국군 1개 사단과 전남북과 경남의 전 경찰력, 그리고 폭격기까지 동원한 대규모의 전력으로 대대적인 섬멸작전에 들어갑니다. 12월 겨울철 혹한기에 시작된 토벌작전으로 인해 남부군은 재기불능의 피해를 입습니다. 그런데 여기에서도 역사의 아이러니가 등장합니다. 엄혹했던 일제의 식민지 통치를 종식시키기 위한 독립투쟁의 한 방편으로 사회주의 길을 택한 결과, 13년의 수형생활을 한 직업 혁명가 이현상과 2년제 봉천(오늘날의 선양)군관 학교를 졸업하고 만주군 장교가 되어 일본 군국주의의 선봉에 선 백선엽, 이 두 사람 중에 진정한 애족, 애국자는 과연 누구인가 하는 의문 말입니다.

현재 남과 북에서 제각기 상반된 평가를 받고 있는 남부군 사령관 이현상과 토벌군 사령관 백선엽, 이 두 사람 중에 누가 일제 강점기라는 특수한 시대에 보편적 정의를 구현한 인물이었는가 하는 문제 말입니다. 왜곡되고 변질된 우리의 현대사가 낳은 '역사의 불편한 진실'이라 아니 할 수 없습니다. 결국 남부군 사령관 이현상은 1953년 9월, 저, 지리산 중에서도 가장 외진 의신마을 위쪽 빗점골에서 경찰에게 사살됩니다. 이 대목에서 저는 저와 지척거리에 있는 하동군 북천면에서 태어난 소설가 이병주가 남긴 "태양에 바래면 역사가 되고, 월광에 물들면 신화가 된다."라는 말의 의미를 곰곰이 되새겨 봅니다. "비록 현실의 역사에서 패배자는 이현상이었지만, 그가 품었던 이상과 그 이상을 이 땅에 실현하기 위한 열정과 투쟁은 한편의 신화로 승화되어 영원히 기억될 것이다."라는 그 의미 말입니다.

1953년 7월 27일, 수백만 명에 달하는 인명피해와 이산가족을 양산해 낸 3년간의 전쟁을 종식하는 정전협정이 체결될 때, 남과 북, 모두에게 버림받아 미아 신세가 된 남부군의 저항과 투쟁을 끝으로 저는 다시 다가올 시대에 걸맞는 모습으로 변신합니다. 그것은 바로 파괴적이고 부정적인 어감을 풍기는 '저항과 투쟁의 땅' 대신 밝고 긍정적인 느낌을 주는 '치유와 상생의 땅'으로 불리게 되는 저의 변신입니다. 반세기 전인 1960년대 중반부터 본격적으로 시작된 경제개발 덕분에 이제 이 나라는 세계 10위권 내외의 경제대국이 되는 기적을 연출합니다. 그러나 세상사에는 반드시 빛과 그림자가 있기 마련입니다. 비약적인 경제성장에 의한 물질적 풍요가 빛이라면, 황금만능 풍조와 무한경쟁에 의한 정신의 황폐화가 그림자입니다.

게다가 효용성과 편리함만을 강조하는 대도시의 분주한 삶은 사람들의 심성을 더욱 피폐하게 만듭니다. 그래서 물질적 풍요 속에 정신적 빈곤감을 느끼는 사람들이 그들의 상처받은 영혼을 치유하기 위해 하나, 둘씩 저를 찾아오기 시작합니다. 승자독식과 적자생존으로 특징 지워지는 신자유주의적 자본주의의 삶에 지친 도시인들에게 제가 치유와 상생의 장소로 인식되고 있기 때문입니다. 그래서 제3부는 이 '치유와 상생의 땅'이라는 개념으로 저의 회고록을 완성했습니다.

자, 지금까지 저의 육성 회고록, 『아! 지리산』의 주요 내용을 말씀드렸습니다.

끝으로 여러분들에게 전할 저의 간곡한 당부 사항이 하나 있습니다. 영국의 대문호 윌리엄 셰익스피어는 "우리 인간은 인생이라는 무대에서 자신에게 주어진 역할에 혼신의 연기를 펼치고, 때가 되면 퇴장하는 배우와 같은 존재다."라는 말을 남겼습니다. 이런 셰익스피어의 말처럼, 이 땅에서 전개된 격동과 격변의 역사와 함께, '도피와 은둔의 땅'에서 '저항과 투쟁의 땅'으로, 이제는 '치유와 상생의 땅'으로 변모해온 저 지리산의 자화상은 저를 무대로 해서 각양각색의 인간 군상들이 그들에게 주어진 시대적 역할에 최선을 다하기 위해 흘린 '피와 땀과 눈물'로 얼룩진 자화상이란 사실입니다. 그래서 여러분들이 여러분들의 선인들이 흘린 이 '피와 땀과 눈물'의 의미를 결코 잊지 말아 달라는 것이 저, 지리산의 유일한 소망입니다.

-2016. 8. 29-

제4장 '낙樂'-1 "반장님 광고 나온 거 맞소?"

반장님, 광고 나온 거 맞소?

현재 내가 청소반장으로 일하고 있는 역삼동의 맥주홀은 영국이나 미국에 가면 쉽게 볼 수 있는 일종의 선술집인 펍Pub스타일의 맥주홀이다. 1980년대에 미국 시카고에서 탄생한 '구스 아일랜드'라는 브랜드를 가진 하우스 맥주, 즉 매장에서 주조한 맥주를 곧바로 생맥주 형태로 판매하는 이 맥주홀은 작년 12월 중순에 개업했는데, 이상하게 따뜻해진 날씨 덕분인지 아니면, 입소문에 의한 선전 효과인지는 몰라도 수요일부터 토요일까지는 그야말로 문전성시를 이루고 있다. 그래서 이렇게 장사가 잘되면 우리 같은 피고용인들은 편하다. 표준어로 '쓰잘머리' 없는 잔소리가 없기 때문이다. 그런데 한 열흘 전에 나에게 "아따, 반장님 부자 되겄소"라는 강력한 카운터펀치를 날린 문제의 김현숙 여사와 함께 근무를 하면서 일어난 사건이 오늘의 토픽이다.

그녀와 함께한 20여 일 근무하고 나서 휴게실에서 이런저런 대화를 나누는 중에 내가 고향은 전남 보성이고 학교는 광주에서 다녔으며, 광주고등학교를 나왔다고 하자, 자신은 나의 모교인 월산동 대성초등학교 부근 월산로터리에 있는 무슨 태평약국인가 하는 약국 부근 동네에서 성장했으며, 대성초등학교, 동신여중을 거쳐 동신여고를 졸업했다고 자신의 신상정보를 들려주었다. 아마도 동향 출신이며 초등학교 후배라는 친밀감 때문에 자신의 신상정보를 자연스레 털어놓았을 것이다. 이렇게 신상정보를 교환하고 난 며칠 후인 지난 주중에 주간조인 나와 야간조인 그녀가 함께 근무하는 날이었다, 왜냐하면 매일 오후 5시부터 7시까지 2시간 동안은 주간조와 야간조가 합동근무를 하기 때문이다. '거위'를 뜻하는 '구스'란 브랜드로, 매장에서 직접 생산하는 이른바 '하우스맥주'를 판매하는 이 맥주홀은 외관 전체가 강화유리로 되어있는 1, 2층 구조인데, 이날 오후 6시경에 그녀와 함께 화장실의 휴지통을 점검하고 있었다.

그런데 이곳의 휴지통은 이상하게 잠금장치가 설치되어 있어 반드시 열쇠로 열고 닫아야 되는 구조인데, 그녀가 아무리 애를 써도 그놈의 박스를 못 여는 것이었다. 무려 3,4분 동안이나 낑낑거리면서 박스 여는 데 실패하자 내가 "어이, 김현숙 씨, 그거 일로 줘 봐요. 내가 한 번 해볼께." 하고 키를 받아 박스통의 열쇠 구멍에 넣고 박스 하단 부분을 '탁'치자 '퉁' 하고 박스가 쉽게 열렸다. 그러자 그녀가 "음마? 반장님은 쉽게 여요. 잉, 근디, 나는 왜 그렇게 안 될까? 거, 참 요상하네." 하며 나에게 공치사를 늘어놓는 것이었다. 순간 우쭐해진 나는 "김현숙 씨, 잘 보시오. 열쇠를 여기에 넣고 이쪽을 탁 치면서 돌리란 말이오. 알겄소? 자, 그럼, 다시 한 번 해보시오." 하며 키를 건네주자, 이번에도 역시 낑낑거리면서 못 여는 것이었다. 그 광경을 지켜본 내가 "아니? 김현숙 씨? 당신 동신여고 졸업한 거 맞아?" 하고 핀잔을 주자, 그녀가 풀죽은 목소리로 "아따, 반장님. 그놈의 동신여고, 동신여고 하지 마란 말이요.

그란해도 청소일 다니느라 챙피해 죽겠는데 말끝마다 동신여고, 동신여고요? 글고 나는 인문계 출신이라 이런 기계는 영 서툴단 말이요." 하고 변명을 늘어놓는 것이었다. 그래서 내가 "아니, 열쇠 하나 따는데, 무슨 인문계 출신이 따로 있고 자연계 출신이 따로 있다요? 난. 그런 말 첨 들어 보요." 하고 무안을 준 적이 있었다.

그런데 이 일이 있은 지 며칠 후인 이번 주 초반에, 그녀가 나에게 통렬한 복수전을 결행하게 된다. 이날 오후 5시경에 그녀와 함께 1층 맥주홀의 바닥을 청소하고 있었다. 그녀가 먼저 빗자루로 쓸고 나가면 내가 뒤따라가면서 그 자리를 마포걸레로 닦는 순서였다. 한참 작업을 하다가 그녀가 갑자기 나에게 "반장님, 그 걸레 좀 탁탁 터시요." 하고 주문하는 것이었다. 그래서 내가 마포걸레를 바닥에 대고 '탁탁' 털자, 그녀가 한심스럽다는 표정을 지으면서 "반장님, 그렇게 터는 법이 어디 있다요? 그 걸레, 일로 줘 보시요." 하면서 내게 걸레를 건네받자, 바닥에서 약 2, 30센티미터 높이를 두고 허공에다 걸레를 터는 것이었다. "이렇게 털어야 부스러기가 떨어지 제. 바닥에다 대고 탁탁 털면 그 쓰레기하고 먼지가 다 어디로 가겄소?"라는 말과 함께 매우 의미심장한 미소를 지으면서 결정적 멘트 하나를 날리는 것이었다. "반장님, 광고 나온 거 맞소?"

-2017. 3. 25.-

첫사랑, 「별」과 「소나기」

누구에게나 첫사랑은 있을 것이다. 유아기를 벗어나 만 6세부터 12세 사이의 아동기인 초등학교 시절에 이성에게 느끼는 부끄럽고 이상야릇한 감정 말이다. 막연한 동경과 호기심, 그리고 수줍음이 깃든 그런 사랑은 모든 사람의 추억 속에 '첫사랑'으로 깊이 자리 잡고 있을 것이다. 교육대학교를 졸업하고 갓 부임한 담임선생님 이병헌을 짝사랑하는 산골 소녀 전도연의 첫사랑을 그린 영화《내 마음의 풍금》같은 순수하고 맑은 사랑은 일상의 삶에 피폐해진 우리의 영혼을 잠시나마 순화시켜주는 청량제 같은 추억을 선사할 것이다. 나에게도 이런 첫사랑이라 할 만한 미묘한 감정을 느꼈던 적이 있었다. 그때가 아마 1961년, 초등학교 3학년에 재학 중이었던 3월 신학기 무렵이었다.

그 당시 난 전라남도 보성군 보성군청 바로 뒤인 보성 북 국민학교에 다녔었는데, 어느 날 우리 반에 이름이 강혜연인지, 아니면 강혜영인지 하는 예쁘장한 소녀가 전학을 왔다. 내가 기억하고 있기로는 3학년이 4학급이었는데, 순천에서 전학 온 이 소녀는 곧 소년들의 관심과 호기심의 대상이 되었다. 유달리 눈이 크고, 웃으면 밝은 미소가 인상적이었으며, 뒷머리를 두 가닥 댕기로 딴 이 소녀는 급장, 오늘날의 반장인 나와 친해지기까지는 그리 많은 시간이 걸리지 않았다. 그 당시, 보성읍내라는 조그만 지역사회는 학부형들의 사회적 위치와 재력이 그대로 학교 내에서 아이들의 위상과 직결되던 곳이었다. 30대 초반에 이미 화물트럭 2대로 운수사업을 하던 아버지의 물질적 후원과 담임선생님이 아버지와 북 국민학교 동창생이라는 인연으로, 난 1학년 때부터 줄곧 교내에서 '잘 나가는 축에 든 아이'였었다.

봄가을 소풍과 가을철 운동회 때에는 담임선생님을 포함한 모든 선생님의 점심은 어머니가 전부 챙겨주곤 했었다. 그래서 그 애 역시 급장이었고 비교적 유복한 가정 출신인 나에 대한 관심이 있었기 때문에 나와 쉽게 친해졌을 것이다. 그런데 어느 날 학교를 파하고 그 애와 함께 집에 가던 중에 첫사랑이라고 하기에는 좀 유치하지만, 난생처음 이성에 대한 호기심과 함께 막연하게 사랑 비슷한 가슴 설레는 감정을 느꼈었다.

지금은 보성 초등학교로 이름이 바뀐 북 국민학교 정문에서 남쪽으로 조금 가다 보면 읍내 중심가가 나오는데, 거기에서 경찰서 앞을 지나가면, 고모네 양복점이 나오고, 이어 사거리가 나타난다. 그 사거리에서 나의 단골 이발소인 중앙이발관을 끼고 왼쪽으로 꺾어 돌면 회룡고개로 향하는 사이길이 나오는데, 그 고개 중간쯤에 그 애 집이 있었고, 우리 집은 그 사이길 초입에 있었다. 화창한 어느 봄날, 방과 후에 함께 집에 가던 중에 그 사이골로 접어들 무렵, 우연하게 같이 손을 맞잡고 그 애 집까지 간 것이다. 시내에서는 사람들이 볼까 봐 부끄러워 손을 못 잡고, 호젓한 길로 접어들어서야 손을 잡았다. 만약 둘이 손잡고 다니는 광경을 다른 애들이 보았다면 당장 "워~매, 누구누구는 날마다 손잡고 댕긴다네~." 하고 동네방네 입 나발을 불고 다니리라는 것은 안 봐도 빤한 사실이었다. 하여튼 누가 먼저 손을 잡았는지는 몰라도 손끝에서 전해지는 그 미묘한 감촉, 참으로 상쾌하고 기분 좋은 접촉이었다. 그 당시 일본어로 '란도셀'이라 불리는 가죽가방을 등에 짊어진 채, 우리는 매일 손을 맞잡고, 이런저런 얘길 나누면서 그 애 집까지 가고, 다시 나는 우리 집으로 돌아오는 일이 반복되었다.

서로에 대한 친밀감으로 시작된 이런 낯선 감정을 '첫사랑'이라 부르기는 좀 유치하지만, 이런 미묘하고 이상야릇한 감정은 그해 여름방학 때 우리 집이 광주로 이사 가면서 끝을 맺게 된다. 그래서 굳이 나에게도 첫사랑이 있었다고 한다면, 순천에서 전학 온 그 애와 내가 비밀스럽게 가졌던 아스라한 추억이 나의 첫사랑이었다고 말할 수 있다.

그런데 한국문학사에서 첫사랑을 주제로 하는 작품 하나를 꼽으라고 하면 단연 황순원(1915-2000)의 걸작단편 「소나기」를 꼽을 것이다. 시인이자 소설가인 황순원이 1952년에 발표한 「소나기」가 평론가들은 물론 독자들에게도 "한국 현대문학 100년사에서 단편소설의 기념비적 작품이자 전설."이며 "소설이 가진 서정적 아름다움을 극대화한 작품."이라는 찬사를 받은 걸작임은 여러분들도 잘 아는 사실이다. 중학교 1학년 국어교과서에 실렸을 뿐만 아니라 그간 영화, TV 드라마로 숱하게 리메이크되어 국내에서는 이효석의 단편 「메밀꽃 필 무렵」과 함께 '한국인들이 가장 사랑하는 단편소설'이라 해도 과언은 아니다. 그래서 다시 한 번 명작을 접한다는 기분으로 줄거리를 요약해 본다.

시골 마을의 한 평범한 소년은 개울가에서 서울에서 이곳으로 이사 온 윤 초시의 증손녀를 보게 되지만, 부끄러워 말도 제대로 못 붙이는 내성적인 성격의 소유자다. 어느 날, 소녀가 그런 소년에게 조약돌을 던져 관심을 나타내고, 소년은 이를 소중히 간직한다. 그러나 소녀를 피하기만 하던 소년은 소녀의 제안으로 함께 산에 놀러 간다. 논밭을 지나 산마루까지 오르면서 아늑하고 평화로운 가을날의 시골 정취 속에 둘 사이는 더욱 가까워진다. 그러나 산을 내려올 때 갑자기 소나기를 만난 소년과 소녀는 과수원의 원두막과 수숫단 속에서 비를 피한다. 비가 그친 뒤, 돌아오는 길에 도랑물이 불어나 소년은 소녀를 등에 업고 건너면서 이들 둘 사이는 더욱 친밀해진다. 그 후 한동안 만나지 못하다가 다시 소녀를 만난 소년은 소녀의 옷에 진 얼룩을 보고 부끄러워한다. 그 얼룩은 소년이 소녀를 업고 도랑물을 건널 때 소녀의 옷에 밴 얼룩이었다. 그리고 소녀는 그동안 자신이 그 소나기 때문에 아팠으며, 곧 서울로 이사를 가게 되었다는 말을 전한다. 이후 소년은 마지막으로 한 번 소녀를 만나려고 애를 태우다가, 소녀가 이사 가기로 한 전날 밤, 잠결에 부모가 나누는 얘기를 통해 소녀가 죽었으며, 소년과의 추억이 깃든 옷을 그대로 입혀서 묻어 달라는 말을 남겼다는 사실을 알게 된다.

향토성과 서정성을 바탕으로 간결하고 함축적인 문장으로 소년과 소녀의 짧고 순수한 사랑을 '소나기'라는 제재를 통해 상징적으로 묘사한 「소나기」의 작품 이미지와 부합되는 단편소설이 한 편 있다.

프랑스의 시인이자 소설가인 알퐁스 도데(1840-1897)의 「별」이란 작품이다. 1989년까지 중학교 국어교과서에 실린 「마지막 수업」으로 우리에게도 잘 알려진 도데는 같은 시인 출신이라 그런지 황순원의 「소나기」에서 느낄 수 있는 서정성과 향토성을 시공간을 초월해 「별」에서도 유감없이 보여주고 있다.

그럼 「소나기」의 줄거리와 비교해 가면서 「별」의 줄거리를 감상해 보자. 산속에서 홀로 거칠고 투박한 삶을 살아가는 양치기 소년에게 어느 날 꿈같은 일이 일어난다. 보름마다 산 아래 마을에서 노새에 음식을 싣고 올라오던 머슴아이가 몸살이 나는 바람에 이날은 주인집 딸인 스테파네트 아가씨가 직접 찾아온다는 소식이다. 이 고장에서 제일 예쁘기로 소문났고, 사실 이 양치기 소년도 남몰래 연모하던 주인집 아가씨가 딸랑거리는 노새 방울 소리와 함께 산속 방목지에 나타난다. 그런데 음식을 전해주고 돌아가는 도중에 소나기가 내리는 바람에 강물이 불어나 아가씨는 마을로 돌아가지 못하고, 할 수 없이 산막으로 되돌아와야 했다. 이렇게 해서 이 양치기 소년은 날마다 마음속으로 그리워하던 아가씨와 단둘이서 밤을 지내게 된다. 양들이 잠꼬대를 하면서 울어 대는 바람에 잠을 이루지 못한 아가씨는 다시 산막 밖으로 나온다. 그러자 양치기 소년은 아가씨 어깨에 양털을 덮어 주고 모닥불을 피운 채 별 이야기를 해주면서 함께 밤을 지낸다. 한참 별 이야기를 해주던 양치기 소년의 어깨에 상큼하면서도 부드러운 뭔가가 살포시 얹힌다. 졸음을 이기지 못하고 무거워진 아가씨의 머리가 그의 어깨에 내려앉는 것이었다. "우리 주위로는 별들이 마치 순한 양 떼처럼 천천히 발걸음을 계속하고 있었습니다. 이때 나는 이런 생각을 했습니다. 이 세상에서 가장 아름답게 빛나는 별 하나가 길을 잃고 내 어깨에 살포시 내려앉아 잠들어 있다고…."

목동의 지고지순한 사랑의 감정이 잘 표현된 독백이라 아니 할 수 없는 대목이다. 그런데 관찰하고, 분석하기 좋아하는 나는 소년과 소녀의 맑고 순수한 사랑을 그린 황순원의 「소나기」와 양치기 소년과 주인집 아가씨와의 지순한 사랑을 그린 도데의 「별」에서 몇 가지 유사점을 발견했다. 첫째, 인물 구도의 유사성이다. 「소나기」의 시골 소년은 아마도 이곳 재력가이자 양반가인 윤 초시 집안의 소작인을 아버지로 둔 빈한한 농가 출신이었을 것이다.

「별」의 양치기 목동 역시 홀로 사는 밑바닥 인생이라는 점이다. 반면에 상대 여자들은 지주와 목장주 집안이라는 사회의 상층부 출신이란 사실이다. 즉 출신성분 자체가 다르다는 점이다. 다시 말하면 소년과 목동은 자신보다 사회적, 경제적으로 우월한 계층에 속한 이성에 대한 동경심을 품고 있다는 사실이다. '남성판 신데렐라 콤플렉스'의 소유자라 말하면 지나치게 통속적으로 해석한 건지는 몰라도 황순원과 도데, 이 두 사람의 작품 속에 나타난 엄연한 사실을 말하는 것이다.

둘째, 사건 전개의 유사성이다. 즉 플롯, 요즘 말로 하면 스토리텔링이 비슷하다는 얘기다. 기승전결 측면에서 볼 때, 전에 해당되는 부분이 '소나기'다. 갑작스러운 소나기로 인해 「소나기」의 소년과 소녀는 원두막에서, 그리고 개천을 건너가는 과정에서 서로에 대해 친밀한 감정을 느끼게 되고, 「별」 역시 소나기로 발이 묶여 양치기 소년의 산막에서 밤을 새우게 되는 주인집 아가씨는 그와 함께 밤하늘의 별을 보면서 얘기를 나누다가 그의 어깨에 살포시 머리를 기대면서 잠이 든 상황 등이 유사하다는 점이다.

셋째, 소녀의 죽음으로 끝나는 「소나기」의 이야기 구조는 우리 한국인의 고유한 정서인 '한'을 외면화하여 독자들에게 비장감을 주는 데 반해, 「별」은 주인집 아가씨에 대한 목동의 사랑은 하늘에서 반짝거리는 '별'이라는 자연물로 상징하면서 끝을 맺는다는 점이다. 그런 의미에서 소녀의 죽음으로 끝을 맺는 황순원의 「소나기」는 오 헨리의 단편 「마지막 잎새」의 비극적 결말을 연상시킨다.

-2017. 8. 22-

어떤 금의환향

오늘 낮에 보성에 계신 아버지와 나눈 대화의 녹취록을 소개하면서 이 글을 시작한다.

아버지: 야! 명기야, 너, 형섭이 알지야?

나: 형섭이요? 누군데요?

아버지: 아~그, 조부님 막내 아들놈 말이다.

나: 아~아, 네에, 알지요. 근데요?

아버지: 아따~그놈이 아주 잘 되아 부렀서야. 며칠 전에 보성에 왔는데, 거, 뭐냐? 현대에서 나온 제네스냐? 뭐냐?

나: "네예~제네시스요.

아버지: 그래, 맞다. 제네시스, 그거 한 대에 한 칠천만 원 한다면서야?

나: 네~에, 아마 그 정도쯤 할 거요. 그런데요?

아버지: 그놈이 그걸 턱 몰고 오고, 아파트도 48평짜리에서 산다드라. 글고, 또 안 있냐? 그 위에 즈그 누나 끝복이, 고건 또 벤츠에다가 즈그 애기들이랑 같이 내려와서 아부지 산소에 가서 성묘하고 우리 집에 와서는 100만 원 내놓고 가드라. 참 고맙더라. 잉, 야. 글고 너 점순이 알지야?

나: "누구요? 점순이라니요?

아버지: 안 있냐? 즈그들 엄니 말이다.

나: 아~네, 알지요. 근데, 왜요?

아버지: 그 점순이도 이번에 같이 왔드라만, 금년에 아흔여섯이란디 끄떡없이 아부지 산소까지 올라가 부러야. 참 건강하더라.

이렇게 아흔이 다 된 아버지가 마치 프로야구 플레이오프전을 중계 방송하는 아나운서처럼 흥분한 목소리로 장황하게 보성 발, 빅뉴스를 전했다. 매일매일 단조롭고 무료한 일상이 계속되는 아버지의 시골생활에서 이런 사건은 그야말로 몇 년에 한 건 정도 생길까 말까 하는 태풍급 화제일 것이다. 그럼, 위에 등장하는 금의환향의 주인공들은 어떤 인물들인가? 사실은, 내가 고등학교 2학년에 재학 중이던 1970년에 작고한 조부의 작은 각시, 고상하게 얘기하면 소실집안 얘기이다. 그래서 위의 대화 중에 등장하는 점순이는 나에게는 작은할머니, 50대 중반의 형섭이라는 사나이는 작은아버지, 그리고 본명이 말복末福이인 그의 누나 끝복이는 나의 고모뻘 되는 인물들이다.

내가 어려서 귀동냥으로 들은 바에 의하면, 1900년생인 할머니와 1904년생인 조부가 10대 때 혼인하여 살다가, 1940년대 중반에 조부가 18살 연하의 점순이라는 이름의 여인을 작은 각시로 얻어 읍내에 살림을 차린 후 할머니가 있는 본가와는 일체의 발걸음을 끊었다고 한다. 그런데 조부가 소실을 취한 이유는 다정다감한 여인네의 상냥함과 애교와는 거리가 먼 할머니의 억센 생활력에서 비롯된 강하고 사나운 성격, 예로부터 천하장사가 많이 난다는 고흥 나로도 출신답게 선천적으로 지니고 태어난 우람한 체구 등으로 인해 아내로서 그리고 한 여자로서 할머니에게 잔정을 느끼지 못한 탓이라고 한다. 한마디로 말하면, 조부는 태생적으로 여장부 기질이었던 억센 할머니에게 질려, 점순이라는 순종적인 여자를 만나자마자 '사랑의 도피행'을 감행한 것이다.

이리하여 1940년대 중반경에 보성 읍내 우시장에서 소장수, 일명 '쇠 거간'으로 일하면서 성씨 미상의 점순이라는 작은 각시하고 살림을 차린 조부의 2세들 면면은 그야말로 점입가경이다. 첫딸인 금복이를 필두로, 순복이, 은복이, 옥복이, 복이, 말복이 등 줄줄이 여자들이고 제일 막내가 형섭이라는 이름의 외아들이다. 이 중 은복이라는 여인은 나하고 3년 내내 보성 읍내의 북 국민학교, 즉 오늘날의 초등학교 같은 반이었는데, 제대로 촌수를 따지면 그녀와 나는 고모와 조카 사이인 셈이었다.

그런데 나의 기억에 남아있는 빛바랜 한 장의 흑백사진이 떠오른다. 그때가 아마 내가 초등학교 1, 2학년에 다닐 때인 1960년 전후였었다. 그 당시 목포에서 살고 있던 큰고모하고 보성읍내에 살고 있던 작은고모가 합세해서 우리 집 근처에 있던 조부의 집에 쳐들어가 그녀들의 새어머니인 점순 여사한테 고래고래 소릴 질러대면서 쥐 잡듯이 혼내던 장면과 이들의 행동에 대해 발을 동동 구르면서 호통을 치며 꾸짖던 조부 등. 이 4명의 이해당사자들이 한동네를 들었다 놓았다 할 정도로 요란하게 만든 백주의 소동극이었다.

가까스로 복원시킨 나의 희미한 기억에 따르면, 자신의 나이 또래인 점순 여사에게 돈을 빌려준 목포 고모가 기일 내에 받지 못하자, 그걸 빌미로 하여 여동생을 대동하고 아버지 집에 쳐들어가 자신들 어머니의 철천지원수인 아버지의 작은 각시에게 "이년, 저년" 등 온갖 욕지거리를 퍼부어 대면서 인정사정 볼 거 없이 잔혹하게 혼내던 모습이었다. 회고하건대, 할머니의 사나운 성격을 몰려 받은 이 두 딸의 성질머리도 보통이 아닐 정도로 드셌는데, 이 소동극은 아마도 고모들이 돈의 변제가 늦은 점을 핑계로 해서 자신들의 아버지에게 버림받은 어머니의 서러움을 통렬하게 설욕하는 일종의 복수전 성격이 강한 '의도된 전투'로 생각된다.

하여튼 아버지의 형제들이나 고모들의 입에서는 조부의 작은 각시는 항상 '점순이'였다. 이 글을 쓰다 보니, 나만 보면 힘없는 모습으로 싱그럽게 웃으면서 "맹기네~." 하면서 남 달리 친절하게 대해주던 점순 여사 특유의 상냥하고 유순했던 모습이 생각이 난다.

그러나 유수처럼 흐르는 세월과 함께, 1960년대 중반에 접어들자 우시장 경기도 별로 좋지 않고, 60대에 접어든 조부의 건강도 좋지 않아진 데다가 설상가상 격으로 그즈음 남도에 휘몰아친 이른바 '묻지 마, 상경바람'을 타고 조부의 가족들은 신천지를 찾아 작은 고모가족들과 함께 강동구 풍납동으로 이주를 한다. 그때가 아마 1968년인가 1969년으로 기억된다. 결국 보성에 홀로 남겨져 오갈 데가 없게 된 조부는 우리가 큰고모할머니라 부르는 그의 큰누나 집에서 기거하는 불청객 신세가 되는데, 어느 날 나는 차마 웃지 못할 한편의 코미디를 목격하게 된다.

아마 겨울철이었을 것이다. 그 당시 셋째 작은아버지 가족들과 함께 살고 있던 할머니 집에 조부가 들어서는 장면이었다. 그가 막 마당에 들어서는 순간, 할머니의 청천벽력 같은 노성이 울려 퍼진 것이다. “야! 이 화상아! 여기가 어디라고 기어들어 오는 것이여! 얼룽 안 나가! 나가란 말이여!” 그러자 마당 한가운데 서있던 조부가 흥분하면 무의식적으로 나오는 더듬거리는 말투로 “아니! 저년이, 저년이, 누구한테 감히.” 하면서 말을 잇지 못하는 장면이었다. 결국 두어 차례의 설전 끝에 몸을 돌려 구부정한 자세로 힘없이 떠나가는 조부의 뒷모습을 본 나는 연민의 정과 함께 안타까운 마음을 지울 수가 없었다. 그 당시 나의 기억 속에는 내가 어렸을 때 가끔 장터 우시장에 가면 항상 ‘당꼬바지’ 차림의 조부가 과자 사 먹으라고 심심찮게 용돈을 주던 정겨운 추억이 남아있었기 때문이다.

그런데 이런 할머니의 냉담한 태도는 1970년의 화사한 5월 어느 날에 만성기관지염인 해소병으로 숨을 거둔 조부의 장례식에서 그리 서럽게 울던 당신의 모습과 묘한 대조를 이루는 것이었다. 약 1년여 동안 몇 집 건너에 있는 누나 집에서 홀로 기거하던 조부와는 단 한 마디의 말도, 단 한 번의 눈인사도 나누질 않고 냉랭하게 지내던 할머니가 40대 중반에 자신의 곁을 떠나, 연하의 다른 여인과 부부생활을 한 지아비의 마지막 길에 그리 섧게 우는 모습에서 부부의 연이란 하늘이 맺어 준다는 천생연분이라는 말을 실감하기도 했다. 그 후 1972년 3월, 대학진학과 함께 새로 시작한 서울생활 중에 천호동에 살고 있던 고모네 가족들을 통해 조부의 소실 식구들의 근황을 가끔 듣긴 들었지만, 이후 군 입대와 복학, 그리고 직장생활을 하는 과정에서 그들의 존재는 까마득한 과거가 된 지 오래였었다.

그런데 2010년 8월, 모친의 장례식에 전혀 예상하지도 않았는데,

그들 가족 중 나하고 초등학교 동창인 은복이 고모와 그녀의 둘째 여동생인 복이 고모가 조문을 와서 그때야 비로소 그들이 부평 일대에서 함께 거주하고 있으며 비교적 여유롭게 살고 있다는 사실을 알게 되었다.

내 생각에는 아마 이들이 수십 년 만에 이렇게 화려한 금의환향錦衣還鄕을 결행한 이유는 2년 전인 2014년 11월에 아버지가 당신이 생전에 꼭 해야 할 일이라고 생각했던 일, 즉 조부와 할머니의 묘를 합장한 일 때문일 것이다. 이상하게도 조부와 할머니의 묘는 생전의 그들 관계를 보여주기나 하듯이, 산비탈을 경계로 하여 서로 등지고 있는 어색한 모양새를 보여주고 있었다.

그래서 재작년 11월에 산비탈 건너편에 있던 증조부의 소실 탐진 최씨와 그녀의 외아들인 조부의 묘를 비교적 해가 잘 들고 일반도로에서도 가까운 할머니 묘지 근처로 이장해, 제일 상석에는 탐진 최씨 증조모 묘를 그 밑에는 조부와 할머니 묘를 합장한 분묘를 새로 조성했었다.

1968년 추운 어느 겨울날, 고향 땅에 늙고 병들은 남편을 남겨두고 이불 보따리와 옷가지만 챙긴 채 슬하의 1남 6녀를 이끌고 순천발, 용산행 호남선 완행열차에 몸을 싣고 보성을 떠난 지 48년 만에 백화점 납품업을 하여 큰돈을 번 외아들과 노래방 등 유흥업으로 한 재산을 모은 막내딸을 앞세우고 금의환향한 나의 작은 할머니 점순 여사가 새로 합장한 자신의 남편과 그의 조강지처의 묘에 큰절을 올리면서 이렇게 중얼거리지 않았을까?

"금복이 아부지, 글고 성님. 이렇게 합장을 하니, 얼매나 보기가 좋소? 안 그라요? 그랑께, 이제 저승에서는 금슬 좋은 부부로 잘 지내시요. 이제 아흔 여섯인 나도 낼모레면 그곳으로 갈 형편이요. 나도 거기 가면 성님하고 언니, 동생하면서 말동무하고 친하게 지냅시다. 잉. 성님."

-2016. 10. 22-

산불

지난 2006년 6월, 82세를 일기로 타계한 극작가 차범석이 집필한 전 5막 희곡 『산불』은 1962년 12월, 국립극단에 의해 국립극장에서 처음 무대에 올려진 이래 각기 세 차례씩 연극과 영화로 만들어진 사실주의 연극의 대표작이다. 한국전쟁이 한창이던 1951년 겨울, 소백산맥 산자락에 있는 한 산골마을을 무대로 인간의 원초적인 욕망을 통해 이념의 대립과 갈등, 전쟁의 비극과 상처를 산골마을 특유의 토속적인 분위기로 표현한 『산불』은 한국 연극 100년사에 남을 기념비적 작품이라 해도 과언은 아닐 것이다.

6. 25전쟁이 한참이던 어느 날 밤, 전쟁 때문에 남자들 씨가 마른 한 산골마을에 빨치산 소굴에서 탈출한 전직 교사 규복이 추위와 허기를 못 이겨 점례의 집 부엌으로 숨어든다. 남편이 반동분자로 몰려 좌익에게 살해당한 과부 점례는 어쩔 수 없이 그를 대밭에 숨겨 주고 몰래 음식을 제공한다. 이런 생활을 계속하던 중 점례와 규복에게 사랑의 감정이 싹튼다. 그런데 어느 날, 역시 남편이 빨치산으로 활동하다 죽는 바람에 젊은 나이에 과부가 된 사월이 점례와 규복의 밀회 장면을 엿보게 된다. 사월은 점례에게 자신도 규복을 돕겠다고 나선다. 목적은 규복을 통해 자신의 욕정을 채우기 위해서다. 결국 그녀는 임신을 하게 되고, 규복을 사랑한

점례는 사월에게 규복과 함께 이곳을 떠날 것을 권유한다. 그런데 얼마 후 대대적인 빨치산 토벌작전이 시작된다. 결국 대밭에 불을 질러야 될 상황이 되자, 점례는 그곳에 숨어있는 규복을 보호하기 위해 국군 지휘관에게 불 지르지 말 것을 애걸하지만, 결국 대밭에 불이 붙기 시작한다. 불타는 대밭에서 뛰쳐나온 규복은 국군의 총에 맞아 죽고, 사월도 양잿물을 마시고 죽는다.

이런 『산불』의 주인공 규복처럼 나 역시 청소원 생활 최초로 여복女福이 될지, 아니면 여화女禍가 될지 모를 미묘한 상황에 빠져있는 중이다. 제1장인 '희' 편의 「포스트 맨은 벨을 두 번 누른다」에서 소개한 바와 같이 나는 2개월간의 투잡 인생을 마감하고, 2주 전인 7월 하순에 직장을 옮겼다. 이번까지 하면 내가 청소업계에 투신한 2014년 3월 이후 9번째의 이직이다. 사실, 이직의 배경에는 지난 3월부터 버스 2번, 지하철 1번 그리고 도보로 10분 등 총 1시간 30분이 소요되는 강동구 상일동의 직장이 너무 멀어 이번에는 바로 집 옆인 2호선 합정역 부근에 있는 8층 건물의 미화감독으로 자리를 옮겼는데, 반장에서 감독으로 한 단계 점프한 셈이다. 그래서 월급도 '격과 급'에 맞게 150만 원에서 10만 원이 인상된 160만 원이다.

그런데 면접을 볼 때 알게 된 사실이었지만, 막상 지난 25일 월요일 아침 6시 30분에 출근해보니 4명의 여성 청소원들이 날 지극정성으로 환영했다. 유일한 남자인 나에 대한 지대한 관심과 어떤 기대감을 품고 말이다. 50대 후반부터 60대 중반인 그네들의 면면을 보면, 젊었을 때 한 인물 한 가락이 엿보이는 50대 후반의 장성댁,

60대 중반쯤으로 보이는 평범한 외모의 주인공 함평댁, 장성댁과 동갑내기이며 어딘지 모르게 까칠해 보이는 정읍댁, 그런데, 이 정읍댁이 어제 오후에 자신이 57년생이란 개인 신상을 넌지시 나에게 흘렸다. 그 의도는 무엇일까? 궁금한 일이 아닐 수 없다. 그리고 4명의 아줌마부대 중 가장 어려 보이고 수수하게 보이는 50대 초반의 논산댁 등 4명의 여인네들이다. 5말6초의 이 여인네들 앞에 어느 날 갑자기 인물 훤하고, 건장하고, 매너 만점인 사나이 중의 사나이, 이 몸이 혜성처럼 등장했으니, 이건 난리도 보통 난리가 난 게 아니었다. 3일 소연小宴, 5일 대연大宴이라! 연일 경사가 난 것이다.

졸지에 나는 『산불』의 주인공 규복이 따로 없는 '귀하신 몸' 대접을 받게 된다. 약 2년 5개월의 청소원 생활에 이런 호사는 처음이었다. 오전에 장성댁이 남몰래 박카스를 갖다 주면, 오후에는 정읍댁이 조심조심 비타 오백을 건네주고, 오후 4시 퇴근 무렵에는 함평댁이 냉커피를 타오는 등 나를 표적으로 하는 그네들의 물밑 신경전이 여간 아님을 이 몸이 어찌 간파하지 못하리오? 복도나 엘리베이터 안에서 우연히 마주치기라도 하면 나하고 말이라도 한마디 섞어 보고 싶어 하는 간절한 눈빛이 나에 대한 그네들의 상사지심이 아니고 무엇이겠는가 말이다.

이렇게 1명의 남자와 4명의 여인이 함께 근무하다 보니 재밌는 에피소드가 한둘이 아니었다. 보통 오전 10시경에 이 4명의 여인네들이 쓰레기를 재활용과 비재활용으로 분류하고 나면, 내 사무실에 들러 페이터 타월이나 롤 화장지 등 소모품을 공급받아 각자 자신이 맡은 층으로 일하러 올라가는데 어느 날 장성댁이 “아니? 감독님 냉장고 위에 이 먼지 좀 봐.” 하며 걸레로 냉장고 위를 정성 들여 닦자, 공교롭게 『산불』의 주인공 점례가 본명인 함평댁이 매우 아니꼬운 목소리로 “자네는 남의 남자에 왜 그리 신경 써!” 하며 매섭게 쏘아붙이는 것이었다.

그리고 이런 일도 있었다. 이름 하여 ‘호박죽 사건’이다. 8월 중순 어느 날 오후에 가장 나이가 많은 함평댁이 감독 사무실로 홀로 찾아와 은밀한 목소리로 “감독님, 호박죽 좋아하세요?” 하고 묻는 것이었다. 그래서 2주 전에도 그녀가 건네준 파전을 맛있게 먹은 적이 있는 내가 자연스럽게 “그럼요. 아주 좋아하지요.” 하고 답하자, 마치 나의 수락 의사를 기다렸다는 듯이, “그럼, 내가 내일 아침 8시경에 감독님 사무실로 가지고 올 테니 맛있게 드세요.”라고 말하면서 흡족한 표정을 짓고 돌아갔다.

아니나 다를까, 그다음 날인 수요일 아침 8시경에 내 사무실로 온 함평댁은 “감독님, 이거 드시고 나서 씻지 말고 책상 위에 그대로 두세요. 내가 가지고 가서 씻을 테니까요.”라는 말과 함께 1.5리터짜리 페트병에 가득 든 호박죽을 건넸다. 때마침 아침을 건너뛰고 출근한 나는 그 호박죽을 받자마자 단숨에 다 먹어치워 버렸다. 이게 보통 호박죽이 아니었다. 굉장한 정성을 들여서 호박과 팥, 그리고 굵직한 찹쌀 새알을 넣어 만든 호박죽이었다. 30년을 같이 산 마누라한테도 이런 호박죽을 한 번도 얻어 먹어본 적이 없었던 나로서는 모처럼의 별미를 즐겼다. “이 무더위를 마다하고 나를 위해 이런 별식을 준비하다니. 아! 나에 대한 지극정성이 대단한 함평댁이여! 그대는 실로 보기 드문 열녀 중의 열녀로다!"라는 감회가 들지 않을 수 없는 심정이었다.

그런데, 잠시 후인 오전 10시경에 이 호박죽으로 인해 자칫 피튀기는 치정극의 전조현상이 발생했다. 나의 지시와 감독하에 작업하던 중 호박죽을 건네준 함평댁에 대한 공치사로 "어쩌면 그렇게 함평댁은 요리 솜씨가 좋습니까? 난 그 호박죽을 한 번에 다 먹어버렸습니다 그려."란 내 말이 떨어지자마자, 정읍댁이 그녀 특유의 급한 성격대로 파르르 입술을 떨면서 "아니! 언니는 우리가 아니라 감독님 주려고 호박죽을 만들었구먼. 그래서 아까 한동안 안 보였고." 하면서 함평댁을 꼬나보는 것이었다. 무안해진 함평댁이 "아니여, 우리끼리만 묵으면 된당가? 감독님도 드셔야 제. 안 그런가? 장성댁?" 하며 옆자리에 있는 장성댁의 동의를 구하자, 곱상한 얼굴의 장성댁이 천연덕스럽게 나와 함평댁에게 퉁을 놓는 것이었다. "나도 이상하다고 생각했당께. 전에는 통 음식도 안 해오던 언니가 감독님이 온 뒤로부터는 파전도 해오고, 호박죽도 해오고 말이여. 그나저나 감독님 덕에 우리도 입 호사 한 번 해보자고. 안 그래? 논산댁?" 하며 이번에는 제일 나이 어린 오십대 초반의 논산댁에게 말꼬리를 돌리는 것이었다. 그래서 내가 "그나저나, 그 호박죽, 한번 먹어들 보시오. 아주 입에 척척 감기니까요." 하고 분위기 반전용 멘트를 날리자, 장성댁이 냉큼 내 말을 받으면서 하는 말. "그 호박죽이 공짜가 아니라는 사실만 아씨요."에 이어 정읍댁의 뼈있는 한 마디, "이것도 뇌물 아니여? 뇌물. 나 이따 점심때 그놈의 호박죽 안 묵을라네." 이어 나의 구원투수 논산댁의 클로징 멘트. “언니들, 그만하고 일 좀 합시다. 일 좀 해!” 이렇게 해서 일명 ‘호박죽 사건’은 일단락되었지만 나를 가운데에 두고 그녀들이 벌리는 팽팽한 긴장감과 적대감은 어제에 이어 오늘도 그리고 내일도 식을 줄 모르고 진행될 것이다.

점례와 사월의 애정공세를 한몸에 받는 『산불』의 주인공 규복이 부럽지 않은 ‘라비앵 로즈La vie en rose, 장밋빛 인생’이 따로 없는 게 요즘 나의 일상이다.

-2016. 8. 13-

네버엔딩스토리 ①

첫째 마당, 미당未堂 서정주.

그때가 내가 편성국 TV 편성부에서 클래식 음악프로그램인 『청소년 음악회』를 연출하고 있을 때인 1986년 연말 무렵이었다. 어느 날 부장이 날 부르더니 새해, 그러니까 1987년 1월 1일 새벽 4시 애국가 이후에 방송될 신년시 영상물 한 편을 제작하라는 것이었다. 지금은 잘 모르겠지만, 지난 70년대와 80년대에는 해마다 1월 1일이 되면 약 3분에서 5분 길이의 신년시를 방송하곤 했는데, 형식은 방송사마다 대동소이했다. 장엄한 동해의 일출 영상을 배경으로 자막으로 만든 유명 시인의 시가 화면의 아래로부터 위로 떠오르는 필러 프로그램이었는데, 이때 단골로 사용되는 음악이 독일의 작곡가 칼 오르프의 칸타타, 즉 교성곡 『카르미나 부라나』의 첫 부분과 마지막에 등장하는 『오! 운명의 여신이여』라는 웅장한 합창곡이나 역시 독일의 작곡가 리하르트 슈트라우스의 관현악곡 『짜라투스트라는 이렇게 말했다』 중 신비스럽고 웅대한 느낌을 주는 첫 부분을 사용하곤 했는데, 음악 이야기는 그만하고 본론으로 넘어가자.

그래서 나는 "시인은 누구로 할까요?" 하고 부장에게 물으니 그간 MBC의 신년시 단골은 서정주 시인이고, 그분에게 연락하면 본인이 다 알아서 해 줄 것이니 걱정하지 말라는 것이었다. 부장의 지시를 받고 난 후, 서정주 시인에게 전화를 했더니 다음날 오후에 동작구 남현동에 있는 자신의 집으로 오라는 것이었다.

그래서 다음날 원고료 30만 원인가 40만 원인가를 지참하고 물어물어 노시인의 집에 당도한 나는 마치 폐허와도 같은 그의 집을 보는 순간 내심 놀랐다. 아마 60년대에 지었을 것 같은 2층 양옥집은 도처에 금이 가고 마당에는 잡초만 무성한 퇴락일보 직전의 모습이었다. 무협지에 등장하는 귀곡산장鬼谷山莊 같은 분위기였다. 정중하게 노시인에게 인사하고 난 후 찾아온 용건을 얘기하니 응접실로 들어와 잠깐 기다리라는 말을 남기곤 서재에 가서 원고지 대여섯 매를 가져와 건네주면서 이게 신년시라는 것이었다. 약속한 물품을 인도받았으니 물품 값을 지불해야 하는 것은 당연한 이치 아니겠는가?

그래서 원고료 봉투를 전달하고 막 일어서려는 순간, 이렇게 오자마자 가는 것은 예의가 아니라면서 차나 한잔하고 가라는 것이었다. 그런데 곧 무너져 내릴 것 같은 을씨년스러운 집에서 게다가 난방도 제대로 안 돼 얼음장처럼 차가운 방에서 70세 노인과 무슨 대화거리가 있겠는가 말이다. 그렇다고 나 자신 시나 국문학에 조예가 깊은 인물도 아니고 말이다. 그래서 차나 홀짝거리면서 무료하게 앉아만 있는데, 그가 날더러 고향이 어디냐고 묻는 것이었다. 그래 보성이라고 대답하고 나서 노시인의 고향이 고창이라는 사실이 문득 떠올라 "저의 처가도 고창입니다."라고 하자, "그래?" 하며 지대한 관심을 표명하는 것이었다. "그럼, 처가가 고창 어딘가?" 하고 재차 묻자, "혹시 선생님은 고창여중고를 운영하고 계신 오성탁 선생을 아십니까?" 하고 대답하자, 이 양반이 거짓말 좀 보태면 '공중부양' 하듯이 몸을 들썩거리면서 "그럼, 알다마다, 이 사람아. 그 오 교장이 자네 빙분가?" 하며 반갑게 응대하는 것이었다. 그래서 그렇다고 하자 노시인이 지그시 눈을 감으면서 회고조로 말을 잇는 것이었다.

"그 오 교장의 조부와 우리 집안의 장형이 고창 그곳의 유명한 마름이었다네. 거 있잖은가? 지주들 대신해서 소작인들을 관리하던 마름 말일세. 인촌 김성수 선생 같은 대지주는 물론이고, 정읍에서 고창 오다 보면 홍덕이라는 데가 있지 않는가? 그 홍덕에도 수천 석 하는 대지주가 또 한 사람이 있네. 근촌 백관수 선생이라고. 혹시 그 양반 이름 들어본 적 있는가? 없다고? 그렇겠지. 그 양반이 6.25 때 납북당하셨거든. 그럼, 자네 한양대학교는 잘 알제? 그 한양대학교 설립자 김연준이 바로 근촌의 사위라네. 그래서 한양대학교의 요직은 수원 백 씨들이 독차지하고 있다네. 그나저나, 참 옛날 일이네. 자네 빙장인 오 교장의 조부하고 우리 장형이 인촌과 근촌 집안의 그 넓디넓은 논을 관리하던 시절 말이네. 내가 어렸을 때 오 교장 조부가 손자처럼 날 귀여워해줬는데 말이여. 다 옛날 일이지만 말일세. 그런데 오늘 자네와 이런 인연을 갖게 되었구먼 그래."하며 깊은 상념에 잠기는 것이었다. 자, 이쯤 해서 장인의 조부에 관한 놀라운 진실이 밝혀지는 두 번째 마당으로 넘어가 보자.

둘째 마당, 팔례 고모.

지난 1990년대 초반에 우연한 기회로 처가 쪽 친척을 방문하는 일에 내가 끼이게 되었다. 일행은 셋째 처형부부와 나였다. 아마도 무슨 선물 같은 물품을 전달하러 가는 길이었는데, 마침 내 차를 이용했기 때문에 내가 끼게 되었다. 조영남의 유일한 히트송 '최 진사댁 셋째 딸'이란 가요가 있듯이, 우리 속담에 "셋째 딸은 얼굴도 안 보고 데려간다."라는 말이 있을 정도로 미모가 뛰어난 게 아니라, 4명의 처형 중 가장 인정이 많고 후덕한 처형이 바로 이 셋째 처형이라는 점이다. 그래서 오늘 찾아가는 친척이 누구냐고 묻자, 처형이 곤혹스러운 미소를 지으면서 그냥 고모라고 해서 장인의 여동생이려니 하고 생각했다.

그런데 이상하게도 처형이 말하는 태도나 음성에 멋쩍음을 느꼈었다. 그래서 나는 더 이상 묻지 않고 그녀가 일러준 대로 농협 본부가 있는 서대문 로터리에서 통일로를 따라 독립문을 지나 홍제동 방면으로 가다 보면 무악재라는 고갯마루가 나타나는데, 이 무악재에 있는 한 아파트를 향해 길을 나섰다.

그런데 운전하고 가다 보면 자연스럽게 뒷자리에서 나누는 대화를 엿듣기 마련이다. 이날도 마찬가지였다. "올해 팔례 고모가 몇이당가?" "지금도 그 학교에 근무하고 있다지요?" "아직도 그 아파트에서 어머니하고 같이 사는가?" 같은 대화였었다. 이로 미루어보아 그들 간에 평소에는 거의 왕래가 없었음을 암시하는 내용이었으며, 또한 문제의 팔례 고모가 교직원이면서 독신임을 시사하는 내용이었다.

이윽고 목적지에 도착한 일행 중에 처형부부는 자신들 고모의 집으로 들어가고 나는 혼자 차에서 기다리고 있었다. 약 2, 30분 후에 나타난 처형부부를 태우고 집으로 돌아오는 도중에 팔례 고모란 한 여인에 얽힌 출생의 비밀을 알게 되었다. 이 여인은 2013년에 작고한 장인의 여동생이 아니고, 또한 장인의 부친이자 처형 조부의 여동생도 더더욱 아니고, 장인의 조부이자 처형 증조부의 딸이란 사실이었다. 즉 장인의 조부가 그의 나이 80에 묘령의 여인으로부터 얻은 딸이라는 놀라운 사실이었다. 그래서 80에 얻었다 해서 '팔례八禮'란 이름으로 부른다는 것이었다. 그렇다면 이 여인의 출생연도는 어떻게 되는가? 2013년에 작고한 장인이 1920년생이니까, 장인의 부친은 대략 1890년에서 1895년 사이에 출생했을 것이며, 따라서 그의 조부는 1870년 전후일 것이다. 그렇다면 '팔례 고모'라는 이 여인의 출생연도는 1950년 전후가 된다는 사실이다. 셋째 처형이 1954년생이니까 거의 동년배인데, 항렬로는 고모할머니뻘 되는 셈이다. 물론 장인에게는 고모뻘이 되겠지만 말이다. 만약 이게 사실이라면 남자 나이 80에 2세 생산이 가능하다는 논리가 성립된다는 말이다.

우리 역사에도 조선의 21대 국왕 영조도 재위 35년째인 1759년에 본부인인 정성왕후가 사망하자, 예순여섯의 나이에 열다섯의 정순왕후 김씨와 재혼했지만, 2세 생산에는 실패한 역사적 사례를 비추어 볼 때, 80 고령에 거뜬하게 2세를 본 장인의 조부에게 깊은 경의를 표하지 않을 수 없을 뿐만 아니라, '밥숟가락 놓기 직전까지는 살아있다는 남자의 놀라운 번식능력'을 실감하는 소중한 기회였었다. 이렇게 해서 네버엔딩스토리 두 번째 마당을 대충 정리하고 세 번째 마당으로 넘어가 보자. 이 여인 역시 출생의 비밀 면에서 본다면 위의 팔레 고모 못지않은 흥미로운 여인이다.

셋째 마당, 재벌과 여인.

이 세 번째 마당이 발생한 시점은 분명하게 기억하고 있다. 1994년 3월 춘하계 프로그램 개편에 《김한길과 사람들》이란 토크쇼가 신설되었다. 그런데 이 프로그램은 일선 PD들의 기획으로 탄생한 것이 아니라 김한길의 로비로 탄생한 이른바 '낙하산' 프로그램이었다. 『여자의 남자』라는 통속소설로 사교계에서 조금 인기를 끈 김한길이란 친구가 그 당시 갓 출범한 김영삼 정권의 막후실세였던 YS의 둘째 아들 김현철에게 로비를 하여 탄생한 프로그램이었다. 이에 대해서는 명확한 증거가 있다. 3월 중순, 첫 방송이 나간 후 김한길 이 친구가 담당 PD에게 현철이를 소개시켜 줄 테니 모처에 함께 가자는 것이었다. 그런데 이 PD의 대답이 걸작이었다. "내가 가수 현철이를 왜 만나요?" 이 만큼 순진하고 정치적 감각이 없는 세계가 바로 PD들 세계다.

그 당시 난 교양제작국 차장이라는 중간간부였던 관계로 직접 프로그램을 연출하지는 않고 신규 프로그램 개발이나 일선 프로그램을 관리하는 CP, 즉 치프 프로듀서Chief Producer 역할을 수행하고 있었는데, 그해 5월경에 이 세 번째 마당의 주인공이 등장한다. 여러분들도 잘 알다시피, 1990년대 초반이라는 시기는 영화배우 남궁원의 아들인 홍정욱이라는 '압구정 보이'가 하버드 대학을 수석으로 졸업했다는 낭설이 강남의 유한계층에 사이에 번져 강남 일대에 조기 유학 붐이 막 일기 시작할 때였다. 사실 홍정욱이란 젊은이가 하버드 대학을 졸업한 것은 사실이나, 수석졸업은 와전된 것이었다. 하버드 대학에는 수석졸업이라는 제도 자체가 없는데, 이를 잘 모르는 국내 언론들이 그가 무슨 학업 성취상 비슷한 메달 받은 것을 수석졸업으로 확대 해석해서 발생한 해프닝이었다.

이런 사회적 현상에 부응이나 하듯이, 이날 녹화예정인 『김한길과 사람들』의 게스트는 국내에서 고등학교를 졸업하고 하버드 대학에 입학한 한 여학생으로 때마침 그녀가 쓴 『나는 이렇게 해서 하버드에 갔다』라는 자전적 자기계발서가 시중에서 화제의 대상이 되어 토크쇼의 게스트로 선정된 것이었다. 그래서 녹화 당일 스튜디오에 가 그녀의 어머니처럼 보이는 여성을 보는 순간 그야말로 난 충격을 받고 말았다. 빼어난 미모에 전신에서 풍기는 화사함과 세련된 패션 감각이 전형적인 귀부인상을 연출하고 있기 때문이었다.

장미처럼 화려하고 요염하지만, 한 떨기 백합처럼 고결하고 순수함을 지니고 있으며, 국화처럼 고아한 자태는 외국 영화에서나 본 듯한 귀부인 모습 그 자체였었다. 탤런트나 가수 등 방송사에 얼마나 많은 미녀들이 드나드는가? 그런데 그들에 비하면 그녀는 단연 군계일학 격이었다. 그런데 같이 온 남자는 그녀에 비해 옷차림이나 행색이 전혀 어울리지 않는 모습이었다. 예상대로 그는 그 귀부인의 운전기사였다. 녹화가 끝나고 나서 사무실에서 간단한 미팅을 갖는 틈을 이용해 그 운전사에게 "그 여학생의 아버님은 누구세요?"라고 넌지시 묻자, 그가 우물쭈물 말문을 못 여는 것이었다.

그 대신 "우리 사모님은요. 불우한 학생들에게 장학금도 많이 주고요. 낙도 어린이들 서울 구경도 시켜 주는 등 남모를 선행을 많이 하고 계신 분입니다."라고 일방적으로 그녀의 피알만 늘어놓는 것이었다. 난 속으로 "제기럴, 동문서답하고 있네."라는 말만 되뇌일 뿐이었다.

그로부터 며칠 후, 국장과 몇몇 부장급 간부들과 함께한 점심 자리에서 국장이 나에게 "이 차장, 며칠 전 《김한길과 사람들》에 출연했던 그 여자 애 어머니가 누군지 알아?" 하며 묻는 것이었다. 그래 내가 전혀 모른다고 하자, 그가 비밀스러운 웃음과 함께 왼손 새끼손가락을 들어 보이면서 은밀한 목소리로 "그 여자는 모 그룹 창립자의 세컨드야."라고 그녀의 정체를 밝히는 것이었다.

다시 말하면 그 귀부인은 대한민국 재벌 랭킹 10위권 내에 드는 모 그룹 창업자의 애첩이며, 그녀의 딸은 현 회장인 모 씨의 이복동생이라는 사실이었다. 그래서 그런가, 나는 녹화 당일 그녀의 모습에서 양지의 화려함과 함께 음지의 공허함을 발견할 수 있었다. 물론 사후약방문이지만 말이다.

이렇게 해서 누에의 입에서 끊임없이 명주실이 나오는 것처럼 꼬리에 꼬리를 물고 새로운 이야기가 등장하는 『아라비안나이트』의 코리안 버전, 「네버엔딩스토리」 그 첫 편을 마친다.

-2014. 11. 22-

네버엔딩 스토리 ②

넷째 마당, 처와 첩, 그 빛과 그림자.

지금으로부터 약 3천여 년 전(보다 정확하게 말하면 기원전 1,046년)에 중국 문명의 발상지인 황하 유역, 즉 중원中原땅에 신정국가인 은殷 왕조를 무력으로 타도하고 새로운 한 문명국가가 탄생한다. 바로 주周 왕조이다. 이 새 왕조를 연 무왕은 하늘의 명령, 즉 천명을 받아 자신이 천하의 주인이자 하늘의 대리인인 천자天子가 되었음을 내외에 선포한다. 그리고 이 무왕의 친동생이자 개국공신인 주공周公이 편찬한 『주례周禮』는 후일 중국뿐만 아니라 조선의 가족제도에도 지대한 영향을 주게 되는데, 주요 내용은 이렇다. 천자인 황제는 정실부인인 황후 1인과 부인, 빈, 세부 등 정식품계가 있는 120명의 후궁을 둘 수 있으며, 제후는 본처 1인과 8명의 첩을, 공경대부는 1처2첩을, 나머지 사대부들은 1처1첩을 둘 수 있다고 규정하고 있다.

이 규정에 따라 중원왕조의 제후국인 조선의 경우, 국왕은 본처인 왕후 1인과 TV 사극에서 자주 볼 수 있는 빈, 귀인, 소용, 소의 등 품계가 있는 8명의 첩을, 그리고 3정승6판서 같은 공경대부는 1처2첩을, 나머지 양반사대부들이나 평민 부호들은 1처1첩을 둘 수 있었다. 그러나 이는 어디까지나 원론적인 이야기고, 당사자의 능력과 수완에 따라 다수의 첩을 거느리는 일처다첩一妻多妾제도, 부정적으로 말하면 축첩蓄妾 제도가 허용된 사회였다.

그래서 조선사회의 지배층이자 상류층에 속하는 양반사대부들이나 평민 부유층에서는 보통 본처 나이가 40 가까이 되면 첩을 들이기 마련이었다. 조혼이 일반화되었던 조선사회에서 10대 중반에 혼인해 한 20여 년을 살다 보면 권태감도 들고, 잠자리도 별로 시원치 않았으리라는 것은 불문가지였다. 그래서 양반사대부 등 경제적으로 부유한 남자들은 본처의 나이가 40 가까이 되면, 싱싱한 육체를 지닌 처자를 첩으로 들여 기분전환 겸 잠자리의 묘미를 즐긴다. 그러니 요즘 같은 추야장 긴긴밤에 남정네는 건넌방 원앙금침 속에서 이제 갓 소실로 들어온 20살 연하의 젊디젊은 첩과 깨가 서 말이나 쏟아지게 희희낙락하면서 온갖 재미를 보는데, 자신은 죄 없는 베개를 사타구니에 낀 채 홀로 긴긴밤을 지새우는 신세, 유식한 말로 표현하면 공규空閨를 달래는데, 어찌 울화가 치미지 않겠는가?

날이 새면 저 새파란 첩년을 아예 요절을 내버릴까 하는 불측한 마음도 들지만, 명망 높은 양반가 출신 규수로서 투기妬忌는 칠거지악七去之惡 중의 으뜸이라는데, 자칫 친정에 누를 끼칠 수는 없는 법, 아서라 내가 참고 견뎌야지, 어떻게 하겠는가 하며 마음을 달랠 수밖에 없는 법인데, 정작 눈꼴 뜨고 못 봐주는 것은 서방이란 위인의 행동이다. 첩년을 들여 미안했던지 이 위인이 모처럼 안방에 들어와서는 이 외롭고 서러운 본처의 심사를 달래주기는커녕 이부자리를 깔자마자 허겁지겁 올라타서 지 할 일만 마치고 드르

렁 코만 골기 일쑤인데, 그것도 잠시, 얼마 안 돼 아예 발걸음마저 끊어버리는 매정한 행태를 보이지 않는가 말이다. 값비싼 팥고물로 만든 비누로 정갈하게 세안하고, 구리거울을 들여다보면 늘어나는 것은 주름이요, 새치인 것을. 그래서 밤마다 흘리는 것은 눈물이요, 나오는 것은 한숨이라! 이럴 바에는 나도 그냥 허울 좋은 본처 자리보다 첩으로 사는 것이 더 낫지 않았을까 하는 억하심정도 들지만, 세상사에는 반드시 빛과 그림자 있는 법. 이런 서러운 본처에게는 감이 첩들이 생각할 수 없는 명예가 주어진다.

우선 나라에서는 외명부外命婦규정에 따라 남편이나 아들의 품계에 따라 본처에게는 봉작封爵이 주어지는 영예가 부여된다. 남편이나 아들이 정1, 2품 당상관이면 그의 본처나 어머니에게는 정경부인(정1품)과 정부인(정2품)이라는 작위를, 정3품과 4품에는 숙인(3품)과 영인(4품)이라는 작위를 그리고 정5품부터 종9품까지 품계에 따라 각기 다른 작위를 수여하는데, 이는 사후 자신의 묘비와 문중 족보에도 수록되는 영원불변한 영광이다.

그리고 사후에도 남편과 함께 후손들의 제사 대상이 되며, 후손들이 효행록이나 선행록을 편찬할 때 주인공이 되는 영예를 누리는데, 애석하게도 당사자가 죽어 없어지고 난 뒤에 받게 되는 명예란 사실이다. 사실 나라에서 양반사대부들의 본처나 어머니에게 이런 명예를 주는 것은 가부장적 유교질서 속에서 일방적으로 희생만을 강요당하는 양반사대부가 여성들의 불만을 잠재우기 위한 회유책이 아닌가 하는 생각이 든다. 이상이 본처의 빛과 그림자이다. 이와는 반대로 젊음과 미모라는 비장의 무기 때문에 본처의 질시의 대상이 되는 첩은 비록 지아비의 사랑을 한몸에 받는 빛나는 존재지만, 일상에서는 본처에게는 꼬박꼬박 존대어를 쓰는 것을 시작으로 매사에 그녀를 상전으로 모셔야 하지만, 그녀들의 가장 큰 슬픔은 자신들의 소생인 서자庶子에 대한 정치적, 사회적 차별이다.

시대의 반항아 허균(1569-1618)이 1612년에 쓴 우리나라 최초의 한글소설 『홍길동 전』 첫머리에도 나오듯이 서자는 아무리 총명하고 재주가 뛰어나도 과거에 응시할 수 없는 신세가 되며, 또한 첩은 봉작은커녕 사후에도 문중 제사에서도 제외되는 불명예를 감수해야 하는 처지가 된다. 이 또한 첩의 빛과 그림자일 것이다. 한마디로 말하면 본처는 "살아생전은 희생"이요, "죽어 사후는 영광"이며, 첩은 반대로 "생전은 영화"지만 "사후는 박대"라 할 수 있다. 그런데 같은 유교 문화권인 중국과 일본 그리고 베트남에도 없는 조선 시대 최악의 폐습인 '서얼금고법', 즉 같은 첩이라도 어머니가 평민 신분이면 서자庶子, 노비 등 천민신분이면 얼자孽子로 규정하는 이 차별제도는 조선의 3대 국왕 태종 이방원에게 그 책임이 있다고 역사학자들은 주장하고 있다.

그들의 주장에 따르면 아버지 태조 이성계를 도와 조선개국에 지대한 공헌을 한 5남 이방원의 생모인 신의왕후 한 씨가 사망하자, 이성계는 신덕왕후 강 씨를 후처로 맞이하여 형제를 둔다. 이게 비극의 시초다. "자식 사랑은 내리사랑."이라고 늘그막에 본 늦둥이와 새로 본 후처에 마음이 동한 이성계가 강 씨 소생인 이방석을 세자로 책봉하자, 이에 격분한 이방원이 1398년, 휘하 사병들을 동원하여 정도전 등 방석의 세력을 제거한 '제1차 왕자의 난'이 발생한다. 그리고 이듬해에 동복형제인 3남 방의를 상대로 한 '제2차 왕자의 난'에서 승자가 된 후 1400년에 왕위에 오른 이방원은 자신이 겪은 지난한 일들이 모두 후처 소생이 원인이라고 여겨 본처 이외의 여자에게서 난 서얼들은 과거에 응시할 수 있는 자격을 박탈하는 내용, 즉 제도적으로 관직 진출을 금지하는 서얼금고법을 명문화하여 강력하게 시행한 결과, 이때부터 서자들에 대한 정치적, 사회적 차별이 심화되었다고 역사학자들은 주장하고 있다.

그렇다면 조선 시대 가족제도의 특징인 일처다첩제에서 야기되는 문제점을 합리적으로 해결해 줄 가족제도는 없을까 하는 의문이 생긴다. 이런 의문에 대한 해답이 바로 이슬람 세계의 일부다처一夫多妻제다. 그중에서도 가장 보수적이고 완고한 정치제도와 사회제도를 시행하고 있는 나라가 전제군주국 사우디아라비아다. 게다가 요즘 이 나라에서는 연일 왕자들이 권력투쟁을 벌이고 있어 세계의 이목을 집중시키고 있다.

다섯째 마당, 아라비아의 로렌스.

이슬람의 최고 경전인 『꾸란(영어로는 코란)』의 많은 구절과 이슬람의 창시자 무함마드(영어로는 마호멧)의 언행록인 『하디스』에서는 결혼을 크게 권장하고 있다. 『꾸란』 24장 32절은 "너희 중 독신인 자들을 반드시 결혼시키라."라고 하여 결혼을 적극 장려하고 있다. 이외에도 4장 3절에서는 "만일 너희가 고아들을 공정하게 대할 수 없으리라고 우려할 때는 좋은 여성과 결혼하라. 두 번 또는 세 번 또는 네 번도 좋으니라."라고 하여 일부다처제를 허용하고 있는데, 아내의 수는 네 명까지 제한하고 있다. 이런 이슬람 세계에서 가장 전통적인 이슬람의 가치를 구현하고 있는 나라가 석유 대국이자, 전 세계에서 유일무이한 전제군주국인 사우디아라비아다. 그런데 이 사우디아라비아가 근래에 왕권 후계자들 간의 권력투쟁, 이른바 '사우디 왕자의 난'으로 외신에 자주 오르내리고 있다. 원래 이 사우디아라비아라는 나라는 국토의 대부분이 사막과 황량한 황무지 일색이어서 역사상 중앙집권적인 통일국가로 발전하지 못하고, 각 지역에서 할거하는 부족 중심의 전근대적 국가였었다.

그런데 1927년에 사우디의 수도인 리야드 지역을 장악하고 있던 사우디 가문의 이븐 사우디란 부족장이 무력으로 아라비아 반도 대부분을 통일한 후 초대 국왕이 되면서 이 전제군주국이 탄생한다. 이슬람 수니파 교리에 철저한 종교 전통을 표방하고 초대 국왕에 취임한 사우디는 22명의 부인에게서 45명의 왕자를 남긴 후 1953년에 사망한다. 이후 이 45명의 왕자들이 차례로 왕위에 오르는 형제상속제를 바탕으로 왕권이 교체되어오다가, 지난 1990년대 초반에 형제상속에서 장자상속으로 왕권교체가 변경된다. 이후 이 장자상속에 불만을 품은 초대 국왕 이븐 사우디 소생 왕자들의 2세들, 즉 100여 명에 달하는 손자들의 불만이 누적된 결과, 이번에 이른바 '사우디 왕자의 난'이 터진 것이다.

그런데 1927년에 불모지 아라비아반도에 이븐 사우디가 통일국가를 세운 데에는 당시 영국군 정보장교였던 토마스 에드워드 로렌스의 활약이 컸다. 1885년, 영국 웨일즈에서 태어난 로렌스는

1914년 8월에 제1차 세계대전이 발발하자, 독일, 오스트리아제국과 함께 동맹국 편에 가담하여 영국에 선전포고한 오스만 터키제국으로부터 영국의 보호령이었던 이집트의 수에즈 운하를 보호하기 위해 오스만 터키의 지배를 받고 있던 아랍의 각 지역에서 게릴라전을 전개한다.

팔레스타인과 시리아, 이라크, 그리고 아라비아반도에 산재하고 있던 아랍부족들을 규합하여 아랍민족의 독립을 쟁취한다는 대의명분하에 오스만 터키에 대항하는 이른바 '아랍전선'을 구축하는데, 이 과정에서 이븐 사우디와도 공동전선을 형성한다. 이렇게 오스만 터키에 대항해 펼친 게릴라전에서 명성을 쌓은 이븐 사우디는 1918년 제1차 세계대전 종전 후에는 아랍의 독립을 외치면서 명실상부한 아랍세계의 강자로 부상한다. 그리고 그는 1927년 자신이 속한 사우디 가문이 아라비아반도 대부분을 통치하는 사우디아라비아라는 전제군주 정권을 수립한다.

한편 이븐 사우디를 비롯하여 아랍 각 부족들을 이끌고 게릴라전을 수행한 로렌스는 1930년에 아랍 세계에서 자신이 겪었던 경험담을 기초로 하여 『지혜의 일곱 기둥』이라는 자서전을 펴낸다. 이 『지혜의 일곱 기둥』을 영화화한 것이 《아라비아의 로렌스》란 영화인데, 이 《아라비아의 로렌스》는 영화 역사상 가장 위대한 서사영화 중의 하나로 손꼽히고 있다.

1960년, 그 당시에는 막대한 제작비였던 1,500만 달러를 투입하여 1962년에 개봉된 이 영화에는 우리 같은 올드팬들에게는 낯익은 피터 오툴, 오마 샤리프, 안소니 퀸, 알렉 기네스 같은 왕년의 스타들이 대거 출연하는데, 특히 주인공 로렌스 대위 역을 맡은 피터 오툴의 푸른 눈동자로부터 끊임없이 흘러내리는 사막의 모래와 사막의 신기루 속에서 등장하는 아랍의 부족장 오마 샤리프, 그리고 떠오르는 태양을 향해 불붙은 성냥을 비추어보는 영상미와 경탄스러운 아카바 항 공격 신은 후일 '영화계의 귀재' 소리를 듣는 《죠스》, 《쥬라기 공원》, 《E.T》, 《쉰들러 리스트》의 스티븐 스필버그나 《스타워즈》 시리즈의 조지 루카스 같은 감독들에게 큰 영향을 주기도 했다.

1935년, 스피드광이었던 로렌스가 오토바이 사고로 죽음을 맞이하는 장면으로 시작되는 이 영화는 한때 '아랍의 영웅'으로까지 미화되었던 로렌스란 한 인물의 영웅심과 자아가 결국 자아도취와 자기기만이었음을 암시하는 스토리텔링이 돋보이는 명작인데, 이 영화를 연출한 이가 영국의 명감독 데이빗 린이다. 《콰이강의 다리》, 《닥터 지바고》, 《올리버 트위스트》 같은 명작을 연출한 데이빗 린이 1984년에 또 한편의 걸작 영화를 선보인다. 20세기 영국을 대표하는 작가 에드워드 모건 포스터가 1924년에 발표한 장편소설 『인도로 가는 길』을 영화화한 동명의 영화다. 영국의 식민지 인도에서 발생한 한 사건을 통해 지배자인 영국인과 피지배자인 인도인 사이에서 벌어지는 인종과 문화의 갈등을 보편적인 시각으로 설득력 있게 보여주는 이 영화 역시 영화사에 남을 또 하나의 수작이다.

그럼, 12억 인구대국 인도, "풀잎에 맺힌 한 방울의 이슬에도 삶과 죽음의 철학이 존재한다."라는 '신의 나라' 인도에 관한 얘기가 네버엔딩 스토리의 여섯 번째 마당이다. 그래서 오늘날의 인도를 특징하는 인도판 『시네마 천국』, '볼리우드'를 향해 인도 제2의 도시 몸바이, 옛날 지명으로는 봄베이의 혼잡한 거리로 공간여행을 떠나 보자.

여섯째 마당, 볼리우드.

인도는 12억 인구대국답게 영화대국이기도 하다. 현재 인도는 한 해에 약 3천 편 이상의 영화가 제작되는 영화대국인데, 이 수량은 현재 세계 최대 규모다. 지난 2015년에 제작된 한국영화가 약 100여 편인 점을 감안하면 대단한 규모라 할 수 있다. 인도가 이런 시네마 천국임을 보여주는 통계를 보면, 현재 인도 전국에 있는 약 12,000개의 영화관에서 매일 2,500만 명의 인도인들이 영화를 관람하고 있으며, 연간 티켓판매량은 100억 장을 웃돈다고 하니, 이 수치는 아마 13억 인구를 자랑하는 중국을 능가하는 규모일 것이다. 이런 인도영화의 비약적인 양적 팽창을 서구의 언론들은 '볼리우드Bollywood'라 부르는데, 이 말은 현재는 뭄바이로 부르지만, 과거에는 봄베이로 불렸던 인도영화산업의 중심지 봄베이와 미국 영화산업의 메카 할리우드를 합친 합성어다. 그래서 인도 역사에 관심이 많은 나는 인터넷 유료영화 사이트나 유투브를 통해 인도영화, 특히 시대물을 즐겨 보는 편인데, 이런 인도영화를 보면 영화 자체뿐만 아니라 이를 수용하는 관객들의 심리에서도 몇 가지 특징을 발견할 수 있다.

첫째, 인도영화는 사극이나 수사물, 코미디, 멜로물 등 장르를 불문하고 로맨스, 춤, 노래, 액션 등 온갖 양념으로 버무린 '재미있는 영화'가 대부분이다. 이런 영화를 '마살라'라 부르는데, 마살라는 인도의 전통 양념이다. 예를 들면, 웅장한 규모를 자랑하는 역사극에서도 남녀 주인공들이 춤추고 노래하는 장면이 빠지질 않고 등장하는데, 스토리 흐름상 주인공들이 도저히 가무를 할 상황이 아닌데도, 그들은 주저 없이 대규모 무용수와 함께 즐겁게 노래하고 춤을 춘다. 실제로 인도의 영화관에서는 영화 상영 도중에 이런 가무 장면이 등장하면 관객들이 모두 일어나 함께 춤추고 노래한다고 하니, 볼리우드산 영화에는 무조건 집단 가무 장면이 등장해야 한다. 그래서 인도영화에는 필수적으로 1명의 스타, 6곡의 노래, 3개의 춤이 반드시 등장해야 한다고 한다. 인도판 흥행공식인 셈이다.

둘째, 볼리우드 영화에는 인도의 신화와 전설 혹은 역사적으로 위업을 이룬 왕이나 장군들이 단골로 등장하는데, 모든 영화가 권선징악적이며, 해피엔딩으로 마무리된다는 점이다. 특히 역사물에서 눈에 띄는 점은 외래종교인 이슬람과 토착종교인 힌두교와의 화합을 유도하는 내용이 많이 등장한다. 예를 들면, 남녀 주인공들인 왕자나 공주가 한쪽이 이슬람이면 반드시 다른 한편은 힌두교도란 설정이 너무 작위적이라는 생각이 드는데, 이는 다종교 사회인 인도의 특징을 보여주는 것으로 해석된다.

끝으로 영화가 주는 메시지보다 춤과 노래 등 오직 즐기기 위해 만들어진 볼리우드 영화들은 고단한 현실로부터 도피하고자 하는 현실도피적인 심리를 관객에게 선사하기 위해 제작된 영화라는 점이다. 대중들에게 영화와 함께 춤추고 노래하면서 집단적인 카타르시스를 제공하는 가장 저렴한 방법이 바로 영화 관람이라는 인도사회의 한 산물이라는 생각이 든다는 점이다. 그래서 우리가 갖는 영화에 대한 시각과는 전혀 다른 시각으로 만들어진 인도영화를 보다 보면 그들 인도인들의 정신세계를 한눈에 읽을 수 있다.

-2014. 11. 30-

은밀하고 자극적인 유혹, 맨발의 에로티시즘

1982년에 《보디히트 Body Heat》란 미국 영화가 국내에 개봉되면서 영화에 등장한 러브신으로 굉장한 화제를 불러일으킨 적이 있었다. 그런데 이 영화는 1992년에 개봉된 《원초적 본능 Basic Instinct》의 팜 파탈Femme fetale, 이른바 악녀惡女, 샤론 스톤의 초기 모델이었던 캐서린 터너와 3류 변호사 윌리엄 허트가 주연한 핑크빛 스릴러 드라마인데, 이 영화에서 화려한 외모와 선정적인 몸매로 도발, 신비, 섹시코드 3박자로 한 남자를 감미롭게 유혹한 후 파멸로 이끄는 요부형 팜 파탈인 캐서린 터너와 윌리암 허트가 뜨거운 여름의 열기와 함께 격정적인 사랑을 나눈 후 얼음을 가득 채운 욕조에서 그들의 뜨거운 '보디히트'를 식히면서 방금 끝낸 그들의 섹스를 음미하는 장면이 나온다. 이때 악녀는 빨간 페디큐어를 바른 맨발로 남자의 예민한 부위를 자극하면서, 자신이 꾀하는 범죄의 하수인으로 남자를 유혹한다. 결국 이 칠칠치 못한 변호사는 악녀의 발가락을 입으로 애무하면서 그 감미로운 유혹에 굴복하고 만다.

그렇다면 악녀 샤론 스톤이 경찰서 조사실에서 담배 한 개피를 입에 물고 노팬티차림으로 다리를 꼬고 앉으면서, 살짝 다리를 바꾸는 뇌쇄적인 장면으로 성적 상상력을 유감없이 보여준 《원초적 본능》의 감독 폴 베호벤은 이 《보디히트》에서 한 남자를 파멸로 이끄는 악녀의 '치명적 유혹'의 도구로 왜, '맨발의 에로티시즘'을 사용했을까?

먼저, '에로티시즘Eroticism'이란 용어는 그리스 신화에 등장하는 사랑의 여신 '에로스 Eros'에서 유래된 말로서 '남녀 간의 관능적 사랑의 이미지를 의식적으로 표현하거나 또는 무의식적으로 암시하는 예술사조의 한 경향'으로 정의 내릴 수가 있는데. 왜 신체의 일부분인 발, 그중에서도 왜 맨발이 가장 자극적이고 도발적인 성적 이미지로 표현됐는지 의문에 대한 글이 이 글의 요지다.

이 대목에서 우리는 인간의 본능적인 성욕 중 '페티시즘Fetishism'에 대한 이해가 선행되어야 한다. 본래 '페티시즘'이란 용어는 주술적인 힘을 갖는 자연적이나 인공적인 물건을 숭배하는 원시신앙을 지칭하는 말인데, 정신분석학에서는 이 페티시즘을 성적인 대상을 물건이나 신체의 일부분으로 대체하는 일종의 '성적 도착'의 한 경향이라고 정의한다. 그래서 여성의 속옷이나 신발 등 물건이나 체모나 발 등 신체의 일부분을 보거나 만지면서 성적인 흥분과 환상을 경험하는 이상성욕심리로 해석을 하는데, 정신분석전문가들은 건강한 모든 남자에게는 이런 이상성욕심리가 존재하지만, 과도한 집착이나 의존의 경우 성도착적 증세에 빠져 든다고 경고한다.

그래서 살인, 강간 등 흉악범만 수용되어 있는 미국 교도소에는 여성 면회객들을 위한 '드레스코드', 즉 복장에 대한 규정이 있다. 핫 팬티나 미니스커트 등 과도한 노출의 옷은 물론이고, 신발의 경우 발가락이 보이는 샌들이나 슬리퍼를 절대 신어서는 안 된다는 규정이 있는데, 그 이유는 빨간 페디큐어를 바른 여성의 맨발은 죄수들에게 강한 성적 충동을 유발하기 때문이라 한다.

그리고 1990년대 초반 한국 문화계에 '예술이냐 외설이냐?'라는 고전적 논란을 불러일으킨 장본인 연세대 교수 마광수도 그의 에세이 『나는 야한 여자가 좋다』에서 "빨간 페디큐어를 바른 여자의 맨발로부터 강력한 원시적 생명력과 함께 탐미적인 성적 판타지를 전율할 정도로 느낀다."라고 고백한 바 있다. 그리고 이런 극단적인 사례도 있었다. 2008년 7월, 미국 미네소타 주 램리 카운티 법원은 26살 저메인 데이비스란 흑인 청년에게 강도죄로 3개월의 실형을 선고했는데, 놀랍게도 그는 길을 가는 여성을 흉기로 위협하고 신발을 강제로 벗긴 후, 그 자리에서 그녀의 발가락을 입으로 빤 혐의 때문이었다. 물론 이 사건은 일종의 병적인 성도착적 증세에 의한 엽기적인 사건이지만, 여성의 발이라는 신체의 일부분이 왜 남성들에게 이처럼 자극적이고 육감적인 성적 이미지로 각인된 이유는 도대체 뭘까?

『꿈의 해석』이라는 명저로 20세기 정신분석학과 심리학, 문화인류학 그리고 사회학 등에 강한 영향을 미쳤던 오스트리아 유대인 출신 정신과 의사 지그문트 프로이트(1856~1939)는 그의 저서 『성 이론에 대한 3가지 의견』에서 다음과 같이 주장한다. "정상적인 성적 목표라면 성교에 의한 성기의 결합이며, 이 행위의 목적은 일시적으로 성적 긴장과 충동을 완화시켜 주는 데 있다. 그러나 상대의 성기와의 결합을 목표로 하는 성적 충동이 억압되어 좌절되면, 그 충동은 좌절된 그 지점을 목표로 재설정되는데, 이를 통해 본래의 성적 목표인 성기 대신 다른 대상이 그 자리에 들어선다. 이런 좌절된 성적 욕구가 '패티시즘' 이라는 성적 일탈을 낳는다."라고 주장한다. 이어서 그는 "그런데 남성의 시야에 들어선 여성의 전신 중 가장 첫눈에 들어오는 신체의 일부분이 머리와 발인데, 머리와 얼굴은 상대의 시선과 가슴에 의해 차단당해 성적 충동을 강하게 느끼지 못하는 대신, 발은 아래로부터 목표로 하는 성기와의 접근이 용이하고 상대의 시선을 의식하지 않고 은밀하게 성적 상상력에 빠져들 수 있기 때문에 '발 페티시즘foot fetishism'은 남성들의 성적 충동과 흥분의 대상이 된다. 즉 무의식적으로 여성의 발을 성기의 연장으로 인식한다."라고 말한다. 이어서 그는 "그래서 발로부터 시작해 목표로 하는 성기까지의 도달이 억압되고 금지되기 때문에 여성의 신발이나 발에 집착하게 되고, 따라서 발이나 신발은 원래 목표로 했던 '성기의 대체물'이 된다."라고 장광설을 늘어놓는다.

상당히 긴 글 중 주요 내용만 간추려 인용한 것인데, 혹시 지하철에서 형형색색 예쁜 색깔로 페디큐어를 한 젊은 여성의 맨발을 주시하는 중년 남성들을 성도착증 혐의에서 구제해 줄 프로이트 선생의 코멘트를 또 하나 소개한다. "흥미로운 사실은 이런 페티시즘이 병적인 존재가 아니라 욕망이나 생명적 충동 등 인간의 모든 행동에 내재되어 있는 근원적 성욕인 '리비도Libido', 즉 원초적이고 건강한 성적 에너지의 한 표현이다."라는 코멘트인데, 하여튼 이 프로이드 선생은 인간의 삶을 '사랑, 에로스Eros'와 '죽음, 타나토스Thanatos', 2개의 범주로 규정할 만한 인물임에는 분명하다.

그리고 일부 문화인류학자들은 여성의 맨발을 육감적인 성적 이미지로 치환시키는 것은 발의 기능적 측면에서 연유된다고 주장한다. 즉 발을 신발에 넣고 빼는 동작은 '에로틱한 성적 행동'을 연상하게 만든다는 것이다.

이처럼 여성의 발이 가진 성적 이미지를 극대화한 이야기는 신데렐라의 유리 구두 스토리가 으뜸이다. 유리 구두에 쏙 들어가는 신데렐라의 자그마한 발이 섹시함의 상징이어서 그런지 왕자는 그토록 오매불망 유리 구두 주인을 찾았다. 그리고 서양 속담에는 '발의 크기는 성기의 크기와 비례한다.'라는 말이 있는데, 여기에는 여성의 발도 포함된다. 그리고 영국 런던에는 여성의 발만을 사용하여 남성들을 극도의 쾌락 상태로 이끈다는 '발의 궁전'이라는 이름의 창녀집도 있다고 하는데, 진위 여부는 알 수가 없다.

한편 동양에서도 여성의 발은 남성들의 성적 판타지와 욕망의 대상이었다. 중국에서는 여자아이가 태어나자마자 비단으로 발을 칭칭 동여매 성인이 돼도 발길이가 3치, 즉 10㎝를 넘지 않는 전족 풍습이 있었다. 전족의 에로티시즘은 중국의 4대기서 중 하나인 『금병매』에 잘 나타나 있다. 전족에 입 맞추고 발가락을 빨고 깨물며 그 잔류물을 삼키거나 또한 남성의 성기를 전족의 양쪽 발바닥 사이에서 비비거나 양 발바닥을 모았을 때 생기는 틈새로 성기를 삽입해 마찰을 시켰는데, 이런 페팅 방법은 유럽 여성들이 유방 사이로 교접하는 기교와 비슷하다고 할 수 있다.

우리나라도 좁은 볼로 발을 옥죄는 외씨버선이 있다. 오이씨처럼 볼이 조붓하고 갸름하여 맵시가 있는 버선인데, 발을 감싸는 버선을 신는 행위는 곧 섹스를 상징했기 때문에 사랑하는 사람들은 꽃을 꺾어 상대방의 신발이나 버선에 꽂아두며 자신의 성적 욕구를 간접적으로 표현했다고 한다. 1954년에 개봉된 《맨발의 백작부인 The Barefoot Contessa》이라는 헐리우드 영화와 1966년, 한국 청춘 영화의 황금기를 개막한 신성일, 엄앵란 주연의 《맨발의 청춘》 등 이들 영화의 타이틀 '맨발'은 언제나 야성적이고 관능적이며 도발적인 이미지를 준다.

그래서 혼잡한 지하철에서 페디큐어로 섹시하게 장식한 자신들의 맨발을 엉큼한 시선으로 훔쳐보고 있는 중년 남성들의 뇌하수체에 원시적이고 원초적인 성적 충동인 리비도가 폭포수처럼 흐르고 있는 사실을 아는지 모르는지, 만약 알고 있다면 내심 그 은밀한 자극과 유혹을 즐기는 젊은 여성들의 '맨발'이 온통 이 뜨거운 도시의 아스팔트를 점령하고 있다.

-2014. 7. 21-

메르스 비상사태, 난 이렇게 본다

지금으로부터 137억 년 전, 시간과 공간이 충돌한다. 우주가 창조되는 빅 뱅Big Bang의 순간이다. 이 충돌에서 나온 순수한 에너지가 우주의 모든 생물과 물질을 구성하는 원소가 된다. 그 후 영겁의 세월이 흐르는 동안 이 원소가 함유된 우주의 먼지들과 파편들이 인력과 중력에 의해 한데 뭉치고 쌓여 약 45억 년 전, '둥근 공' 형태를 한 한 행성이 태양의 주위를 돌기 시작한다. 후일 우리는 이 '둥근 공'을 '지구'라 부른다.

그러나 45억 년 전의 지구는 끊임없이 우주로부터 쏟아지는 운석과 소행성, 그리고 지구 핵인 마그마의 분출, 즉 화산폭발로 인해 초열지옥 같은 정경이 펼쳐진다.

비록 당시의 모습은 지옥이었지만 그 이후의 지구에게는 크나큰 축복이 된다. 약 6,500만 년 전 지구를 강타하여 그 당시 번생했던 공룡을 멸종시켰던 그런 크고 작은 소행성들과의 충돌과 마치 우박처럼 쏟아지는 운석은 이 지구에 생명체를 탄생시켜주고 유지시켜주는 가장 중요한 요소인 H^2O, 즉 물의 원소인 수소와 산소 그리고 식물의 광합성에 필수적인 탄소, 이 3대 원소를 풍부하게 공급해 주었기 때문이다.

그리고 다시 5억 년이라는 기나긴 시간이 흐르는 동안 뜨거운 지구가 천천히 식기 시작하면서 이곳 지구는 수소와 산소의 화합물인 수분 성분에 의해 엄청난 수증기가 뒤덮는다. 곧 이 수증기는 비가 되어 철, 구리 등 미네랄 성분이 풍부한 광물성 원소들을 저지대로 흘려보낸다. 그 결과 지구에는 저지대에 한데 모인 각종 원소들이 상호 화학작용을 일으켜 화학물질로 가득 찬 바다, 이른바 '원시수프primordial soup'가 만들어진다. 40억 년 전의 일이다. 이어 이 '원시수프'가 가득 찬, 일명 '따뜻한 작은 연못a little warm pond'이라는 원시 바다에 번개와 같은 자연의 전기적 부하가 계속 가해진 끝에 이 화학물질들은 핵산과 같은 단백질로 변환하면서 복잡한 분자, 즉 세포를 지닌 하나의 유기체, 대망의 '원시 생명체'가 탄생한다. 오늘날 우리가 '미생물'이라고 부르는 단세포 유기체, 바로 '박테리아 바이러스'다.

메르스나 사스 등 모든 세균의 조상들이다. 그러나 40억 년 전의 일명 '따뜻한 작은 연못'이라는 원시 바다에서 어떤 이유에서인지는 몰라도 한 무리의 박테리아 바이러스는 단세포 유기체인 미생물로 그대로 남고, 다른 무리는 약 40억 년이라는 장구한 진화의 대장정에 들어간다.

먼저 세포의 자기복제가 가능한 아메바 같은 원생동물로 진화한 이 박테리아는 20억 년 후 오늘날 우리가 곤충이라고 부르는 무척추 동물군인 절지동물로 진화하여 바다와 육지를 지배한다. 그러나 그 후 3차례의 대멸종(오늘날 화석연료인 석탄, 석유가 이 대멸종의 부산물임)을 거치면서 척추동물이 점차 이 지구 생태계의 지배자로 등장한다. 어류에서 개구리 같은 양서류로, 공룡 같은 파충류로,

그리고 조류로 진화와 분화를 거듭하던 중 6,500만 년 전 공룡의 대멸종 이후 포유류가 등장하여 이 지구의 최종 지배자로 부상한다. 포유류란 어미젖으로 새끼를 기르는 동물들을 말한다. 이어 3,500만 년 전에 출현한 원숭이 같은 영장류에 이어 1,600만 년 전, 침팬지와 고릴라 같은 유인원이 등장하고, 700만 년 전에 일명 '오스트랄로피테쿠스'라는 학명을 지닌 인류 과가 등장한다. 그리고 수백만 년의 세월이 흐른 뒤, 15만 년 전에 이 '푸르고 아름다운 행성' 지구의 최종, 최상위 지배자인 '호모사피엔스' 즉 '현생 인류'가 탄생한다. 보다 정확하게 말하면, 동물 계界 척추동물 문門 포유동물 강綱 영장류 목目인류 과科호모 속屬사피엔스 종種이다. 이처럼 장황하게 분류체계를 설명하는 데에는 그만한 이유가 있기 때문이다.

자! 지금부터가 본론이다. 그런데 우선 이 대목에서 우리는 만화적 상상력을 한번 발휘해 보자. 40억 년 전 원시 바다에서 오늘날의 우리 인간과 같은 고등 생명체로 진화할 수 있는 미래 행 특급 열차를 놓쳐버린 불운한 박테리아 바이러스 무리가 있었다고 하자. 그렇다면 이 박테리아 무리는 과연 무슨 생각을 했을까? 원한에 사무친 나머지 이런 저주를 품지 않았을까? "오냐! 난 지금은 하찮은 박테리아 바이러스라는 하급 단세포 미생물로 남지만, 앞으로 두고 보자! 잘난 너희들이 진화의 최종 단계에 도달하여 최고의 문명을 창조해 낼 때, 난 너희들에게 '최종적 파멸'이라는 통렬한 복수극을 선물할 것이다. 으하하하!"라고 적의를 다지면서 복수의 칼날을 갈지 않았을까? 만약 이런 가정이 사실이라면, 이때부터 박테리아 바이러스 즉 세균과 인간과의 처절하고 기나긴 투쟁의 역사가 시작된다.

드디어 40억 년의 세월이 흐른 후, 이 박테리아 바이러스가 진화의 최종 단계인 인간과 그 인간이 만들어 낸 문명을 파멸시키기 위해 세상에 그 모습을 드러낸다. 40억 년 전의 원시바다에서 자신에게 약속한 복수극을 펼치기 위해 세균이라는 치명적인 무기로 변신하여 역사의 무대에 등장한 것이다. 무서운 집념이다. 다음은 그 첫 번째 복수극이다.

1346년 일단의 몽골군이 흑해연안의 무역도시 카파를 포위했다. 이 도시는 러시아 노예를 이집트에 파는 무역거점으로 이탈리아 제노바 상인들이 세운 항구도시였다. 그런데 맹렬하게 포위전을 펼치고 있던 몽골군 진영에 이름 모를 전염병이 나돌아 결국 몽골군은 퇴각하게 되는데, 몽골군은 퇴각하는 도중, 전염병으로 죽은 동료의 시체를 투석기에 장착해 성안으로 날려 보냈다. 수비군들도 자신들처럼 고통을 짊어지라는 뜻이었다. 며칠도 채 되질 않아 이 전염병은 카파에 급속도로 퍼져 나갔다. 공황상태에 빠진 제노바 상인들은 도시를 버리고 배에 몸을 실었지만, 이미 세균에 감염된 쥐들도 함께 탄 뒤였다. 그 전염병이 바로 페스트였다. 쥐를 숙주로 하는 쥐벼룩에 의해 인체에 감염되는 이 전염병이 역사에 최초로 기록된 시기는 1331년 중국 화북 지방이었다. 당시 화북 지방 인구의 90퍼센트가 이 전염병의 희생자였다.

그런데 이 페스트균에 감염된 검은 쥐들이 곡물마차와 교역물품에 들어가 대상 무리와 함께 다녔기 때문에 중국에서부터 실크로드, 즉 비단길을 따라 서쪽으로 확산되던 중, 때마침 서방원정 중이었던 몽골군에게 전파된 것이었다. 1347년, 이 페스트균은 황급하게 카파를 떠난 제노바 무역선 12척이 이탈리아 남부의 항구도시 메시나에 정박하면서 유럽으로 유입된다. 메시나에 도착한 전염병은 몇 달 만에 이탈리아를 휩쓸고 난 후, 상선에 혹은 마차나 수레에 무임승차한 쥐떼들에 의해 1348년부터 1350년까지 무서운 속도로 유럽을 강타하여, 당시 유럽 인구의 절반 내지 3분의 1인 3,000만 내지 3,500만이 이 이름모를 전염병의 희생자가 됐다. 이 숫자는 유럽이 전염병 이전의 인구로 회복하는 데 근 200여 년이나 걸릴 정도로 막대한 희생이었다.

또한 이 전염병이 '흑사병黑死病'이라는 이름을 갖게 된 이유는 검은 반점이 감염자의 팔과 다리에 퍼졌기 때문이다. 감염자는 발작과 구토, 환각 증세를 보이며 보통 발병 5일 내에 사망하는데, 운이 좋은 사람은 하루 만에 죽기도 했다. 아주 적은 수이지만 살아남은 사람들도 있었다. 이들 생존자 중 한 사람이자, 소설 『데카메론』의 저자인 피렌체 출신의 지오반니 보카치오(1313~1375)가 "점심은 친구와 저녁은 조상과 함께."라는 유명한 말을 남길 정도로 이 페스트는 공포의 대상이었다. 이 정체불명의 전염병이 자신과 가족 그리고 이웃들을 계속 죽음으로 몰고 가는 상황이 계속되자 유럽인들의 종교관이 흔들리기 시작했다. 신에 대한 믿음에 회의가 일기 시작했는데, 이는 신이 세상의 중심이었던 중세 사회의 붕괴를 초래하면서, 유럽은 이제 16세기에 독일인 가톨릭 수사 마르틴 루터의 종교개혁과 문예부흥, 즉 르네상스라는 근대로의 길로 접어든다.

후일 이 페스트는 프랑스 세균학자 알렉상드르 예르생(1863~1943)에 의해 1894년 홍콩에서 병원균이 발견되어, 1895년 예방과 치료를 위한 혈청이 생산될 때까지 근 500여 년 동안 인류의 크나큰 재앙이었다. 이렇게 첫 번째 복수극에서 인류를 거의 파멸 일보 전까지 몰고 갔던 박테리아 바이러스는 또다시 다른 세균으로 변신하여 두 번째의 복수극을 연출하는데, 이번에는 구대륙인 유라시아가 아닌 신세계 아메리카 대륙이 그 무대였다.

1519년 전설의 황금도시 엘도라도를 찾아 나선 스페인의 무뢰한 에르난 코르테즈가 멕시코의 동쪽 해안에 상륙한다. 530명의 스페인 병사와 수백 명의 쿠바 원주민과 흑인 그리고 화승총 수십 정, 대포 20문을 이끌고 내륙으로 진격한 코르테즈는 국왕 몬테수마의 극진한 영접을 받으면서 아즈텍 제국의 수도 테노치티틀란에 입성한다. 현재 멕시코의 수도인 멕시코시티의 당시 이름이다. 황금에 눈이 먼 코르테즈는 7개월 동안 몬테수마를 인질로 잡고 엄청난 황금을 요구한다. 마침내 스페인인들의 끊임없는 탐욕과 무절제한 행동에 분개한 아즈텍인들이 봉기하여 유혈참사가 발생한다. 간신히 테노치티틀란에서 빠져나온 코르테즈 일행은 1520년, 반 아즈텍 부족과 연합하여 왕국의 수도를 공격한다.

15주 동안 포위되었던 테노치티틀란이 마침내 스페인의 수중에 떨어진다. 그사이 수많은 아즈텍인이 죽었다. 30만 인구 중 4분의

3이 사망했는데, 그 원인은 천연두였다. 1519년에 테노치티틀란에서 퇴각할 때 천연두로 사망한 한 스페인 병사의 시신을 유기한 결과였다. 이 천연두 병균이 마치 분노한 신들이 형벌을 내리듯 이 아름다운 도시를 휩쓸었던 것이다. 이후 이 천연두는 남, 북아메리카로 급격히 확산된다. 1532년 프란시스코 피사로와 소수의 스페인군이 페루의 안데스 산맥에 있는 잉카제국의 수도 쿠스코에 도착했을 무렵, 잉카제국은 이미 천연두 바이러스에 휩쓸려 몰락하기 일보 직전이었다. 1492년 크리스토퍼 콜럼버스가 카리브 해의 바하마 제도에 상륙할 당시 아메리카 원주민은 거의 3, 4천만 명에 달했다는데, 불과 200여 년 후에는 불과 20퍼센트만 생존한다. 유라시아 구대륙에서 건너온 질병 때문이었다. 아메리카 신대륙의 진정한 정복자는 천연두, 성홍열, 디프테리아, 페스트, 결핵 등 전염병이었다.

그럼 왜 아메리카 원주민들은 이런 질병에 취약했는가? 원인은 단 하나, 그들에겐 질병에 대한 면역체계가 전혀 없었기 때문이다. 왜 없었는가? 이 대목에서 뛰어난 인류학자이자, 지리학자이자, 언어학자 한 사람을 소개하고자 한다. 요즘 국내 지식인 사회에서 존경의 대상이며, 또한 그의 스테디셀러 『총, 균, 쇠』로 유명한 미국 UCLA의 지리학과 교수인 제라드 다이아몬드다. 1989년 퓰리처 상 수상작인 그의 저서 『총, 균, 쇠』에서 그는 구대륙의 유럽인들이 화승총과 병균 그리고 강철제 무기로 아메리카 신대륙을 정복했다고 주장하며 그 과정을 상술하고 있다.

그의 주장에 따르면, 유라시아 대륙에서는 약 만 천여 년 전에 수렵, 채취 생활에서 농경생활에 접어들었는데, 이때 야생 소, 말, 양, 염소, 돼지, 개, 닭, 고양이, 낙타, 순록 등을 가축화하여 그들과 같은 공간에서 거주하기 시작했다.

사람들이 초기에는 이런 동물들을 매개로 하는 천연두, 홍역, 콜레라, 성홍열, 인플루엔자와 같은 질병에는 취약했지만, 수십 세대가 흐른 후에는 이러한 질병으로부터 자신을 지키는 면역력을 갖게 되었다. 그러나 아메리카 원주민들은 개와 북미의 칠면조 그리고 남미의 라마 이외에는 가축이 거의 없어 이러한 질병에 노출될 일도 거의 없었고, 따라서 면역력을 키울 기회가 전혀 없었다는 것이 그의 주장이다.

결국 박테리아 바이러스의 두 번째 복수극으로 인해 세계사의 주도권이 동양에서 서양으로 넘어간다. 그러나 이런 인간사의 흥망성쇠는 아랑곳하지 않고, 오직 40억 년 전의 원시바다에서 진화의 최종작품인 인간과 인간이 이룩한 문명에 대한 복수극을 다짐했던 박테리아 바이러스는 20세기 들어 최후, 최악의 무자비한 복수극을 펼친다.

1918년 8월, 제1차 세계대전에 참전하여 프랑스에 주둔 중이었던 한 미군 병영에서 원인 모를 인플루엔자, 독감 환자가 발생한다. 마치 오늘날의 사스나 메르스 같은 중증 호흡기성 질환이었다. 그 후 이 독감은 1918년 11월, 1차 대전 종전 이후, 참전군인들에 의해 세계 각국으로 번지면서, 1920년까지 전 세계적으로 약 2,500만 명 내지 5,000만 명의 희생자를 낸 인류 역사상 최악의 전염병으로 기록된다. 일명 '스페인 독감'으로 알려진 이 인플루엔자는 당시 한반도에도 상륙하여 무려 14만 명의 한국인이 사망하여, 국내에서는 '무오년 독감'으로 불리고 있다. 요즘의 사스나 메르스 같은 변종 바이러스에 의한 독감이었다.

지금까지 3차례에 걸쳐 인류를 파멸의 위기까지 몰고 간 질병의 대공세를 살펴보았다. 결국 40억 년 전의 원시 바다에서 고등생물체로의 진화행 특급열차를 놓친 한 무리의 원시 박테리아 바이러스가 지구상의 모든 생물체 중 가장 완벽한 걸작품인 인간에게 품은 격렬한 원한과 적의가 사라지지 않는 한 우리 인류는 결코 질병의 공포에서 벗어날 수 없다.

그렇다면 증오와 저주로 똘똘 뭉쳐진 이 미생물의 끊임없는 복수극을 멈출 수 있는 방안은 없는 것인가? 그건, "노 바디 노스~!"

-2015 .6 .6-

임성기 회장과 콜럼버스의 교환 ①

지난 1월4일 임성기 한미약품 회장은 자신이 대주주로 있는 한미사이언스의 전체주식 중 5%인 90만 주, 약 1,100억 원을 2,800여 명의 한미약품 임직원에게 무상으로 증여하는 통 큰 결정을 내렸다. 새해 벽두부터, 1인당 약 4,000만 원씩의 돈벼락을 맞은 한미약품의 직원들은 물론이고 가족 모두에게, 이 임성기 회장님은 단군 이래 대한민국 최고의 성인군자로 추앙받았을 것이다. 지난해 샤노피나 얀센, 일라이 릴리 등 글로벌 제약회사들에게 총 8조 원에 달하는 신약을 공급하는 계약을 체결하여 주가가 급등하는 바람에, 약 2조 6720억 원의 평가액으로 국내 주식부자 10위권에 진입한 임성기 회장의 성공신화는 어디에서 시작된 것인가? 그의 성공신화는 반세기 전인 50여 년 전으로 거슬러 올라간다.

1940년 경기도 김포에서 출생한 임 회장은 중앙대 약대를 졸업하고 그의 나이 27살 때인 1967년, 종로6가에 임성기 약국을 개업한다. 자신의 이름을 약국의 상호로 정한 과감하면서도 신선한 발상이었다. 참고로 감칠 맛 나는 눈웃음의 소유자이자 트로트의 여왕, 주현미도 한때 이 중대 약대 출신의 약사 선생님이셨다. 지금도 약국 도매상들과 대형약국이 밀집하고 있는 종로 6가에 약국을 개업한 청년 약사 임성기는 과감하게 성병전문 약국임을 내외에 선언하고, 공격적인 마케팅에 돌입한다. 우선 《선데이 서울》, 《주간 중앙》 같은 주간지에 '각종 성병 전문 임성기 약국'이라는 광고와 함께, 서울 시내 대로변이나 뒷골목을 가리지 않고, 전봇대나 벽면, 심지어는 영화 포스터 위에 '비 임균성 요도염, 임질, 곤지름 등 각종 성병 전문 동대문 임성기약국'이라는 전단지를 시도 때도 없이 붙이는 등 적극적인 판촉전에 나선다.

나 역시 대학 1학년 시절인 1972년도에 이 희한한 전단지를 무수히 본 적이 있었다. 그 당시 나의 집이 한남동이었는데, 중앙대가 있는 동작구 흑석동에 가기 위해서는 종점이었던 한남동에서 78번 버스를 타고 숙대 입구인 남영동으로 나와, 수유리 화계사와 흑석동을 왕복하던 84번 버스를 타야만 했었다. 그런데 남영동 길가의 전봇대에도 예외 없이 이 임성기약국의 전단지가 너덜너덜 붙어 있는 광경을 자주 목격했다.

1967년, 그의 나이 27살에 종로6가에서 성병전문 약국을 개업한 청년 약사 임성기는 그야말로 빗자루로 돈을 쓸 듯, 돈을 벌어 오늘날의 한미약품의 초석을 마련한다. 그가 큰돈을 번 것은 그 자신의 개인적 역량과 여러 시대적 상황이 복합적으로 작용한 결과였다고 난 생각한다.

다음의 추론은 필자 본인이 내린 해석임을 밝히는 바이다.

첫째, 임성기라는 독특한 그의 이름이다. 그의 한자이름은 林盛基인데, 한글로 표기하면 섹스를 연상시키는 성기性器와 이 성기의 오, 남용의 결과 재수 없어 얻게 되는 성병과의 '잘못된 만남'이다. 자신의 이름인 성기와 성병과의 연상 작용에 의한 힘. 즉 '이름의

힘!'

둘째, 1960년대 말과 1970년대 초반이라는 시대적 배경이다. 우리 인간에게는 가장 근본적인 세 가지 생리적 욕구가 있다. 식욕과 성욕, 그리고 수면욕이다. 이 세 가지 생리적 욕구가 충족되고 나면 물욕이 그다음에는 명예욕이 반드시 나타난다. 요즘 정치판의 주요인물 중 한 명인 안철수를 비롯해, 4월 총선에 출마예정인 정치신인 거의 대부분이 자신들의 이 명예욕을 충족하기 위해 동분서주하고 있다. 거룩하고 위대한 치국평천하治國平天下의 웅지를 펼치기 위해서 말이다. 그런데 가장 기본적 욕구인 식욕 문제는 1960년 5.16 군사쿠데타로 집권한 박정희 3공 정권의 제1, 2차 경제개발 5개년 계획의 결과, 그 절망적이고 악명 높던 보리고개, 즉 민생고는 역사의 저편으로 사라지면서, 그다음에 등장한 차세대 욕구주자가 바로 이 성욕이었다.

먼저 1963년부터 본격적으로 추진된 박정희 정권의 경제개발 계획에 따라 진행된 산업화와 도시화의 영향이다. 산업예비군으로서 지방의 농민들이 대거 서울 등 대도시로 유입되어 도시 빈민층을 형성하면서, 대도시에서의 삶의 경쟁이 날로 치열하게 전개된다. 이런 삶의 조건하에서, 도시 영세민 계층 여성들의 생계형 매춘이 가파르게 증가하면서 성매매업소들이 밀집된 사창가가 현저하게 증가한다. 이때 형성된 대표적인 사창가가 속칭 청량리 588과 미아리 텍사스 같은 곳들이다.

또한 1965년 6월에 타결된 한일협정의 결과 일본인 관광객들의 기생관광이 홍수를 이루면서 삼청각과 대원각에는 연일 주지육림의 향연이 펼쳐지는데, 이는 대중들에게 육체적 쾌락이라는 시대적 분위기를 확대, 재생산하는 부정적인 영향을 미친다. 그리고 그 당시 베트남에 파병 중이었던 5만여 국군장병에 의해 국내에 널리 유포되는 미국제 포르노물의 범람과 대중들의 저속한 취향에 영합하는 각종 주간지들의 선정적인 황색저널리즘의 번성으로, 걷잡을 수 없는 대중들의 성욕을 해소시켜 줄 수 있는 성매매업소가 폭발적으로 증가하는 것은 당연지사였다.

이런 사회적 향락 분위기와 대중들의 육체적 쾌락 추구에는 그에 따른 부작용도 반드시 발생하는 법, 바로 각종 성병의 전파다. 이런 성병이 널리 퍼지면서 약국과 비뇨기과가 떼돈을 벌게 되는, 이른바 '시대의 힘!'

셋째, 성병 특유의 민망하고 수치스러운 속성이다. 1970년대 전후에는 오늘날과 같은 의약분업에 따른 적정 약가나 의료수가가 책정되지 않은 시대였다. 약사나 의사가 부르는 게 값이었던 시대였다. 게다가 이 성병만큼은 환자의 인권이 철저하게 무시되는 경향이 강한 질병임은 만인이 주지하는 사실이 아닌가? 치료비와 환자의 말 못 할 고민이 정비례하는 것이 이 성병이니까 말이다.

하여튼 일단 이 고약한 병에 걸리고 나면, 인터넷도 없는 그 시절에는 그저 《주부생활》이나 《여원》 같은 여성월간지 제일 끝부분에 나오는 독자 상담코너를 보면서 불안감을 달래는 수밖에는 없었다. 한마디로 본인만이 혼자 끙끙거리면서 치료를 해야 할 부끄럽고 수치스러운 질병임은 두말할 나위도 없는 것이 이 성병의 속성이다. 그야말로 후회가 밀물처럼 밀려드는 꺼림칙한 존재인 이

성병. "왜, 내가 그때, 콘돔을 끼질 않아 이 수모와 치욕을 감수해야만 된다는 말인가!" 하는 처절한 후회 말이다.

따라서 환자의 수치심과 프라이버시를 볼모로 하여 약값을 2배, 3배로 청구해도, 환자는 한마디 이의를 제기할 수 없는, 이른바 '수치심의 힘!'

그래서 그의 나이 27세인 1967년, 종로6가에 성병 전문 약국을 개업한 임성기는, '이름의 힘', '시대의 힘' 그리고 '수치심의 힘'이라는 이 '세 가지 힘'을 성장 동력으로 활용하여 거금을 만진다. 이렇게 성병 전문약국으로 큰돈을 번 청년 임성기는 1974년에 한미약품이라는 제약업체를 설립하면서 본격적으로 제약사업에 투신한다. 청년약사에서 청년사업가로 변신한 임성기는 마침내 40여 년의 세월이 흐른 뒤인 2016년 1월 현재, 대한민국 10대 주식부호에 드는 성공신화의 주인공이 된다.

그리고 그가 성취한 성공신화의 배후에는 500여 년 전, 대서양을 무대로 한 '콜럼버스의 교환'이라는 세계사적 사건이 자리 잡고 있다.

-2016. 1. 30-

임성기 회장과 콜럼버스의 교환 ②

2001년도 동인문학상을 수상한 『칼의 노래』라는 역사소설이 있다. 『칼의 노래』는 『남한산성』, 『현의 노래』 등 그의 전작에서 일관되게 보여주는 작가정신, 즉 격변의 역사 속에서 살다간 인물들의 고뇌와 시대와의 불화를 남성작가 특유의 투박하고 절제된 필치로 묘사하여, 문단과 독자들로부터 역사소설의 새로운 지평을 열었다는 평가를 받아온 소설가 김훈의 대표적인 역사소설이다. 1592년 4월에 발발한 임진왜란에 이어 1597년 1월, 12만의 일본군이 조선을 재침공하는 정유재란이 발발한다. 부산에 잔류 중이었던 2만의 병력과 합세한 일본군은 곧바로 진주와 남원을 거쳐 전라도 지방으로 진출한다.

이와 같은 전란의 시대를 배경으로 한 『칼의 노래』는 1597년 4월부터 도원수 권율 휘하의 군영에서 백의종군하던 중 7월 중순, 칠천량 해전에서 대패하여 전사한 원균의 후임으로 삼도수군통제사로 복귀한 이순신이 소설 속의 일인칭 화자로 등장하여 1597년 9월, 극적인 명량 해전의 승리, 그리고 그다음 해인 1598년 11월 19일 노량의 핏빛 노을 속에서 맞이하는 자신의 최후까지 1년 4개월간 고난의 연속이었던 자신의 삶을 얘기하는 내용이다. 이 『칼의 노래』에서 김훈은 이순신을 시대의 영웅이자 당대의 명장이라는 상투적인 인물로 묘사하는 대신, 파멸 일보 직전의 상황에 놓인 조선 수군을 재정비하여 전쟁을 준비해야 하는 한 무인으로서 패전에 대한 두려움과 이 두려움을 극복하기 위한 자신과의 싸움, 전란에 신음하는 백성들이 자신에게 거는 기대에 대한 부담감. 세치 혀로 국사를 농단하는 조정의 문신들이 벌리는 권력투쟁의 희생물로 전락해버린 한 무장으로서의 비애와 굴욕감, 의심 많은 국왕 선조와의 갈등 등 이순신이라는 한 인간의 가슴 속에 응축되어 있는 바윗덩어리 같은 고뇌를 불편할 정도의 극한적이고 처절한 필력으로 그려내고 있다.

그런데 기존의 성웅 이미지였던 이순신 대신, 보편적인 한 인간으로서 이순신의 내면세계를 마치 내시경으로 들여다보듯, 치밀하게 묘사한 이 소설이 출간되고 나서 얼마 후, 김훈은 일부 독자들로부터 항의를 받는다. 역사적 고증에 대한 저자의 실수를 지적하는 항의였다. 지적의 대상이 되는 부분은 1597년 7월 합천에서 출발한 이순신이 하동, 광양, 순천, 구례, 옥과, 곡성, 낙안을 거쳐 8월 중순에 최종 목적지인 보성에 도착하여 고을 수령과 관속들이 다 도주해버린 텅 빈 관아의 객사에서 홀로 '식은 감자'를 먹는 대목이다. 지적의 대상이 바로 이 '감자'다. 독자들의 주장에 따르면, 1597년 당시의 조선에는 감자라는 가지과 다년생 식물이 존재하지 않았다는 것이다.

독자들의 의견에 따르면, 감자는 1820년대에 만주에서 들어와 평안북도 지역에서 처음 재배되기 시작한 외래종 식물이라는 것이다. 이 같은 독자들의 지적에 대해, 김훈은 자신의 실수를 인정한 후

다음 판에 즉각 개작할 것을 약속하면서, 차후에는 보다 더 역사적 사실에 대한 고증을 철저하게 할 것이라고 약속했다. 약 15년 전에 발생한 속칭 이 '감자사건'은 소설이나 영화 혹은 TV드라마의 시대적 배경과 소품을 놓고 벌이는 고증에 관한 하나의 좋은 사례였다. 그럼, 이 감자가 만주 지역의 토종 식물인가? 아니다. 원산지는 남미 페루의 안데스 산맥지역이다. 그리고 이 감자 이외에 옥수수나 고구마, 그리고 고추, 호박 등의 원산지도 그곳 중남미 지역이다.

그럼 이런 먹거리들이 언제. 어떻게, 우리나라에 전해졌는가? 바로 이 대목에서 '콜럼버스의 교환'이라는 오늘의 주제가 등장한다. 이 '콜럼버스의 교환' 덕분에 임성기 한미약품 회장이 2016년 1월 현재, 대한민국 주식부자 랭킹 10위권 내에 진입한 쾌거를 이룩한 것이다. 그럼 '콜럼버스의 교환'이란 무슨 말인가?

1492년 8월, 이탈리아 제노바 출신의 야심만만한 탐험가이자 몽상가였던, 크리스토퍼 콜럼버스(1451~1506)는 스페인의 여왕 이사벨라 1세의 재정적 지원으로 인도로 가는 항로를 발견하기 위해 대서양 연안의 카디스 항을 떠난다. 산타 마리아호 등 3척의 선박에 90여 명의 선원을 태우고 장도에 나선 그는 2개월의 험난한 항해 끝에, 10월 12일, 인도의 서쪽 해안에 도착하는 데 성공한다. 그러나 실은 그가 도착한 곳은 중남미 카리브 해의 바하마 제도에 있는 한 섬이었다. 오늘날의 쿠바 바로 남쪽 아이티와 도미니카 공화국이 있는 산살바도르라는 섬이다. 자신이 상륙한 섬을 히스파니올라라고 명명한 콜럼버스는 죽을 때까지 이곳을 인도의 서쪽 지방으로 확신하여 '서인도 제도West Indies Islands'라는 지명이 탄생한다. 그리고 북미 원주민을 '인디언 Indian'으로, 중남미 원주민을 '인디오 Indio'로 부르는 까닭도 이들 모두를 아시아의 인도인으로 여겼기 때문이었다.

그 후 1520년대에는 멕시코의 아즈텍 제국, 1530년대에는 남미의 잉카 제국을 멸망시킨 스페인 정복자들은, 스페인 본국에서 이주자를 대규모로 모집하여 그들의 정복지에 이주시키면서 본격적인 식민지 경영에 나선다. 대략 16세기 중반부터 아프리카, 유럽, 아시아를 뜻하는 아프로-유라시아Afro- Eurasia 대륙, 즉 구세계Old World와 아메리카America 대륙, 신세계New World 사이에 인적, 물적 교류가 본격적으로 진행되기 시작한다. 인류 역사상 최초의 세계화인 셈이다. 이런 세계사적 사건을 미국 스탠포드 대학교의 역사학과 교수였던 알프레드 크로스비가 1968년에 펴낸 그의 저서 『콜럼버스가 바꾼 세계』라는 책에서 '콜럼버스의 교환Columbus Exchange'라고 부른다.

이 당시 아메리카 신대륙이 원산지인 감자, 옥수수, 고구마, 토마토, 피망, 고추, 호박, 땅콩, 파인애플, 코코넛, 담배 등이 유라시아 구대륙으로, 구대륙에서는 벼, 밀, 보리, 귀리, 오렌지, 사과, 포도 등이 신대륙 아메리카로 전해진다. 이런 농작물의 교환은 약 2세기 후인 1800년대에, 구대륙의 기아문제를 해결하는 데 큰 기여를 한다. 특히 감자와 옥수수의 경우, 그 특유의 번식력과 적응력으로 세계 각국의 주요 구황救荒식량으로 자리 잡는다.

그런데 이런 농작물의 교환과 함께 양 대륙에 치명적인 위험을 초래하는 교환이 이루어진다. 바로 질병의 교환이다. 먼저 구대륙에서 신대륙으로 옮아간 천연두, 장티푸스, 홍역, 페스트, 콜레라, 결핵 같은 치명적인 질병으로 인해 아메리카 원주민들은 전 인구가 절멸할 정도로 큰 피해를 입는다. 그 이유는 이들에게는 이런 질병에 대한 면역력이 전혀 없었기 때문이었다. 이와는 반대로 아메리카 원주민에게는 이미 면역체계가 자리 잡고 있어 큰 피해가 되질 못하는 하나의 질병이 구대륙으로 전해지면서, 공포의 대상이 된다. 바로 매독 같은 성병이다. 특히 이 매독은 전혀 면역체계가 없던 유럽인들에게는 하늘이 내린 재앙 수준이었다. 그들의 문란한 성생활에 대한 신의 징벌이었다.

2004년에 미국의 여성 병리학자 데보라 헤이든이 쓴 『매독』이라는 책에 따르면, 1920년 독일의 세균학자 폴 에를리히가 비소가 주요 재료인 살바르산606이라는 치료제를 개발할 때까지 질병으로 죽은 유럽인 중 약 15%가 이 매독에 의한 사망이었다고 한다. 그녀는 또한, 워싱턴, 나폴레옹, 링컨, 무솔리니, 히틀러, 레닌 같은 정치인들과 보들레르, 오스카 와일드, 모파상, 제임스 조이스 같은 문인들, 마네, 반 고흐 같은 화가들, 베토벤, 슈베르트, 슈만 같은 음악가들, 그리고 니체 같은 철학자에 이르기까지 근대 유럽의 역사를 이끌던 주요 인물들이나 불후의 걸작을 남긴 예술가들 모두 이 매독으로 요절하거나, 아니면 극심한 정신착란증을 겪었는데, 그 대표적 인물이 니체와 히틀러라고 주장한다.

그래서 일부에서는 이 매독을 구세계에 대한 '신세계의 복수'라 부르기도 한다. 이런 각종 성병들이 1500년대 초반부터 아시아로 전해지기 시작하는데, 그 주범은 포르투갈인들이었다. 1498년 바스코 다 가마의 인도항로 개척 덕분에 동아시아에 등장한 포르투갈 상인과 선원에 의해 전파된 각종 성병이 당시 중국의 대외무역항이 있던 광동 지방을 거쳐 일본에 전파되면서, 우리나라에도 들어온다. 1592년에 발발한 임진왜란을 계기로 조선에 상륙한 각종 성병은 일명 '화류병花柳病'이란 고상한 이름으로 시중에 전파된다.

특히 일제강점기 기간 동안에, 도쿠가와 가문을 수장으로 하는 에도(현재의 도쿄)막부시대(1605-1867)에 '유곽遊廓'이란 공창公娼시스템을 운영한 이들의 후예답게 일제 총독부는 지금의 회현동 일대에 공창지대를 설립하여 매매춘을 합법화한다.

그 결과, 성 윤리에 관한 한 엄숙주의가 지배하던 한국사회에 성도 이제 사고파는 하나의 상품으로 인식되기 시작하면서, 성적인 자유와 방종이 한국사회에 광범위하게 유포된다. 이에 따라 성병의 만연이라는 후폭풍이 부는 것은 명약관화한 사실이었다. 사실 일제 강점기 기간 중에 요절한 문화예술인 중 상당수가 성병, 그중 치명적인 매독에 의한 것임은 주지의 사실이다.

따라서 1492년 10월, 신세계인 아메리카 대륙에 첫발을 내디딘 크리스토퍼 콜럼버스라는 한 인물에 의해 구세계인 유라시아 대륙으로 전해진 성병이 15세기 말과 16세기 초반에 진행된 소위 '대항해 시대'라는 세계사적 사건에 의해 극동의 '조용한 아침의 나라' 조선에 전파되고, 그로부터 약 400여 년 후인 1960년대에, 임성기라는 27살의 청년 약사가 종로6가에 자신의 이름을 딴 임성기 약국이라는 국내 최초의 성병 전문약국을 개업하여 7년 만에 거만의 재산을 모은다. 이 재산을 바탕으로 1974년에 한미약품을 설립한 청년약사 임성기는 40여 년 후인 2016년 1월 현재, 약 2조6720억 원이라는 천문학적인 주식 평가액으로, 대한민국 10대 주식부호에 당당하게 진입한다. 그리고 그는 새해 벽두인 지난 1월 4일에, 자신의 회사 임직원에게 일인당 평균 4.000만 원씩의 돈벼락을 안겨주는 기분 좋은 결정을 내린다.

그리고 이 돈벼락의 배경에는 500여 년 전에 대서양을 무대로 전개된 '콜럼버스의 교환'이라는 세계사적 사건이 자리 잡고 있다.

-2016. 2. 1-

제5장 ‘낙樂’-2 “반장님, 똑똑해요.”

똑 소리 나는 반장님의 인문학 썰전

“오늘날의 세계는 누가 만들었나?”

찰스 다윈

영국인 생물학자 찰스 다윈(1809-1882)은 1859년에 출간된 자신의 저서 『자연선택에 의한 종의 기원』에서 "동물이나 식물의 어느 개체군은 매우 높은 번식 능력을 갖고 있다. 그러나 자원은 한정되어 있으므로 어느 개체군의 개체는 자신 및 자손의 생존을 위해 투쟁하지 않으면 안 되는 '생존경쟁Struggle for Survival'을 벌여야 한다."라고 주장하면서 "이 투쟁에서 생존한 최적자만이 살아남고 동일한 성질의 자손이 남는데 이 같은 최적자의 '자연선택Natural Selection'을 통해 종은 자연환경에 더욱 잘 적응하게 되어 후손을 남기게 되지만, '자연선택'이라는 관문을 통과하지 못한 종은 결국 생존하지 못하게 되어 멸종된다."라고 말하면서, "원래 무작위적인 종의 유전 형질이 자연선택의 결과로 바뀌게 되고, 그래서 생존에 유리하게 된 종들이 다수를 차지하게 되고 그렇지 않은 종들은 사라지게 된다."라는 내용의 '진화론', 즉 다위니즘을 소개한다.

그런데 다윈이 '인간의 지위를 완전히 뒤집은 위대한 혁명가적인 학자'로 불리는 이유는 1871년에 출간된 두 번째 저서, 『인간의 유래』에서 제시된 인간의 기원에 관한 학설 때문이다. 다윈은 이 책에서 3단계 논증방식을 펼치는데, 첫째, 인간과 다른 동물과의 차이는 단지 정도의 차이에 불과하다. 둘째, 인간의 기원은 다른 종들과 같을 수 있다. 셋째, 만일 인간의 기원이 다른 종들의 기원과 같다면 '잃어버린 연결고리Missing Link'는 틀림없이 존재하고 있을 것이고, 언젠가는 찾게 된다라는 내용이다.

이 세 진술 중에 첫 번째가 가장 중요한데, 사실 『인간의 유래』란 책의 모든 주장은 인간과 다른 동물들의 차이는 오직 정도의 차이일 뿐이라는 첫 번째 명제, 즉 '본질은 같고 정도의 차이'라는 충격적인 내용에 기반을 두고 있다. 다윈의 이 같은 주장은 그 당시까지의 지배적인 견해, 그러니까 인간과 자연 사이에는 '비연속성', 즉 '단절'이 존재한다는 명제를 완벽하게 부인하는 이론이었다.

그래서 인류의 사상사 전체를 놓고 볼 때, 다윈은 하나의 경계선인 셈이다. 즉 인간에 대한 인간의 이해는 다윈을 전후로 해서 '다윈 이전'과 '다윈 이후'로 구분된다는 사실이다.

다시 말하면 고대 그리스인들에서 시작하여 19세기 중반까지 철저하게 이어져 내려온 인간관은 '인간은 지구상에서 유일하게 이성적인 동물이며, 그러므로 다른 동물들과는 본질적, 질적으로 완벽하게 구별된다는 견해였다. 플라톤과 아리스토텔레스는 다른 많은 문제들에 대해서는 의견을 달리했지만, 이 문제만큼은 같은 의견이었으며, 로마의 스토아학파와 쾌락주의로 번역되는 에피쿠로스학파들 역시 많은 문제들에 대해서는 의견을 달리했지만, 인간을 신에게서 유래한 지구상의 유일한 존재로 여긴 점에서는 견해를 같이했다.

중세에도 마찬가지였다. 중세의 기독교 세계만이 아니라 이슬람 문화권과 유대교 철학에서도 오직 인간만이 신의 형상을 본 따 만

들어진 유일한 피조물이라는 점에는 모두 동의하였다. 그리고 근대 철학으로 내려오면서 데카르트, 스피노자, 라이프니치, 로크, 칸트, 헤겔 등 서로 다른 견해를 보인 철학자들 역시 인간이 다른 동물과 본질적으로 다르다는 점에서는 이구동성으로 동의를 표했다. 그런데 다윈이 『인간의 유래』라는 자신의 저서에서 '자연선택'을 통해서 인간의 기원을 추적하여 최종적으로 인간과 침팬지의 조상이 같다는 사실을 밝혀낸 것이다.

여기에서 도출된 결론은 『성경』의 「창세기」 편에서 묘사한 대로 신이 인간을 창조했다는 3,000년도 넘는 신념을 산산이 깨뜨려 버린 획기적인 사건이었다. 만일 기독교의 근간인 신의 창조신화가 무너져 버린다면 신의 계시와 명령에 복종해야 하는 '종교적 믿음', 즉 '신앙'이 무너져버릴 결과를 종교인들은 우려했다. 게다가 더 우려스러운 건 인간이 비록 가장 고등한 포유류의 한 종이지만, 본질상 동물이라는 사실 때문에 인간을 둘러싼 모든 것이 과학적으로, 심지어는 동물학의 연구대상이 되고 그 연구이론으로 설명될 수 있다는 사실이었다.

그래서 다윈 이전에는 인간에 대한 인식과 이해의 수단으로 사용되었던 종교와 형이상학(철학)에 속했던 정신, 의식, 도덕 감정 등이 이제는 자연 과학 분야로 들어가게 되면서 심리학 같은 새로운 학문을 탄생하게 만드는 요인으로 작용한다. 결국 다윈의 이론은 오늘날까지 '진화론'과 '창조론'으로 대립하고 있는 지식(과학)과 믿음(종교)을 어떤 가치기준으로 평가할 것인가 하는 최대의 난제를 현대사회에 남긴다.

이후 다윈의 이론을 지나치게 단순하게 정리해서 19세기 후반과 20세기 초반에 정치적 목적성이 다분한 '사회진화론Social Dawinism'이 출현하여, 20세기 내내 인류사회에 적지 않은 불행과 참극을 초래한다. 영국의 사회학자 허버트 스펜서(1820~1903)는 다윈의 진화론을 사회학에 접목해 그의 이론을 완성한다. 그는 "우리 인간 사회도 자연계의 생물체처럼 생성과 발전과 쇠퇴를 거듭하는 하나의 유기체이다. 따라서 사회도 자연계처럼 발전 정도가 가장 뒤떨어진 자를 배제하는 동시에 살아남은 자에게는 끊임없이 시련을 가함으로써 생존의 조건을 이해하고 또 그것에 따라 행동할 수 있는 가치체계를 확실하게 하는 것이 바로 '적자생존Survival of the Fittest'이다."라고 주장한다.

스펜서의 이 사회진화론은 19세기 말부터 20세기 중반까지 기독교도 백인들의 세계지배를 당연시하는 유럽과 미국의 제국주의자들이나 우파 이론가들이 자유방임주의적 자본주의를 찬양하고, 사회계급과 인종을 기본으로 하여 타 인종이나 사회집단에 대한 억압을 정당화하는 이론으로 활용한다.

특히 이 사회진화론은 오스트리아의 수도사 그레고리 멘델(1822-1884)이 완두콩으로 상대적 격리를 연구하던 중 품종의 우열을 결정짓는 형질 유전을 발견하는 데 성공하여 시작된 유전학과 결합하여 우생학이라는 새로운 용어를 만들어낸다. 다윈의 이종사촌인 프랜시스 골턴(1822~1911)같은 우생학자들은 스펜서가 말한 '최적자the Fittest'의 출산을 장려하고, 강제 불임수술을 통해 '부적절'한 유전자를 단종시킴으로써 인간 종을 개량할 수 있다고 주장했다.

실제로 20세기 초반에 미국은 사회에 '부적합'한 남녀의 번식을 금지하는 법안을 제정하여, 강제로 불임시켰으며, 독일에서는 아돌프 히틀러(1889~1945)가 1933년에 스스로 총통에 취임한 후 만든 첫 번째 법안이 게르만 민족의 순수 혈통을 보존하기 위한 단종법이었다. 그 내용은 유대인, 동성애자, 집시, 그밖의 심신장애인 같은 기타 '부적합'한 사람들에 대한 단종을 합법화하는 법안이었다. 이 같은 사이비 인종우생학에 의해 빚어진 최대의 역사적 비극이 바로 600만 유대인 대학살, 이른바 홀로코스트Holocaust, 히브리어(이스라엘어)로는 '재난災難'을 뜻하는 '쇼아Shoah'다. 그리고 이 사회진화론은 1991년 소련을 비롯한 동구권 사회주의 국가들이 붕괴된 이후 전 세계의 글로벌 경제시스템으로 자리 잡은 신자유주의 자본주의사회에서 약육강식과 승자독식의 경제원리로 작용하면서 인류에게 경제적 불평등에 따른 부의 양극화란 숙제를 안겨준다.

그러나 무엇보다도 다윈이 현대사회에 끼친 영향력은 앞에서 밝힌 바와 같이 '인간의 본질과 지위를 뒤집은 혁명적 발상의 주인공'이란 사실이다. 영국의 대문호 윌리엄 셰익스피어(1564~1616)의 유명한 비극 『햄릿』에서 주인공 햄릿 왕자가 인간의 본성에 대하여 이렇게 장중한 대사를 읊조리는 장면이 나온다. "인간은 얼마나 뛰어난 신의 작품인가? 그 이성은 얼마나 고귀하며, 그 재능은 얼마나 무한한가? 그 형태, 그 움직임은 얼마나 분명하고 뛰어난가? 행동은 천사 같고, 지혜는 신과 같다. 인간은 세상의 아름다움이며 모든 동물들의 귀감이다."라고 말이다.

그런데 다윈은 우리 인간의 본질을 '생존과 번식'에 제1차적 존재의의를 지닌 여타 동물 종의 일원으로 격하시킨 것이다. 다시 말하면 다윈의 진화론으로 인해 지난 2,500년간 우리 인간만이 독점적으로 누려왔던 특권과 존엄성이 박탈되고, 우리 인간은 자연과 '비연속선상'에 있는 것이 아니라, 그것의 '연속선상'에 있다는 의미이다. 즉, '자연의 일부'라는 사실이다.

1871년, "우리 인간의 조상은 침팬지의 조상과 동일하다."라는 다윈의 진화론이 유럽의 지식인 사회를 강타한 지 얼마 후, 중부 유럽의 게르만 문명권에 속한 오스트리아 비엔나에서 한 정신과 의사가 인간의 본질에 관해 다윈 못지않은 충격적인 이론을 발표함으로써, 19세기의 폐막과 20세기의 개막을 화려하게 장식한다. 그의 이름은 지그문트 프로이트, 그의 무기는 '인간의 무의식'이란 '또 하나의 자아自我'다.

-2015.7.1-

지그문트 프로이트

영국인 찰스 다윈이 『인간의 유래』라는 자신의 저서를 통해 인간은 '자연선택'을 통해 침팬지 같은 영장류로부터 진화해온 포유류의 한 종이라는 혁명적인 이론을 발표하여 동시대의 종교계와 지식인 사회에 충격과 당혹감을 준 1871년으로부터 40여 년 후인 1917년, 오스트리아 비엔나 출신의 한 정신과 의사가 자신의 저서 『정신분석학 입문』에서 다음과 같이 말한다. "근대에 들어 인간의 자부심은 과학의 손에 세 번의 무자비한 타격을 입었다. 첫 번째는 폴란드의 천문학자 니콜라우스 코페르니쿠스(1473~1543)가 그의 위대한 저서 『천구의 회전에 관하여』를 통해 지구는 우주의 중심이 아니라 상상할 수 없이 광대한 하늘나라의 작은 점에 불과하다는 사실을 인간이 깨달았을 때며, 두 번째는 우리 시대의 찰스 다윈이 『종의 기원』과 『인간의 유래』에서 인간이 신에 의해 특별하게 창조되었다는 독특한 특권, 그 이상한 특권을 박탈하고 인간을 동물의 후예로 전락시키면서, 인간에게는 뿌리 깊은 동물성이 있다고 주장할 때였다."라고 말한다. 이어 그는 겸손하면서도 염치없이 "그리고 세 번째 인물은 바로 나다."라고 주장하면서, 자신의 업적에 대해 말하기 시작한다. "만물의 영장이라는 인간의 어설픈 과대망상은 오늘날의 정신분석학연구에 의해 지금 가장 통렬한 세 번째 타격을 입고 있다. 이 정신분석학은 각 개인의 자아가 자기 집의 주인도 아니며, 자신의 마음속에서 무의식적으로 일어나는 여러 가지 부스러기 정보들밖에는 가질 수 없는 비참한 존재임을 증명하고 있기 때문이다."라고 포문을 연다. 이렇게 자신만만하게 자신을 소개한 인물이 바로 이 글의 주인공인 지그문트 프로이트(1856~1939)다.

오스트리아의 한 유대계 집안에서 태어난 프로이트가 이런 호언장담을 한 이유는 그가 선구적으로 개척한 정신분석학으로 인해 전통적인 서양의 정신문화, 구체적으로 말하면 철학과 문학, 그리고 회화나 건축, 조각 같은 조형예술의 사조에 커다란 영향을 끼쳤으며, 1960년대에 전 지구촌을 강타했던 '성 혁명Sex revolution'과 여성해방운동까지 그의 존재가 살아있음을 발견하게 되기 때문이다. 그럼, 프로이트의 어떤 이론이 20세기 현대사회와 문화에 이런 변화를 몰고 온 것일까?

먼저, 정신에 관한 지형학에서, 프로이트는 정신을 구성하는 세 가지 구성요소. 즉 이드, 에고, 슈퍼에고를 규명했다. 먼저 '이드Id'는 갓난아기처럼 일차적인 욕망 충족과 불안을 피하기 위한 쾌락원리에 의해서 작동되는 본능적인 부분인데, 이것은 프로이트가 '에로스Eros'와 '타나토스Tanatos'라고 이름 붙인 두 가지 요소로 이루어진다. 그리스 신화에 나오는 성애性愛의 신인 에로스는 성적 본능에 의한 충동, 쉽게 말하면, 남녀를 불문하고 '끌림 현상'인 '리비도Libido'에 의해서 작동되는 생명의 힘이고, 그리스 신화의 죽음의 신인 타나토스는 자기 파괴로 향하는 죽음에 대한 본능을 상징한다. 그리고 '에고Ego'는 쾌락에 대한 본능을 사회적으로 용인되는 행동으로 바꾸어주는 현실원리를 알아차리는 자아의 이성적인 모습이다. 마지막으로 가장 높은 수준인 '슈퍼에고Super Ego'는 외적 권위를 내면화하는 의식과 도덕성의 영역이다. 따라서 에고의 기능은 이드의 충동과 슈퍼에고의 억압 작용을 중간에서 중재하는 기능을 담당하는 완충영역이라 할 수 있다.

더 나아가 프로이트는 우리 인간의 정신에는 의식, 전의식, 잠재의식 등 세 가지 영역이 있다고 주장한다. 이중 인간의 일상적인 논리적 사고가 발생하는 정신의 가장 작은 영역이 의식 부분이며, 이보다 더 큰 부분을 차지하고 있는 것이 전前의식인데, 여기에서는 의식으로 쉽게 돌아가는 기억과 같은 것들이 존재한다고 한다. 그리고 정신에서 가장 큰 부분을 차지하고 있는 영역이 잠재의식, 혹은 무의식인데, 이 잠재의식은 수면 아래에 숨어있는 거대한 빙산처럼 정신분석을 거치지 않으면 쉽게 드러나지 않는 속성을 지니고 있다고 자신의 이론을 소개한다. 여기에서 문제가 되는 정신영역이 바로 잠재의식, 무의식이다.

프로이트는 이 잠재의식 영역에서 위의 이드와 에고, 그리고 슈퍼에고의 작용이 끊임없이 발생하는 장소이며, 이 잠재의식은 트라우마와 같은 경험이 기억으로 감추어지는 장소이고, 길들지 않은 충동의 본원지라고 주장한다. 바로 인간의 또 다른 자아, 즉 '제2의 자아'란 것이다. 잠재의식 혹은 무의식에 대한 프로이트의 이 이론은 한 인간의 자아自我는 의식을 통해서만 정체성을 갖게 되고, 그 특성이 발현된다는 전통적인 사고방식에 도발적인 문제를 제기한다.

먼저, 인간의 본질과 존재에 대해 말과 글로 먹고사는 철학자들에게 프로이트가 제기한 '제2의 자아'인 잠재의식(무의식)은 커다란 도전이자 극복의 대상이었다. "아는 것이 힘이다."란 간결한 문구로 귀납적인 자연과학을 강조한 프란시스 베이컨(1561~1626)이 주창한 영국의 경험주의와 "나는 생각한다. 고로 존재한다."로 유명한 프랑스의 철학자 르네 데카르트(1596~1650)로부터 비롯된 프랑스, 독일 중심의 합리주의 철학을 통합한 임마누엘 칸트(1724-1804)가 이룩한 철학적 유산에 대한 재해석이 시작된다.

칸트는 "인간은 스스로 세계를 파악하는 지식의 요소들을 선험적으로 창조하고 동시에 세계의 거주자인 인간은 세계로부터 이념 안에 세계를 구성한다."라고 말하는데, 이는 우리가 세계를 이해하는 데 필요한 지식의 요소들과 범주들은 경험과 관련 없이 선험적으로 존재한다는 '초월적 관념론'으로 요약될 수 있는 것이 칸트철학의 요지이다. 그런데 이런 칸트철학에서 세계의 사물을 인식하는 주체는 명료한 '개인의 자유의지와 이성의 힘'이다. 그리고 이 자유의지와 이성의 힘은 사물을 논리적으로 분석하고 이해하는 인간의 의식을 전제로 하고 있는데, 프로이트가 제기한 '괴물' 같고 '악몽' 같기도 한 본능적이고 원시적인 '제2의 자아'인 '잠재의식'에도 스스로 세계를 파악하는 선험적인 지식의 요소들을 구성하는 이성이 존재할 수 있겠느냐 하는 의문을 던진다.

결국 형이상학의 최고봉인 철학이라는 학문은 주체인 내가 세계라는 객체를 어떻게 인식하고 해석하는 것인가를 놓고 논쟁을 일

삼는 철학자들의 주장을 모아 놓은 거대한 담론체계인데, 프로이트가 주장한 무의식 이론은 인식주체인 인간의 고결한 의식을 부정하는 것이기 때문에 철학에서는 20세기 철학사조의 상징인 '철학의 해체' 혹은 '이성의 해체'라는 새로운 화두가 등장한다. 그래서 이성 중심인 독일의 관념 철학 대신에 인간의 사유를 표현하고 전달하는 언어의 기능과 역할에 대해 연구하는 분석철학과 사회에서 언어가 어떻게 구조적으로 발전하고 기능하는가를 연구하는 구조주의 철학이 프랑스를 중심으로 등장하는데, 미셸 푸코와 클로드 레비-스트루스가 대표적인 구조주의 철학자들이며, 또 여기에서 후기구조주의라 불리는 포스트 모더니즘Pos modernism이라는 하나의 예술사조가 등장한다.

한편 프로이트가 개척하고 주창한 이 정신분석학은 많은 작가들에게 '의식과 무의식의 본질'과 '그 흐름'이라는 문학적 소재를 제공함으로써 아일랜드의 시인이자 작가인 제임스 조이스(1882~1941)가 아일랜드의 수도인 더블린에서 3명의 남녀 주인공이 하루 24시간 동안에 경험하는 '의식의 흐름'을 묘사한 6년간의 대작 『율리시즈』에 영감을 주었으며, 프랑스의 소설가 마르셀 프루스트(1871~1922)의 장편 『잃어버린 시간을 찾아서』의 모티브가 된다. 또한 미술에서도 프랑스의 화가 클로드 모네(1840~1926), 폴 세잔(1839~1906), 그리고 네덜란드의 빈센트 반 고흐 (1853~1890)의 작품에서 볼 수 있는 화풍, 즉 원근법이나 사실주의적인 사조 등 전통적인 회화기법을 거부하고 색채, 질감, 색조, 그리고 순간적으로 보이는 빛, 즉 광량에 의해 나타나는 광도 등에 관심을 두는 인상주의 사조를 대신하여 프랑스 화가 앙리 마티스(1869~1954)와 '20세기 최고의 화가'라는 평가를 받고 있는 스페인 출신의 파블로 피카소(1881~1973)가 주도하는 야수파의 등장에도 프로이트의 정신분석학이 큰 영향을 미친다. 20세기에 등장한 반자연주의적인 무수한 화파들의 시조인 이 야수파는 강한 붓질과 과감한 원색 처리, 그리고 대상에 대한 고도의 간략화와 추상화시켜 눈에 보이는 색채가 아닌 마음에 느껴지는 색채를 밝고 거침없이 표현하는 화풍이 특징이다. 그런데 이 야수파란 미술사조의 밑바탕에는 본능적이고, 원시적이고, 자기 파괴적인 프로이트의 잠재의식 이론이 많은 영향을 끼친다.

그러나 프로이트가 수립한 정신분석학이 '혁명적'이라고 불릴 만한 이유는 바로 성에 대한 금기를 깨고 인간의 본질이 성적인 존재라고 선언했기 때문이다. 1895년에 발표한 『히스테리 연구』 이래, 『꿈의 해석(1899)』, 『성 이론에 관한 세 편의 논문(1905)』, 『정신분석학 입문(1917)』, 『에고와 이드(1923)』 등 10여 편에 달하는 저서와 수십 편의 논문에서 프로이트는 줄기차게 우리 인간은 비밀스럽고 표출되지 않는 성적 욕망이 감추어진 무의식의 세계를 지닌 문제투성이의 존재라고 규정한다.

대표적인 사례로, 어머니의 사랑을 놓고 아버지와 아들이 갈등관계에 놓이게 되는 오이디푸스 콤플렉스와 아버지의 사랑을 차지하기 위해 어머니와 딸이 대립하는 엘렉트라 콤플렉스를 논리적으로 설명한 그의 성욕이론은 현대 대중사회에서 수많은 문학작품과 철학적 담론, 영화나 연극 같은 공연예술과 미술이나 조각 같은 조형예술을 통해 계속 확대, 재생산되고 있다.

1960년과 70년대에 가장 대중적인 실존주의 철학자 장 폴 사르트르(1905~1980)가 인간의 실존과 세계를 향한 방향성을 기본적으로 '성적'으로 규정한 것도 프로이트의 영향이었으며, 1968년 5월, 프랑스 파리에서 분출한 청년세대들의 '68혁명'의 기본 키워드 중 하나인 '성의 해방'도 프로이트의 유산에 의해 촉발된 사상투쟁이었다. 한편, 『정신분석학 입문』이라는 자신의 저서에서 자신을 인간의 과대망상을 철저하게 깨뜨려버린 위대한 세 명의 선각자 중의 일원이라고 호언장담했던 프로이트가 오스트리아의 수도 비엔나에서 한창 자신의 이론에 대한 열변을 토하고 있었던 1917년, 비엔나에서 북쪽으로 약 2,000km 떨어진 러시아의 수도 페트로그라드(상트페테르부르크)에서 그해 10월 블라드미르 레닌이라는 이름의 대머리 혁명가가 볼세비키라 불리는 일단의 추종세력을 이끌고 사회주의 혁명에 성공한다. 그리고 4년 후인 1921년에 인류역사상 최초로 이념을 기초로 한 자칭 프롤레타리아 무산자 정권인 소비에트 연방을 수립한다. 이 이념이 바로 과학적 사회주의, 즉 공산주의란 이념이며, 이 이념을 만든 독일인 사상가가 바로 칼 마르크스라는 이름을 가진 문제의 인물이다.

-2015. 7. 7-

칼 마르크스

문자로 기록된 5천 년 인류역사에서 이 독일인 사상가가 창안한 이념만큼 20세기 인류의 삶에 결정적 영향을 끼친 이념이 또 있을까? 러시아의 대평원에서, 중국 서부의 황토 고원에서, 우크라이나의 흑토 지역에서, 시베리아의 동토에서, 발칸반도의 산악 지대에서, 동남아시아의 밀림에서, 중앙아시아의 초원에서, 아프리카의 나미브 사막에서, 남미의 아마존 열대 우림에서, 그리고 '극동의 조용한 아침의 나라', 한반도에서 수천, 수만의 사람들이 이 이념을 실현하기 위해, 아니면 이 이념을 말살하기 위해 그들의 소중한 목숨을 바쳤다.

이 사상을 고수하는 사람들은 이 사상이야말로 인류를 모든 압제로부터 해방시켜주는 '궁극적 실천방안'으로 여긴 반면, 이 이념을 말살하고자 하는 사람들은 이 이념이 인간을 사상투쟁을 위한 도구로 이용하면서, '선'을 제1의 덕성으로 여기는 '인간성'을 부정하는 '사악한 광신적 사상'으로 간주하면서, 서로 죽고 죽이는 '인류 역사상 최대, 최악의 살육전'을 연출했다. 이 이념의 추종자였던 소련의 공산당 서기장 이오시프 스탈린(1878~1953)은 1930년대에 이 이념을 자신의 강압적인 통치를 강화하는 도구로 이용하기 위해 3백만 명의 러시아인을 '국가의 적'으로 몰아 처형했으며, 중국

공산당 주석 모택동(1893~1976)은 이 이념의 최종목표인 '계급 없는 사회'의 실현을 앞당기기 위해, 1958년, '대약진 운동'이라는 무모한 도전을 시도하는 과정에서, 중국 농민 3천만 명을 아사시키는 참극을 연출한다. 그리고 조선 노동당 책임비서이자 수상이었던 김일성(1912~1994)은 1950년, 이 사상을 무기로 한민족 역사상 최대의 인적, 물적 피해를 낸 한국전쟁을 일으킨다.

1848년 2월 21일, 3.1 독립선언문 같은 소책자 형태로 이 세상에 등장한 이 사상은 20세기 중반까지 약 1억 명에 달하는 인명피해를 내면서 달성한 사회주의 혁명의 성공으로 한때 전 세계 육지면적의 4분의 1에 걸쳐 약 30여 개국, 20억 인구의 삶을 구속하는 정치 이데올로기로서 전성기를 구가했지만, 1991년 이 사상의 종주국이었던 소비에트 연방의 해체와 사회주의 형제국들의 붕괴로 인해 역사의 무대에서 사라진다. 그러나 이 사상은 탄생한 지 거의 2세기가 되었어도 원래의 모습에서 변형된 형태로 발전하면서 아직까지 국제정치에서 건재를 과시하고 있다.

2017년 7월 현재, 세계 제2위의 경제대국 중국과 남북분단 상태인 한반도에서 심심찮게 핵과 미사일 발사실험을 즐기는 북한 김정은 정권의 통치 이데올로기로 기능하고 있는 이 사상, 흔히들 과학적 사회주의라 불리는 공산주의의 창시자 칼 마르크스(1818~1883)가 오늘의 주인공이다. 그럼, 마르크스는 왜, 어떻게 이 사상을 완성했을까? 그리고 20세기와 21세기 오늘날까지 왜, 마르크스주의Marxism라 불리는 그의 사상이 약방의 감초처럼 정치, 경제, 사회, 문화, 철학 등 인류의 전반적인 삶에서 그 가치를 인정받고, 현실문제 해결을 위한 대안으로 지목되고 있을까? 그 이유는 무엇일까? 먼저, 마르크스의 사상, 즉 마르크스주의의 양대 기둥인 '유물론적 변증법'과 '계급투쟁에 의한 역사발전론' 중 유물론적 변증법에 대해 알아보자.

지금 여러분들이 읽고 있는 '글'로 된 텍스트가 아니라, 일상적인 생활 속에서 자신의 생각을 표현하는 '말'을 사용하여 사람들에게 지혜를 깨닫게 하는 대화법을 발견하고, 실제로 적용한 대표적인 인물이 바로 고대 그리스의 철학자 소크라테스(기원전 470~399)였다. 그는 끊임없이 자신의 의견을 제시하면서 상대방을 반대 심문하여, 스스로 자신의 무지를 깨닫게 하는 대화법, 즉 자신의 어머니의 직업인 산파産婆를 인용하여 '산파술産婆術'이란 대화법의 창시자라 할 수 있는데, 여기에서 산파술이란 사람들이 지혜를 갖추게끔 도와주는 교수법이 마치 임산부의 출산을 도와주는 산파와 같은 역할을 한다고 해서 후세의 철학자들이 붙인 이름이다.

이렇게 소크라테스가 구사한 질문과 반대 심문, 즉 정명제正命題와 반명제反命題를 사용하여 이들 모순되는 주장의 합명제合命題를 찾거나, 대화가 지향하는 방향의 질적 변화를 일구어내는 논리학의 특징을 '변증법辨證法dialectic'이라 한다. 이 변증법으로 현실세계를 분석하고 역사발전의 동인으로 체계화한 인물이 독일의 철학자 게오르크 헤겔(1770~1831)이다.

헤겔은 그의 『정신현상학』에서 "최초의 모든 명제에는 결함이 있기 때문에 '추상'이 '부정'을 통해서 변증법적 단계로 넘어가면서 '추상'은 매개과정을 거친다. 그러고 나서야 우리는 '구체具體'에 도달하게 되고, 그로부터 다시 모든 운동이 시작된다."라고 주장한다. 헤겔 하면 제일 먼저 떠오르는 정-반-합 변증법은 사실, 헤겔 연구자들이 헤겔 사후 그의 '추상-부정-구체' 관계를 의식이 스스로를 알아가면서 점진적으로 새로운 종합으로 나아가는 운동을 설명하기 위한 개념으로 '정(정립)-반(반정립)-합(종합)'으로 단순하게 공식화한 산물이다. 그런데 헤겔의 사후에 헤겔 철학에 대한 수정주의적 견해를 표방하는 헤겔 좌파의 일원이었던 마르크스는 헤겔의 이 변증법과 철저한 무신론자였던 루트비히 포이에르바하(1804-1872)의 유물론唯物論을 합쳐 유물론적 변증법을 창안한다.

그럼 이 유물론이란 무엇인가? 1841년에 발간된『기독교의 본질』이라는 자신의 저서에서 포이에르바흐는 "유심론으로 대표되는 종교의 신이란 인류의 욕구가 투사된 것으로만 존재할 뿐 그 어떤 실재성도 없다. 우주의 본질은 물질이며, 물질과는 다른 영혼이나 정신 따위는 실재하지 않는 것이다. 의식은 미세한 원자로 조직된 물질인 정신의 소산이며, 인식은 정신에 의한 사물의 반영."이라고 주장한다. 여기에 한 걸음 더 나아가, 마르크스는 "인간은 자신을 둘러싸고 있는 물질적 환경에 의해 의식이 결정된다. 플라톤 이후 지금까지의 철학은 의식이 삶을 규정한다는 유심론이었다. 그러나 이 유심론은 어느 시대나 막론하고 지배계층이 자신들의 지배를 합리화시키는 수단이었다."라고 주장한다. 그리고 여기에 덧붙여 마르크스는 헤겔의 변증법적 역사철학을 원용하여 그의 독자적인 계급투쟁론에 의한 역사발전론을 수립한다.

마르크스는『독일 이데올로기』란 자신의 저서에서 "인류의 역사는 계급투쟁의 역사였다. 생산수단을 소유하는 계급과 소유하지 못하는 계급 사이에서 전개된 투쟁이 바로 인류의 역사였다."라고 주장하면서 구체적으로 자신의 논리를 전개한다. 고대에는 토지라는 생산수단을 보유한 귀족과 생산력이었던 노예, 중세 역시 봉건 영주와 농노, 그리고 오늘날에는 생산수단이 토지에서 자본으로 바뀌면서 자본을 소유한 부르주아 자본가 계급과 그렇지 못한 프롤레타리아 노동자 계급 사이에서 진행되는 투쟁이 바로 지배와 피지배관계로 지속된 인류의 역사라고 주장한다.

그러면서 그는 "이런 불평등한 세계는 사회주의 혁명을 통해 프롤레타리아 무산자계급에 의한 독재를 거친 후, 능력에 따라 일하고 필요에 따라 소비하는 공산주의사회, 즉 모든 계급이 사라지는 무계급의 사회가 도래하게 된다."라고 예언한다. 그래서 그의 변증법적 역사발전론에 의하면, 공동생산, 공동분배를 원칙으로 하는 원시 수렵채취사회가 정(정립)이라면, 고대, 중세, 근대의 계급투쟁이 반(반정립)이며, 프롤레타리아 독재에 의한 공산주의 사회가 합(종합)이라고 주장한다. 이것이 바로 마르크스 사상의 핵심인 변증법적 유물론에 의한 역사발전론이다.

그럼 마르크스는 왜, 이런 자신의 사상을 완성하고 주장했을까? 그는 1845년, 자신의 논문 「포이에르바흐에 관한 테제」에서 "철학자들은 다양한 방식으로 세계를 해석해 왔지만, 문제는 세계를 바꾸는 것이다."라고 천명한다. 이런 그의 인식에는 흔히들 '혁명의 세기'라 불리는 19세기의 독특한 역사적 배경이 자리 잡고 있다. 1789년 7월에 발생한 프랑스 대혁명을 기점으로 유럽 대륙은 19세기에 자유주의, 무정부주의, 공상적 사회주의 같은 사상의 홍수 속에 노동자와 도시 빈민들을 중심으로 한 혁명이 꼬리를 물고 발생하는데, 대표적인 사례가 '1848년 2월 혁명'이다.

1848년 2월, '혁명의 수도' 파리에서 진보적 지식인들과 행동가, 그리고 노동자를 주축으로 하는 도시 빈민들이 주도한 시민 혁명이 발생한다. 왕정복고에 반대하면서 집회, 결사의 자유 같은 정치적 자유와 함께 민중들의 생존권 보장과 참정권을 요구하는 파리의 열기는 곧바로 베를린, 뮌헨 등 독일연방국가의 주요 도시로, 이어 오스트리아의 비엔나와 이탈리아의 로마, 영국의 런던 등지로 번지면서, 유럽은 1852년까지 혁명의 열병으로 몸살을 앓는다. 마치 1987년 6.29선언 이후 한국의 여름을 뜨겁게 달구었던 노동자 대투쟁을 연상시키는 격동의 시대가 연출된다.

이런 시대적 배경과 함께, 1700년대 중반에 영국에서 일어난 산업혁명의 결과, 농촌의 소작인들과 빈농들이 공장이 있는 도시로 몰려들어 미숙련 저임금 노동자라는 새로운 도시 빈민층을 형성한다. 특히 영국의 런던이나 맨체스터, 리버풀 같은 대도시의 공장지대에 이 저임금 노동자계층이 집단으로 거주하면서 빈민가가 속속 들어서는데, 마치 우리의 개발시대였던 1960년대와 70년대에 구로동과 독산동 공단 인근에 들어섰던 '쪽방촌' 같은 빈민가를 말하는 것이다.

1800년대 중반에는, 10살 미만의 어린이들과 여성들도 하루 14시간의 중노동에 혹사당해서 영국 노동자들과 도시 빈민들의 기대수명이 30살 미만이었을 정도로 그들의 삶은 열악하기 그지없었다. 이에 대한 생생한 묘사는 영국의 작가 찰스 디킨슨(1812~1870)

의 소설 『올리버 트위스트』와 동명의 영화나 뮤지컬에 잘 묘사되고 있다. 특히 여러분들 중에는 1970년에 국내 개봉된 동명의 뮤지컬 영화를 본 사람들도 더러 있을 것이다.

때마침 망명객 신분으로 런던에 거주하고 있었던 마르크스에게 이들 노동자들과 도시 빈민들의 열악하고 절망적인 삶은 큰 충격이었다. 그래서 그는 정치적, 경제적으로 피지배계급이었던 무산자 계급이 차별받지 않고 인간적인 대우를 받으면서 살 수 있는 세상을 만들기 위해 과학적이고, 구체적이고, 실천적인 이론수립에 전력한다. 그 결과물이 바로 과학적 사회주의란 그의 사상인데, 여기에서 그의 이론에 '과학적'이라는 수식어가 붙는 이유는 마르크스가 『자본론』이라는 자신의 저작을 통해 자본주의의 모순과 폐해를 논리적으로 지적했기 때문이다.

이런 마르크스에게 평생을 같이하는 '혁명적 동지'가 한 명 있었는데, 프리드리히 엥겔스(1820~1895)라는 정치 철학자였다. 아버지가 방직공장의 사주라는 부르주아 집안에서 태어나, 아버지 공장의 공장장을 지내기도 한 엥겔스는 『1844년 영국 노동자 계급의 상태』란 책을 낼 정도로 진보적인 지식인이었는데, 비교적 유복했던 그는 빈털터리 마르크스가 사망하기 전까지 그의 모든 생활비를 제공했을 뿐만 아니라,『자본론』 제1권을 같이 집필하기도 했다.

그리고 마르크스 사후에는 『자본론』제2권과 3권을 출간하기도 했다. 이런 사상적 동지였던 엥겔스와 함께한 작업 중에서 가장 중요한 작업이 바로 1848년 2월 21일에 출간한 『공산당 선언』이다. 때마침 파리에서 발생한 2월 혁명에 고무된 마르크스와 엥겔스는 팸플릿 형태의 이 소책자를 통해 사적 소유와 자본의 집중을 반대하는 공산주의 사회실현을 위한 10대 계획을 선언한다. “한 유령이 유럽을 배회하고 있다. 공산주의라는 유령이…”로 시작되는 이 선언문은 “지배 계급으로 하여금 공산주의 혁명 앞에서 전율케 하라! 프롤레타리아는 이 혁명을 통해 잃을 것이라고는 쇠사슬밖에 없다. 그리고 그들이 손에 얻게 될 것은 전 세계이다. 만국의 노동자들이여, 단결하라!”란 인상적인 문장으로 결연하게 끝맺고 있는 이 『공산당선언』은 변증법적 유물론과 계급투쟁론이라는 마르크스의 핵심사상이 간결하게 표현된 선언문이다.

그렇다면 1991년 소련의 해체와 동구권 사회주의 국가들의 붕괴로 마르크스의 사상이 ‘역사의 실패작’으로 입증되었는데도, 21세기 오늘날까지 꾸준하게 유효한 정치. 경제. 사회, 문화, 사상의 분석틀로 이용되는 이유는 무엇일까? 그것은 바로 마르크스가 독일 관념론을 확립한 임마누엘 칸트(1724-1804)로부터 헤겔에 이르기까지 등장한 다양한 서양의 철학적 전통을 자신만의 독자적인 철학 사유로 수렴했기 때문이다.

『자본론』에서 마르크스는 ‘소외疏外’라는 철학적 문제를 제기한다. 마르크스는 자본주의 생산방식에 의해 만들어지는 이 ‘소외’는 노동자를 단순한 생산요소의 한 부분으로 전락시킴으로써, 칸트가 말한 초월적인 관념론, 즉 “인간의 정신에는 이 세상을 인식하고 사유할 수 있는 지식체계가 선험적으로 존재한다.”라는 인간의 존엄성이 파괴되는 현상을 초래한다고 주장한다.

예를 들면, 자본주의의 특징인 대규모 생산방식이 등장하기 전의 제화공들은 자신의 공방이나 점포에서 일주일 내내 직접 구두를 만들어 판매함으로써 생계를 유지한다. 이는 제화공이 자신의 노동을 통해 구두라는 상품의 '유적有的 존재'의 일부가 되었음을 말한다. 그러나 마르크스는 공장에서의 노동은 다르다고 주장한다. 사전에 정해진 임금을 받고 노동자 자신이 만든 제품은 그의 소유가 아닌 고용주의 '상품'이기 때문에 노동자는 자신이 행한 노동에 대해 어떠한 '유적 존재'가 되지 못해 '노동의 소외현상'이 발생한다는 것이다.

즉 자본주의적 생산 과정에서 인간의 사회적 본질인 '유적인 삶'이 제거됨으로써 결국 노동자는 다른 사람들로부터 소외된다는 점이다. 일찍이 마르크스가 제기한 이 '소외' 문제는 1960년대를 풍미한 실존주의 철학의 주요 화두였으며 오늘날까지도 사회분석의 유효한 틀로 기능하고 있다.

20세기가 저물어 가던 지난 1999년 11월, 스타벅스의 탄생지이자, 빌 게이츠의 마이크로소프트의 본사가 있는 태평양 연안의 미항 시애틀에서 WTO, 즉 세계무역기구 각료회의가 열린다.

'국경 없는 무역'을 통해 상품과 자본이 전 지구적으로 자유롭게 이동해야 한다고 주장하는 신자유주의 경제체제의 핵심인 '세계화'를 논의하기 위한 이 회의에 전 세계적으로 1300여 개 단체, 5만여 명의 좌파 행동가들이 몰려들어 '반세계화'를 외치면서 적극적으로 시위를 벌인다. 이들 시위대는 '세계화'란 막강한 정보력과 자본력을 갖춘 다국적 기업들의 시장 독점만 강화해주면서 아시아, 아프리카 제3세계 농어민과 제조업자들의 생존기반을 박탈하고, 부의 양극화라는 경제적 불평등만 심화시키는 '수탈적 자본주의의 하수인'이라고 항의하면서 회의장 난입을 시도한다.

경찰의 과격한 진압으로 수백 명의 부상자를 남기고 폐막된 이 시애틀 회의를 목격한 서구 지식인들 사이에서 이런 탄식이 흘러나왔다. "우리는 마르크스를 너무 일찍 버렸다."라는 탄식 말이다. 그럼, 그 이유는 무엇일까?

-2015. 7. 15-

알베르트 아인슈타인

마시면 아인슈타인처럼 천재가 된다는 우유가 시판될 정도로 우리 한국사회에서 아인슈타인은 천재와 동의어로 인식되고 있다. 지금부터 500여 년 전인 16세기부터 시작된 서양의 과학 혁명은 신의 계시와 가르침을 이 세상을 해석하는 유일하고 궁극적인 진리로 여기는 종교와 관찰과 실험이라는 귀납적 방법으로 얻은 지식을 토대로 모든 자연현상을 설명하는 과학, 이 대립적인 양자 사이에서 발생하는 긴장과 갈등관계에서 결국 인간의 이성을 앞세운 과학이 승리를 거둠으로써 기독교 유럽 문명이 오늘날까지 이 세계를 주도하는 지배자적인 문명이 되었다는 점은 독자 여러분들도 익히 아는 사실이다. 그런데 이런 과학혁명을 상징하는 인물이 바로 이 글의 주인공인 아인슈타인이다. 그럼, 왜 아인슈타인이 현대의 마지막 과학혁명을 이끈 주도적 인물로 평가받는지 그 이유를 알아보자.

요즘 말깨나 하는 식자층들이 입에 달고 사는 유행어가 하나 있다. '패러다임paradigm'이라는 말이다. "이제는 정치의 패러다임을 바꿀 때이다." 혹은 "재벌개혁에도 새로운 패러다임이 요청된다."거나 아니면 "국민소득 3만 불 시대를 맞아 우리 한국인들도 삶의 패러다임을 바꿔야 한다."처럼 이 패러다임이라는 말이 이제는 우리

사회에 하나의 생활용어처럼 자리 잡고 있을 정도이다.

그런데 이 패러다임이라는 용어와 개념은 하버드 대학교 물리학과 교수를 지낸 미국의 과학철학자 토마스 쿤(1922~1996)이 1962년에 펴낸 『과학 혁명의 구조』란 자신의 저서에서 최초로 언급한 내용들이다. 20개국 언어로 번역되어 100만 부 이상 팔리면서 '현대의 고전'이라 불리는 이 『과학 혁명의 구조』에서 쿤은 패러다임을 "당시대의 사람들이 옳다고 믿고 있으며, 통상적으로 공유하고 있는 사고의 틀."이라고 정의하는데, 이런 기존의 패러다임이 붕괴되고 단절될 때 '과학 혁명'이 나타난다고 주장한다.

다시 말하면 특정 시기의 과학자 집단이 공인한 문제 해결의 모델인 패러다임이 더 이상 해결할 수 없는 문제에 직면할 경우, 기존의 패러다임은 위기에 빠지게 된다. 이어 혁신적인 과학자들이 새로운 패러다임을 제시하고, 기존 과학의 패러다임과 경쟁을 벌이다가 새로운 패러다임이 낡은 패러다임을 대체할 때 '패러다임의 전환paradigm shift'이 이루어지는데, 이런 '패러다임의 교체'를 쿤은 '과학 혁명'이라 부른다. 쿤은 이런 '패러다임의 전환', 즉 '과학 혁명'의 대표적 사례로 뉴턴 물리학을 '고전 역학力學'이란 이름으로 퇴장시키고, 현대 물리학의 패러다임을 선도한 알베르트 아인슈타인(1879~1955)이 수립한 일반, 특수 상대성 이론을 들고 있다.

그렇다면 뉴턴 물리학이란 무엇인가? 이 뉴턴 물리학에 대한 이해가 선행되어야만 우리는 아인슈타인이 20세기에 이룩한 '과학 혁명'에 대해 올바르게 인식하기 때문이다. 흔히들 영국의 물리학자이자 천문학자인 아이작 뉴턴(1643~1727)이 나무에서 떨어지는 사과를 보고 발견했다는 만유인력법칙은 사실, 그가 1687년에 펴낸 『자연철학의 수학적 원리』, 혹은 라틴어 제목인 『프린키피아Principia』에서 소개한 물리학 법칙인데, 여기에서 우리가 주목해야 할 부분은 『자연 철학의 수학적 원리』라는 책의 제목이다.

이 책의 제목대로 현대의 물리학이란 학문은 자연 현상을 설명한 철학의 한 분야로 시작되었다는 사실이다. 그래서 오늘날에도 인문학과 자연과학, 심지어는 공학과 경제학 등 응용과학 분야의 박사학위는 미국식 의학박사인 M.D를 제외하고는 모두 Ph.D.(필로소피(철학)닥터Philosophy Doctor)란 명칭을 사용하고 있다. 즉 모든 학문의 기초는 '철학'이라는 것이 서양학문의 전통이라는 얘기다.

그런데 만유인력법칙으로 상징되는 뉴턴 물리학은 자연의 모든 변화 현상은 공간에서 일어나는 '물체의 이동'이라고 본다. 그래서 뉴턴은 운동의 법칙이 곧 자연의 법칙이기 때문에 하늘이든 땅이든 모든 자연과 우주는 하나의 거대하고 복잡한 기계로 설명해야 한다는 이른바 '우주 기계론'을 주장한다.

19세기 말까지 모든 자연의 법칙을 설명하는 데 기초로 사용되었던 이른바 '뉴턴 역학'은 세 가지의 법칙으로 이루어져 있는데, 제1의 법칙인 관성의 법칙, 제2의 법칙인 가속도의 법칙, 그리고 제3의 법칙인 작용과 반작용의 법칙이다. 이런 뉴턴 물리학은 물리학의 차원을 넘어 이 세상과 우주를 어떤 시각과 구조로 보느냐 하는 세계관을 형성하는 데 지배적인 자연 법칙으로 군림했다. 후일 '고전 역학'이라고 불린 뉴턴 역학은 19세기 말에는 서양 전체의 지배적인 세계관이 되었다. 그 당시의 모든 사람들은 기계적인 모델을 자연 과학의 이상으로 여겼고, 이런 의미에서 역학은 최고의 지위를 누렸는데, 사람들은 모든 자연 현상을 뉴턴이 제시한 역학의 법칙들 또는 기계적인 동작으로 환원해 이해했기 때문이다.

그런데 1905년, 스위스 특허청에 근무하던 26살의 알베르트 아인슈타인이라는 한 공무원 물리학도가 발표한 4편의 논문이 200여 년 이상 서양의 과학계와 사상계를 지배해 온 뉴턴 물리학을 퇴장시키고, 현대 물리학의 탄생을 예고한다. 보다 구체적으로 얘기하면, 아인슈타인은 운동하는 물체들에 대한 법칙인 역학 대신에 중력장이나 전자장, 인력장 같은 장場들의 구조를 밝혀내는 법칙을 탐구하는 현대 물리학을 개척한다.

그렇다면 현대 물리학의 이론적 토대를 구축한 아인슈타인의 이론 중에 어떤 이론이 지난 20세기와 오늘날까지 인류에게 가장 큰 영향을 주고 있는 것일까? 과학계에서는 '기적의 해'라 부르는 1905년에 아인슈타인이 발표한 4편의 논문 중에 '특수상대성 이론'이라 불리는 네 번째인 『물체의 관성은 에너지 함량에 의존하는가?』라는 논문인데, 여기에서 아인슈타인은 자신의 이론을 유명한 방정식으로 소개한다. 바로 $E=mc^2$란 방정식이다. 이 방정식을 통해 아인슈타인은 "움직이지 않는 상태에서 물체의 에너지(E)는 질량(m) 곱하기 빛의 속도(c)의 제곱과 같다."라는 그의 이론을 소개하는데, 여기에서 중요한 사실은 에너지로 바뀌는 것은 질량이 아니라 물질이란 점이었다.

즉 현대 물리학의 핵심 이론인 질량-에너지 등가 관계를 최초로 설명한 이론이다. 아인슈타인의 이 질량-에너지 등가 이론은 그 후

원자의 핵분열과 핵융합이라는 원자력 공학을 통해 원자폭탄, 수소폭탄이라는 공포의 핵무기가 인류의 역사에 등장하게 하는 핵심 이론으로 기능한다. 이런 핵무기가 세상에 출현하는 순간 인류는 핵전쟁이란 전대미문의 공포를 겪는다. 20세기를 특징하는 핵 공포의 시대가 현실화된 것이다. 그래서 인류는 지난 1962년의 쿠바 미사일 위기 당시, 미국과 소련 간에 벌어질 핵전쟁에 대한 공포를 실감하기도 했으며, 요즘 한반도를 긴장과 경색국면으로 몰아가고 있는 북한의 핵 문제 역시 그 뿌리는 아인슈타인의 이 특수 상대성이론에 있다 해도 과언은 아니다.

그리고 아인슈타인은 과학계에서 새로운 길을 열었을 뿐만 아니라, 철학자들에게도 고뇌의 문을 열어주었다. 기원전 3세기에 이집트 알렉산드리아의 유클리드는 몇 개의 공리적 증명을 통해 기하학의 원리를 수립했다. 이 유클리드 기하학은 2,300여 년 동안 널리 퍼져 나갔지만, 아인슈타인의 일반 상대성이론이 등장하기 전까지는 '유클리드'라는 명칭이 붙지 않았다. 왜냐하면 그 전까지 존재했던 유일한 기하학은 유클리드 기하학이었기 때문이다. 그런데 고약한 문제가 하나 발생하다. 다름이 아니라, 아인슈타인이 물체의 강력한 중력 때문에 생기는 시간과 공간의 곡률曲率을 설명하기 위해 비유클리드 기하학을 만들어낸 결과다.

시공간이 굽으면 삼각형 내각의 합은 180도가 안 된다는 아인슈타인의 연구 결과는 평소 그가 존경했던 철학자인 임마누엘 칸트(1724-1804)의 철학 체계가 무너지는 결과를 가져왔다. 왜냐하면 칸트의 초월적 관념론은 유클리드 기하학이라는 종합적이고 선험적인 진리에 대한 신념에 의존하고 있기 때문이다. 과학자로서 자신의 책무를 칸트적 전통에 충실한 윤리적 책무에 둔 아인슈타인이 공교롭게 그의 정신적 스승인 칸트에게 어려운 숙제를 안겨준 셈이다.

-2015. 7. 20-

'휘청거리는 오후'

이 사건이 발생한 날을 정확하게 기억하고 있다. 5.18 광주민주화운동 기념일 바로 다음 날이었기 때문이다. 보다 정확하게 말하면, 5월 19일 목요일 오후 2시경이었다. 그날도 평소와 다름없이 오전 10시부터 LH공사가 소유주인 강동구 길동 내 임대전용 다가구 주택을 돌며 청소를 하던 중, 오후 2시경에 길동 풍물시장 건너편에 있는 블루빌 이라는 한 다가구 주택에 도착했다. 도착하자마자 약 20분간 청소를 마치고 막 나오는 순간, 입구에서 입주민으로 보이는 한 주부와 마주쳤다. 40대 중반에 고도비만 초기 단계에 접어든 그녀는 대뜸 나에게 "아저씨, 저기 벽에 붙어있는 일정표를 보니 지난주와 지지난주에도 누가 온 걸로 표시되어 있는데, 아저씨가 온 거예요?" 하고 초장부터 시비조로 묻는 것이었다.

일정표란 지하철 화장실 입구에 보면 청소원 누군가가 며칠, 몇 시에 청소를 했다는 기록표를 말한다.

그래서 내가 "네, 그래요. 제가 매주 목요일에 이 길동에 와서 청소를 하는데, 그러니까 2주 전인 5일 어린이날과 지난주인 12일에도 분명히 여기 왔는데요? 왜 그러시죠?" 하고 의아한 표정으로 물으니, 그녀가 대뜸 단정적인 어투로 "아저씨! 거짓말하지 마세요.

지난 이 주 동안 여기 오지도 않고 조금 전에 왔다고 적어 놓은 거 아닌가요?" 하며 날 양심불량자로 모는 것이었다. 그래서 속에서 치밀어오르는 활화산 같은 분노를 억누르고 설득조로 "아니? 아주머니 눈에는 내가 그런 파렴치한 사람으로 보입니까? 지난 2주 동안에 여기 와서 각 세대를 불러도 응답이 없어 그냥 주차장 청소만 하고 돌아갔는데, 오늘은 다행히도 401호 주민이 출입문을 열어주어 현관과 계단청소를 마치고 막 나오는 길입니다. 정, 궁금하시면 401호 주민에게 물어보세요." 하고 돌아서려는데, 그녀가 내 뒤통수에 대고 "아저씨, 안 오셨으면 안 오셨다고 사실대로 말하세요. 왜 끝까지 거짓말하고 그러세요!" 하고 힐난하는 어투로 내뱉는 것이었다. 그 순간 하도 어이가 없어 잠시 침묵모드로 있다가 그녀에게 다가가 근엄하면서 나지막한 어조로 "아주머니나 나나 우리 모두 서민 아닙니까? 저렴한 보증금과 월세 때문에 LH공사 임대주택에 세 들어 사는 아주머니나 한 달에 130만 원 벌겠다고 이 한낮에 청소하러 다니는 나나 모두 서민이고요. 그런데 왜 같은 서민 처지에 불쾌한 언사로 상처를 주고 그럽니까? 아주머니! 그럴 의지와 힘이 있다면 우리보다 잘 사는 사람들에게 아주머니의 정의감을 발휘하십시오. 그러면 살기 좋은 세상이 될 겁니다. 즉 역사발전의 원동력이 된다는 말입니다." 내 말이 떨어지자마자, 그녀가 "아저씨, 난 무식해서 그런 어려운 말은 몰라요." 하며 소리치는 것이었다.

그래서 한동안 가여운 시선으로 그녀를 쳐다보던 내가 "오우, 노! 노! 뎃츠 노 익스큐스, 씨유 넥스트 더스데이 (그건 변명거리가 안 돼. 그럼 다음 주 목요일에 만나요).”라고 말하고 돌아서려는데 증오에 찬 그녀의 목소리가 또다시 내 귓전을 때렸다. “아저씨! 한국말로 하세요. 아저씬 한국 사람 아니에요?” 그 말을 듣는 순간, 난 한 손을 들어 그녀에게 작별 인사를 보냄과 동시에 그녀의 부아를 치밀게 하는 우아한 멘트를 또 하나 날리면서 이날의 해프닝은 대미를 장식한다. “헤이, 팻 우먼, 헤브 나이스 위크엔드 위드 유어 패밀리(비만녀여, 가족과 함께 즐거운 주말 보내기를).”

참으로 이날은 1995년에 개봉된 영화 《개 같은 날의 오후》이자, 2011년에 고인이 된 박완서의 소설 『휘청거리는 오후』였었다. 또한 2014년 3월에 청소업계에 뛰어든 이래 최대, 최악의 모멸감과 자괴감이 든 날이기도 했다. 그러면 우리가 일상의 삶에서 왕왕 목격하는 이런 개인 간의 시비와 마찰의 주요 원인은 무엇일까? 5월 19일 당시, 청소원 신분이었던 나와 그래도 임대주택 중에서도 고급에 속하는 블루빌에 거주하는 그 아주머니 사이에 벌어진 언쟁 같은 시빗거리 말이다.

‘준거집단準據集團eference Group’이란 사회심리학 용어가 있다. 이 ‘준거집단’이란 한 개인이 자신의 신념, 태도, 가치 및 행동방향을 결정하는 데 기준으로 삼고 있는 사회집단을 말한다. 사회학자들은 이 준거집단 의식이 개인에게 두 가지 기능을 부여한다고 주장한다. 하나는 개인 자신이 행한 행위의 기준을 설정하는 기능이고, 또 다른 하나는 다른 사람을 평가할 때 그 평가의 기준을 제공하는 기능이다. 그럼, 사회학자들의 이런 주장을 이날의 언쟁에 적용해 보면, 그 블루빌 아주머니는 자신의 준거집단을 강남의 압구정동이나 청담동의 고급빌라나 아파트에 거주하는 상류층에 두면서, 외견상 청소원인 나를 그녀보다 하위그룹인 도시 영세민집단에 속하는 구성원으로 보았기 때문에 그런 오만한 태도를 보였다. 따라서 한 개인이 이런 준거집단을 설정하는 이면에는 타자보다 자신이 우월하다는 자의식이 자리 잡고 있다.

그래서 오늘 이 시간에는 전통적, 사회적으로 자신이 속한 집단보다 하위집단에 속한 사람들을 차별하고 박해하면서, 심리적 만족감을 느끼고 또한 자신의 준거집단을 자신이 속한 집단보다 더 상위집단에 두려고 하는 인간의 이기심과 이중성이 잘 나타난 역사적 사실을 하나 소개한다.

일제 강점기인 1923년에 경남 진주에서 '형평운동'이라는 이름의 신분 해방운동이 일어난다. 이 형평衡平운동이란 당시 사회적으로 천민신분으로 존재하던 백정白丁들의 신분해방운동이었다. 조선조 500여 년 동안 도축업에 종사해온 백정은 노비, 기생, 광대, 승려, 무당, 상여꾼, 염부 등 칠반천민중에서도 노비 다음의 천민으로서 1894년 갑오경장에 의해 법제상으로는 그 신분이 해방되었으나 실질적으로는 천민신분이 그대로 존속되고 있었다. 당시 백정의 수는 형평사의 통계에 의하면 40여만 명이었고, 조선총독부 조사에 의하면 3만 3,712명이었다.

이들은 일부가 농업에 종사하기도 하였으나, 대부분은 여전히 본업이라고 할 수 있는 도축업, 제혁製革, 유세공柳細工 등에 종사하였으며, 주로 전라, 충청, 경상도 등 삼남지방에 집중되어 있었다.

1923년 4월 25일 진주에서 백정의 신분으로 일본 유학까지 다녀온 이학찬이란 인물이 백정에 대한 차별에 분개하여 회원 80여 명과 더불어 창립총회를 열어 형평사를 설립하였다. 이들이 형평사의 명의로 총독부에 제출한 요망서를 보면, 첫째, 일반인에 의한 차별과 박해, 둘째, 관공서와 교육기관의 차별, 셋째, 목욕탕, 이발소, 식당 등 공중시설에서의 차별 대우 등을 지적하고, 이런 박해와 차별을 금지하는 입법을 요청하였다. 이후 이 운동은 전국적으로 번져 36년간의 일제 강점기 동안 국내 최대의 신분해방운동으로 기록되고 있다.

그런데 이 형평운동의 단초는 오늘날의 초등학교에 해당되는 진주 시내의 한 소학교에서 일어난 사건이었다. 백정의 자녀들이 소학교에 입학하자 학부모들이 자녀들의 등교금지를 결의한다. 그런데 놀랍게도 주동자뿐만 아니라 등교거부에 참여한 학부모 대부분이 양반계층이 아닌 일반 평민들이란 사실이었다. 비록 시대는 일제강점기였지만, 양반, 중인, 평민, 천민 등 사회적으로 철저한 신분사회였던 조선 사회의 전통이 살아있는 그 당시에 최상위 계층인 양반계층이 아니라 백정들 바로 위의 신분에 속한 평민들이 자녀들의 등교 거부에 앞장선 이유는 무엇일까? 그것은 바로 백정들이 사회의 천민 계층으로 존재해야만 자신들이 최하층 신분을 면하게 된다는 이기심과 함께 자신의 준거집단을 상위집단인 양반계층에 두려고 하는 그들의 이중성을 보여주는 좋은 사례이다.

그런 의미에서 피차 도시 서민계층에 속하지만 나를 청소나 하는 영세민 집단으로 단정하곤 처음부터 끝까지 심리적 우월감을 느끼려고 하는 그 블루빌 아주머니의 행태가 바로 자신보다 최하층 신분이 존재해야만 만족감을 느끼게 되는 인간의 원초적인 이기심이자 이중성을 보여주는 경우라 할 수 있다.

이러한 인간의 이기심과 이중성이 정치권력과 결합될 때 역사에는 비극이 탄생한다. 그것은 바로 사회적, 정치적 삶을 박탈당하고 오로지 생물학적인 삶만 지닌 존재의 등장이다. 이런 정치외적인 존재를 이탈리아의 철학자 조르지오 아감베는 그의 저서 『벌거벗은 생명』에서 '호모사케르Homo Sacer', '희생되는 인간' 혹은 '제물로 바쳐진 인간'이라는 말로 표현한다. 그의 주장에 의하면, 이 '호모사케르'란 정치권력이 자신들이 구축한 체제의 유지와 강화를 위해 그 존재를 말살해도 죄가 되질 않는 존재를 말한다. 히틀러의 나치 독일에 의해 희생된 수백만의 유대인과 소련의 스탈린 치하에서 처형된 수백만의 정치범과 사상범들, 그리고 월남 패망 후 동지나해를 표류하던 보트피플들, 크메르 루주에게 처형된 수십만의 캄보디아인들이 정치권력의 제물로 바쳐진 대표적인 '호모사케르'라 할 수 있다. 마찬가지로 노비나 백정 등 사회의 최하층 계층이었던 천민을 살해해도 죄가 되지 않았던 조선사회 역시 이 '호모사케르'의 존재를 부정할 수 없는 사회였다.

역사적인 5. 18 광주 민주화운동 기념일 바로 그다음 날에 시중의 한 속물적인 여성과 언쟁을 겪고 난 후, 이런 역사적 사실까지 들춰가면서 그녀의 몰상식한 행태를 지적해야만 하는 내가 그 '휘청거리는 오후'에 어떤 상념에 잠겼는가는 여러분의 상상에 맡긴다.

-2016. 5. 27-